Joseph Hubert Reinkens

Martin von Tours, der wundertätige Mönch und Bischof

In seinem Leben und Wirken

Joseph Hubert Reinkens

Martin von Tours, der wundertätige Mönch und Bischof
In seinem Leben und Wirken

ISBN/EAN: 9783743620834

Hergestellt in Europa, USA, Kanada, Australien, Japan

Cover: Foto ©Raphael Reischuk / pixelio.de

Manufactured and distributed by brebook publishing software (www.brebook.com)

Joseph Hubert Reinkens

Martin von Tours, der wundertätige Mönch und Bischof

Martin von Tours

der

wunderthätige Mönch und Bischof.

In seinem Leben und Wirken

dargestellt

von

Dr. Joseph Hubert Reinkens,

ordentl. öffentl. Professor an der Königlichen Universität zu Breslau.

Breslau.

Verlag von Max Mälzer.

1866.

Seinem Bruder

Martin Reinkens

Kaufmann zu Aachen,

in treuer Liebe gewidmet

von dem

Verfasser.

daß fein weit verbreitetes Lob nicht bloß in der Legende und
in der Vermischung feines Andenkens mit mythischen Erinne=
rungen, fondern auch und vor Allem hiſtorisch begründet iſt
in feinem wahren, wunderbaren Leben. — Doch diese Ver=
pflichtung hatte noch etwas ganz besonders Anziehendes für
mich; in meiner Heimath ist Martinus auch ein Name,
den ein Hauch der Volkspoesie unzertrennlich begleitet; über=
dies ist er mir ein fehr theuerer und lieber Brudername
geworden, und fo vereinigten fich verschiedene mächtige
Antriebe des Gemüthes mit dem Motive, welches aus der
Erkenntniß der culturhistorischen Bedeutung der außerordent=
lichen Persönlichkeit des h. Martinus von Tours hervorging,
um mich zur Abfaſſung der vorliegenden Biographie zu be=
ſtimmen. —

Die Anlage derselben ist so einfach und, wie ich hoffe,
so durchfichtig, daß sie hier keiner weiteren Besprechung bedarf.
Ich bin auch diesmal, wie bei der Ausarbeitung des Werkes
über Hilarius, als Schnitter auf ein Aehrenfeld getreten und
habe Garben gebunden, woran sich Viele erquicken mögen;
wenn aber ein Recenfent als Stoppellefer kommt, wie Herr
Wagenmann in Göttingen, der felbst noch keine rechte Schnitter=
arbeit gethan hat, und eine Hand voll theils tauber theils
auch guter Aehren auf dem Erndtefelde fammelt, um mir
vorzuwerfen, daß ich das Garbenbinden nicht genug verstehe,
fo beunruhigt mich das weiter nicht in meinen Arbeiten. Auch
wenn ich mir denke, ich hätte ein harmonisches Gebäude nach
forgfältig entworfenem Plane aufgeführt, und es käme der
Genannte und ergriffe ein paar noch umherliegende Steine,
ein Stück Holz, oder etwas Mörtel, um das übrig gebliebene

Material auf mich zu werfen, weil ich es nicht mit hinein-
gebaut: ich fürchte mich nicht, denn er würde mich doch nicht
treffen, weil er zu ungeschickt ist.

Der h. Martinus von Tours ist eine so glänzende Erscheinung unter den Heiligen der Kirche, daß der große Bernhard von Clairvaux seine Brüder glaubte darauf aufmerksam
machen zu müssen, daß derselbe doch ein Menschenkind gewesen
sei, auf Erden geboren, erzogen, geübt und geprüft und auf
Erden auch vollendet. Daher habe er durch den Glauben und
durch die Sakramente ein gnadenvolles Tugendleben geführt,
worin er nachahmbar sei, während seine Wunder als die
Wirkungen göttlicher Kräfte in ihm nur bewundert werden
dürften. Die Großthaten und über menschliche Art erhabenen
Seiten des Heiligen möge man betrachten wie prachtvolle
Gefäße, welche dieser Reiche in Gott besitze, schwer von Gold,
strahlend von Edelsteinen, kostbar wie durch den Stoff so durch
die Arbeit; aber diese herrlichen Gefäße seien an sich unge-
nießbar für die gewöhnlichen Menschenkinder; man möge nicht
darnach verlangen, sie selbst zu kosten, sondern nur ihren
Glanz bewundern, worin Gott sich offenbare, und worin die
Tugenden der Heiligen zur Nachahmung mehr begeisterten.
(Rede auf das Fest des h. Martinus.) Auf das wahrhaft
Menschliche in dem h. Martinus, aber auf das im Gnaden-
lichte verklärte Menschliche möchte auch ich den unbefangenen
Leser dieser Biographie aufmerksam machen. Des Nach-
ahmungswürdigen und des Nachahmbaren giebt es gar Vieles
in dem wunderbaren Diener Gottes. Der aufrechten Stellung seines Leibes entsprechend, sagt der h. Bernhard, schaute
er zum Himmel auf; den ewigen Höhen immerdar zugewandt,

lehrte er die ideale Bestimmung des Menschen und demge=
mäß das Wandeln in dem Himmel.   Aber seine demüthige
Sanftmuth überstrahlte alle seine Wunder und nichts war so
offenbar an ihm, als daß die Liebe des Gesetzes Erfüllung sei.
Darin ist er am meisten nachahmungswürdig.

    Breslau, 21. Januar 1866.

Der Verfasser.

Inhalts-Verzeichniß.

I. Buch.

Kindheit. — Berufswahl.

II. Buch.

Martinus als Mönch.

III. Buch.

Martinus, der Bischof im Einsiedlerfelde.

IV. Buch.

Nachruhm.

Beilagen.

I. Buch.

Kindheit. — Berufswahl.

I.

Vaterland.

.Als um die Mitte des dritten Jahrhunderts chriftlicher Zeitrechnung das römische Weltreich in Trümmer fallen wollte, hielten
es die Illyrier, soweit es noch stand, zusammen, und das schon
fallende bauten sie wieder auf. Aus Illyrien sehen wir eine Reihe
von Heldengestalten hervorgehen, welche in dem Schmucke des kaiserlichen Purpurs die gewaltige Kraft bewahrten, um die widerstrebenden Elemente des weiten Reiches immer wieder zu vereinigen und
das Ganze gegen die ringsum anstürmenden Feinde zu schützen
und zu schirmen. Es ist aber hier Illyrien in dem umfassendsten
Sinne dieses politisch-geographischen Namens gemeint, das abendländische und das morgenländische, wie wir es im Anfange des
vierten Jahrhunderts kennen lernen, — also insofern es mit Dacien
die Länder südlich von der Donau zwischen dem adriati-
schen und dem schwarzen Meere mit Ausschluß von Griechen-
land bezeichnete. Die berühmtesten Feldherren stammten daher,
und am Ende des dritten Jahrhunderts werden zwei Legionen im
Heere von je 6000 Illyriern nach den erhabenen Namen der Kaiser
die Jovier und die Herculier benannt, von nun an die Vornehmsten, weil die Tapfersten im Kriege. Es war auch eben gegen
Ende des dritten Jahrhunderts, als sie wieder Wunder der Tapferkeit verrichteten.

Während nämlich der Kaiser Diocletian und sein Mit-
regent Maximian und der Cäsar Constantius überall sieg-

1

reich waren,. erlitt der Cäsar Galerius nach zwei schwankenden Schlachten gegen den mächtigen König Neuperfiens, Narses I., den Eroberer des Königreichs Armenien, eine furchtbare Nieder= lage. Der stolze Kaiser kam triumphirend von der Unterwerfung Aegyptens zurück, als er dem geschlagenen Galerius, durch den allein die römische Waffenehre befleckt worden war, begegnete. Mit dem Purpurmantel geschmückt empfing dieser den Kaiser; aber Diocletian fuhr zürnend vorüber. Da lief Galerius im Purpur zum Staunen des Heeres und des Hofes eine römische Meile (¹/₅ deutsche Meile) lang vor dem kaiserlichen Wagen her, wie um Gnade flehend ¹). Diese Demüthigung und äußerste Er= gebenheit versöhnte den orientalische Majestät liebenden Kaiser; er gewährte ihm einen neuen Feldzug gegen die Perser und gab ihm ein Heer, freilich nur von 25,000 Mann; — aber es waren die unüberwindlichen Illyrier, welche diesmal den Kern der Truppen bildeten und von einer kleineren Schaar Gothen unterstützt wurden. Und Galerius schlug Narses so entsetzlich, daß er dessen Armee ganz zerstörte, das Lager mit allen Schätzen erbeutete und die Familie des Königs gefangen nahm, der selbst verwundet nur mit Noth dem gleichen Schicksal entging und bis nach Medien floh. Durch die Eine Schlacht erhielten die Römer einen Frieden, der 40 Jahre dauerte, und durch diesen Frieden wurde das Königreich Armenien hergestellt, und die Könige von Armenien und Iberien kamen unter den Schutz der römischen Kaiser; auch das Gebiet des Kaiserreichs wurde erweitert und demselben der obere Euphrat wiedergegeben. Für alles dieses aber gewann König Narses nur seine Familie wieder, was freilich seinem im Unglück großen Herzen Ehre machte.

Nun wurde Galerius zu Nisibis am Euphrat vom Kaiser Diocletian mit glänzenden Ehren empfangen. Aber die bewunderten Sieger waren die Illyrier.

Ihr Ruhm stieg immer mehr. Auch die Familie Constantin's des Großen stammte aus dem „Illyrischen Dreieck". Von hier aus war unbemerkt das Weltreich erobert worden. Nicht die Römer, sondern die Illyrier beherrschten den Erdkreis. Daher

---

1) Ammian. Marc. XIV. 11.

verlor auch Rom allmählig die Kraft des Centrums, zumal seit der Auflösung der Prätorianer. Kaiser Constantin suchte das neue Centrum dort, woher die Reichsrettung gekommen war und woher die Tüchtigkeit, das Reich zu regieren, noch immer kam: in Illyrien. Und bald sprach er offen: „Mein Rom ist Sardica [1]‟; doch entschied er sich schließlich für Byzanz, das er zum „Neu-Rom‟ erhob unter dem Namen Constantinopel. Illyrien hatte nun die eigentliche Kaiserstadt, und war es werth. Allerdings hatte die göttliche Fürsehung für „Alt-Rom‟ schon einen andern Thron errichtet von wahrhaft welthistorischer Bedeutung.

Unter allen Illyrischen Landen glänzte aber keines so sehr wie Pannonien, — das schöne Land, welches in seiner nordwestlichen Spitze Vindobona (Wien) hatte und in der südöstlichen vor dem Einflusse der Save in die Donau Taurunum (Belgrad). Die Donau begrenzte es im ganzen Norden und Osten; im Süden wurde es berührt von einem kleinen Theile von Mösien und von dem eigentlichen Illyrien (im engeren Sinne), im Westen hatte es Italien (Venedig) und Noricum zur Grenze. So umschloß es nach den heutigen geographischen Namen das östliche Grenzland von Oesterreich, das auf der Südseite der Donau befindliche Gebiet von Ungarn, Theile von Bosnien, Slavonien und Krain und insbesondere ganz Steyermark. Den weiten reichen Flußgebieten und den mannigfaltigen prächtigen Gebirgszügen fehlte weder das Wildromantische noch das Anmuthige; auch sonst gebrach es an Nichts, was ein urkräftiges Naturleben begünstigt.

Hierhin hatte sich seit dem Triumvirat, aus welchem der Kaiser Augustus hervorging, zuerst das römische Schwert und dann die römische Cultur den Weg gebahnt. Nachdem Tiberius in blutigem Kampfe mit Aufbietung aller Kräfte den Versuch der Pannonier in Verbindung mit anderen späteren Illyrischen Provinzen, die Unabhängigkeit wiederzugewinnen, vereitelt hatte, wandelte das Land sein Mißgeschick in Glück, indem Pannonien Rom's Interessen zu den seinigen machte. Ein alter griechischer Geograph aus der Zeit,

---

1) Sofia, Hauptstadt von Bulgarien. Vgl. Müller, fragm. hist. Graec. IV. p. 199.

welcher die Jugend des h. Martinus angehört [1]), beschreibt Pannonien also: „Pannonien ist ein reiches Land, reich an Früchten
und Heerden und Handelswaaren aller Art, theilweise
auch an Leibeigenen; es ist beständig die Residenz der Kaiser [2]);
auch hat es großartige Städte, Sirmium und Noricum, woher
das Norische Kleid kommen soll."

Es war wie die Residenz der Kaiser. In jener Reihe tapferer
Illyrier auf dem Throne des römischen Weltreichs, welche das
sinkende stützten und ruhmvoll hoben, hatten wahrscheinlich mehrere
Pannonien zur Heimath; jedenfalls war Sirmium die Vaterstadt
des in Herrscher-Tugenden glänzenden Probus. Mit Uebergehung
der älteren Kaiser macht Gothofred darauf aufmerksam, daß Constantin der Große regelmäßig dort weilte, Constans zu wiederholten Malen daselbst Hof hielt; ebenso Constantius häufig, —
für den auch die Würfel der Weltherrschaft dort fielen gegen
Magnentius, — dann Valentinian und Valens, Gratian und
Theodosius der Große. Dies geschah nicht bloß zum Schutze der
Donaugrenze, — andere Grenzgebiete waren in gleichem Grade
bedroht, — sondern wegen der angenehmen und günstigen Lage
überhaupt. Die Kaiser liebten das Land. Schon Probus hatte
mit Tausenden Soldaten nach entscheidenden Siegen über die Feinde
des Reichs an Kanälen gearbeitet zur Melioration insbesondere der
Gegend von Sirmium. Es gab hier herrliche Colonien römischer
Cultur. Als solche blühten die Städte Vindobona, Carnun-
tum (jetzt Haimburg oder Petronell), Mursa (das heutige Essect,
Hauptstadt von Slavonien), Taurunum, Sirmium, Metro-
polis von Pannonien, — (Ruinen bei Mitrowitz), und Sabaria
(Stein-am-Anger in dem Ungarischen Comitat Eisenburg). Die
Reste römischer Herrlichkeit, welche an diesen Orten bereits gefunden
wurden, zeigen hinlänglich, daß sie einst ein Mittelpunkt der Welt-
cultur waren, und daß im vierten Jahrhunderte daselbst sogar mehr
römisches Leben war, wie an der Rheingrenze, darf man wohl annehmen. Fleißige Hände mögen aber für die Zukunft die Spuren

---

1) Vetus Orbis descriptio Graeci scriptoris sub Constantino et Constante
Impp. ed. Jac. Gothofredus; p. 36. u. Notae. p. 42.

2) καὶ ἀεὶ οἴκησις τῶν ἀρχόντων ἐστίν. Daß unter ἀρχόντων die Kaiser
zu verstehen seien, beweist Gothofredus in seiner Note zu dieser Stelle.

der Geschichte noch klarer zu Tage legen; hier soll nur noch be=
merkt sein, daß Pannonien das schöne Vaterland des heiligen
Martinus war.

II.

Abstammung. — Aussichten.

Die fromme Legende führt den Stammbaum des h. Martinus
auf ein tapferes Königsgeschlecht zurück: der christliche Dichter rühmt
seinen vornehmeren Adel der Kindschaft Gottes in Christo; einfach
berichtet der Historiker: „Martinus wurde zu Sabaria in Panno=
nien geboren . . . ., und zwar von Eltern, welche nach ihrem
weltlichen Range nicht zur geringen Classe gehörten. Sie waren
aber Heiden. Sein Vater begann seine Militär=Laufbahn als ge=
meiner Soldat (bei der Infanterie), und stieg bis zur Würde eines
Tribuns", d. i. eines Kriegsobersten [1]).

Ein Tribun in den Grenzlanden des römischen Weltreichs
hatte große Befugnisse und Pflichten. Er mußte seine Truppen=
schaar zur Zeit des Friedens nicht bloß in strenger militärischer
Zucht halten, sondern sie auch wie in einer wohlorganisirten Kriegs=
schule aus= und durchbilden; dabei hatte er die Sorge für die
Verproviantirung und gesetzliche Auszahlung des Soldes; die
Festungswerke und die Schutzwehren an der Grenze, die Wälle
und Gräben mußte er in gutem Zustande halten und das Schad=
hafte schnell herstellen; endlich sollte er immer schlagfertig sein,
um auch unvermutheten Einfällen der feindlichen Nachbaren zu
begegnen und die hereinstürmenden Feinde über die Grenze zurück=
zutreiben [2]). Und seit der Mitte des dritten Jahrhunderts war in
ganz Illyrien besonders aber auch in Pannonien der Waffenlärm
recht groß und anhaltend, so daß der Vater des h. Martinus nur
in kriegerischen Gedanken und Plänen leben konnte, und höchstens
noch Zeit erübrigte für die Zerstreuung im Amphitheater und für

---

1) Sulp. Sev. de Vita B. Mart. 1.
2) Vgl. Notitia dign. in Part. Occid ed. Ed. Boecking. p. 1017.

Erholung im Bade und beim Gastmahle. Er war ein Heide, dem die Ehre des Schlachtfeldes und das höchste Ziel des Menschen zusammenfielen. Er gehörte wahrscheinlich der Herculischen Legion an, und unter der glänzenden Herrschaft des großen Kaisers Constantin hatte er ohne Zweifel seine ruhmreichen Waffenthaten vollbracht, durch die er zu seiner Würde sich emporgeschwungen.

Er stand eben zu Sabaria, und es war im Jahre 336, da Constantin noch Herrscher war, als ihm ein Sohn geboren wurde, den er Martinus nannte [1]). Die ehemalige römische Stadt Sabaria heißt jetzt mit deutschem Namen Stein-am-Anger; die Magyaren nennen sie Szombathely [2]). Hier zeigt man den Brunnen, mit dessen Wasser Martinus getauft sein soll. Aber so spricht die unverbürgte Sage. Dagegen ist es gewiß, daß hier bedeutende Ruinen Zeugniß geben von der Cultur, in der Sabaria blühte, als Martinus, der Sohn eines stolzen römischen Tribuns, daselbst das Licht der Welt erblickte. Auch giebt eine Sammlung der am Orte ausgegrabenen Alterthümer in dem nun dort befindlichen bischöflichen Residenz-Hause davon Kunde.

Die Eindrücke, welche das zu Sabaria lebende Kind von dem hatte, was für schön und wünschenswerth galt, waren keine anderen als die eines zu Rom geborenen und aufwachsenden Kindes; nur sah damals der junge Pannonier die Kaiser öfter, und erfuhr er unmittelbarer den Kriegslärm und den Waffenruhm. Der militärische Gehorsam, den so Viele dem Vater Martins leisteten, gab dessen Stellung in den Augen des Kindes einen besondern Reiz; der Glanz der Waffen, die Erzählung der Heldenthaten und gewiß auch Heldenlieder mußten, so schien es, ihm frühzeitig eine kriegerische

---

1) Ueber das Geburtsjahr siehe Beilage I.

2) Der neueste Biograph des h. Martinus, der Franzose Achilles Dupuy, entscheidet sich für Szent Marton, wovon er eine romantische Beschreibung giebt. Wie es scheint, bestimmen ihn die örtlichen Sagen vom h. Martinus; allein einmal hat Stein-am-Anger auch solche Sagen, und dann konnte es leicht geschehen, daß die Ueberlieferungen über die h. h. Bischöfe Martinus von Tours und Martinus von Gallicien vermischt wurden; denn auch dieser, der im 6. Jahrhundert lebte, war ein Pannonier. (Greg. v. Tours V. 37.) Sabaria war unzweifelhaft der Geburtsort des h. Martinus, Bischofs von Tours; und daß dies das heutige Stein-am-Anger ist, dafür sprechen die wichtigsten Stimmen.

Stimmung geben und ihn zur militärischen Laufbahn gleichsam
prädestiniren. Allein als seine eigentliche Erziehung begann, wurde
sein Vater nach Italien, und zwar nach Pavia, welches damals
Ticinum hieß, versetzt.* Hier mußte dieser auf die Zukunft seines
mit glänzenden Gaben ausgestatteten Sohnes denken. Wie hätte
ein Vater, der mit seiner ganzen Natur Soldat war, sich nun in
einem solchen Sohne etwas anderes vorstellen mögen als einen künftigen
Feldherrn, vielleicht gar Präfekten oder Kaiser? Der Kaiserthron
war dem aus der niedrigsten Hütte hervorspringenden begabten
und kühnen Knaben damals kein unerreichbares Ziel seiner Laufbahn. Die Reihe der Illyrischen Kaiser hatte die Beispiele dafür
der ganzen Welt klar vor die Augen gestellt. Zur Zeit, als es
sich um die Berufswahl des h. Martinus handelte, war auch wohl
die Erzählung des Syracusaners Flavius Vopiscus von dem Kaiser
Diocletian in Aller Munde. Vopiscus sagt, er habe die Geschichte
von seinem Großvater gehört, welcher als Augen= und Ohrenzeuge
die Hauptsache mit erlebt. Als nämlich der Dalmatier Diocletian,
ein kluger, entschlossener und beharrlich seine Ziele verfolgender
Jüngling, während eines Feldzuges nach der Rheingrenze bei
Tongern im Quartier lag, wohnte er in einer gewöhnlichen Schenke.
Er diente damals noch in den niederen Graden des Heeres und
hatte nicht viel Geld. Daher war seine Wirthin, zugleich eine
heidnische Wahrsagerin, nicht sehr zufrieden, als er wegen der täglichen Kost mit ihr abrechnete, und so rief sie denn: „Diocletian,
Du bist allzu geizig, allzu knickerig!" Darauf erwiederte er in
heiterer Laune: „Nun, wenn ich einmal Kaiser sein werde, dann
will ich auch verschwenderisch im Bezahlen sein!" Aber die Druide
sprach plötzlich ganz ernst: „Diocletian, scherze nicht: Du wirst
einst Kaiser sein, nachdem Du einen Eber getödtet hast." Dies
Wort ging ihm nicht mehr aus dem Sinn, und die Kaiserkrone
war fortan sein Ziel. Er hatte es auch bald seinen Kriegs-
kameraden, dem Maximian und dem Großvater des Vopiscus erzählt. Dann aber schwieg er viele Jahre davon. Aber bei allen
Jagden verfolgte er jeden Eber, dessen er ansichtig wurde, rastlos
bis er ihn womöglich mit eigener Hand getödtet hatte. Endlich
nach vielen Jahren, nachdem seit jenem Vorfalle bei Tongern
Aurelian, Probus, Tacitus und Carus schon Kaiser geworden
waren, sprach er wieder einmal zu seinen Kameraden: „Ich

tödte immerfort Eber, aber jedesmal verzehrt ein Anderer den Braten." Als aber Numerian, der feingebildete Sohn des tapfern und edeln Kaisers Carus im Jahre 284 um den Tod seines Vaters sich krank geweint und auf dem Krankenbette von seinem nach der Kaiserwürde begierigen Schwiegervater, dem Präfekten Aper (Eber), ermordet worden war, rief das Heer mit großem Enthusiasmus Diocletian, der unterdessen zur Würde eines Generals der kaiserlichen Leibgarde es gebracht hatte, zum Kaiser aus. Da bestieg er ein Tribunal, von dem erfreuten Heere umgeben; und als er nun den Präfekten Aper vor sich stehen sah, blitzte ein Gedanke durch seinen Geist; er zückte das Schwert, und mit dem Rufe: „Dieser ist der Mörder Numerian's", durchbohrte er ihn. Zu seinen Vertrauten aber äußerte er hernach: „Endlich habe ich den Schicksals-Eber getödtet!" Der Großvater des Vopiscus war bei der Scene der Tödtung des Aper zugegen [1]. Mögen neuere Geschichtsforscher aus subjectivem Ermessen dies eine Fabel nennen: zur Zeit der Herrschaft der Dynastie des Constantius Chlorus wurde die Erzählung ganz gewiß geglaubt, und sie mußte die Phantasie hochstrebender Gemüther erhitzen. Immerhin aber war der Kaiserthron das letzte allgemeine Ziel des Ehrgeizes.

Der Vater des Martinus bestimmte diesen seinen Sohn also für den Kriegsdienst, und seine Aussichten in die Zukunft concentrirten sich für ihn in die Sonne des Ruhmes unter blitzenden Schwertern und des höchsten irdischen Glanzes.

Aber das Kind war des Vaters Absichten seltsam entgegen. Seltsam mußte sein Wesen in den Augen des heidnischen Vaters scheinen. Es hatte die Unschuld seiner Kindheit etwas Unverletzliches, Geweihtes; sie athmete bereits den Geist des göttlichen Ritterdienstes [2]. Das gab dem edlen Knaben eine geheimnißvolle Art und Weise, die dem Vater zwar nicht gefiel, ihn aber doch zurückhielt von dem verletzenden Zwange. — Im zweiten Jahrhunderte unserer Zeitrechnung gab es christianisirende aber wesentlich heidnische religiöse Schwärmer, welche man Gnostiker nannte. Da zur Bil-

---

1) Flav. Vopiscus in seinem Carus-Numerianus c. 12—15.

2) Sulp. Sev. V. B. M. 1: . . . militavit, — non tamen sponte, quia a primis fere annis divina potius servitute sacra illustris pueri spiravit infantia.

dung ihrer Lehrsysteme vorzugsweise die Phantasie thätig war, fand man sie sehr verschieden in dem bunten Spiel der Meinungen; aber einig waren sie in der Ansicht, daß der höchste Gott mit seinem Lichtreiche in den namenlosen Höhen zu vornehm sei, um mit dieser sichtbaren niedern Welt sich zu beschäftigen. Durch eine Reihe von Ausstrahlungen aus der Gottheit glaubten sie endlich zu einem ganz entgöttlichten, aber immer noch mächtigen Wesen zu gelangen, welches die Rolle des Weltbildners übernehmen konnte. Während nun dieser Weltbildner den Menschen schuf nach seinem Bilde und Gleichnisse und ihm eine Seele einhauchte, mischte ohne sein Wissen ein höherer Geist göttliche Lichtfunken in den Hauch, und siehe da! der geschaffene Mensch war größer als sein Schöpfer. Der Weltbildner merkte es, und fing an sich zu verwundern oder zu erschrecken. Fast möchte man sagen, der Vater des h. Martinus habe auch sich verwundert mit Furcht, wenn er sein Kind an= gesehen, in dessen Wesen eine Macht sich offenbarte, die einer höheren Welt anzugehören schien, als diejenige war, der er von Herzen diente. Der „erlauchte Knabe" (illustris puer) gehörte augenscheinlich gleichsam von Natur in das Reich der Liebe und des „wundervollen Lichtes" Jesu Christi, der einst „Ehre und Herrlichkeit empfing, als über Ihm die Stimme scholl aus hoch= herrlichem Glanze." Darum fand er auch in dem zarten Alter von 10 Jahren den Weg zur christlichen Gemeinde, ohne an der Hand des Vaters oder der Mutter dorthin geführt zu werden. Er lief ihnen, den Widerstrebenden, vor Verlangen nach dem Lichte der frohen Botschaft Gottes davon, und ließ sich in der Kirche der Christen aufnehmen unter die Katechumenen [1]. Diese hießen so, weil sie durch die Katechese, d. i. durch einen bestimmten christlichen Unterricht, zum Empfange der Taufe vorbereitet wurden. Pavia hatte damals wie jede andere größere Stadt, in welcher eine christ= liche Gemeinde und Kirche sich befand, einen Bischof. Vor diesem kniete dann wohl Martinus nach den allgemein üblichen Ceremonieen; der Bischof legte ihm betend die Hände auf und bezeichnete ihn mit dem Kreuzzeichen. Er hatte fortan planmäßigen Unterricht

---

1) Sulp. S. V. B. M. 1: Nam cum esset annorum decem, invitis paren= tibus ad ecclesiam confugit seque catechumenum fieri postulavit. Die Auf= nahme in das Catechumenat konnte bei Kindern vom 7. Jahre an geschehen.

und durfte an dem Hauptgottesdienste der Christen, an der heil. Messe bis zum Offertorium Theil nehmen. Gleichsam wie ein „Recrut" trat er ein, der Edelknabe, in die ritterliche Heerschaar Gottes, um einst ein „tapferer Ritter" zu werden, nachdem er gesprochen: „Prüfe mich, mein Gott, und sieh mein Herz!" [1]).

Nach einer andern Anschauung der Väter [2]) ist der Katechumen dem Kinde zu vergleichen, welches, der Mutter eben vom Himmel geschenkt, von dieser noch eine Zeit lang gehegt und ernährt wird, bis es die bestimmt ausgeprägte menschliche Gestalt annimmt; so müsse, sagen sie, der Katechumen von der h. Mutter, von der Kirche, erst mit der Milch der Lehre, mit der himmlischen Nahrung des göttlichen Wortes genährt werden, damit er als neuer Mensch in Christo Gestalt gewinne, eh' er durch die Wiedergeburt der Taufe feierlich in die Reihe der Kinder Gottes trete als ebenbürtiges Glied. Martinus erschien bald umgewandelt in den neuen Menschen; in wunderbarer Weise war schnell sein ganzes Wesen Gottesdienst geworden [3]). Wie der Hauptmann in der Italischen Cohorte zu Cäsarea, während der Apostel Petrus ihn unterrichtete, noch vor der Taufe den h. Geist empfing mit seinem Hause, so daß sie wie Kinder Gottes „in Sprachen redeten und Gott verherrlichten" [4]): so zeigte auch Martinus schon als Katechumen die Früchte des Geistes.

Es war aber gerade die Zeit, als geheimnißvolle Reden von den wunderbaren Vätern der Wüste in Aegypten die Gemüther der abendländischen Christen mit heiligem Schauer, mit Ehrfurcht und Sehnsucht erfüllten. Antonius der Einsiedler lebte noch, und man erzählte sich, wie er zuweilen am Ausgange der Wüste erscheine und durch seine liebenswürdige Anmuth, bezaubernde Einfalt und hinreißende Liebe Alles entzücke. Man wußte auch, daß der Kaiser Constantin der Große vor dessen geistiger Erhabenheit in Verehrung sich gebeugt. Pachomius lebte ebenfalls noch, der

---

1) Dies Bild ist dem h. Augustinus entlehnt, welcher die Katechumenen tirones Dei nennt. De symb. ad catechum. II. 1.

2) August. a. a. O.; Ambrosius, Expos. in Apoc. c. 12. etc.

3) Sulp. S. V. B. M. 1: Mox mirum in modum totus in Dei opere conversus.

4) Apostelgesch. 10, 44—46.

erste Gesetzgeber der Einsiedler, welcher das Räthsel löste, Einsamkeit und Gemeinschaft zu vereinen. Im Jahre 340 hatte der heil. Athanasius den staunenden Römern zuerst zwei Einsiedler, Mönche in seiner Begleitung, gezeigt. Ihr Bild blieb unauslöschlich den Herzen eingeprägt; man wollte immer mehr von ihnen hören, man sehnte sich nach gleichem Loose. Wenn die Liebe das Paradies schafft, so hatten jene Einsiedler oder Mönche die Wüste nicht bloß bevölkert sondern auch zum Paradiese umgewandelt, zu dem Lande, wo alle Tugenden blühten und ein Menschenangesicht das andere nur erfreute. Martinus war zwölf Jahre alt, als er davon Kunde erhielt, und er erkannte, daß seine Heimath nicht in einer römischen Colonie irdischer Ehre und Genüsse sei, vielmehr in jenen christlichen Colonien, wo man nach dem Gesetzbuche lebte, dessen Haupttitel lautet: „Dein Wille geschehe, wie im Himmel, also auch auf Erden!" Martinus sehnte sich nach der Wüste; und, hätte die Zartheit seines Alters ihm nicht hinderlich im Wege gestanden, er würde seinem heftigen Wunsche gefolgt und aus der Welt geflohen sein. Doch so viel war entschieden, daß seine Aussichten in die Zukunft ganz andere waren als die seines Vaters. Es war, als wüßte der Knabe, was einst Beruf und Pflicht für ihn sein werde; denn all' sein Sinnen und Trachten wandte sich in doppelter Richtung auf das Einsiedlerleben und auf das Schaffen und Walten der Kirche in der Gemeinde [1]). Doch scheint sein Vater diese religiöse Entwickelung seines Kindes, wenn sie ihm auch nicht gefiel, Jahre lang nicht gestört zu haben. Freilich war das keine Vorbereitung auf eine mit leidenschaftlichem Ehrgeize zu verfolgende Militär-Laufbahn; allein vielleicht dachte der Vater, in der ersten Kampfeshitze werde die allzu zarte religiöse Blume in dem Herzen verdorren, und der Schlachtenstaub werde den Gedanken an ewige Reinheit auf immer beseitigen. Dem Kinde gehörte einstweilen die Gegenwart; der Vater hoffte die Zukunft zu besitzen.

---

1) Sulp. Sev. V. B. M. 1: Cum esset annorum duodecim, eremum concupuvit, fecissetque votis satis, si aetatis infirmitas non obstitisset.

III.

Der Kriegsdienst.

Durch Kaiser Constantin den Großen hatten die Veteranen wichtige Privilegien erlangt. Nach seinen Siegen über Licinius fühlte er in Anerkennung ihrer Leistungen dankbar sich dazu verpflichtet, ihnen durch Vergünstigungen und Auszeichnungen das Leben immer angenehmer zu machen [1]. Solche Privilegien wurden gesetzlich in jeder Art gesichert [2]. Aber Constantin und seine Nachfolger erhoben dafür auch neue Ansprüche auf Dienstleistung, nämlich an die Söhne derselben. Sie schufen einen eigenen Gesetztitel über die Söhne der Veteranen. „Daß die Söhne der Veteranen müßig seien, dulden wir nicht wegen der den Eltern verliehenen Privilegien", — so beginnt ein Edikt, welches Kaiser Constantin am 30. Juli 326 zu Aquileja erließ [3]. Entweder mußten sie Kriegsdienst leisten oder Gemeindeämter übernehmen. Der erstere war aber ihre Hauptpflicht und nur im Falle der Untauglichkeit wurden sie für den Dienst bei der Gemeinde-Verwaltung bestimmt. Nach dem zuletzt erwähnten Gesetze sollte die Prüfung ihrer Tauglichkeit geschehen vom 20. bis zum 25. Jahre ihres Lebens. Anfangs hatte Constantin das 18. Jahr festgesetzt; aber im Jahre 332 ging er auf das 16. Jahr zurück. Die 16jährigen Veteranen-Söhne, welche zum Kriegsdienst nicht tauglich erfunden würden, sollten in den Municipien und Colonien dem Rathsherrn-Dienste zugewiesen werden [4]. Später kam man wieder auf das 18. Jahr zurück, an dessen Vollendung unter Kaiser Constantius auch die allgemeine Recrutirung sich anschloß.

Martin's Vater hatte die Privilegien des Veterans und die Ehren des Tribuns; sein Sohn war unzweifelhaft zum Kriegsdienste verpflichtet. Gewiß hat der Vater auch darauf gehalten,

---

1) Cod. Theod. L. VII. t. 20. l. 2: Constantinus A. dixit: Magis magisque Conveteranis meis beatitudinem augere debeo quam minuere.
2) A. a. O. l. 1.
3) A. a. O. t. 22. l. 2.
4) A. a. O. l. 4.

daß sein Sohn sich in den Waffen übte und das Streitroß lenken lernte, während er sonst seiner religiösen Neigung Freiheit ließ. Auch hat er wohl nicht die Absicht gehabt, ihn vor dem 18. Lebensjahre zu beunruhigen. Martinus war aber dem Kriegsdienste abgeneigt, und in den Schutz der Kirche sich flüchtend hoffte er demselben zu entgehen. Es gab damals Viele, welche sich dem Heere zu entziehen suchten, von denen Manche so weit gingen, daß sie sich den Daumen abschnitten und sich verstümmelten, um in ihrer Trägheit und Feigheit und Genußlust nicht gestört zu werden [1]. Andere wurden von den Eltern durch sinnenschmeichelnde Erziehung früh entnervt, daß sie für den Militärdienst gänzlich unbrauchbar sich erwiesen. Beide Classen wurden zum Civildienste bei dem Magistrate in den Provincialstädten durch Kaiserliche Gesetze gezwungen; aber zu keiner von beiden gehörte Martinus. Hätte er nicht in seinem Herzen sich dem speciellen Dienste Gottes geweiht: das Kriegs= und Heldenleben wäre wohl die Wahl seiner Lust und Liebe gewesen.

Schon in dem Alter von 15 Jahren fehlte ihm Nichts an Gestalt und Kraft und Geschicklichkeit, um den edelsten Kämpfern des Heeres eingereiht zu werden; aber nach den bestehenden Gesetzen war er in diesem Alter noch nicht dem Staate verpflichtet. Es war indessen eben eine gefährliche Zeit. Nachdem der Usurpator Magnentius dem Kaiser Constans im Jahre 350 Leben und Reich geraubt hatte, wuchs seine Macht bis zu dem Grade, daß er am 28. September des Jahres 351 in einer Riesenschlacht, und zwar in Pannonien, dem Lieblingslande der Kaiser, mit Constantius um die Weltherrschaft ringen konnte, und dieser den für ihn günstigen Ausgang nur als ein Kriegsglück oder als eine Gunst des Himmels anzusehen hatte. Das Jahr der größten Verwirrung und Noth für die Constantinische Familie war das Jahr 351. Es war so stürmisch, daß für das Römische Reich ein feierliches Consulat nicht angetreten wurde. Während in Gallien, Afrika und Italien, wo Magnetius herrschte, die Zeitbestimmung lautete: „unter dem Consulate des Magnentius und des Gaiso", hieß es im Reiche des Kaisers Constantius: „nach

---

1) A. a. O. l. 1. Vgl. Ammian. Marc. XV. 12.

dem Consulate des Sergius und des Nigrinian", welche nämlich die Consuln des Jahres 350 gewesen ¹). Gothofred bemerkt ²), daß im Jahre 351 Kaiserliche Gesetze nicht erlassen worden seien. In solcher Verwirrung und Noth geschah es denn auch, daß die Söhne der Veteranen noch vor dem vollendeten 16. Jahre zum Kriegsdienste herangezogen wurden. Es scheint, daß Martinus, der gerade damals mit großem Eifer bei der Kirche von Pavia den Studien der Katechumenen und den frommen religiösen Uebungen hingegeben war, mit dem Vater dem Heere des Kaisers Constantius folgte; und als nun Magnentius und der zu Sirmium Hof haltende Kaiser Constantius ihre Armeen auf die höchste Stärke zu bringen suchten, konnte er dem Kriegsdienste nicht entgehen. Nach den Kaiserlichen Edikten, betreffend die Söhne der Veteranen, wurde mit ganzer Schärfe verfahren, und es mochte nicht auffallen, wenn ein Kriegstüchtiger, der auch noch nicht das 16. Jahr zurückgelegt hatte, zum Dienste gezwungen wurde. Da wies jener Tribun hin auf seinen Sohn, dessen Frömmigkeit ihm nicht gefiel, und Martin wurde ergriffen, in's Lager geführt und dann durch den Militäreid gebunden ³). Da er nun einmal dienen sollte, so wollte er auch ächten Ritterdienst thuen, und ging unter die Reiterei ⁴). Daraus schließen wir, daß er von stattlicher Gestalt war und von frischem, kräftigem Jugendaussehen; denn wie es bei den Athenern war, daß zum Reiterdienst nur die Mächtigsten an Reichthum und Körperkraft ausgewählt werden sollten und derselbe schon hierdurch als vornehmer erachtet wurde, so war auch zur Zeit des h. Martinus im römischen Heere die ritterliche Auszeichnung auf Seiten der Cavallerie ⁵). Der Sohn eines Veterans hatte das Recht zum Reiterdienst, wenn er sonst tüchtig dazu war. Er brauchte nicht einmal als Recrut oder in den untersten Grad als Gemeiner einzutreten, sofern er zwei Pferde stellen konnte oder ein Pferd und

---

1) Vgl. Chronologia Cod Theod. p. XLIX.
2) A. a. O.
3) Sulp. Sev. V. B. M. 1: Sed cum edictum esset a regibus, ut veteranorum filii ad militiam scriberentur, prudente patre, qui felicibus eius actibus invidebat, cum esset annorum quindecim, raptus et catenatus sacramentis militaribus implicatus est.
4) Inter scholares alas. l. c.
5) Gothofred. z. Cod. Theod. l. VII. t. 22. l. 2. p. 452.

einen Leibeigenen, der sein Bursche wurde. In diesem Falle erhielt er von Vorne herein mit doppeltem Jahrgehalte die Runde-
Würde ¹), welche Andern nur nach bestimmten Leistungen gegeben wurde. Sulpicius Severus berichtet nun, daß Martinus
mit einem Burschen den Dienst antrat, und bemerkt dabei, daß er
mit Einem zufrieden gewesen, woraus man ersieht, daß sein Vermögen ihm mehrere verstattet hätte ²). Es war aber die Runde=
Würde auch ein Vertrauens=Amt, wozu die Tribunen sonst nur
sehr bewährte Soldaten wählten, denn die Circitoren, wie diese
Runde=Officiere hießen, hatten die Verantwortung für die Disciplin
der Wachen.

Das Verhältniß des Martinus zu seinem Burschen gestaltete
sich bald eigenthümlich. Nur mit wenigen Worten wird es uns
geschildert von dem Biographen; aber wir erkennen sofort daraus,
daß der noch nicht 16jährige und noch nicht getaufte Jüngling
beim Beginne einer dem Ehrgeize und dem natürlichen Menschen
so hohe und glänzende Aussichten eröffnenden Laufbahn das christliche Leben in seinen geheimnißvollen Tiefen verstand. Er betrachtete ihn nicht nur wie einen Kameraden und Bruder, sondern
er vertauschte oft die Rollen, spielte den Burschen und machte
diesen zum Herrn, — d. h. im Privatverkehre, denn im Dienste
konnte nur Martinus seine eigene Rolle ausfüllen. Aber wenn
sie in's Zelt oder in ihr Quartier kamen, dann zog der Herr häufig
seinem Burschen die Schuhe aus und putzte sie, indem er die Bedienung bis zur niedrigsten Dienstleistung übernahm. Die Mahlzeit nahmen sie gemeinschaftlich mit abwechselnder Bedienung, der
aber öfter der Herr als der Diener sich unterzog ³). Natürlich
verminderte das die Verehrung des Burschen gegen seinen Herrn
nicht, es steigerte sie vielmehr, da wahre Demuth nie ohne Hoheit
ist, wie wahre Hoheit nie ohne Demuth. Daß aber nicht Schwäche,
sondern Demuth und Liebe das Motiv zu solchem Verfahren war,
konnte ihm, der den vornehmen und ritterlichen Sinn des edlen
Jünglings Tag und Nacht zu sehen Gelegenheit hatte, ja nicht

---

1) Circitatoria dignitas. Cod. Theod. a. a. O. und dazu der Commentar
von Gothofr.

2) A. a. O.

3) Sulp. Sev. V. B. M. 1. . . . . Uno tantum servo comite contentus etc.

verborgen bleiben. Wir werden diesen demüthigen Zug des Runde-
Officiers in dem Bischofe glänzend wiederfinden. Sein Verkehr mit
den Kameraden war jener Gesinnung ganz entsprechend. Doch um
sie vollkommen zu verstehen muß man die Zeitverhältnisse beachten. Es
war Kriegszeit, und zwar im schlimmsten Sinne, da die Heere
desselben Reiches im Bürgerkriege fast mit gleicher Stärke einander
gegenüber standen. Martinus erkannte seinen Kriegsherrn an in
dem Kaiser Constantius [1]. So hat er denn wohl den großen Feldzug
vom Jahre 351—353 gegen Magnentius, der vergeblich die unüberwindlichen Illyrier zu seiner Partei herüberzuziehen gesucht hatte,
mitgemacht. Von der mörderischen Schlacht bei Mursa in Nieder-
Pannonien ging der blutige Zug unter wiederholten Schlägen bis
nach Gallien hin, wo Magnentius im August des Jahres 353 zu
Lyon durch seine eigene Hand fiel. Dieser Krieg, welcher von der
gespaltenen abendländischen Armee geführt wurde, verwilderte die
Gemüther, wie das nothwendig eintritt, wenn Soldaten desselben
Heeres plötzlich als Feinde einander gegenüberstehen. Es war
ohnehin keine Zeit heroischer Sittlichkeit unter den römischen Bür-
gern. In Rom selbst, in der „ewigen Stadt", wie man sie damals ohne alle Beziehung auf das Christenthum bloß vom politischen und bürgerlichen Standpunkte aus nannte, in welchem Sinne
man sie auch pries als „das gemeinsame Gestirn der ganzen bewohnten Erde", und als deren „Kern und Inbegriff", als „die
unvergleichliche", als „das Haupt" und „Licht des Erdkreises", als
„die Herrin und schönste Königin der Welt", als die „unter die
Himmelssterne erhobenen" [2]; — in Rom also, wo damals der
zwar kluge und geschäftsgewandte aber sonst nicht sehr gebildete
Orsitus Präfekt war, reihte sich Aufruhr an Aufruhr, und zwar

1) Dupuy sagt „unter dem König Constantius", und scheint zu meinen,
das sub rege Constantio des Sulp. Sev. weise auf die Zeit hin, wo Constantius noch Cäsar gewesen; allein rex bezeichnete damals wie βασιλεὺς den
„Allein-Herrscher", und war sogar als stärkere Betonung der Herrschaft von
den Kaisern der ersten drei Jahrhunderte vermieden worden. Ein Cäsar konnte
niemals rex heißen. — Vgl. übrigens Jac. Bernays, über die Chronik des
Sulp. Sev. S. 25.
2) S. Lindenbrog zu Ammian. Marc. XIV. 6. Diese Ehrennamen sind
während des Mittelalters in Preisliedern auf das christliche Rom mit religiöser
Bedeutung übergegangen.

aus den niedrigsten Motiven meist sinnlicher Art. Ehrgeiz bis
zur Thorheit, Eitelkeit und Prunksucht mit hohen Wagen und
Kleiderpracht bis zur Lächerlichkeit, Habsucht bis zur Unersättlich-
keit, Lügenhaftigkeit und Verschwinden aller wahren menschlichen
Theilnahme sind noch die kleinsten Sünden, deren Ammianus
Marcellinus die Römer anklagt. Wagenlenker und Reiter beherrschten die Straßen der Stadt, die Sklavenschwärme wurden
zur Schau umhergeführt; bei den üppigsten Gastmählern hörte alle
eigentliche Hospitalität auf, Jeder lud nur denjenigen ein, von
dem er mit demselben Aufwand gegenbewirthet wurde, und außerdem Possenreißer und Taschenspieler, nie aber einen edlen Fremden oder einen wissenschaftlich gebildeten Mann. Die Bibliotheken
wurden geschlossen, wie Gräber, die man nicht wieder zu öffnen
gedenkt; bei eintretender Theuerung wurden die mit Wenigem sich
begnügenden Pfleger der Wissenschaft, welche nicht geborne Römer
waren, gezwungen, eiligst die Stadt zu verlassen, aber drei Tausend
Tänzerinnen mit ihren Chören konnte man nicht entbehren. Die
Schilderung des Heiden von den Zuständen der Masse ist ganz
abschreckend; er nennt die Lage der Hauptstadt, wo gar kein sitt-
liches Streben mehr zu finden, verzweifelt und jedem Heilver-
suche unzugänglich [1]. Das Häuflein braver Christen muß auf das
öffentliche Leben keinen dem Heiden bemerkbaren Einfluß ausgeübt
haben. In dem Heere hatten Viele, deren Ehrgeiz nicht den
äußersten Grad erreichte, ein solches Heidenleben zu Rom oder
Constantinopel oder wenigstens in einer bedeutenden Provincial-
Hauptstadt als Ziel und Lohn ihrer Mühen im Auge und übten
sich, wo sie konnten, schon in dem Tone desselben. Der Bürger-
krieg hatte den Egoismus, die beschränkte Selbstsucht gesteigert
und roher gemacht. Dazu kam noch jene lange fortgesetzte ent-
sittlichende Verfolgung der früheren Anhänger des Magnentius,
welche Constantius anordnete während er im October des Jahres
353 zu Arelate in Circensischen Spielen und theatralischen Dar-
stellungen und Triumphzügen schwelgte. Diese Verfolgung, deren
Charakter anschaulich wird an der Abscheu erregenden Procedur
des Hofnotars Paulus in dem Generalstabe des Britannischen

[1] Ammian. Marc. XIV. 6.

2

Armee-Corps, zerstörte den Rest von Liebe und Vertrauen in den Kriegs-Kameraden [1]).

Da mußte Martinus wie ein Stern in dunkler Nacht leuchten durch seine ungewohnten himmlischen Sitten. Denn er war „frei von jenen Fehlern, in welche ein Soldat überhaupt so leicht sich verstricken läßt", und insbesondere dem Argwohn, der Denunciatjon, der Verleumdung und Intrigue, d. h. den Sünden des damaligen Kaiserlichen Hoflagers und der gehorsamen Diener des Kaisers in allen seinen Willküakten, gänzlich fremd. Er hatte nämlich „gegen seine Waffenbrüder eine große Güte und wunderbare Liebe; seine Geduld wie seine Demuth überstieg das Maaß dieser Tugenden, welches sonst Menschen erreichen. Seine Mäßigkeit im Essen und Trinken war über alles Lob; er lebte inmitten der Strapazen von so geringen Nahrungsmitteln wie ein Einsiedler, der in ruhiger Beschaulichkeit verharrt" [2]). Er stellte also durch seine Liebe und edle Begehrungslosigkeit den Gegensatz dar zu seinen vornehmen Zeitgenossen und vor Allem zu der Menge seiner Kameraden. Man sollte nun meinen, er müsse dadurch auf großen Widerspruch gestoßen sein und viel Spott, Hohn und Herausforderung erfahren haben. Das war eigentlich nicht der Fall. Die bekannte Rede: „Lasset uns dem Gerechten nachstellen, denn er fällt uns beschwerlich" . . . „sein bloßer Anblick ist uns lästig, seine Lebensweise ist ja ganz verschieden von Anderen", war in dem Illyrischen Kriegsvolke doch nicht geläufig. Martinus stand auch hinsichtlich der Ehrenstellen Niemanden im Wege, da er sie nicht erstrebte und durch seinen wahrhaftigen Charakter für den Hof des Kaisers Constantius wie für die Gesellschaft der Schmeichler desselben im Heere sich nicht eignete. Und dazu kam, daß die Illyrier zwar noch einen Barbaren-Zug in ihrem Wesen hatten und eine stark egoistische Richtung, aber in ihrem geistigen Leben nicht abgestumpft, sondern jugendlich bildsam waren. Daher geschah es, daß Martinus durch jene Tugenden seine Kameraden nicht nur nicht verdrießlich machte sondern vielmehr an sich fesselte, so daß sie ihn mit ungewöhnlicher Zuneigung liebten. Er war freilich damals noch nicht wiedergeboren in Christo, noch nicht getauft, aber durch seine werkthätige

---

1) Ammian. Mar. A. a. O. c. 5.
2) Sulp. Sev. V. B. M. 1.

Liebe bewährte er sich als einen Candidaten der Taufe. Kein tauber Hörer des Evangeliums war er mehr; die hingebende Liebe, welche es predigt, war für ihn bereits Geist und Leben geworden. Seinetwegen hatte er für den folgenden Tag keine Sorge. Von seinem Kriegssolde nahm er, was er jeden Tag gebrauchte: das Uebrige gehörte den Dürftigen. Wo Jemand mühevoll arbeitete, da stand er ihm bei; wo Jemand elend war, da brachte er Hülfe; die Hungernden ernährte er, die Nackten bekleidete er [1]). Während sonst beim Durchzuge siegstrunkener Soldaten friedliche Menschen Uebermuth, wenn nicht Gewaltthat, zu erwarten hatten, sahen sie in ihm nicht selten einen Engel des Trostes, der sinnig und mild aus den lauten Schaaren sie anblickte oder die rettende Hand darbot. Ein solcher Jüngling verdiente es, das volle Recht der Kinder Gottes zu gewinnen. Der Himmel lenkte die Ereignisse, welche ihn zum Empfange der Taufe drängten.

IV.

Taufe. — Verlassen des Kriegsdienstes.

Nach dem Tode des Magnentius und der vollständigen Ueber= windung seines Anhangs bezog Kaiser Constantius mit seinem siegreichen Heere die Winterquartiere zu Arelate (Arles), wo er vom Anfange des Monats October 353 bis zum Frühjahre 354 blieb. Arelate gewährte ihm und seinem Hofe auch als das „Gallische Rom" alle Freuden der Residenz. Der Kaiser erließ mehrere Gesetze in Betreff der Heiden, verbot namentlich die unter Magnentius erlaubten nächtlichen Opfer zu Rom und ließ alle heidnischen Tempel in Italien schließen. Das konnte Solche, die Neigung zum Christenthume hatten, ihrem Entschlusse und dem entscheidenden Schritte nur näher bringen. Auch hielt der Kaiser noch in den letzten Monaten des Jahres 353 zu Arelate eine ziemlich bedeutende Synode, die zwar durch Ver= urtheilung des h. Athanasius und des Bischofs Paulinus von Trier wie durch ihre ganze Haltung der Arianischen Partei gegen die

---

1) Sulp. Sev. V. B. M. 1.

Kirche günstig war, aber jedenfalls die Aufmerksamkeit der Heiden auf das wachsende Ansehen der christlichen Religion im Staate lenkte. Martinus mag das Alles beobachtet haben und in seinem ja bereits christlichen Leben bestärkt worden sein.

Der Kaiser war entschlossen, mit dem ersten Beginne des Frühlings einen Feldzug gegen die Alamannen, welche während des Krieges zwischen ihm und Magnentius wieder kühner in das römische Grenzgebiet eingefallen waren, zu unternehmen. Um so mehr bedurfte das Heer nach vollbrachter schwerer Arbeit der Pflege. Auch war der Winter sehr strenge, wodurch die Ernährung und die Kräftigung der Armee an Einem Orte erschwert wurde. Ein befestigtes Lager war nicht nothwendig. Freilich aber hing Vieles davon ab, daß in Gallien selbst überall Ruhe und Friede war. Aus diesen Gründen ist es einleuchtend, daß es zweckmäßig war, die Truppen zum Theil in die Provincial-Hauptstädte zu legen. Martinus, der 18jährige Jüngling, hatte sein Winter-Quartier in Amiens an der Somme [1]). Der Winter war aber ungewöhnlich rauh und kalt, so daß selbst viele Menschen erfroren. Da war es kein Wunder, daß der wohlthätige Jüngling bald kein Geld mehr hatte; nur sein Verlangen wohlzuthun, seine Nächstenliebe war unerschöpflich. Eines Tages, mitten im Winter, nämlich im Januar 354, wollte er durch's Stadtthor gehen, da sah er einen von Kleidern ganz entblößten Menschen, der zitternd in der bittern Kälte die Vorübergehenden um Erbarmen anflehte. Aber Alle ließen den Elenden unbeachtet. Der von Gott schon sehr begnadigte Martinus dachte daher, an diesem Menschen Barmherzigkeit zu üben, sei eine ihm vorbehaltene Freude. Was sollte er aber thuen? Er besaß nur noch den einen Militär-Anzug, welchen er eben trug; alles Uebrige hatte er zu ähnlichem Werke der Barmherzigkeit bereits hingegeben. Dieser Anzug war gewiß nicht verschieden von dem damals im römischen Heere üblichen. Er hatte also Bind-schuhwerk, Pluderhosen, die kürzere Tunica mit langen Aermeln, einen Schultermantel und Kopfbedeckung. Schon seit Hadrian durften die Reiter eiserne vergoldete Helme mit Visir und rothem

---

1) Hauptstadt der Ambiani in Gallia Belgica, welche späterhin in der Geschichte der Kreuzzüge viel genannt wurde als Geburtsort Peters des Einsiedlers.

Federbusch und rothe „kimmerische" Waffenröcke (statt der früheren Harnische) tragen [1]). Sulpicius Severus berichtet uns nun, Martinus sei mit der Chlamys bekleidet gewesen bei jener Begegnung. Dies war der Schultermantel, ursprünglich ein vornehmes griechisches Kleidungsstück, mit dem man selbst Götter schmückte; es war aber ein leichterer Kriegsmantel, das viereckig gestaltete Sagum oder Sagulum, welches über die Schultern geworfen und an der Seite mit einer Spange befestigt wurde. Sobald nun Martinus den Armen erblickte, nahm er sein scharfes Schwert, mit dem er umgürtet war, schnitt seinen Mantel mitten durch, gab dem Entblößten die eine Hälfte und bekleidete sich mit der andern wieder [2]). Die Form des Mantels ließ das zu; nur mochte mit dem Schwerte die Theilungslinie nicht scharf eingehalten worden sein, — ohnedies mußte die Mantel-Hälfte straffer angezogen werden, damit die Spange an der Seite sie fest fasse, während der ganze Ueberwurf von den Schultern leicht und bequem herabfiel, und es konnte auch nicht fehlen, daß ein Theil des Oberkörpers nun unbedeckt blieb; — Martinus hatte ja Kleid und Kälte mit dem Armen getheilt. Die Folge davon war, daß die hohe Gestalt des edeln Jünglings in dem verstümmelten Oberkleide etwas verunziert erschien. Da aber seine frisch blühende Jugend und der kühne Muth, mit dem er rasch handelte, nicht mitleiderregend sein konnte, so empfing Jeder,

---

1) Vgl. Kostümkunde. Geschichte der Tracht und des Geräthes im Mittelalter. Von Hermann Weiß. 1. Abschn. Stuttgart 1862. S. 17 und 22—23.

2) Seit den punischen Kriegen hatten die Römer das „spanische Schwert" angenommen. Dazu kam unter dem Kaiser Vespasian ein kurzes Messer, welches dann häufiger gebraucht und darum an der linken Seite getragen wurde, während das große spanische Schwert an der rechten Seite hing. Wahrscheinlich hat Martinus jenen messerartigen Dolch zum Durchschneiden des Mantels benutzt. — Dupuy sagt (S. 89): Sein Mantel „bestand aus zwei Theilen, wovon der eine zur Bedeckung des Hauptes diente und auf die Schultern zurückgeschlagen werden konnte. In den Augen seiner Liebe schien ihm dieser Theil überflüssig. Nach kurzem Bedenken zog er sein Schwert und hieb denselben entzwei, schenkte dem Bettler den einen Theil, mit dem andern bedeckte er sich so gut er konnte." Eine solche Form hatte der Kriegsmantel nicht; auch schien dem Martinus nichts an seiner Chlamys überflüssig, und bedacht hat er sich ebenfalls nicht. — Die häufig vorkommende Erzählung, er habe bei dieser That zu Pferde gesessen und „vom Rosse herab" dem Armen seinen halben Mantel gereicht, ist historisch nicht begründet. Der Bericht bei Sulp. Sev. deutet nur darauf hin, daß er zu Fuße war.

der nicht von dem seltenen Werke der Barmherzigkeit erschüttert oder bis zu Thränen gerührt wurde, den Eindruck des Humors, als Martinus heiteren Antlitzes sich die Mantelhälfte um die Schultern wand und an der Seite zu befestigen suchte. So lachten denn auch in der That Einige von den Umstehenden, die sich während der ungewohnten Scene um den seltenen Jüngling und den Armen gesammelt hatten. Es waren Bewohner von Amiens und gewiß auch einzelne Kriegskameraden. Das Lachen braucht man nicht als böswillig anzunehmen; es konnte sogar ein Zeichen beifälliger Theilnahme sein. Viele der Anwesenden jedoch, die gesunderen Sinn und ein tieferes Gemüth hatten, wurden innerlich ganz bewegt und seufzten, daß sie eine ähnliche That noch nie gethan, da sie doch Arme hätten bekleiden können, ohne sich dabei selbst der Bedeckung zu berauben. —

Martinus aber hatte einen schönen Tag. Das dankbar getröstete Auge des bekleideten Armen mußte ihn grüßen, wo er ging und stand. Selbst das wiederkehrende Wohlgefühl der Lebenswärme in dem vorhin im Frost zitternden Manne, fühlte er bei der Vorstellung, wie der Beschenkte sich eingeschmiegt in das wollene Kleid, gleichsam mit. Wohl mochte ihm auch aus dem Unterrichte, den er als Catechumene genossen, das Wort seines Himmelskönigs bei der Einführung seiner Gerechten in das Himmelreich in die Erinnerung kommen: „Ich bin nackt gewesen, und ihr habt Mich bekleidet" . . . denn „was ihr gethan habt Einem dieser meiner geringsten Brüder, das habt ihr Mir gethan." (Matth. XXV. 36 und 40). Und so schloß er den Tag mit dem Bewußtsein der guten That voll des Friedens in seligen Himmelsgedanken, vielleicht betend für den Armen, daß Gott ihn auch mit dem glänzend weißen Byssus der Heiligkeit und Gerechtigkeit bekleiden möge. Sanft schlief er ein. Da wurde er im Traumgesicht entzückt, und er sah Christum den Herrn, angethan mit seinem halben Kriegsmantel, womit er den Armen vor der Kälte schützend bedeckt hatte. Und als er kaum wagte aufzublicken, vernahm er die Aufforderung, den Herrn sorgfältig zu betrachten und zu prüfen, ob dies nicht sein Mantelstück sei, das er verschenkt hätte. Und als er in heiliger Ehrfurcht schwieg, wandte Jesus sich zu der ihn alsbald umgebenden Engelschaar und sprach mit helltönender Stimme: „Martinus, obgleich erst Catechumene, hat Mich mit diesem

Gewande bedeckt." In der freudigen Bewegung erwachte der Jüngling. —

Dieses gnadenvolle Ereigniß erfüllte den Martinus nicht mit irdischem Stolze, er überhob sich nicht zum menschlich eiteln Rühmen, vielmehr anerkannte er darin nur die sich an ihm offenbarende Güte Gottes, welche Anerkenntniß ihn ernster stimmte und zur entschiedenen That führte. Das im Traumgesichte vernommene Wort des Herrn, das offenbar sein Catechumenat als vollendet bezeichnete, klang ihm wie eine Mahnung, in das Heiligthum der Kirche nun einzutreten: und der 18jährige Jüngling eilte mit geflügelten Schritten zur Taufkapelle. Nach unserm durchaus glaubwürdigen Zeugen[1]) ließ er sich sofort nach jener schönen That und ihrem Lohne taufen, also zu Amiens[2]). Die schöne Stadt an der Somme wurde aus Veranlassung jener Vorgänge späterhin von dem weiten Nimbus, welcher den Namen des h. Martinus umglänzte, mitberührt. Man glaubt dort heute noch den Ort des Hauses zu wissen, wo jener das Traumgesicht gehabt und wo in der Folge lange Zeit eine Kirche gestanden; man weiß, daß an der Stelle, wo die Theilung des Mantels geschah, unter dem Thore eine Kapelle erbaut wurde, und endlich war man zu Amiens im 16. Jahrhundert überzeugt, einen Theil des getheilten Mantels selbst zu besitzen.

Am liebsten hätte Martinus nun gleich nach dem Empfange der Taufe den Militärdienst verlassen, um zu zeigen, daß er als vollberechtigtes Gotteskind noch mehr vermöge denn als Catechumen. Gezwungen, zu bleiben, war er nicht; sein Biograph läßt offenbar sein Verbleiben im Heere einzig von seiner freien Wahl abhängig sein. Der Grund aber, warum er noch blieb, war folgender. Sein Kriegsoberster, der, wie es scheint, auch Christ war, hatte ihn überaus lieb gewonnen, so daß er aus Zuneigung Zeltkameradschaft mit ihm pflegte. Diesem vertraute Martinus gleich nach dem Empfange der Taufe seinen Entschluß, Mönch zu werden, an. Da wurde der Oberst betrübt, daß er sich von dem herrlichen

---

1) Sulp. Sev. V. B. M. 2.
2) Die Angabe der Legende, wonach er zu Constantinopel getauft sein soll, entbehrt jeder historischen Hinterlage. Sulp. Sev. fügt jenem Traumgesichte gleich hinzu: Quo viso . . . . . . ad baptismum convolavit.

Jünglinge trennen sollte, und er versprach, wenn sie zusammen-
blieben bis die Zeit seines Tribunates [1] abgelaufen sei, selbst ebenfalls der Welt zu entsagen. In der Erwartung dieses gemeinsamen Schrittes blieb er noch ungefähr zwei Jahre dem Namen
nach, was er in dem Herzen nicht mehr war.

Beim Beginne des Frühjahrs 354 brach Kaiser Constantius
auf gegen die Alamannen. Vielleicht blieb Martinus in Amiens,
da die Provincial-Hauptstädte doch nicht von aller Besatzung, zumal
in so aufgeregter Zeit, entblößt werden konnten. Wenn er aber
auch mitzog, so kam er diesmal wenigstens nicht in die Versuchung
zu kämpfen, was ihm fortan hart sein mußte, da es mit dem
Ernste seiner innern Wahl im grellen Widerspruche stand. Constantius wurde zunächst bei Valence am Rhone aufgehalten, weil
er die Armee nach seinem Plane durch Zufuhr aus Aquitanien
wegen der ungewöhnlich heftigen und häufigen Frühjahrs-Regen-
güsse, die Ueberschwemmungen verursachten, nicht gehörig ver-
proviantiren konnte. Als dann das Heer um Chalon sur Saone
(in Burgund) sich vollständig gesammelt hatte, ertrug das wilde
Wesen (feritas) und der ohnehin zum Aufruhr gegen die ordent-
lichen Vorgesetzten geneigte Sinn der Soldaten die Langeweile des
zwecklosen Aufenthalts und den Mangel an Lebensmitteln nicht
länger; es entstand eine gefährliche Meuterei. Glücklicher Weise
brachte aber das Gold des Geheimkämmerers Eusebius die An-
stifter der Unruhen und Empörungen zur Einsicht, daß weder der
Kaiser noch die Feldherren die Lage der Dinge verschuldeten. Bald
darauf, nachdem warme Tage eingetreten, kam die Zufuhr in großem
Ueberflusse an. Nach beschwerlichen Märschen über zum Theil noch
verschneiten Bergpfaden stieß das Heer eine Meile jenseit Basel,
in der Nähe von Rauracum (jetzt Dorf Augst-Augusta Rauracorum),
an den Höhen des Rheinufers auf die Alamannen. Der Rhein
hat dort noch die Richtung von Osten nach Westen; Rauracum
lag auf dem südlichen Ufer, und die Alamannen, unter zwei Königen,

---

1) Der Commandeur der Truppenabtheilung, welcher Martinus angehörte,
wird hier Tribunus genannt, was auffallen muß, da die Reiterei wohl Präfekten
hatte aber keine Tribunen. Doch es kam vor, daß dem Tribun einer Infanterie-
Cohorte eine Reiter-Schwadron beigegeben und unter sein Commando gestellt
wurde. Ein Beispiel bietet O. Gargilius dar. Not. dign. L c. p. 526 u. 537.

ben beiden Brüdern Gundomad und Vadomar, lagerten mit großer Macht auf dem nördlichen Ufer, jeden Uebergang wehrend, fast unmöglich machend. Verrath hin und her spielte schon eine Rolle, als die Alamannen unter ehrenvollen Bedingungen den Frieden anboten. Constantius war sehr erfreut darüber, fürchtete aber sein eigenes Heer und legte daher diesem, für den Frieden eifrig redend, die Entscheidung vor. Das Heer war in guter Stimmung und lobte den Rath des Kaisers. So wurde das Bündniß, noch unter heidnischen Feierlichkeiten und Festen, geschlossen, und der Kaiser zog mit seinem Heere nach Mailand [1]. Hier blieb er, mit den kirchlichen Angelegenheiten sich vielfach zu Gunsten der Arianer beschäftigend, bis er den Alamannen wieder im folgenden Jahre 355 den Krieg ansagen mußte. Der Kaiser zog mit dem ganzen Heere in Rhätien ein bis in das Caninische Gebiet, und nachdem er Kriegsrath gehalten, sandte er die stärkere Hälfte seines Heeres unter dem Ober-Commando des Reiter-Generals Arbetio an den Ober-Bregenzer-See (Theil des Bodensee's), um die Feinde sofort anzugreifen. Dieser ging kopflos in einen Hinterhalt, aus dem nur eine schimpfliche Flucht zur Nachtzeit in wilder Unordnung einen Theil seines Heeres rettete. Nicht weniger als zehn Tribunen wurden am Morgen bei der Sammlung vermißt. Bei Erneuerung des Kampfes war Arbetio nahe daran, vernichtet zu werden, wenn nicht drei kühne Tribunen sich rücksichtslos auf den Feind gestürzt und eine Wendung herbeigeführt hätten, welche die gänzliche Nieder-lage der Alamannen zur Folge hatte, so daß der Kaiser triumphirend nach Mailand zu den Winter-Quartieren zurückzog [2].

In wie weit Martinus an diesen Feldzügen betheiligt gewesen, ist nicht zu ermitteln. Aber im Herbst des Jahres 355 kam er aus dem Heere des Kaisers in das Heer des neuen Cäsar's Julian. Als Constantius diesen fürstlichen Jüngling, der mit seinen lang-blickenden Augen ebenso milde Anmuth wie drohenden Ernst aus-drückte, aber schließlich das ganze Heer mit enthusiastischem Jubel erfüllte, am 6. November zu Mailand [3] mit dem väterlichen Purpur geschmückt, zur Freude des Heeres ihn zum Cäsar ernannt und

---

1) Ammian. Marc. XIV. 10. Themistius, Or. 13.
2) Ammian. Marc. XV. 4.
3) Hieronym. Chronicon.

ihm seine Schwester Helena wenige Tage darauf zur Gemahlin
gegeben hatte, ließ er ihn nach etwa drei Wochen, am 1. December
nämlich, trotz des hereinbrechenden Winters den Weg nach Gallien
antreten, wo ihm der Kaiser das Gebiet seiner Herrschaft zugedacht.
Dieser gab ihm das Geleit bis zu den zwei Säulen zwischen
Lumello und Pavia auf der Straße nach Turin, wohin Julian
dann ohne Aufenthalt geraden Weges zog. Hier kam ihm von
Gallien schon ein schlimmer Bote, der ihm fast den stolzen Muth
gebeugt hätte. Er wußte wohl, daß er schwere Arbeit finden
werde.

Der Schlag am Bodensee hatte nur einen Zweig der Alamannen
getroffen. Mächtige Schaaren erfüllten das rechte Ufer des Ober-
rheins, und im Bunde mit andern germanischen Stämmen ver-
wüsteten sie in häufigen Ueberfällen das römische obere Germania
auf dem linken Ufer, wo die Städte Straßburg, Speier, Worms
und Mainz lagen. Niedergermanien, welches die hervorragenden
Städte Cöln und Tongern hatte, wurde in ähnlicher Weise ver-
heert von den Franken. Es war schon so weit gekommen, daß die
starken römischen Festungen von den Feinden erstürmt wurden.
Im Jahre 355 hatten die Feldherren in Gallien es nicht mehr
vermocht, mit geordneter Heeresmacht den Barbaren, wie sie die
Feinde nannten, Schlachten zu liefern; man sah nur noch die
Trümmer einer einst dagewesenen Armee in einzelnen Provinzen,
wo hier und dort Festungen von einer kleinen Schaar erprobter
Veteranen auf's Ungewisse hin vertheidigt wurden. Man sollte
nun glauben, der Kaiser Constantius habe dem jugendlichen Cäsar,
der bis dahin nicht auf dem Schlachtfelde sondern in der Rhetoren-
schule gewesen war, wenigstens eine große Armee mit sieggewohnten
Feldherren gegeben, damit er die Feinde demüthige und in den
schönen aber hart heimgesuchten Provinzen Ordnung und Wohlstand
wieder herstelle. Der Kaiser gab ihm 360 Mann zu Fuß: das
war Alles! [1]). Nun kam ihm zu Turin, nachdem er schon genug

1) Julian, Epist. an die Curie und an das Volk von Athen. S. 275 bei
Spanheim. Zosim. III, 3. Libanius (bei Reiske p. 379 und 535 B. I.) sagt
einmal „weniger als 400", und das andere Mal 300; aber er will nicht genau
reden, sondern nur auf die Geringheit der Zahl den Nachdruck legen, wobei er
noch bemerkt, daß sie auch ohne Tüchtigkeit gewesen.

von den trostlosen Zuständen in Gallien erfahren, noch jener unliebe
Bote entgegen, welcher meldete, daß Cöln, jene ruhmvolle Stadt
(ampli nominis urbs) im zweiten Germanien (am Niederrheine),
nach hartnäckiger Belagerung von den Barbaren mit gewaltiger
Kraft erobert und zerstört worden sei. Da überfiel den Cäsar
Traurigkeit, und mit heimlichen Klagen murrte er, daß man ihn
dem gewissen Untergange überliefert habe. Doch bald ermannte
er sich. Er zog mitten im Winter nach Vienne, wo er mit großem
Jubel aufgenommen wurde; und sofort begann er in rastloser
Thätigkeit die Heerestrümmer zu sammeln, zu organisiren und
kriegstüchtig zu machen. Da fand sich auch Martinus ein; denn
unter den Fußgängern, welche der Kaiser dem Julian gegeben,
konnte er nicht gewesen sein.

Im Frühjahre kam noch die erschreckende Nachricht, daß die
Barbaren (Alamannen) bis nach Autun kühn vorgedrungen, ja,
daß sie diese feste Stadt nach Ueberwältigung der Besatzung erobert
haben würden, wenn nicht die herbeieilenden Veteranen im Ver-
zweiflungskampfe dieselbe gerettet hätten. Julian zitterte nun nicht
mehr. Er sah bereits seine Erfolge in dem geschaffenen Heere,
und setzte seine Phantasie in Flammen durch Barbaren-Niederlagen
und eigene Triumpfe. Am 24. Juni 356 war er mit seinem Heere
zu Autun. Dieses schaute staunend auf ihn; er schien den Soldaten
nicht mehr jener Jüngling zu sein, der vor wenigen Monaten die
Gelehrten-Schule verlassen, sondern in Rath und Thatkraft ein erprobter Feldherr; und das Vertrauen wurde unbedingt. Nach
einem raschen und kühnen Zuge, der die Umsicht, Ruhe, Besonnenheit und geistige Ueberlegenheit Julian's schon sehr hervorleuchten
ließ, hielt er Kriegsrath zu Rheims. Darauf wandte er sich, der
vielen Hinterhalte wegen vorsichtig und zögernd vorwärtsschreitend,
dem Oberen Germanien zu, welches die Alamannen bereits bewohnten, indem sie auch die Städte Straßburg, Brumpt, Rhein-
Zabern, Selz, Speier, Worms und Mainz innehatten. Julian
nahm zuerst Brumpt (2½ Meile vom westlichen Rheinufer) weg
und machte es zum Stützpunkte für die sich entwickelnde Schlacht,
da die Feinde schon heranstürmten. Diese waren sehr zahlreich,
aber seine zwei starken Flügel zerschlugen die Massen der Alamannen,
so daß deren Heer förmlich aufgelöst wurde. Ein großer Theil
derselben fiel, ein anderer wurde gefangen und ein dritter rettete

sich nur durch die schleunigste Flucht. Da wurde das linke Rheinufer von Straßburg abwärts geräumt, wohin Julian den Fuß
setzte [1]). Erst bei Worms, von wo an die Römer noch die kleinere
Hälfte von dem ersten Germanien vor sich hatten, schienen die
Feinde eine zweite Schlacht wagen zu wollen. Der kluge Cäsar,
welcher nichts versäumte, sammelte am Tage vor der erwarteten
neuen Schlacht sein ganzes Heer um sich, und fing an, jedem
einzelnen Soldaten ein Kriegsgeschenk zu machen. Die reiche Beute,
welche die regellos fliehenden Alamannen ihm zurückgelassen, machten
ihm die Freigebigkeit leicht. Das war ein Ehrentag für den Soldaten.
Jeder wurde bei seinem Namen gerufen; er kam hervor, und was
er empfing, vom gnädigen Blicke und Winke des Fürsten begleitet,
war wie ein Lohn persönlicher Tapferkeit. Da wurde auch gerufen: Martine! Und der edle Pannonier, der nun zwanzigjährige
Jüngling, trat vor den Cäsar hin, — nicht um das Geschenk anzunehmen, sondern um seine Entlassung zu erbitten. Das Geschenk
schien ihm eine neue Verpflichtung in sich zu schließen, und sein
Entschluß stand fest, nicht mehr zu dienen. Vielleicht war ihm das
Elend und der Jammer der Gefallenen und Verwundeten in der
letzten Schlacht noch besonders nahe gekommen und zu Herzen ge-
drungen. Er sprach also mit hohem Freimuth zu dem Cäsar:
„Bis dahin habe ich Dir den Ritterdienst geleistet: ge-
statte nun, daß ich ein Ritter werde für Gott! Dein
Kriegsgeschenk möge ein Anderer empfangen, der in
Deinem Kriegsdienste bleiben will. Ich bin Christi
Ritter: (für Dich) darf ich nicht mehr kämpfen!" —
Solche Rede verdroß den Herrscher und er sprach: „Ei, Martinus,
Du bist feige; für morgen steht die Schlacht bevor:
die Schlachtenfurcht, und nicht die Gottesfurcht, zwingt
Dich, den Kriegsdienst zu verweigern!" — Da stand
Martinus noch kühner vor dem Cäsar, einschüchtern ließ er sich
nicht; er antwortete mit edler Zudringlichkeit: „Wohlan! Hältst

---

1) Bis hieher ist obige Erzählung dem Ammian. Marc. (XV. u. XVI. 1—2)
gefolgt. Ammian. läßt dann Julian von Brumpt ohne Schwertschlag nach Cöln
ziehen: wo der Cäsar mit den Alamannen Frieden geschlossen, berichtet er
nicht. Dies ergänzt Sulp. Sev. V. B. M. 3. Der Anschluß ist so leicht und
natürlich, daß es einer weiteren Motivirung nicht bedarf.

Du meinen Entschluß für Feigheit statt für Glaubenstreue, so will ich morgen mich waffenlos vor die Fronte der feindlichen Schlachtreihe hinstellen, und im Namen des Herrn Jesu nur mit dem Zeichen des Kreuzes, nicht mit dem Schilde beschirmt, noch mit dem Helme gedeckt, werde ich mitten in die Schlachtordnung der Feinde eindringen, furchtlos!" — Dies Anerbieten reizte die Phantasie des Cäsars, der innerlich dem Christenthume sich schon entfremdend, mit seinem reichen geistigen Bedürfen sich dem Außerordentlichen und Wunderbaren in eigenen Lebenserfahrungen zuwandte. Das Geheimnißvolle und das Poetische: beides fesselte ihn fast mit gleicher Stärke. An dem auserlesenen Pannonischen Jünglinge, der sich mitten in die urkräftigen zürnenden Feinde stürzte, ein Wunder zu erleben, die Alamannen vor ihm wie vor einem Engel des Herrn scheu zurückweichen zu sehen: das hätte ihm willkommene religiöse Schauer erregt. Andererseits konnte auch eine Heldenscene sich gestalten, welche den Eindruck des PoetischErhabenen machte. Dazu kam, daß die vermeintliche Entmuthigung des Pannoniers auf jene Art ganz im Sinne Julian's militärisch gesühnt zu werden schien. Er liebte nämlich solche pikante Strafarten, wie wir aus manchem Beispiele entnehmen können. In jener großen Schlacht bei Straßburg im Jahre 357, welche der Cäsar Julian gegen die Alamannen unter ihren vereinten Königen auf's Glänzendste gewann, sah er plötzlich das beste Regiment Cavallerie, 600 Veteranen, auf die er viel Hoffnung gesetzt, von panischem Schrecken befallen in wilder Unordnung die Flucht ergreifen. Der Cäsar ritt mit wenigen Adjutanten den Fliehenden stürmisch nach und rief ihnen zu, der Sieg sei ja bereits entschieden, sie möchten umkehren und daran Theil nehmen [1]). Aber während andere Mitfliehende diesen Worten Gehör gaben und sich wandten, sahen und hörten jene Sechshundert nicht mehr, von der Furcht betäubt, und sie flohen unaufhaltsam. Der Sieg Julian's war nichtsdestoweniger vollständig; ein kleiner Theil des geschlagenen

---

[1] Ammian. Marc. XVI, 12 läßt die ganze Reiterei vom rechten Flügel fliehen und vom nachreitenden Cäsar, nachdem er zuerst eine Schwadron zum Stehen gebracht und angeredet, wieder zurückführen. Auch hier sagt Julian, sie möchten doch an der Glorie der Uebrigen mit Antheil nehmen kommen.

Heeres entkam über den Rhein, selbst der gefürchtetste Alamannen-König Chnodomar wurde gefangen. Darauf hielt Julian Kriegs-gericht, und jene 600 feige Ritter wurden todeswürdig befunden. Aber der Cäsar hatte ihnen eine empfindlichere Strafe zugedacht. Er befahl ihnen Weiberkleider anzuziehen und in dieser Tracht zum Gespötte des ganzen Heeres sie durch das Lager zu führen. So geschah es, und das wirkte vortrefflich. In der nächsten Schlacht waren sie die unüberwindlichsten Helden [1]).

In ganz anderer Art, aber mit ebenso großem Reize für die Phantasie des geistreichen Cäsars sollte Martinus von dem Vor-wurfe der Feigheit, den er freilich in keiner Beziehung verdiente, nach eigener Wahl sich reinigen. Julian nahm rasch sein Anerbieten an, gab ihn aber mißtrauisch bis zum andern Tage in strenge Haft. Aber beim Anbruch des folgenden Tages schickten die Alamannen Friedensboten in's Lager der Römer, welche ihre völlige Unterwerfung mit Leib und Leben, mit Hab und Gut erklärten [2]). Dies war gegen alle Erwartung, und es fehlte nicht an Stimmen, welche in diesem unblutigen Siege eine Verherrlichung des Dieners Gottes, des Ritters Martinus priesen. Sein Biograph glaubt, es könne Niemand daran zweifeln, daß hier eine wunderbare Gottes-that geschehen sei. Wohl habe der Herr seinen treuen Ritter auch mitten unter den Geschossen und Schwertern der Feinde zu bewahren die Macht gehabt, aber mehr noch habe Er ihn begnadigt, indem Er das Leben Aller bewahrt und durch Lenkung der Herzen die Schlacht abgewendet. Auch Julian kam durch diese erwünschte Wendung in eine freudiggehobene Stimmung, und entließ ohne weitere Forderung den Martinus, ihn seines Eides entbindend.

Der Cäsar hatte in wenigen Wochen eine Kriegskunst und Tapferkeit gezeigt, daß der sieggekrönte Feldherr seiner Lorbeeren für das Jahr 356 sich hätte freuen können. Allein den Fall Cöln's, der ihn zu Turin so gebeugt, verschmerzte er nicht. Also: „Auf nach Cöln!" war seine Losung, als kein Alamanne sich mehr gegen ihn in den Kampf wagte. Mit dem siegreichen

---

1) Zosim. III, 3.
2) Giselin zu Sulp. Sev. a. a. O. will den Verfall auf den Frieden zu Cöln, den Julian mit den Franken schloß, vermuthungsweise beziehen. Allein die Franken kommen nicht so unbedingt: sua omnia seseque dedentes.

Heere zog er sofort den Rhein hinab, und das Heer erfüllte mit Jubel das stolze Thal, in das damals zwischen Bingen und Bonn noch keine ernsten Burgen von den Höhen hinabschauten, und wo nur in der Tiefe ein paar feste Punkte von den Römern angelegt waren. Ohne Aufenthalt kam Julian daher innerhalb weniger Tage nach Cöln. Nachdem die einander gegenüber liegenden Heere sich mit Blicken gemessen und ausgeforscht, überfiel die Frankenkönige Furcht. Sie boten Frieden und gaben das römische Gebiet, insbesondere das schöne Cöln, wieder heraus. Julian ordnete Alles zur Wiederherstellnng der Befestigungen an und zog dann froh im Siegesgefühle über Trier nach Sens in die Winter-Quartiere, wo der Arbeit genug seiner harrte.

Martinus aber hatte noch im Spätsommer, sogleich nach seiner Entlassung bei Worms, sich nach einem andern Feldherrn umgesehen, der ihn üben könnte in dem Ritterdienste Christi, und er hatte ihn gefunden und war alsbald zu ihm gegangen, nämlich zu dem herrlichen Manne Hilarius, dem Bischofe von Poitiers in dem Lande Aquitanien, wo um diese Zeit die Menschen am meisten gebildet waren auf der ganzen Welt.

<hr />

V.

Besuch bei Hilarius. — Reise in die Heimath.

Das Jahr 356 war ein entscheidendes in dem Leben des heil. Hilarius. Als Martinus seine Freiheit erhielt, war man eben eifrig bemüht, hinter dem Rücken des Cäsars Julian beim Kaiser Constantius durch falsche Darstellung der Vorgänge auf der Synode zu Beziers (Biterrae), welche wohl noch im Frühjahre 356 gehalten worden war, die Verbannung des Bischofs von Poitiers zu erwirken. Saturnin, der Metropolit von Arles, und die Pannonischen Hofbischöfe Valens und Ursacius waren seine mächtigsten Feinde, aber nicht durch Geist und Wahrheit, sondern durch Leidenschaft und Intrigue, gedeckt von dem vorgehaltenen Schilde der Würde und des frommen Eifers für die kirchlichen Rechtssprüche. Zu Beziers hatten sie dem Geiste, der aus ihm redete, nicht wider-

stehen und seinen wissenschaftlichen Beweisführungen sich nicht entziehen können, ihm auch deshalb das Wort genommen; nun suchten
sie voll Erbitterung durch die Kaiserliche Auktorität ihn von seinem
Sitze zu verdrängen, indem sie wahrscheinlich auch der Verletzung
der Pflichten gegen den Kaiser ihn beschuldigten. Julian scheint
sie unmittelbar vor dem Beginne seines Feldzugs mit ihren Klagen
abgewiesen zu haben, weshalb sie ihn schmähten. Es war wohl
eben dies der Grund, warum im Spätsommer, als Martinus seine
Reise nach Poitiers unternahm, Hilarius auf seinem bischöflichen
Sitze sich noch ziemlich sicher fühlte, nicht ahnend, was unterdeß
am Hofe des Kaisers Constantius geschah, noch daß dieser in kirchlichen Dingen selbst in das dem Cäsar Julian bereits übertragene
Herrschergebiet für solche specielle Maßregeln eingreifen werde.

Von dem weithin urkräftig rauschenden deutschen Strome also
und von den Völkern, die er bald auf riesige Körper-Größe und
-Stärke bauend trotzig, bald zu den Füßen der geistig überlegenen
Sieger mit der Furcht und Angst der Knechte sich beugen gesehen,
kam Martinus nach Aquitanien, wo die Cultur auf der Zeithöhe
sich befand, wo die Flüsse so wohl eingedämmt nur Fruchtbarkeit
verbreiteten und klare Bächlein und süße Quellen Alles friedlich
erfrischten, wo die gehegten Heerden, die gepflegten Weinberge,
Gärten und blühenden Wiesen, die reichen Saaten und selbst die
Wälder von des Menschen sorgender und schaffender Hand zeugten,
wo die Landesbewohner den Glanz der Wissenschaft liebten, in
feinster Gesittung mit einander verkehrten und die Gabe der Rede
vor Allem hochschätzten. Der Ruhm des Bischofs von Poitiers
war im Steigen trotz der ihm drohenden äußeren Vergewaltigung.
Auf der Reise mochte Martinus sein Lob oft vernommen haben,
so daß die Erwartung spannender, die Sehnsucht ungeduldiger
wurde; aber seine Vorstellung war gewiß übertroffen, da er endlich
vor dem viel gepriesenen und vielverehrten, tiefsinnigen, fein-
gesitteten, den Gedanken beherrschenden, der Rede so mächtigen,
die Wahrheit leicht spendenden Herolde Gottes, dem milden, menschen-
freundlichen Bischofe, dem Hirten und Vater der Gläubigen von
Poitiers stand! Hilarius nahm den ernsten, freundlichen Jüngling
gastlich auf, und von Weiterreisen wurde vorläufig nicht gesprochen.
Bald hatte er ihn nicht nur persönlich lieb gewonnen, sondern auch
die besondere Geistesgabe in ihm erkannt, welche, entzündet und

aufleuchtend. ein Kirchenlicht werden mußte. Rasch entschlossen bot er dem in Ehrfurcht erröthenden Jünglinge Weihe und Amt des Diacons an, wodurch er dem Kirchendienste zu Poitiers gewonnen, an die Person des Bischofs gefesselt und auf den Leuchter gestellt gewesen wäre. Denn dies Amt war damals schon leicht die Vorstufe zum bischöflichen Throne. Athanasius, die Zierde der Kirche von Alexandrien, hatte als Diacon die Augen aller Kirchenfürsten auf sich lenken können in seiner Stellung und war als solcher die Seele des großen Concils von Nicäa geworden. Martinus erschrak vor der Würde und widerstand dem Wunsche und Willen des heil. Hilarius bei aller Verehrung für ihn. Hilarius fühlte sich ob dieser Weigerung nicht beleidigt, denn er dachte nicht menschlich-leidenschaftlich, auch glaubte er nicht, nun das Seinige in Beziehung auf den Martinus für die Kirche gethan zu haben, und noch weniger fürchtete er, seine Würde möchte leiden, wenn er sich vor diesem Jünglinge neuen Weigerungen aussetzte. Er blieb also milde und hingebend und benutzte jede günstig scheinende Gelegenheit, von Neuem in ihn zu bringen, daß er das Diaconat annehme. Aber immer wieder vernahm er das entschiedenste „Nein!" Es war die unabweisliche Ueberzeugung von seiner Unwürdigkeit, welche Martinus so beharrlich in seiner Weigerung und so hart gegen die herzgewinnenden Bitten des treuen Bischofs machte [1]. Das entging diesem nicht, und seine höhere Einsicht zeigte ihm den Weg, jenen seltenen Jüngling dennoch kirchlich und persönlich zu fesseln. Es war die Demuth, welche jenen von dem Diaconate zurückhielt. „Wenn ich ihm also ein Amt anbiete", dachte Hilarius, „welches abzulehnen ihm selbst - als Hochmuth erscheint, so habe ich ihn." Er verfiel auf das Amt des Exorcisten, des Beschwörers der Energumenen, d. i. der Kranken, welche durch ihr unheimliches oft tobendes Wesen den Gläubigen als vom Teufel Besessene erschienen. Das Teufel = Austreiben gehörte unter die Wunder Jesu Christi, welche das Volk am meisten in Erstaunen setzten und dankbar stimmten. Von einer kurzen Mission kamen einst seine Jünger zu ihm zurück und meldeten in höchster Freude, daß auch ihnen im Namen Jesu die Teufel gehorchten und entwichen. In der

---

1) Sulp. Sev. V. B. M. 4 drückt sich sehr stark aus: cum saepissime restitisset, indignum se esse vociferans.

L   3

apostolischen Zeit der Kirche wird die Gabe solcher Heilungen als eine Wundergabe des h. Geistes erwähnt, welche an die Weihe des besonderen Priesterthums nicht gebunden war. Im dritten Jahrhundert, als man die Wundergabe vergeblich erwartete, die Zahl der Kranken aber nicht abgenommen hatte, ließ die Kirche einen Segen über sie sprechen, einen Machtspruch gegen den ungerechten Besitzer des Erbtheils, welches Christus mit seinem Blute sich erkauft, eine Ausweisung aus der Menschheit, in der sie selbst, die Kirche, allein die mütterliche Herrschaft übt. Dieser Segen, von seiner Kehrseite ein Bannstrahl, wurde „Beschwörung", Exorcismus genannt, und ihn zu sprechen, stellte die Kirche besondere Beamte an, die Exorcisten. Sie wurden für ihren Stand durch eine Weihe ausgesondert, welche aber keine sacramentale Gnade ertheilte und mit der Priesterweihe in einem inneren Zusammenhange nicht stand [1]). Bezweckte nun allerdings ihr Amt eigentlich, ein Wunder zu ersetzen, war es ein erhabenes Ziel, den feindseligen Geistern zu gebieten, so trat doch an Würde und Ansehen der Exorcist vor dem Diacon, der an der sacramentalen Weihe Antheil nahm, selbst das Sacrament der Taufe im Auftrage außer dem Nothfalle spenden konnte, das Evangelium verkündigte und das Kirchenvermögen verwaltete, sehr weit in Ehrerbietung zurück. Daher war es für Martinus schon schwierig, als Hilarius erklärte, er wolle ihn zum Exorcisten machen, das Motiv der Demuth für eine Ablehnung noch aufrecht zu erhalten. Um so schwieriger war es ihm, als er doch ein Sohn angesehener Eltern war und selbst sich Achtung erworben. Den Militärdienst begann er, wie wir sahen, als Ritter und zwar gleich mit der „Runde=Würde". Ob er während seiner fünfjährigen Dienstzeit einen höheren Grad eingenommen, berichtet zwar Sulpicius Severus nicht, wie denn überhaupt die Biographen jener Zeit über die weltlichen Stellungen großer Kirchen=Heiligen so leicht hinweggehen, aber es wird uns wahrscheinlich durch die Mittheilung, daß er schon nach dreijähriger Dienstzeit mit seinem Tribun in vertraulicher Zelt=Kamerabschaft lebte. Jedenfalls besaß er ein solches Ansehen, daß ein Ablehnen des Exorcisten=Dienstes eher

---

1) Es blieben Viele ihr Leben lang Exorcisten, wie Andere Lektoren oder Akoluthen oder Ostiarier. Erst später sind die vier kleineren Weihen zu bloßen Vorstufen für die höheren geworden.

Hochmuth als Demuth hätte verrathen müssen. Dazu kommt aber noch ein wesentlicher Umstand. Sulpicius Severus bemerkt sehr absichtlich, Hilarius habe in seiner weisen List einen Dienst ihm ausgesucht, welcher Gelegenheit darbot, Kränkung und Unbill zu erfahren. Juret, ein Erklärer dieses Schriftstellers, wundert sich darüber, wie derselbe das von Paulinus so sehr gerühmte Amt des Exorcisten für ein so niedriges halten könne, daß er es mit Beschimpfung zusammenstelle [1]. Allein er hat an dieser Stelle seinen Autor nicht verstanden. Die Sache verhält sich so: die Exorcisten hatten nicht bloß über die Besessenen die vorschriftsmäßigen Segens- und Beschwörungsformeln zu sprechen, sondern diese Unglücklichen wurden so recht ihr Antheil, mochten sie nun in öffentlichen kirchlichen- und Staatsanstalten wohnen oder in ihren Familien. Die Exorcisten hatten die ganze Sorge und Verantwortlichkeit für sie, ihre Ueberwachung und Leitung. Nun waren aber jene Energumenen einer Classe von Wahnsinnigen ähnlich, welche oft in den unreinsten und schändlichsten Redensarten und Blasphemien sich zu ergehen pflegen und gegen ihre Aufseher, Aerzte und Seelsorger nicht selten von einer Erbitterung sind, daß keine Fluth von Schimpf und Unbill ihnen genügt, um sich zu rächen. Daher hatten die Exorcisten häufig Demüthigungen zu ertragen, die den höchsten Grad der Demuth forderten. Und eben dies Ertragen von Injurien aller Art fiel bei dem Exorcistenamt mehr in's Auge als die damit verbundene kirchliche Ehre, so daß man es nicht für einen Akt der Demuth halten konnte, wenn sich Jemand entschuldigend diesem Dienste entzog. So befahl also Hilarius dem demüthigen Martinus, das Exorcistenamt zu übernehmen, und der Jüngling, seinen Meister verstehend, gehorchte. Es war dies Amt für ihn bezeichnend, denn er faßte in der Folge unter allen Lebensverhältnissen seinen Kampf gegen die böse Geisterwelt wie einen unmittelbaren auf, und zwar stets im Siegesbewußtsein. Auch seine Zeitgenossen waren überzeugt, daß er „den Dämonen furchtbar" sei.

---

1) Die Worte bei Sulp. Sev. (c. 4) lauten: Intellexit vir altioris ingenii (Hilarius), hoc eum (Martinum) modo posse constringi, si id ei officii imponeret, in quo quidam locus iniuriae videretur. Nur contumelia hätte sich auf das Amt an sich beziehen können in diesem Zusammenhange. iniuria ist etwas, dem jener Dienst den Beamten aussetzt.

Während er nun als Exorcist auch in die Lage kam, von jenem Uebel ergriffene Katechumenen in seine Sorge und Obhut zu nehmen, die er dann selbst unterrichtete, mochte ihm der Gedanke an seine heidnischen Eltern oft Kummer bereiten. Das Aufgeben der glänzenden Kriegslaufbahn war zwar ein Verlassen der Welt aber kein Vergessen der Eltern. Vater und Mutter ehrte und liebte er. Ja, je mehr er Gott liebte und für Gott lebte, desto größer wurde seine Sehnsucht nach den Eltern, die er denn auch des Nachts in seinen Träumen sah. Einmal war er in einem Traumgesichte so lebhaft mit ihnen beschäftigt, daß er die höhere Weisung zu empfangen glaubte, alsbald sein Vaterland und seine vom Heidenthume noch gefesselten Eltern zu besuchen, und seine sorgende religiöse Liebe ihnen zuzuwenden. Da hielt er es nicht länger aus. Er theilte dem lieben Bischofe Hilarius, der selbst ein Mann voll der süßesten Pietät und Verwandtenliebe war, Alles mit, und dieser sagte Ja, er müsse reisen in die Heimath, und gab ihm Urlaub. Aber das wurde beiden nicht leicht. Zwar waren sie noch nicht lange zusammen, doch war ihnen zu Muthe, als hätten sie einander immer gekannt und als dürften sie ohne einander nicht sein. Wenn Hilarius einen einzigen und ganz liebenswürdigen Sohn gehabt hätte, so würde er ihn wohl geliebt haben, wie er den herrlichen Jüngling liebte. Und Martinus hing ihm auch an in kindlicher Treue und Ehrfurcht. So war denn der Abschied schwer. Der bewunderte und große heilige Hilarius, den die gewalthabenden Bischöfe und der Kaiser mit seinem Hofe nicht beugen konnten, daß er ihrem Wunsche sich gefügt hätte, fing an zu weinen und unter vielen Thränen bat und flehte er: „Komm doch wieder, lieber Martinus!" Und Martinus wurde ganz betrübt, daß er so fortgehen mußte, und versprach auch fest, er werde gewiß zu ihm zurückkehren. Auch sonst war er sehr ernst gestimmt bei der Abreise. Seinen geistlichen Brüdern bezeugte er, daß ihm auf dem Wege und in der Ferne viel Ungemach bevorstehe[1]).

---

1) Die rührenden Worte, mit welchen Sulp. Sev. V. B. M. 4 dieses erzählt, sind folgende: Nec multo post admonitus per soporem, ut patriam parentesque, quos adhuc gentilitas detinebat, religiosa sollicitudine visitaret, ex voluntate sancti Hilarii profectus est, multisque ab eo adstrictus precibus et lacrymis ut rediret, moestus (ut ferunt) peregrinationem illam aggressus est, contestatus fratres, multa se adversa passurum.

Seine Eltern waren wieder in Pannonien; denn er will die Patria (Geburtsort) besuchen. Da war der Weg in die Heimath denn ein sehr weiter und mühsamer. Die Reise konnte gehen von Westen nach Osten in etwas südlicher Richtung, nämlich durch ganz Gallien, Rhätien und Noricum, oder nach den heutigen Benennungen durch ganz Frankreich (von Westen nach Osten), durch die nördliche Schweiz, Tyrol, Kärnthen und Steyermark (oder aus der Schweiz durch Bayern, Oesterreich und Steiermark). Aber dann mußte er die Grenzen des römischen Reiches überschreiten und durch Feindes-land gehen. Da zog er es vor, sich gleich südlich zu wenden, um über die Cottischen Alpen durch Oberitalien seinen Weg zu nehmen, wo die Kunststraße ihn über das Hochgebirge führte. Jedenfalls ging er zunächst nach Oberitalien. Oeffentliche Posten konnte er nicht benutzen, Mann und Roß standen ihm nicht mehr zu Diensten. Freilich war er erst im 21. Lebensjahre, ein schöner kräftiger Jüng-ling, dem kein Weg zu hoch ging. In die Höhe führte aber sein Weg, zumal da er die Alpen erreichte. Es mochten eben noch schöne Herbsttage sein, als er im Jahre 356 auf den Alpen sich verirrte und in selbstgeschaffenen Serpentinen oder auf schlangen-artig gewundenen Wegen mit seinem Herzen voll Einfalt und geraden Sinnes umherkletterte. Die Weltstraßen waren nämlich noch sehr spärlich gebahnt und gebaut. Auf seinen Irrgängen mochte er nicht selten mit Gefahren der Natur kämpfen, jedoch auch aufjauchzen vor Freude über ihre Schönheiten, wenn es in der Höhe gar so stille wurde und die schneeigen 'Häupter der Berg-riesen farbenprächtig aufleuchteten in der Morgen- oder Abend-sonne und die Seen geheimnißvoll in der Tiefe ruhten, oder wenn er mitten am Tage im Thale wandelte und hörte, wie die Ströme den Herrn lobten und sah, wie die Sturzbäche weiß schimmernd von den Felswänden fielen, und im Falle sich von der Sonne küssen ließen, um in sieben Farben aufzublühen. Vielleicht war es gerade in einem solchem Momente der Freude und der Er-hebung, als er, fern von den Wohnungen friedlicher Menschen und von den besuchten Heerstraßen unter die Räuber fiel[1]). Räuber-banden bildeten sich damals, wo in Europa der Urwald noch so

---

1) Sulp. Sev. V. B. M. 4: Ac primum inter Alpes devia secutus incidit in latrones.

vielfach sich behauptete, aus zersprengten Heeren, wie aus der besiegten Armee des Magnentius, oder aus den Trümmern unterjochter und in den Urwald oder in Gebirgsschluchten zurückgedrängter Völkerstämme häufig. Die Räuber wollten, der armen Habe wegen, die Martinus an und bei sich trug, ihn ermorden, und Einer hatte seine Streitart schon erhoben, ihm den Kopf zu zerspalten, als ein Anderer, den Mord an dem schönen Jünglinge, der ihnen weder schaden noch entfliehen konnte, für überflüssig haltend, den Todesstreich mit seiner Rechten aufhielt. Aber man band ihm doch die Hände auf den Rücken, und so gefesselt wurde er Einem der Räuber zur Bewachung und zur Beraubung übergeben. Dieser führte ihn an einen ganz abgelegenen Ort und fing an, ihn auszufragen, wer er sei. „Ich bin ein Christ", antwortete er. Diese Antwort war einerseits Jahrhunderte lang den Christen geläufig als ein todesmuthiges Bekenntniß, das zur Ehrensache für jeden Gläubigen geworden war. Es warf der Christ dadurch gleichsam der Welt und der Hölle den Fehdehandschuh hin; er stand plötzlich gerüstet da mit den Waffen des Lichts, in der Waffenrüstung Gottes, die Lenden umgürtet mit Wahrheit, angethan mit dem Panzer der Gerechtigkeit, die Füße beschuhet mit der Bereitschaft des Evangeliums des Friedens, auf dem Haupte den Helm des Heils, in der Linken den Schild des Glaubens, alles feurige Geschoß des Bösen aufzufangen und zu löschen, in der Rechten das Schwert des Geistes, das Alles durchschneidet und durchdringet bis in das Innerste: also stand er mit dem Worte: „Ich bin ein Christ" unter der Fahne des Kreuzes als kampfbereiter und siegesgewisser Streiter Gottes an jedem bösen Tage, in jeder leiblichen Todesgefahr. Andrerseits war aber jene Antwort auf die Frage nach Vaterland und Familie auch ein wahres Friedenswort. Sie wies auf die übernatürliche Abstammung von dem zweiten Adam hin; „Ich bin ein Christ" wollte sagen: Christus, der Fürst des Friedens, ist mein Vater, der Himmel ist mein Vaterland, meine Heimath, Gotteskinder sind meine Familie, die Liebe ist unser Siegel; ich bin Königlicher Abstammung, meines Vaters Reich geht so weit der Himmel und die Erde reicht und hat kein Ende, doch ist es nicht von dieser Welt: also, was habe ich mit euch zu schaffen, da ich den irdischen Interessen nicht im Wege bin? — Die Antwort machte auf den Räuber auch solche Wirkung, wie wenn Martinus

Alles, was darin lag, voll Zuversicht gesagt hätte, denn jener fragte ihn darauf: ob er sich gar nicht fürchte? Worauf der Jüngling sprach, er habe sich nie so sicher gefühlt, weil er wisse, daß in der größten Noth die Erbarmung seines Herrn immer am nächsten sei, und er habe, statt sich zu fürchten, nur Mitleid mit dem, welcher durch sein Räuberhandwerk sich der Barmherzigkeit Christi unwürdig mache. Und es entspann sich ein Zwiegespräch, in welchem er bald den Räuber für die Wahrheit so empfänglich gestimmt hatte, daß er ihm das Wort Gottes predigen konnte. Und die Predigt hatte Erfolg. Der Räuber wurde gläubig, führte Martinus auf den Weg zurück, und indem er ihm die Freiheit gab, bat er ihn, bei dem Herrn fürbittend seiner zu gedenken. Das hat der fromme Jüngling nicht vergessen. Als jener späterhin das Mönchsleben in Gallien eingeführt hatte und viele Hundert Brüder leitete, unter denen sich auch Sulpicius Severus befand, erzählte diesem eines Tages ein frommer Bruder die Räuber-Geschichte aus den Alpen; der erzählende Bruder war aber jener Räuber selbst, der nun so friedlich aussah.

Ohne weiteren Unfall erreichte Martinus, nachdem er die Alpen überschritten, Mailand. Höchst wahrscheinlich war bei seiner Durchreise Kaiser Constantius, sein erster Kriegsherr, hier anwesend. Allein des irdischen Kaisers Gegenwart fesselte ihn nicht. Er zog bald vorüber an all' der Herrlichkeit. Als er, über Mailand hinaus sich schon dem Gebiete von Venetien näherte, von der Sehnsucht beflügelt, aber durch mancherlei Hindernisse ungern die Schritte sich verzögern sah, gesellte sich ein Mensch zu ihm von unheimlichem Wesen. Sulpicius Severus glaubt, es sei der Teufel in Menschengestalt gewesen. Jedenfalls war es kein frommer Mann. Er schien sich an dem gottesfürchtigen Jünglinge zu ärgern und belästigte ihn mit allerlei neugierigen und beunruhigenden Reden. Besonders als Martinus seiner neugierigen Frage, wohin denn die Reise gehe, auswich mit der inhaltschweren Bemerkung: „wohin der Herr mich ruft, dahin beabsichtige ich zu gehen", wurde er sehr bitter und sagte: „Nun, wohin Du auch gehen und was immer Du unternehmen wirst: es wird der Teufel Dein Widersacher sein!" Aber mit der feierlichen Größe und mit der Zuversicht eines Propheten erwiederte Martinus durch die Worte des Propheten: „Der Herr wird mein Beistand sein, ich werde mich nicht fürchten, was immer

auch ein Mensch gegen mich unternehmen wird!" Darnach hatte
Jener nicht mehr Lust mit ihm zu wandeln, und alsbald verschwand
er seinen Blicken.

Von den ferneren Begebenheiten seiner Reise wird uns nichts
mehr erzählt. Er gelangte glücklich in seine Heimath und fand
seine Eltern zur großen Freude beide am Leben. Den Vater hat
es gewiß verdrossen, daß sein Sohn den Kriegsdienst verlassen;
auch ist er mit dessen christlicher Weltanschauung unversöhnt geblieben. Doch scheint seine Vaterliebe ihm das elterliche Haus
gegönnt zu haben. Ja, Martinus hatte in demselben nicht bloß
persönliche Freiheit der religiösen Uebung, sondern er durfte auch
seiner Mutter das Evangelium verkünden und erklären, so daß sie
den heidnischen Irrthum verwarf und zur unaussprechlichen Freude
des guten Sohnes Christin wurde. Er wurde nun wohl in der
Stadt Sabaria zu einem christlichen Vorbilde, und Viele bekehrten
sich und fanden durch ihn das Heil.

VI.

Martinus aus der Heimath verstoßen, — aus Mailand vertrieben.

Das friedliche frohe Aufleben des christlichen Geistes in Sabaria
wurde gestört durch einen Sturm, der sich im Innern der Gemeinde
erhob. Martinus war bald ein Mittelpunkt religiösen Lebens in
seiner Vaterstadt geworden. Sein leuchtendes und herzgewinnendes
Beispiel fesselte die Neubekehrten und zog alle edleren Gemüther
an. Nun war aber sein Vorbild Hilarius geworden, von dem
er gelernt hatte, in der Person Jesu Christi den Schlüssel alles
geistigen Verständnisses und den Eingang des Himmels zu suchen
und zu finden. Er war demnach überzeugt, daß er nur dann in
Christo seinen Erlöser habe, wenn dieser wahrer Menschensohn und
wahrer Gottessohn zugleich sei; und daß Er also, in Doppelnatur,
erschienen sei und das große Werk vollbracht habe, hatte ihm

Hilarius gewiß ebenso zweifellos dargethan, wie dieser erhabene Kirchenlehrer die Beweise dafür in seinen Schriften niedergelegt hat. Denn Hilarius war ja bereits im wissenschaftlichen Kampfe für die Gottheit Christi gegen den ränkesüchtigen und seine bischöfliche Gewalt mißbrauchenden Saturnin von Arelate, als Martinus zu ihm kam. Und es war zu derselben Zeit der Streit ein brennender, Gallien wurde erfüllt von dem Ruhme des herrlichen Bischofs von Poitiers, während der Kaiserliche Hof überfluthet wurde von der Verleumdung seiner untadelhaften Person. Da mußte Martinus von dem Wesen des Streites unterrichtet werden, und so kam er als Jünger des großen Meisters ebenso einsichtsvoll hinsichtlich der Lehre als glühend von Liebe für die gottmenschliche Person Jesu Christi nach seiner Vaterstadt. Der Bischof und Clerus von Sabaria scheint aber weder einsichtsvoll noch liebeglühend für den göttlichen Heiland, vielmehr parteisüchtig für die Arianische Feind= seligkeit gegen die Gottheit Christi gewesen zu sein.

Es nahte eben die Zeit der bittern Enttäuschung für den Kaiser Constantius, der gemeint hatte, wenn er die Christenheit durch seine Hofbischöfe Arianisch gemacht, dann werde auf dem Erdkreise religiöser Friede sein, nämlich die Zeit seines scheinbaren Sieges [1]. Der ganze Erdkreis kam statt dessen in Verwirrung, indem die christlichen Kirchen wie von einer Krankheit ergriffen in ihrem Lebensmark gestört würden [2]. Die das Leben der Kirche überall störten, waren Bischöfe; aber Hilarius machte den Kaiser für Alles verantwortlich [3]. Es hatte jedes Land seine Verwüster der Heerde Gottes: Gallien den Saturnin, Italien den Auxentius von Mailand, der Orient hatte seine Arianischen Parteihäupter, Illyrien jedoch die ausgesuchtesten in den Bischöfen **Valens** und **Ursacius**, welche beide sehr jung zur bischöflichen Würde erhoben sich gleich als vorlaute und schlimme Arianer hervorgethan, so daß sie den Namen erhielten: „die beiden gottlosen und unerfahrenen jungen Leute"; die, sich ohne Macht erblickend, eine Zeit lang katholisch wurden, um dann (seit 351) wieder desto leidenschaftlichere Arianer zu sein. Ursacius war Bischof von Singidunum oder

---

1) Sulp. Sev. Chron. II. 55.
2) A. a. O.
3) Contra Const. 7—8.

Siginbunum (in der Gegend des heutigen Belgrad) auf dem rechten Ufer der Donau in Ober-Mösien, und Valens Bischof von Mursa in Nieder-Pannonia. Dieser fast beständig im Gefolge des Kaisers lebende Pannonier, der sich bei Constantius durch seine Theilnahme während der Schlacht bei Mursa gegen Magnentius für immer eingeschmeichelt hatte, zumal da er, von dem glücklichen Ausgange durch seine Kundschafter eher unterrichtet als der Kaiser, diesem den Sieg mit dem Vorgeben gemeldet, ein Engel sei ihm mit der Botschaft erschienen, duldete keinen rechtgläubigen Bischof in Pannonien. Wo Ueberredung nicht half, da erreichte er sein Ziel mit Aufruhr und Gewalt. In Illyrien überhaupt war er mit Ursacius so thätig, daß nach dem Berichte des Sulpicius Severus [1]), als die Arianische Irrlehre sich über den ganzen Erdkreis verbreitet hatte, sie doch nirgendwo so üppig wucherte wie in Illyrien. In Pannonien zumal war ein rechtgläubiger Bischof um diese Zeit gar nicht möglich. Aber auch der übrige Clerus war der Irrlehre zugethan, um so mehr als ein Priester oder Diacon, der vereinzelt gegen die Bischöfe sich erhob, sofort mit dem Vorwurfe des Ungehorsams und mit kirchlichen Censuren und Strafen niedergeworfen wurde.

So stand denn der jugendliche Exorcist Martinus zu Sabaria fast ganz vereinsamt da in seinem Kampfe für die Gottheit seines Herrn, dessen Krone seine bevorzugten Diener und Fürsten in den Staub zogen und mit Füßen traten. Vielleicht hier und dort ein braver Laie hörte mit inniger Rührung seine begeisterte Rede von der Herrlichkeit des Eingeborenen, den der Vater von Ewigkeit her aus seinem Wesen zeuge als Gott von Gott wie Licht vom Lichte, und von dem Menschensohne Jesus, welcher sei Christus, der Herr der Majestät, dessen Sieg fortschreite, bis ihm Alles unterworfen sein werde nach Ueberwindung des Todes als des letzten Feindes; aber um so mehr wurde ihm der Arianische Clerus gram. Er trat indessen, wenngleich allein und ein niederer Cleriker, offen hervor und kämpfte mit dem größten Feuereifer gegen die Perfidie der Bischöfe seines Vaterlandes. Dafür verhängten diese Kirchenstrafe auf Kirchenstrafe über ihn, und da er beharrlich bei seiner

---

1) V. B. M. 4 Vgl. Chron. II, 56.

Lehre blieb, ließen sie ihn öffentlich geißeln und endlich aus seiner Vaterstadt hinausstoßen [1]).

Er wandte sich wieder nach Italien, und scheint seitdem weder Heimath noch Eltern je wiedergesehen zu haben. Es war in der Zeit zwischen 357 und 359 als er Italien von Neuem betrat. Doch hatte er nicht vor, in diesem Lande eine bleibende Stätte zu suchen; vielmehr dachte er daran, denselben Weg, den er im Spätjahre 356 gekommen, zurückzugehen nach Poitiers. Er war eingedenk seines Versprechens, und fühlte sich um so mehr zu Hilarius, dessen süßes Bitten mächtig drängend wieder vor seine Seele kommen mochte, hingezogen, als er zu Sabaria tief empfunden, was es heiße, statt eines erleuchtet frommen, das Erbtheil von Herzen verwaltenden Bischofs einen gewaltthätigen, herrschsüchtigen, eigenen Vortheil auch in den heiligsten Interessen der Kirche suchenden zu haben. Aber in Italien erfuhr er zu seiner großen Betrübniß, daß auch die Gallische Kirche geschlagen und verwirrt sei, indem ihr helles Licht von dem Leuchter geworfen, indem Hilarius längst durch die Gewalt der Irrlehrer (insbesondere des Metropolitanbischofs Saturnin) in's ferne Exil (nach Asien nämlich) verstoßen worden sei. Da wollte Martinus nicht mit eigenen Augen sehen, wie der blühende Weinberg Gottes in Gallien durch die falschen Bischöfe, die ihn hatten hüten und pflegen sollen, der Verwüstung preisgegeben worden, und er beschloß, zu Mailand sich eine Zelle einzurichten, wo er inmitten vieler Gläubigen doch einsam frommen Uebungen leben könnte [2]). Kaum hatte er jedoch in Mailand sich niedergelassen, als er bemerkte, daß er abermals unter einem Arianischen Bischofe stehe. Dieser war der bereits genannte Auxentius. Eigentlich war derselbe nach der heiligen

---

1) Sulp. Sev. V. B. M. 4: Deinde cum haeresis Arriana per totum orbem et maxime intra Illyricum pullulasset, cum adversus perfidiam sacerdotum solus paene acerrime pugnaret, multisque suppliciis esset affectus (nam publico virgis caesus est et ad extremum de civitate exire compulsus) ... Sacerdos bezeichnet bei Sulp. Sev. wie bei Hilarius immer Bischof, nie Presbyter, was manche Schriftsteller nicht zu wissen scheinen.

2) Sulp. Sev. V. B. M. 4. Mediolani sibi monasterium statuit. Das heißt nicht, er habe ein Kloster im späteren Sinne gegründet; er hat zu Mailand noch keine Communität eingerichtet und geleitet, und Brüder noch nicht um sich versammelt. Was man davon erzählt, ist Legende. —

Rechtsordnung in der Kirche nicht der rechtmäßige Bischof, sondern ein Eindringling; und daß er dennoch wie ein legitimer Fürst dort regieren konnte, das war so zugegangen. Mailand hatte noch wenige Jahre vorher nicht bloß ein gläubiges gutes Volk, sondern auch einen ebenso unterrichteten als charakterfesten und lieben Bischof, dessen Namen Dionysius war. Aber da kam der Kaiser Constantius im Jahre 355 nach Mailand, hielt dort großen Hof, was an sich schon dem geraden edlen Sinne viel Gefahr brachte, und dann fiel es ihm noch ein, über 300 abendländische Bischöfe zusammenzutreiben, um mit Hülfe der schlechten Bischöfe in seinem Gefolge den Glauben an die Gottheit Christi in der ganzen abendländischen Kirche mit Einem Schlage abzuschaffen. Als Brücke dazu sollte der gestürzte große und heilige Bischof Athanasius von Alexandrien dienen, als dessen Ankläger der Kaiser, welcher der aus der Kirche in seinen Palast verlegten Versammlung oder Synode der Bischöfe, obgleich er noch nicht getauft war, präsidirte, nun selbst´auftrat. Er hatte zwar nichts von alledem gesehen, dessen er ihn anklagen wollte, und weshalb er ihn den „gottesräuberischen Athanasius" nannte, auch wußte er nicht, nach welchem Kirchengesetze er ihn verurtheilen könnte; allein von den rechtgläubigen Bischöfen Dionysius von Mailand, Eusebius von Vercelli und Lucifer von Calaris darnach gefragt, antwortete er unverhohlen: „Das, was ich will, soll das Kirchengesetz sein!" Und doch bekannten in jener Zeit selbst die Päpste, daß nicht ihr bloßer Wille als Kirchengesetz anzusehen sei, daß sie vielmehr ihren eigenen Willen durch die allgemeinen Kirchengesetze für gebunden erachteten. Jene Bischöfe beschworen daher den Kaiser, die Hände zum Himmel erhebend, er möge Gott fürchten, der ihm die Herrschaft verliehen, damit Er sie ihm nicht wieder nehme, und an den Tag des Gerichtes möge er denken und sich hüten vor der Verwechselung weltlicher und kirchlicher Gesetzesgewalt. Der erbitterte Kaiser bedrohte sie mit dem Tode. Als er aber die Menge der Bischöfe nach mancherlei Mißhandlung seinem Willen gebeugt hatte, daß sie den schuldlosen heiligen Athanasius verurtheilten und sich zur Arianischen Partei bekannten, ließ er jene Treuen mit den päpstlichen Legaten in Fessel schlagen und in ferne Lande in's Exil führen, den edlen und gewissenhaften Dionysius nach Kappadocien. An seiner Stelle hatten die Arianer sich einen Andern zum Bischofe von Mailand

auserſehen, nämlich den liſtigen und leidenſchaftlichen Kappadocier
Auxentius, der unter ſeinem Stammgenoſſen Gregor, dem
Arianiſchen Eindringlinge zu Alexandrien, Schule gemacht hatte
und in der vielfältigen Sprache der Häreſie, nicht aber in der
lateiniſchen Sprache, in welcher er zu den Gläubigen von Mailand
reden ſollte, bewandert war. Der Kaiſer ſetzte ihn auf den biſchöflichen
Stuhl, und es hatte Niemand die Macht, den Unberufenen zu
entfernen [1]). Er redete meiſtens in ſcheinbar rechtgläubigen Ausdrücken; an der Behauptung ſeines Sitzes lag ihm am meiſten.
Daher blieb das Volk unter ihm in der Mehrzahl rechtgläubig.
Aber er brauchte ſeine kirchliche Auktorität mit aller Entſchieden-
heit, wo Jemand es wagte, die arianiſche Lehre direkt anzugreifen
oder ihn derſelben anzuklagen.

Nun war es des Martinus Art nicht, in religiöſen Dingen
ſich Verhältniſſen ſo zu fügen, daß ihm ſein Gewiſſen hätte Unter-
laſſungsſünden vorhalten mögen. Kaum hate er ſich zu Mailand
niedergelaſſen und die Lage der Dinge erkannt, als er offen bei
jeder Gelegenheit ſich als Herold der göttlichen Majeſtät des Sohnes
Gottes, des Welterlöſers bekannte und eindringlich predigte, wie
ihn Hilarius, der herrliche Aquitaner-Biſchof gelehrt hatte. Alsbald
richtete der falſche Biſchof Auxentius eine ſcharfe Verfolgung gegen
ihn, und da Martinus unerſchrocken blieb, ſo wandte er jene Mittel
an, deren der Kaiſer und ſeine Hofbiſchöfe ſich im Jahre 355 zu
Mailand gegen den römiſchen Diacon Hilarius bedient hatten,
nämlich die Beſchimpfungen und körperlichen Züchtigungen. Schließlich verjagte er ihn aus der Stadt. Das geſchah im Jahre 359 [2]).

So war denn Martinus im Alter von 23 Jahren ſchon Bekenner geworden; er hatte für das Bekenntniß, daß Jeſus ſei
Chriſtus, der Sohn des lebendigen Gottes, der immerdar wirke
wie der Vater, Eins ſei mit Ihm und das Leben in ſich ſelber
habe, ſeine Ehre und Leib und Leben eingeſetzt und gegen die
Feinde deſſelben Widerſtand geleiſtet bis auf's Blut. Zwar hatte
er die Geißelſtreiche auf Befehl ſeiner Biſchöfe empfangen, aber

---

1) Die Hauptnachrichten bei Athanaſius, Hiſt. Arian. ad monach. c. 33, 34,
41, 76. Aber auch Hilarius, Lucifer v. Cal. und Sulp. Sev. berichten darüber.

. 2) Sulp. Sev. V. B. M. 4 ſagt, nicht lange darnach (nec multo post) ſei
Hilarius v. Poitiers aus dem Exil zurückgekehrt. —

darum war das vergossene Blut nicht minder werthvoll; die Prüfung war nur noch heißer gewesen. Mußte er es doch selbst tragen, daß Viele von den Gläubigen, welche in das Wesen des Streites keine Einsicht hatten, ihn für einen ungehorsamen, wider= setzlichen und hochmüthigen Cleriker hielten, der den Bischöfen nicht gehorchen könne. Aber er wußte, daß es Zeiten und Verhältnisse gebe, wo man vor Allem darnach fragen müsse, was Ehre vor Gott sei. Verliert man die letztere, so geht über kurz oder lang auch die Ehre vor den Menschen, und leuchte sie auch im Heiligen= schein, verloren; bewahrt man sie aber, so gewinnt man am Ende die vor den Menschen verlorene immer wieder, und sei es auch erst am jüngsten Tage. —

VII.

Flucht aus der Welt und Rückkehr.

Wer könnte eine Welt ohne Sterne ertragen? Die Welt hatte für Martinus nur Werth insofern sie eine christliche war. Ihr Fundament war ihm der Glaube, und ihre Sterne sah er in Männern wie Hilarius und Athanasius. Diese Sterne waren ihr nun genommen, und sie sollte sich ergötzen an wesenlosem Irrlicht= schein, der ihre Stelle eingenommen. Das hielt jener nicht aus: da ging er lieber aus der Welt. In den fernen Osten und an die Grenzen des Abendlandes war auch der Arianismus gelangt: wohin sollte er gehen, um sein Knie ungestört zu beugen im Namen Jesu? Er suchte ein Eiland, und das mußte ganz menschenleer sein, damit er sicher sei, in seinem Glauben an den Sohn Gottes nur des Zeugnisses Gottes sich zu erfreuen und die Lästerungen der falschen Propheten nicht mehr zu vernehmen. —

Da erfuhr er, südlich ziehend, von der einsamen Hühner= insel (Insula Gallinaria) mit ihren geheimnißvollen Schrecken, um derentwillen kein Menschenfuß sie berührte. Sie lag an der west= lichen Seite des Ligustischen Meerbusens, nicht weit vom Ufer, südöstlich von Albingaunum, etwas über 8 Meilen südwestlich von

Genua [1]). Es gab auch in dem weiteren Tyrrhenischen Meere, nordöstlich von Corsica eine Ziegeninsel (Aegilon, Capraria), welche von den vielen wilden Ziegen, die sie beherbergte, ihren Namen hatte. So war jene wilde Insel im Ligustischen Meerbusen von zahllosem Hühnerwild, insbesondere von Haselhühnern bevölkert, so daß die Insel nur für sie geschaffen zu sein schien, wie ein großer Hühnerhof im Meere. Allein da die Insel so nahe am Ufer lag, so würde das flüchtige Wild wohl bald unter Jäger-Hut und -Falle gerathen sein, wenn die Insel nicht noch andere minder angenehme Bewohner gehabt hätte, nämlich eine auch nicht kleine Zahl gefährlicher, riesiger Schlangen, welche den Uferbewohnern so ungeheuern Respekt einflößten, daß diese erklärten, die Insel scheine ihnen wegen ihrer Unzugänglichkeit weiter entfernt zu sein als Africa.

Als Martinus von dieser Insel hörte, war sie ihm ganz recht. Er dachte wohl, die giftigen Schlangen in Menschengestalt, wie z. B. Auxentius, seien viel weniger zu bezwingen, wie die natürlichen, bei aller List doch unvernünftigen. Denn bei den Menschen achte Gott die Freiheit, da bei Ihm nicht Ja und Nein sei sondern Ja, und wenn Auxentius den Martinus wolle mit Ruthen streichen lassen, so vermöge Gott, so wahr Er heilig, jenen Bischof nicht zu zwingen, daß er es nicht wolle, denn er könne nur die Wirkung dieses bösen Willens hemmen; aber wenn eine natürliche Schlange schon die giftige Zunge nach ihm ausstrecke, so könne Gott, ohne die Schlange umzuschaffen, machen, daß sie es vergesse und nicht thue; daß sie sich zahm zu seinen Füßen ringele oder auch furchtsam fliehe. Nun hatte aber Martinus auch noch einen lieben starken Freund gefunden, der mit ihm gehen wollte, einen guten Presbyter, mächtig durch große Tugenden und Krafterweisungen. Sie schifften also hinüber, was wegen der geringen Entfernung vom Lande in einem ärmlichen Fahrzeuge geschehen mochte, das sie bei sich behalten konnten, um bei äußersten Entbehrungen und Gefahren vom festen Lande nicht hülflos abgeschnitten zu sein.

Da lebten sie nun in strenger Entsagung eine Zeit lang, gegen

---

1) Ich bin in meiner Monographie über Hilarius der andern Ansicht gefolgt, wonach die Insel Urgo oder Gorgon gemeint gewesen; allein ich habe mich überzeugt, daß obige Annahme viel wahrscheinlicher ist.

den Spätherbſt des Jahres 359 hin, nur von den Wurzeln gewiſſer
Kräuter und Gräſer ſich nährend. Eines Tages nahm Martinus
nun auch in ſeiner Unbefangenheit von dem Kraut des ſchwarzen
Helleborus (Nieſewurz) und bereitete ſich daraus ein Mahl. Die
Alten brauchten die ſchwarze Nieſewurz als Heilmittel gegen Wahn-
ſinn und fallende Sucht, wie Plinius meint, nicht ohne Erfolg;
doch in größerer Fülle genoſſen konnte ſie eine giftige Wirkung
haben. Martinus fühlte denn auch bald, daß er vergiftet ſei, und
die heftigen Schmerzen ſchienen den nahen Tod anzumelden. Aber
das war zu früh; er begann ja erſt die Löſung ſeiner Aufgabe,
die er auf Erden löſen ſollte. Doch was konnte er thuen? An
die Hülfe irdiſcher Aerzte war nicht zu denken, ſie waren zu fern
da wandte er ſich mit eben ſo heißem als vertraulichem Gebete
um Rettung an den himmliſchen Arzt: und alsbald war aller
Schmerz verſchwunden.

Von den Schlangen haben ſie keine Angriffe erfahren. Doch
dauerte der Aufenthalt auf der wilden Inſel auch nicht lange.
Wer weiß, welche Bedürfniſſe etwa im Januar des Jahres 360
Einen von ihnen oder beide einmal zum Feſtlande führte: da erfuhren ſie, daß Hilarius von Poitiers von dem Kaiſer Conſtantius,
den die Verbannung deſſelben nach Aſien bloß darum reute, weil
der tiefſinnige Bibelgelehrte auch im Oriente ein großer Theologe
war und die Biſchöfe von der göttlichen Natur des Heilandes über-
zeugte, die Erlaubniß zur Rückkehr in ſein Vaterland erlangt habe,
daß er ſchon auf der Reiſe ſei und über Rom kommen werde.
Dieſe Nachricht, daß für Gallien ein Stern wieder aufgehe, be-
ſtimmte Martinus, ſeine Einöde zu verlaſſen und in die Welt zurückzukehren. Denn an der Seite eines Hilarius, dachte er, möge
man es auch in der Welt aushalten. Es mochte die Erinnerung
an den Abſchied im Jahre 356 ſein ganzes Weſen ergreifen. O wie
herzgewinnend war des großen Biſchofs Milde, als er damals
ihn ſegnend entließ und unter vielen Thränen und Bitten ſich
das Verſprechen von ihm geben ließ, doch ja, wenn er ſeine kind-
liche Pflicht an den Eltern erfüllt, wiederzukehren! Und das Verſprechen war im feierlichen Momente gegeben, Martinus war durch
keine andere Pflicht gebunden, ſein Herz und ſeine Pflicht ſtimmten
zuſammen. Es war ihm nun jeder Tag zu lang, erwarten konnte
er nicht das Wiederſehen; er machte ſich auf, um dem herrlichen

Bischofe entgegen zu eilen. In Rom hoffte er ihn zu treffen. Wie war der Weg dorthin ihm so schön; er beflügelte seine Schritte. Aber es war doch die Nachricht zu spät zu ihm gelangt; Hilarius hatte Rom bereits verlassen, und so waren sie aneinander vorbeigereist. Sobald Martinus in Rom hiervon Gewißheit erhalten hatte, wandte er sich zurück, und, den Weg durch Oberitalien nach Gallien und Aquitanien nehmend, folgte er dem h. Hilarius so viel als möglich auf dem Fuße [1]).

Nun war aber der 24jährige Martinus den Gläubigen auch nicht mehr unbekannt. Seine Kämpfe mit Auxentius zu Mailand, seine Zeugnisse zur Bekräftigung der göttlichen Majestät des Sohnes, welche die Bischöfe von Sabaria und von Mailand nur mit Geißelstreichen hatten widerlegen können, waren für Viele ein Anlaß der Bewunderung geworden. Dazu hatte es Aufsehen gemacht, daß er seine Wohnung auf der unwirthbaren und menschenleeren Hühnerinsel, die auch Schlangeninsel nicht unpassend wäre genannt worden, genommen. Kurz, er war Gegenstand der Aufmerksamkeit in vieler Hinsicht geworden. So mag es gekommen sein, daß Hilarius auf der Heimfahrt, vielleicht zu Rom, seinen Aufenthalt erfuhr [2]). Er beschloß, seinem Lieblingsjünger auf der einsamen Insel einen Besuch zu machen, wohl in der Hoffnung, ihn mit zu nehmen nach Poitiers. Er lenkte seine Fahrt dorthin, und als er am Ufer stand und Ueberfahrt begehrte, war Martinus vielleicht eben in Rom eingekehrt und im Begriffe, sich zu erkundigen, wo denn Hilarius sei. Diesem sagten unterdeß jene Uferbewohner, es sei gefährlich auf der Insel, der riesenhaften und bösen Schlangen wegen. Doch fühlte „der Mann Gottes" eine wunderbare Kraft in sich gegen die Schlangen, die er wohl besiegen möge. Es war ihm, wie wenn ihm der Herr Jesus Christus selbst sagte: „Du wirst Schlangen aufheben, ... und es wird Dir nicht schaden!" (Marc. 16, 18). Er nahm ein Kreuz und schiffte mit

---

1) Sulp. Sev. V. B. M. 5: Cum iam Hilarius praeterisset, ita eum est vestigiis prosecutus. —

2) Nur hierdurch erklärt es sich, warum Hilarius der Hühnerinsel einen Besuch machen wollte. In der Erzählung Fortunat's sieht es aus, als hätte er bloß die Absicht gehabt, ein Schauwunder zu thuen, was nicht zum Charakter stimmt.

seiner Begleitung hinüber. Als sie an's Land stiegen, wurden in der That die Schlangen sichtbar. Er aber, so erzählt die Legende[1]), hielt ihnen das Kreuz entgegen, und sie ertrugen den Anblick nicht und wichen zurück. Den lieben Martinus fand er indessen nicht. Aber die Legende erzählt, er habe einen schönen Theil der Insel den Schlangen genommen und der menschlichen Cultur übergeben; er habe nämlich als Grenzscheide einen Stab in die Erde gestoßen und den Schlangen geboten, über diese Grenze sich nicht hinaus-zuwinden. Und fortan seien sie seinem Befehle gehorsam gewesen und bei dem Stabe umgekehrt, wie wenn sie das Meer dort er-reicht hätten. Darauf seien die Menschen gekommen, sich auf dem befreiten Theile der Insel anzubauen. Fortunat schließt daraus, wie viel besser der zweite Adam sei als der Erste: dieser habe selbst der Schlange Gehorsam geleistet, jener aber habe sogar Diener, welche über die Schlangen herrschen.

Hilarius kehrte wieder zum Festlande zurück, überschritt die Alpen und kam nach Aquitanien. Dort war die Freude groß. Sein Clerus und seine Gläubigen empfingen ihn als den lang-vermißten Vater und als den ruhmgekrönten Sieger. Seine fromme Gemahlin und seine engelreine zarte Tochter Abra begrüßten ihn voll Liebe und Verehrung[2]). Noch war die Freude der Heimkehr in voller Stärke, noch waren die Feste nicht zu Ende: da stand der edle Pannonier Martinus vor dem glücklichen Bischofe. Ach, das war ein Wiedersehen! Sie wurden beide so froh, und gewiß, als sie sahen, ein Jeder, wie sein Anblick den Andern erfreute, da wurden sie abermals froh, und sehr froh. —

---

1) Fortun. Vita S. Hil. c. 10.
2) Hilarius war, bevor er Bischof wurde, verheirathet. Sobald er Bischof geworden, war seine Gemahlin ihm eine treue Schwester.

II. Buch.

Martinus als Mönch.

Erfüllung des Jugendwunsches.

Es stand nun gleich ohne Verabredung fest, daß Martinus die Nähe des geliebten Bischofs nicht mehr verlassen sollte. Die Frage war nur, in welcher Art er fortan der Kirche am besten dienen möge. Er war nun bald fünfundzwanzig Jahre alt, in der besten Schule gebildet, und es lag nahe, daß Hilarius auf seinen ersten Wunsch zurückgekommen wäre, ihn zum Diacon zu weihen und ihn zu den wichtigsten Aufträgen und Geschäften in der Verwaltung seiner Kirche zu verwenden, zumal da er für die nächste Zeit, um die gesammte Kirche Galliens von den Wunden, welche ihr Saturnin und insbesondere die Synode von Ariminum geschlagen hatte, zu heilen, viele Reisen zur Abhaltung oder wenigstens zur geistigen Leitung verschiedener Synoden zu unternehmen entschlossen war. Martinus hätte als Diacon oder als Presbyter ihm sowohl daheim als auf den Reisen selbst die wichtigsten Dienste leisten können.

Aber zwei Gründe überwogen für eine andere Wahl: Der eine lag in der Herzensneigung des Martinus, welche eben wieder so mächtig ihn bewegte, daß Hilarius, viel zu demüthig, um junge, ungewöhnlich aufstrebende Kräfte nach seinem Eigenwillen beugen und so in ihrer Entfaltung brechen zu wollen, darauf einzugehen für seine Pflicht hielt. Es war die Neigung zum Mönchsleben, dessen wunderbarer überirdischer Schein sich eben über den ganzen Kirchenhimmel geheimnißvoll verbreitete. Wir erinnern uns, daß er, erst 12 Jahre alt, vor innerer Sehnsucht nach dem Einsiedlerleben sich versucht fühlte, in die Wüste zu entfliehen. In der Wüste war sein Heiligthum, dort glaubte er am ungestörtesten in Dem sein zu können, was seines himmlischen Vaters war. Was er in Sabaria und Mailand erduldet hatte, konnte ihn zwar zu Poitiers nicht treffen; allein das Leben auf jener wilden Insel muß einen mächtigen Reiz für ihn zurückgelassen haben. Doch war es nicht gerade nothwendig, daß seine Einsamkeit auch eine Wüste im wört= lichen Sinne sein sollte; einsam konnte er auch in der Nähe der Wohnungen der Menschen sein, und fruchtbarer mußte sein ein= sames Leben werden unter dem Segen und Schutze eines so heiligen Bischofs wie Hilarius von Poitiers. Der andere Grund lag in der Bedeutung des Mönchthums für die Zukunft der Kirche, welche dem weitschauenden Auge des Hilarius während seines vielbewegten Lebens in der Verbannung nicht hatte verborgen bleiben können. Die morgenländische Kirche eilte in Erzeugung der schönsten Blüthen des Mönchslebens dem Abendlande voraus: es war Zeit, daß auch hier ein gesunder Sprößling dieser Art in den fruchtbaren Boden der Kirche eingesenkt werde. Und ein solcher Sprößling bester Art war wohl Martinus.

Zweierlei machte dem Hilarius die Einwilligung auch leichter. Einmal sollte der geliebte Jüngling sich nicht weit von Poitiers ansiedeln, so daß das Verlangen nach persönlichem Verkehre kaum eine nennenswerthe Schranke fand. Andererseits sah er auch den Clerus seiner Kirche zu seiner großen Freude während der Prüfungs= zeit erstarkt und geläutert. Presbyter und Diaconen hatten es verstanden, während seiner Abwesenheit die Kirche nach seinen Winken und in seinem Geiste zu leiten. Die folgende Generation weiß von mehreren ebenso erleuchteten als heiligen Clerikern aus der Umgebung des h. Hilarius zu erzählen. Also mußte er wohl, wem er bei den Reisen zu den Synoden die Leitung seiner Heerde und die Besorgung ihrer Angelegenheiten anvertrauen konnte.

Es wurde nun der Ort des Asyls für Martinus oder die Pflanzstätte höheren Lebens für die Gallische Kirche gesucht und gewählt. Durch die anmuthigste Gegend wandernd, meist im Thale zwischen sanften Höhen, wo die römische Cultur an der Kunst der Wasserleitungen bemerklich wurde, gingen sie ungefähr 40 Stadien, etwa eine geographische Meile: dann machten sie Halt, der Ort war gefunden. Derselbe war damals ohne Zweifel noch nicht

cultivirt, sondern in üppiger Wildheit der schönen Gestaltung
harrend. Durch die Niederlassung des h. Martinus wurde er
wohnlich. Im 6. Jahrhunderte redet Fortunatus [1]) von einem
Dorfe an jener Stelle, das im Laufe der Zeit den Namen Liguge
erhalten hat. Wie gesagt, im Jahre 361 gab es dort gewiß kein
Dorf, denn es gehörte noch zum Begriffe des Mönchslebens, daß
der Ort der Niederlassung eine Wüste sei, d. h. wenigstens nicht
von andern Menschen bewohnt. Freilich konnte das dann nicht
lange so bleiben, da jene Söhne der Wüste nichts von der Wildheit der Natur an sich trugen, vielmehr den höchsten Grad der
geistigen Erhebung erstrebten und bald der sie umgebenden Natur
den sanften Wiederschein der Freiheit der Kinder Gottes gaben.
Dann kamen die friedebedürftigen Menschen herbei und bauten sich
an, wenn die Gegend überhaupt der Cultur fähig war, wie dies
bei jener Ansiedelung des h. Martinus gar sehr der Fall gewesen.

Es war im Frühling des Jahres 361, als dieses erste Kloster
des Abendlandes gegründet wurde [2]). Es war ein Frühlings-
leben, welches Martinus beabsichtigte, als er der alternden
römischen Cultur das christliche Leben vorzog und die dasselbe ge-
staltenden Ideen in ihrer ganzen Tiefe, in der Vollkommenheit zu
erfassen und darzustellen unternahm. In der göttlichen Fürsehung
war es bestimmt, daß in den Klöstern die fruchtbaren Keime des
höheren Lebens aufbewahrt würden, wenn unter den gewaltigen
Tritten der wandernden urkräftigen Völker die mehr als tausend-
jährige Civilisation ersterben sollte. —

---

1) Der Name des Ortes ist nach den Handschriften nicht sicher. Constant
führt zu der Vita S. Hil. von Fort. I. 12 nicht weniger als acht verschiedene
Schreibarten an und entscheidet sich für vicus Locogeiacus. Greg. v. Tours,
Mirac. D. Martini IV. 30. nennt das Kloster: Monasterium Locociagense.

2) Möhler (Gesammelte Schriften Bd. II. S. 191. Anm. B.) hat schon
darauf hingewiesen, daß die von Ambrosius so anziehend geschilderte brüderliche
Gemeinschaft, welche der im Arianischen Streite berühmte Bischof Eusebius
v. Vercelli unter seinem Clerus einführte, wenn auch durch die Mittheilungen
des h. Athanasius über die Mönche Aegyptens angeregt, doch nicht die Gründung
eines Klosters genannt werden könne.

II.

Die klösterliche Einrichtung.

Die welthistorische Erscheinung der Klöster ist nicht die Frucht
des klugen Nachdenkens eines einzelnen Menschen. Ueber der Entstehung webt ein geheimnißvolles Walten, die ersten Keime sind
verborgen in der Hand der göttlichen Fürsehung. Die Idee der
vollkommenen Nachfolge Jesu Christi in Armuth, Jungfräulichkeit
und vollendeter Hingebung an Gott und seinen heiligen Willen
wurde zur schöpferischen Kraft in dem Leben geistig hervorragender
Christen. Die Flucht vor den Versuchungen, Beunruhigungen und
Verfolgungen von Seiten der Welt wurde ihnen Veranlassung zur
scharfen Ausprägung des Gegensatzes. Innerlich der Welt ab-
gestorben richteten sie äußerlich auch die Schranke zwischen sich
und der Welt auf, welche eine vollständige Trennung vor Augen
stellte. Sie konnten zwar nicht auf einen stillen Stern in der
Höhe sich flüchten, aber sie entflohen in die Wüste, wohin das
Geräusch der Menschenlust nicht bringt, weil die Mittel der Lust
dort fehlen.

Der Erste, welcher durch solche Flucht die Welt in Erstaunen
gesetzt, war der Aegyptier Paulus der Einsiedler. Er hatte
sich's nicht überlegt, wie er durch äußere Lostrennung von der
menschlichen Gesellschaft die innere Losschälung des Christen von
der Welt anschaulich mache, sondern seine Geschichte war so. In
den zehn für die Christen so schrecklichen Jahren von 249 bis 259,
während die harten Kaiser Decius, Gallus und Valerian der Reihe
nach regierten, wo vier Päpste den Martyrertod starben und Carthago seinen großen Bischof Cyprian bluten sah, wurden auch die
Kirchen Aegyptens und insbesondere der Thebais (des südlichen
Theils von Aegypten) verwüstet und entvölkert. Um diese Zeit
entwich der eben erblühende sechszehnjährige Jüngling Paulus aus
Nieder-Thebais, seinem verrätherischen Schwager reiche Schätze und
Güter einstweilen hinterlassend, in die wilden Gebirgsgegenden.
Es war nicht sein Vorsatz, für immer fern von den Menschen zu
leben. Als er aber merkte, wie der Schatz seiner christlichen Er-
kenntnisse bei einsamer Beschaulichkeit sich mehre, und das Leben
nach den Geboten Gottes sicherer sich gestalte, entsagte er gänzlich

dem Umgange mit den Menschen, und zog sich immer tiefer
zurück in die Wüste bis er eine Felsenhöhle fand mit einem Vor=
hofe, dessen schattiges Dach die Krone einer Palme bildete. Die
Palme gab ihm Kleidung und Nahrung. In der Welt verbreiteten
sich die abenteuerlichsten Sagen über ihn. Als nach fast hundert
Jahren der h. Antonius seinen geheimnißvollen Aufenthalt ent=
deckte und ihn noch lebend fand, einen Greis von himmlischen
Sitten, fragte er diesen, wie es dem Menschengeschlechte in der
Welt ergehe. Er ist das erste leuchtende Vorbild des christlichen
Einsiedlerlebens geworden, und zwar ohne es zu beabsichtigen 1).

Aber die Verbindung der äußeren und inneren Trennung
von der Welt mit der Gemeinschaft gleichgesinnter Menschen geschah
nicht absichtslos. Was der Heide ahnend erkannte, daß der Mensch
ein für gemeinschaftliches Leben bestimmtes Wesen sei, wurde in
der Kirche dessen, der Alles wiedervereinte, was in den Himmeln
und was auf Erden ist, zum klarsten Bewußtsein erhoben. Der
Einsiedler, welcher den Geist des Christenthums empfangen, konnte
sich nicht selbst genügen. Wenn nicht ein wundersamer Verkehr
mit den Himmlischen dauernd eintrat, wie ihn Hieronymus von
Paulus berichtet, so mußte er sich schließlich sehnen nach dem
Angesichte der Freunde und Hausgenossen Gottes auf Erden. Er
wußte den reich sich entfaltenden Geist nicht zu beherrschen, alle
Zweige seines Lebens nicht zu nähren und zum Himmel hinaufzu=
leiten, aufschießendes Unkraut nicht zu entwurzeln und fühlte das
Bedürfniß mannigfacher Anleitung. Die Nothwendigkeit eines
Führers und Meisters des heiligen Lebens blieb den zahlreichen
Einsiedlern, welche seit der Mitte des dritten Jahrhunderts die
Eingänge der Wüste bevölkerten, nicht verborgen Und als nun
im Anfange des 4. Jahrhunderts der heilige Antonius aus der
innern Wüste kommend sich ihnen vorübergehend zeigte und mit
ihnen redete vom Ziel und von den Wegen ihres Lebens, da
wurde es ihnen noch mehr klar, was der Spruch bedeute: „Wehe
dem, der allein steht; wenn er fällt, ist Niemand, der ihn auf=
hebe!“ Und sie begannen, Mönchsvereine zu gründen 2).

---

1) Vgl. Hieronym. Vita Pauli Eremitae.
2) Diesen psychologischen und historischen Hergang hat Möhler in seiner
unschätzbaren Abhandlung „Geschichte des Mönchthums in der Zeit seiner Ent=

Was in Antonius wie ein Blitz aufgeleuchtet als ein idealer Gedanke, den mit Sehnsucht die Vereine bildenden Einsiedler festzuhalten sich bemühten, das wurde in dem h. Pachomius praktisches Licht für den täglichen Gebrauch. Es giebt eine Macht, welche trotzige, zerstörende Kriegsheere in friedlich schaffende Schaaren umwandelt, — eine Macht, welche den Rasenden zur sinnigen Freude an Rosen und Lilien führt, — eine Macht, welche das härteste Herz mit Zartheit besaitet und das rauheste zur wohlklingendsten Melodie stimmt, — eine Macht, stärker als der Tod, weltüberwindend, alles Vergängliche überdauernd, voll ewiger Jugendkraft: ihr Name ist Liebe. Von dieser Macht wurde Pachomius, als er noch ein stürmischer, kriegslustiger Jüngling im Heere des in irdischer Schönheit und Waffenpracht strahlenden

---

stehung und ersten Ausbildung" l. c. S. 176—178 treffend gezeichnet. Er sagt S. 176: „Bei aller Freude des ungestörten Besitzes seiner selbst wurde indeß doch mancher reichbegabte oder nicht vor seinem Rücktritt durch und durch geläuterte und bewährte Einsiedler sehr bald gewahr, daß seine eigenen geistigen Vorräthe nicht unerschöpflich seien, und daß auch die weiseste Einsamkeit, lange fortgesetzt, ihre eigenthümlichen Gefahren habe. So mochte der Gedanke in nicht Wenigen geschlummert haben, ob nicht etwa Einsamkeit und Verkehr mit Anderen in der Art verbunden werden könnte, daß das Wohlthätige des einsamen und gemeinsamen Lebens möglichst vereinigt ihnen zu Theil werde. So vorbereitet sahen sie den h. Antonius in der Wüste, den Stammvater der eigentlichen in Gemeinschaft lebenden Mönche; denn es war ihm ein so ausgedehntes Maaß schöpferischer und anziehender Kräfte verliehen, daß er in allen Kreisen des menschlichen Lebens der Mittelpunkt eines neuen großen durch ihn hervorgerufenen Daseins würde geworden sein." — Die Annahme, daß die Einsiedler zusammengetreten, um zu den beiden evangelischen Räthen der freiwilligen Armuth und Jungfräulichkeit auch noch den dritten des unbedingten Gehorsams gegen einen Oberen zu fügen und damit dem Leben der Vollkommenheit die eigentliche Spitze zu geben, ist ganz unhistorisch. Auch der evangelische Rath des Gehorsams in dem wahren und richtigen Sinne, wie ihn die Kirche lehrt, ist Resultat der Reflexion der späteren Entwickelung, und im dritten Jahrhunderte noch ohne Beispiel, also der Praxis der Kirche noch durchaus fremd. Aber die Ueberschätzung dieses Rathes in der Art, daß man ihn gar an die Stelle der vollkommenen Liebe setzen möchte und die Erfüllung auch des albernen Befehls eines unfähigen Oberen für den höchsten Grad der Vollkommenheit hält, war damals undenkbar. Nur den durch das vernünftige und göttliche Gesetz erleuchteten und von der Liebe beseelten Gehorsam schätzte man als Mittel zum Zwecke, doch nie als Selbstzweck. Jene Ueberschätzung, der man heutzutage nicht selten begegnet, ist übrigens nie von der Kirche gutgeheißen worden. —

Kaisers Constantin des Großen war, unvermuthet ergriffen und
überwunden. Einquartiert in einer christlichen Familie athmete er
wunderbar auf in dem Wehen der Liebe. Er wußte nicht, wie
ihm geschah; es war ihm ungewohnt. Da stand er im lieblichen
Zauberkreise und mußte sich fragen: „Was ist's, das mich, den
Heldenthaten nur erfreuten, nun so selig fesselt mit sanfter Ge=
walt?" Und er hörte, das sei die Liebe, aber die Liebe der
Christen. Und auf die Frage, welche Art von Menschen diesen
Namen trage, sagte man ihm, jene Menschen würden Christen ge=
nannt, welche glaubten, daß Jesus Christus der eingeborene Sohn
Gottes sei, der wunderbare Weltheiland, der Wohlthatenspender.
Von Ihm hätten es die nach Ihm genannten Christen gelernt,
Allen wohlzuthuen, den Lohn der Liebe in ewigen Gütern er=
wartend. — Die Legion des Pachomius brach auf zu neuen Kriegs=
thaten; aber diesem Jünglinge schien nichts mehr groß und
wünschenswerth als die Liebe; Alles kam ihm eitel vor, nur
nicht die Liebe. Auf ermüdendem Marsche, im Schlachtenstaube,
im umwalleten Lager hatte er immerdar das Haus der Christen
vor seiner Seele. Es war ihm, als wäre er stets auf dem Wege
zu jener Familie, in der die Liebe wohnte. Als daher der ein=
tretende Friede den ehrenvollen Abschied aus dem Kriegsdienste
gestattete, nahm er ihn mit Freuden.

Da ging er zu den Christen, begehrte Unterricht und die Taufe.
Er lernte die Liebe; aber es war, als wohnte sie längst im Ver=
borgenen seines Herzens, und als gehe nur ein mächtiger Lebens=
keim auf in dem Innersten seines Wesens, sobald der Thau des
Himmels und ein Sonnenstrahl der Ewigkeit dorthin fiel; und
doch war es auch, als wenn ein neues Leben voll Kraft und
Wonne ihm eingegossen wäre. Kaum war er Christ, so verlangte
er nach dem Vollkommenen. Daß die Liebe auf Erden Opfer=
gesinnung sei, daß ihre Hingebung Selbstverleugnung, verstand er
gleich, und dies gefiel auch seinem Heldensinne. Nun erzählte
man ihm voll Begeisterung von dem Leben der Einsiedler, und
sogleich entbrannte sein Herz von Sehnsucht nach dieser Uebung
der vollkommenen Liebe.

Pachomius kam zu dem greisen Einsiedler Palämon und
klopfte an. Die Thüre öffnete sich ein wenig, und der Greis
fragte mit strengem Antlitz: „Was willst Du? Oder wen suchst

Du?" „Gott schickt mich zu Dir, damit ich Einsiedler werde", war die Antwort. „Du kannst hier nicht Einsiedler werden", erwiederte Palämon; „denn das Einsiedlerleben ist nicht leicht. Aus Ueberdruß an der Welt sind Viele hergekommen; sie hatten aber keine Ausdauer." Der Jüngling wurde eindringlicher mit seinen Bitten. Nachdrücklicher sprach darauf der Greis: „Bedenke doch, mein Sohn, ich esse nur Brod und Salz, Oel genieße ich niemals und trinke auch keinen Wein. Die halbe Nacht durchwache ich; da singe ich Psalmen und betrachte die h. Schrift; wohl schlafe ich so zuweilen auch die ganze Nacht nicht." Das wolle er aber Alles in der Kraft Jesu Christi und von seinem Gebete unterstützt auch thuen, sprach Pachomius, obgleich er etwas erschrocken war. Da sah ihn Palämon mit geistigem Blicke an und nahm ihn auf; es war im Jahre 313 als er ihm das Einsiedlergewand anlegte. Und es gereute Beide nicht. Der Jünger that es bald seinem Meister gleich.

Die Liebe hatte den Pachomius in die Kirche und in den Einsiedlerkreis geführt; die Liebe mußte auch sein Leben ausgestalten. So wurde er, sich hingebend, anziehend, sich verlierend, Alle gewinnend: er wurde ein Mittel- und Schwerpunkt im Kreise der Einsiedler. Die Mönchsvereine des h. Antonius auf den wüsten Höhen Oberägyptens und selbst die des h. Ammon in der Nitrischen Wüste stellten Einsiedlerleben und gesellige Gemeinschaft nebeneinander und nacheinander dar; durch Pachomius sollte Beides solidarisch ineinander als heilige Gottesgemeinschaft und liebliche Brüderschaft zugleich sich offenbaren. In gesetzlicher Gliederung ließ er Einsamkeit und Gemeinschaft sich durchbringen, Beides einigend in der Liebe. Er besaß die Eigenschaften dazu, ein solch' edles Werk zu vollbringen. Die Legende zeigt ihn uns als einen allgewaltigen, gebietenden Herrn, vor dem die bösen Geister verstummen, ihre Arglist und Kunst vergessen und Huldigungen anzunehmen nicht vermögen; als den Beherrscher der Natur, dem ihr Gift nicht schadet, der sie sich dienstbar macht, indem er über Skorpionen und Schlangen unversehrt hinwegschreitet und auf den Rücken der Crocodile über den Nilstrom reitet. Aber die Nachwelt rühmt ihn besonders als den Einiger der Menschen. Wer Menschen wahrhaft einigen will, muß selbst mit dem Himmel einig sein, himmlischen Frieden im Herzen haben. Nun, Pachomius bot

in seinem Herzen das reinste Bild des Lebens der Himmlischen
dar. Sein Ruhm war das Zeugniß seines Gewissens. Daß das
Bild des himmlischen Lebens, welches er darstellte, treu sei, sah er
im Lichte der h. Schrift, welche er studirte, auswendig lernte und
immer betrachtete. Und indem er als Gesetzgeber der Einsiedler
aufstand, zeigte und deutete er das Bild des himmlischen Lebens, jeden
Zug im Lichte der h. Schrift weisend und erklärend. In Allem
redete aus ihm eine unbeschreibliche Liebe, Demuth und Geduld.
Damit fesselte er die Menschen. —

Eines Tags ging er weit von seiner Zelle. In dem Bezirke
der Thebais, welcher der Tabennensische hieß, sah er eine große
Nilinsel. Bald trug ihn ein Schifflein hinüber, und er fand sie
gänzlich unbewohnt. Es war so stille, und um so leichter geschah
es, als er nach Gewohnheit den Ort durch Gebet heiligte, daß er
in beschauliches Sinnen sich vertiefte. Plötzlich sah er im Geiste
die Insel bevölkert von Söhnen des Friedens, geeint und gelenkt
von der Macht der Liebe. Es war ihm, als hörte er eine himmlische Stimme, die ihm zurief: „Bleibe hier, Pachomius, und gründe
eine gemeinsame Stätte der Einsiedler!" Froh erregt sah er heller
noch, die Vision steigerte sich, ein Engel stand vor ihm, die Ge-
setzestafel für die künftige Genossenschaft der Einsiedler darreichend.
Er eilte hierauf zu seinem geliebten Meister, dem ehrwürdigen
Greise Palämon und erzählte ihm Alles. Gerührt ging dieser mit
ihm an den Ort; sie bauten eine kleine Zelle, der Jünger harrend,
welche dem Pachomius verheißen waren. Als es dann augenscheinlich geworden, daß die Gnade Gottes mit ihm sei, kehrte
Palämon zu seiner alten Zelle zurück, nachdem sie miteinander
heiligen Bund geschlossen, sich stets treu zu bleiben ihr Leben lang
und oft einander zu trösten durch gegenseitigen Besuch. Das Wort
haben sie gehalten.

Pachomius war glücklich in der Liebe. Nachdem er den sterbenden Palämon noch wie einen Vater gehegt und gepflegt, und dem
Leibe des Heimgegangenen die Füße geküßt und ihn dann wie zum
Lebewohl umarmt hatte, war dieser ehrwürdige Greis, mit gnadenvollen Tugenden geziert, zwar von ihm geschieden, indem er ruhte
in Frieden; aber es kam bald darauf ein anderer Freund, der
ihm reichlich Liebe bot, in anderer Art, doch nach demselben himmlischen Gesetze. Seit er nämlich getauft war, hatte er von seinen

Verwandten Niemanden gesehen. Da stand auf einmal auf der Tabennensischen Nilinsel vor ihm sein älterer, leiblicher Bruder Johannes, der ebenfalls Christ geworden war, Alles verlassen hatte und nun mit ihm ein vollkommener Nachfolger Christi werden wollte. Pachomius freute sich sehr. Sie wohnten nun zusammen, lobten einmüthig Gott, alle Tage ihres Lebens betend, über das göttliche Gesetz nachsinnend und arbeitend. An jedem Tage lebten die Armen von ihrer Arbeit mit, denn sie sorgten nicht für den folgenden Tag. So lebten sie in Liebe.

Pachomius aber sann immer mehr nach über die h. Regel, nach welcher seine Jünger, die noch kommen sollten, leben müßten, um vollkommene Einsiedler in der Gemeinschaft zu werden. Er hatte sie wohl im Geiste erfaßt und erzählte seinem Bruder davon. Endlich fingen sie zusammen an zu bauen, um den einst kommenden Jüngern der Vollkommenheit Wohnstätte zu bereiten. Sie bauten Zellen und Arbeitssäle und Oratorien; aber es kam noch Niemand. Als nun Johannes sah, daß sein Bruder immer fortbaute, ohne daß ein Mönch eine Zelle bezog, da sprach er zuletzt: „Laß doch ab von Deinem Beginnen; warum dehnst Du so zwecklos Deine Wohnungen aus?" Das war dem Pachomius sehr ungewohnt, das erste harte Wort aus dem Munde des guten Bruders! Kein Wort sagte er, sein Antlitz verlor nicht seinen sanften Ausdruck, indem er den Vorwurf schweigend hinnahm. Aber die folgende Nacht durchwachte er weinend und betend mit kreuzweis ausgestreckten Armen. Bald darauf starb sein Bruder Johannes, bei dessen Leichnam er Tag und Nacht in Psalmen und Hymnen ausharrte, bis die Stunde schlug, in welcher er sein Begräbniß feierte.

Darnach kamen schwere Versuchungen über ihn. Es war, als wollte Gott ihn prüfen, wie einst Abraham, dem Er auch spät und nach schweren Proben die Verheißung zahlreicher Nachkommenschaft erfüllte. Wie dieser so bewährte sich auch Pachomius im unerschütterlichen Glauben.

Unterdessen ahmten doch schon viele Einsiedler sein Leben nach, was er von Einem derselben, Apollo genannt, zu seinem Troste erfuhr. Dieser kam auf seine Bitten öfter zu ihm und starb bei einem solchen Besuche auch in seinem Monasterium, wo er ihn unter Psalmen und Hymnen mit seinen heiligen Händen begrub.

Endlich kamen die drei ersten Jünger: Psenthessus, Suris und Obsis. Diesen folgten Andere, und bald wurden die Wohnungen besetzt. Eine Kirche erhob sich, der h. Athanasius besuchte die friedfertige Colonie der Gerechten. Bald gründete die Schwester des Pachomius auch ein Monasterium für Frauen. Er schrieb ihnen die Regel auf und stellte sie unter Visitation des frommen, greisen Einsieblers Peter. Immer mehr aber bildete er die Regel der Gemeinschaft aus; er wurde ein wahrer Patriarch der Cönobiten und vernahm im Geiste die Verheißung, daß seine geistige Nachkommenschaft nicht aussterben werde. Er sah die Zahl der Seinen auf Tausende wachsen, und schied von ihnen heiteren Antlitzes in dem frohen Bewußtsein, sie nicht als Waisen zurückzulassen, sondern unter unzerstörbarer väterlicher Obhut in wohlgeordneter Familie. —

Als Martinus zu Ligugé sein Monasterium erbaute, war Pachomius schon seit 13 Jahren im Frieden entschlafen. Seine Gesetzgebung für das Einsiedlerleben und die Einrichtung seiner Cönobien war bereits in der Christenheit weithin bekannt, wenn auch seine Regel erst im Jahre 404 von dem h. Hieronymus in's Lateinische übersetzt wurde. Die Abendländischen Christen hatten Aegypten zahlreich besucht und aus eigener Anschauung Alles kennen gelernt. Martinus ist nicht ohne Kunde geblieben, und wir dürfen wohl annehmen, daß er im Wesentlichen, doch ohne die Eigenthümlichkeit des abendländischen Geistes zu verleugnen, nachahmte, was zu Tabenna üblich war. So richtete er sich denn ein.

In Aegypten, dem Vaterlande der Monasterien, und in Palästina, wo man das Vorbild getreu wieder darstellte, hatte man eine unabänderliche Form. Ein Kranz von Zellen, ein Oratorium, Speisesaal und Arbeitsräume: siehe da, das Monasterium. Aber der h. Martinus behielt sich in der Nachahmung eine gewisse Freiheit vor. Wie groß seine erste Anlage war, können wir nicht berichten, da es uns nicht überliefert ist. Bei größerer Anzahl der Mönche entfaltete sich im Morgenlande die Gliederung immer weiter. So hatte es sich in dem Tabennensischen Bezirke gezeigt; dort waren die Zellen hausartig zusammengebaut, etwa vierzig, späterhin auch so, daß die Zellen erweitert wurden für die Aufnahme dreier Mönche in jede einzelne; und ein Monasterium bestand dann aus 30 bis 40 Häusern. Drei oder vier Häuser wurden zu einer Tribus verbunden. Jedes Haus hatte einen Propst

ober Vorsteher, jede Tribus einen Hebbomabar, welcher das Material
zu den Arbeiten vertheilte und andere äußere Angelegenheiten zu
ordnen verpflichtet war; denn jede Tribus hatte ihren besonderen
Zweig der Industrie, bildete eine Innung, z. B. von Korbmachern,
von Stellmachern, von Walkern, von Schuhmachern u. s. w. Dann
hatte jedes Monasterium einen Hausvater und einen Oeconomen,
und wenn mehrere Monasterien verbunden wurden, stand dem Vereine ein „Fürst“ (Princeps) der Mönche vor, gleichsam ein Patriarch,
Erzvater oder Großabt. Und es gab dann auch einen Oberver-
walter. Nun, so konnte Martinus nicht gerade anfangen, aber die
erste Anlage mußte auf eine solche Entfaltung, wenigstens hinsichtlich der geistigen Aufgabe, Rücksicht nehmen. Zellenarmuth und
Kleidung wurden im Allgemeinen auch angenommen und nach-
gebildet. Außer der geringen Zeit für die Mahlzeit und der
mäßigen für den Schlaf waren die Stunden vertheilt auf Studium
und Betrachtung der Offenbarung, insbesondere der h. Schrift, und
auf Gebet und Psalmengesang. Handarbeit trat für Martinus
vorläufig ganz in den Hintergrund. Wie Pachomius als guter
und getreuer Hausvater die Seinen liebte und sorgend, belehrend,
mahnend, ordnend und führend unter ihnen stand, während sie bei
aller irdischen und geistigen Noth zu ihm sich hingezogen fühlten,
sich auszuklagen und Hülfe zu suchen, wie sie andererseits jede
Freude vor ihm ausjubelten, so wollte auch Martinus ein er-
ziehender Vater in seinem Monasterium sein. Nicht ein Gebieter
über Sclaven, sondern ein Geliebter unter Liebenden wollte er
sein, um in Liebe die Seinen für das ewige Leben zu erziehen.
Denn eine höhere Erziehungsanstalt für die Einsiedler war das
Monasterium [1]).

1) Hieron. epist. 125 ad Rust. 9, 11, 13, 15—16.

III.

Martinus, ein Lehrer der Vollkommenheit.

Um Führer auf dem Wege der Vollkommenheit zu sein, Erzieher der Heiligen, muß Einer selbst geschult sein von der höchsten
Meisterin, welche Liebe heißt, und bei aller Ehre und Würde und
Gnade und Tugend unzertrennlich sein von der herzgewinnenden
Demuth, welche nicht in selbstmörderischen Worten von dem eigenen
„Nichts" und der maßlosen Sündhaftigkeit sich offenbart, sondern
in stillen, sanften, sittlichen Heldenthaten. Beides wird
von dem h. Pachomius gerühmt. Und noch ein dritter Edelstein
soll den Hirtenstab eines Abtes zieren: Sanftmuth ist sein
Name, oder wenn Du lieber willst, unüberwindliche Geduld;
denn diese zwei sind Eins; Geduld bezeichnet die innere Kraft der
liebenden Opfergesinnung, und Sanftmuth die liebliche, friedereiche,
göttlich glänzende Erscheinung derselben Tugend. Durch diese war
Pachomius nicht weniger ausgezeichnet wie durch jene beiden erst-
genannten. Auch beseelte ihn ein unerschütterliches Gottvertrauen
und der nie wankende Glaube an die Möglichkeit, das Ideal der
christlichen Vollkommenheit darzustellen. Aber den Brüdern, welchen
er die Wege des Heils so deutlich zeigte im Lichte des Evangeliums,
gab er auch ein Beispiel, wie man sie wandele. Da war keine
Art der Pflichterfüllung für irgend einen Bruder, die dieser nicht
leisten sah von Pachomius selbst, der die Brüder bei Tische be-
diente, die Kranken sorgsam pflegte, im Garten säete, pflanzte und
Wasser zur Begießung trug, beim Anklopfen Jedem öffnete und
Bescheid gab, kurz jede Art von Arbeit und Liebesdienst verrichtete.
Und überdies hatten Alle das Ziel solcher treuen Heilsarbeit vor
Augen, den Frieden nämlich, welcher mit leuchtenden, goldenen
Buchstaben auf seiner Stirne geschrieben stand und von seinem
Antlitze strahlte als helles Zeugniß der innern Harmonie und des
reinen Gewissens.

Durch solche Eigenschaften, die ihn zu einem Fürsten oder
Erzengel der Mönche machten, war auch der h. Martinus ausgezeichnet. Seine Schule der Jugend, sein Bildungsgang zeigte
ihn uns ohne auffallenden Studien-Apparat, ohne viel Geräusch

des Lernens. Aber deshalb war er tieferen, sinnigen Studien nicht fremd. Er las oder betrachtete fortwährend, wenn er nicht betete oder den Brüdern diente und den Jüngern Unterweisung gab; aber er las fast ausschließlich die Bibel. Wenn einer der berühmtesten classischen Schriftsteller der heidnischen Römer, welcher sprachgewandt und in logischem Denken vielgeübt vor dem Rede- streit sich nie gescheut, der Aeußerung sich nicht enthalten konnte: „Ich fürchte den, der immer wieder ein und dasselbe Buch liest"; so wäre ihm wohl der Sinn seiner eigenen Worte am voll- kommensten zum Verständnisse gekommen, wenn er einem beständigen, sinnigen Leser der Evangelien begegnet wäre. Es ist eine nie genug zu beachtende Erscheinung, daß die Fürsten der Einsiedler, welche während des vierten Jahrhunderts so unbedingte Gewalt über Tausende, und nicht die schlechtesten Menschen übten: Antonius, Ammon, Pachomius, Hilarion, denen sich Martinus würdig an- schließt, nichts wußten als Jesum Christum den Gekreuzigten, aber umgeben und getragen von dem reichen, himmlischen Glanze der biblischen Erzählungen. Sie waren, ohne gelehrte exegetische und kritische Zurüstung, Bibelwissende, durch das „Immer wieder lesen" reich an tiefsinnigen göttlichen Gedanken, welche ihnen die ganze Schöpfung und das Menschengeschlecht in seiner Geschichte wie in seiner augenblicklichen Entfaltung und Gestalt geheimnißvoll und doch so klar beleuchteten. Dadurch gewann ihr Ausdruck Hoheit und ihre Sprache wurde in ihrer erhabenen Einfachheit überzeugend. Was Edles in einem Menschen schlummerte, das wurde wach bei ihrem Anblicke und bei ihrem Worte.

Ein Beispiel mag dies erläutern. Sulpicius Severus, ein reicher Mann, durch Heirath einer consularischen Familie ver- bunden, in den vornehmen Formen adeliger Römer bewandert, hatte seine ausnehmende Bildung während der Blüthezeit gallischer Rhetorik, d. i. während des theodosianischen Zeitalters, in Aqui- tanien, dem damals ersten Culturlande, erhalten. Da es ihm weder an Talent noch Fleiß gefehlt, so stand er als Mann auch auf der Höhe der Bildung seiner Zeit. Er besaß umfassende Kenntniß der classischen Literatur, der Geschichte und späterhin auch der biblischen Weltanschauung und Ideen. In sprachlicher Fähigkeit glänzte er. Allen Anforderungen, welche man damals für die classische Form stellte, genügte er vollkommen; er schrieb und redete die lateinische Sprache „mit der gewandten Sicherheit eines aus der besten Schule hervorgegangenen Rhetors" [1]). Nun, diesem Severus, stand, obgleich sein eheliches Glück frühzeitig durch den Tod seiner Gemahlin zerstört worden, immer noch die Herrlichkeit der Welt offen. Sein vornehmer Schwiegervater, sein Reichthum und seine ungewöhnliche Bildung, ließen ihn auch bald von weltlichem Glanz umstrahlen; da erhielt er Kunde von der seltenen Glaubenskraft und dem wunderthätigen Leben des Pannoniers Martinus. Es schien ihm ein würdiger Gegenstand für die Kunst seiner Darstellung gefunden und er dachte bald, er müsse das Leben dieses wunderbaren Mannes beschreiben; doch dachte er noch nicht, daß er ein Abbild des Heiligen in seinem eigenen Leben ausprägen sollte. Also hauptsächlich wegen des schriftstellerischen Zweckes, um Stoff zu gewinnen, unternahm er die Reise zu einem Besuche bei dem h. Martinus. Der Zweck wurde auch erreicht. Severus berichtet selbst, er habe die Lebensgeschichte des Heiligen theils aus dessen eigenem Munde, theils von seinen anwesenden Jüngern mündlich, theils durch schriftliche Mittheilung der Augen- und Ohrenzeugen erfahren. Aber dieses literarische Geschäft konnte der vornehme, feine, im Umgange gewandte Rhetor weder mit der gewöhnlichen höfischen Ueberlegenheit der Leute seines Standes noch mit dem bloßen Interesse des Alles für seine Kunst berechnenden Rhetors vollenden. Ihm begegnete vielmehr Ungewohntes. Doch hören wir ihn selbst. „Es ist unglaublich", erzählt er, „mit wie tiefer Demuth und mit wie großer Güte Martinus mich aufnahm! Er wünschte sich jubelnd Glück und freute sich in dem Herrn, daß ich ihn werth gehalten, seinetwegen eine solche Reise zu unternehmen, um ihn nämlich zu besuchen. Ach, ich wag' es kaum zu sagen, wie er mich dann werth hielt, an seinem heiligen Gastmahl Theil zu nehmen, wie er dann selbst mir Wasser zum Händewaschen brachte und Abends gar eigenhändig meine Füße wusch! Und nun hatte ich nicht einmal den Muth mich zu weigern oder zu widersetzen; denn so sehr wurde ich von der Hoheit seines Ansehens überwältigt, daß ich es für Sünde gehalten

---

1) Vgl. die bereits citirte nach Form und Inhalt ausgezeichnete Schrift von „Jacob Bernays, Ueber die Chronik des Sulpicius Severus, Berlin 1861". S. 1 ff.

hätte, nicht in Allem mich seinem Willen zu unter=
werfen." Severus fühlte sich sofort in eine höhere Ordnung der
Dinge erhoben; es war ihm, als stünde der himmlische Gesetzgeber
seines nun beginnenden höheren Lebens vor ihm. Und ohne Ver=
abredung wußte auch Martinus, daß der noch jünglingsfrische vor=
nehme Weltmann seiner Befehle harre, und er sprach zu ihm:
„Verlaß die Reize der Welt und ihre Lasten, damit Du frei und
leichtgegürtet dem Herrn Jesus folgen kannst. Sieh, Du hast ein
herrliches Beispiel an Paulinus, dem hohen Staatsbeamten, der,
seinen Reichthum und die Schätze der Welt abwerfend, Christo
nachgefolgt und in unsern Tagen sich einzig hervorgethan hat in
der Erfüllung der Vorschriften des Evangeliums. Wandle seinen
Weg, ahme ihm nach! O glückselige Zeit, welche eines solchen
Glaubens und solcher Tugend Zeugniß für sich hat!" Severus
gehorchte. Forum, Ehre und Reichthum hatten plötzlich ihre Reize
für ihn verloren; Weltverachtung und Armuth, einsame Betrachtung
der göttlichen Weltregierung und der Wunder der Geschichte, Gottes=
Lob und =Liebe waren seine Freude und Sorge. Dem h. Martinus
aber blieb er seitdem im Leben und im Tode voll Begeisterung in
unbedingter Hingebung zugethan und angehörig.

Severus also, den der große Philologe Scaliger den „reinsten
unter den Kirchenschriftstellern" nennt, der die Classicität der Sprache
seinen Vorbildern so „fein abgelauscht", daß er „ihre leiseren Eigen=
heiten sich zu merken" mit Erfolg versuchen konnte [1]), und dessen
Bildung überhaupt bei den Zeitgenossen Bewunderung erregte, ist
gewiß ein zuverlässiger Berichterstatter, wenn er nach Augenschein
und persönlicher Erfahrung eine Charakteristik der Bildung des
h. Martinus entwirft. „Ich rufe Jesum und unsere gemeinsame
Hoffnung zum Zeugen an", so ruft er aus, „daß ich aus keines
Menschen Munde je so viel Wissen, so viel Talent, so gute und
reine Sprache reden hörte", wie aus dem Munde des h. Martinus!
„Doch, was ist dies für ein geringes Lob bei all' seinen Tugen=
den, es sei denn, man fasse die wunderbare Erscheinung in's Auge,
daß ihm, dem Manne ohne gelehrte Schule, auch dies als Gnaden=
gabe verliehen worden!" Die Wunder seines innern Lebens ent=
ziehen sich jeder Darstellungsgabe. Es ist unbeschreiblich, wie er

---

[1]) Bernays, a. a. O. S. 30.

Geist und Gemüth immerdar dem Himmel zugewandt hatte, wie er Beharrlichkeit und Mäßigung paarte in Abstinenz und Fasten, und wie seine Kraft ausdauerte im Wachen und Beten. Er brachte die Nächte zu wie die Tage; es gab für ihn keine Zeit, die unerfüllt von gottesfürchtigen Thaten geblieben wäre, mochte er nun Muße haben oder Arbeit. Sein Gebet war ohne Unterlaß, mochte er äußerlich mit was immer für Angelegenheiten beschäftigt sein. Daher hatte seine äußere Erscheinung auch etwas von ewiger Ruhe, ohne jede Störung von Leidenschaft, möge sie nun Zorn, maßlose Trauer oder ausgelassene Lust heißen; sein Antlitz verklärte ein himmlischer Freudenglanz, so daß er wie ein überirdisches Wesen angesehen wurde. In seinem Munde war nur Christus, in seinem Herzen nichts als heilige Güte, Friede, Barmherzigkeit [1]).

Jeder, der sich nach wahrer Freude und nach Frieden sehnte und ihn sah, mußte ihn gleich fragen, wie und wo er seine Sehnsucht stillen könne. Denn wer ihn sah, erkannte gleich, daß er im Lande des Friedens heimisch sei und mit seinem Geiste wandele, daß er also ein rechter Führer zur vollkommenen Ruhe sei. Die Vollkommenheit ist: nichts zu wissen als Jesum Christum den Gekreuzigten, und nichts zu wollen und zu thuen als in Seiner Liebe sich zu üben; nun diese Vollkommenheit lehrte Martinus Tag und Nacht voll Demuth und Sanftmuth in unermüdlichem Gotteslobe. Paulinus und Severus waren Lehrmeister in ihrer Art: als sie Martinus sahen, wurden sie erst Schüler und Jünger der Vollkommenheit. —

IV.

Wie Martinus lehrte.

Wie Martinus in Sanftmuth und unüberwindlicher Geduld lehrte und durch Liebesthaten unterwies, zu berichten, dazu wird noch oft Gelegenheit sein. Hier soll nur erzählt werden, wie er durch weises Wort zur rechten Zeit unterrichtete.

---

[1] Sulp. Sev. Vita S. M. c. 26.

An ergreifenden, ja überwältigenden und die ganze Lebens-
richtung eines Mannes entscheidenden Zwiegesprächen, wie an den
süßesten Einzel=Unterredungen, ist sein Leben reich. Beispiele ersterer
Art, — wie das Zwiegespräch mit Sulpicius Severus —, sind
mehrere aufgezeichnet; die letzteren leider weniger. Diese waren
wie ein seraphisches Gebet oder wie ein heiliger Gesang und gehörten wohl zu jenen geheimnißvollen Aeußerungen seines innern
Lebens, von welchen Severus betheuert, Homer selbst, wenn er
aus der Unterwelt emporkäme, könnte sie nicht darstellen.

Seine Lehrweise war im Allgemeinen eine leichte und ganz
ungezwungene. Die erhaltenen Aufzeichnungen deuten darauf hin,
daß er unter seinen Jüngern der geliebte Meister lehrend den
Heiland nachgeahmt habe. Wie er in jedem Augenblicke, wo er
ging und stand, mit seinen Gedanken im Himmel war und betete,
so wurde auch jedes Wort aus seinem Munde eine Ausstrahlung
der Herrlichkeit des Herrn oder eine göttliche Belehrung auf dem
Goldgrunde der h. Schrift. Er ging umher und lehrte. Besonders
liebte er die Gleichnisse, deren Wirkung er in den Reden des Herrn
wohl erkannt hatte. Dabei machte sich aber eine eigene Art von
ernster Heiterkeit oder heiterem Ernste geltend; er konnte in solchen
Gleichnissen kaum reden ohne eine gewisse leise Ironie, die man
als „attisches Salz" der Rede bezeichnen könnte. Er besaß nämlich
einen angeborenen Humor harmlosester Natur, durch den er auch
am leichtesten auf solche Bilder und Beziehungen auf das irdische
und himmlische Leben in ihrer Gegensätzlichkeit und Bekämpfung
aufmerksam wurde, welche durch Verwechselung der Zwecke und
Mittel in jenem zweifachen Leben, wo man so oft dem Zeitlichen
ewigen und dem Ewigen zeitlichen Werth beilegt, eine leichte ironische
oder wenigstens harmlos scherzhafte Seite darboten. Man muß
diese Eigenheit in der Lehrweise des h. Martinus bei der Spärlich-
keit der Nachrichten jetzt ablauschen; doch wird sie keinem sorg-
fältigen Forscher entgehen, da das Erhaltene durchaus jene Signatur
trägt. Beispiele werden dies erläutern.

Eines Tages erblickte er ein Schäflein in seinem einfachsten
Röckchen, denn es hatte eben willig seinen Pelz hergegeben in der
Schur. Da sprach Martinus zu seinen Jüngern: „Ei, seht da!
ein Schäflein, welches das Gebot des Evangeliums erfüllt hat.
Zwei Röckchen hatte es: da schenkte es eines dem, der keines besaß.

So sollt ihr es also auch machen." Man meint, man sähe und hörte die ganze Schaar mit heiterem Wohlgefallen diese Worte aufnehmen. —

Es fällt den jüngeren Lesern der Odyssee Homer's stets auf, daß von dem Sänger der „Sauhirt" mit dem Beinamen des „Göttlichen" in der Regel geehrt wird. Der θεῖος σνβώτης, der „göttliche Sauhirt", ist ihnen lange eine wunderliche Gestalt, bis sie sich in die hellenische Weltanschauung hineinleben. Martinus betrachtete nun auch einen solchen Hirten nicht mit hellenischem oder griechischem Auge, vielmehr wurde er durch den Anblick desselben leicht an biblische Erzählungen erinnert, etwa an die vom verlorenen Sohne. So sah er einmal bei rauhem Wetter einen Sauhirt, der nur einen kleinen Theil seines Körpers mit einem Thierfelle bedeckte und im Uebrigen nackt vor Frost zitterte. „Da habt ihr den Adam", rief er aus, „wie er aus dem Paradiese gestoßen mit Thierhaut bekleidet die Schweine weidet; — doch wir wollen jenen alten, der in diesem sich uns noch so anschaulich zeigt, ablegen, und lieber den neuen Adam anziehen!" —

Ein anderes Mal kam er bei einer großen Wiese vorüber; einen Theil derselben hatten die Ochsen abgeweidet, einen Theil die Schweine aufgewühlt, der übrige Theil aber war unversehrt und prangte frühlingsfrisch in reichem Blumenflor. Martinus wandte sich zu den Seinen und sprach: „Jener Theil der Wiese, welcher abgeweidet ist, giebt uns ein Bild des Ehestandes; in demselben findet sich noch die Schönheit der grünenden Halme, aber keine Blumenzier; der andere Theil, den die unreinen Thiere unterwühlt, zeigt uns das häßliche Bild des unzüchtigen Lebens; der übrige Theil, welcher keinerlei Art von Verletzung erfahren, veranschaulicht uns die Glorie der Jungfräulichkeit: da sehen wir das sprossende Grün in Ueppigkeit, reiche Fruchtbarkeit, und überaus schön die Blumenzier, ein Strahlen wie von leuchtenden Edelsteinen! O glückselige, gotteswürdige Schönheit! Jene, welche die Ehe mit der Unzucht auf eine Linie stellen, irren sehr; aber auch diejenigen, welche meinen, die Ehe stehe der Jungfräulichkeit gleich; sie sind arme Thoren. Wer weise sein will, der halte diesen Unterschied fest: die Ehe findet Versöhnung, die Jungfräulichkeit Glorie, aber die Unzucht Strafe, wenn sie nicht durch Genugthuung gesühnt wird." — Es ist hier nicht der Ort, materiell diese

Lehre zu prüfen; es soll nur die Lehrform anschaulich gemacht werden. —

Einst kam ein Kriegsmann, der den Schwertgürtel in der Kirche aufhing und vor Martinus das Einsiedlerleben gelobte. Er wollte auch recht ein Einsiedler sein, ein Eremit, und baute sich deshalb fern von den Uebrigen an einsamem Orte eine Zelle. Aber sein Herz war noch ungebildet, es machte mit seinen natür= lichen Ansprüchen ihm wieder streitig, was in heftiger religiöser Erregung sein starker Wille ergriffen hatte, den Preis der Keusch= heit. Er war nämlich verheirathet, und seine Frau war von Martinus in ein Frauen=Monasterium gesandt worden, nachdem beide in Uebereinstimmung ein Gelübbe gethan. Nun kam aber jener und bat den Heiligen, daß sie beide wieder zusammen wohnen dürften, sie wollten ihrem Gelübbe nicht zu nahe treten, sondern nur durch ihre Gegenwart einander zum Troste sein. „Wir werden nicht sündigen", sprach er; ich bin ja nun ein Soldat Christi, und meine Frau hat denselben Fahneneid geleistet; laß uns also, durch das Verdienst des Glaubens um kein Geschlecht wissend ge= meinsam unsern Kriegsdienst leisten!" Da sprach Martinus, das Gleichniß vom Kriegsdienste festhaltend: „Sage mir doch: bist Du je im Kriege gewesen und hast Du in der Schlachtreihe gestanden?" „O ja", erwiederte jener; „oft stand ich in der Schlachtreihe und häufig war ich im Kampfe." „Nun", fragte Martinus weiter, „hast Du denn auch wohl gesehen, daß in jener Schlachtreihe, zum Kampfe gerüstet, ein Weib stand, die beim Handgemenge mit dem Feinde gegen diesen mitkämpfte?" Da erröthete jener, dankte ihm für die Belehrung und gestand, daß er im Irrthume gewesen. Martinus aber, wie immer von einer Jüngerschaar umgeben, sagte darauf zu diesen: „Es macht ein Kriegsheer verächtlich, wenn zu den Cohorten der Männer sich Weiberhaufen gesellen; der Soldat mag in der Schlachtreihe und im Felde kämpfen, die Frau aber innerhalb der Mauern der Festungswerke sich halten. Der Frauen erste Tugend und vollkommener Sieg ist: den Blicken sich zu ent= ziehen und verborgen zu bleiben."

Er stand einmal am Ufer eines Flusses mit den Seinen, als plötzlich eine große Schlange die Fluth durchfurchte und ihnen gerade zuschwamm, was einige nicht ohne Furcht bemerkten. Martinus aber wandte sich der Schlange entgegen mit den

Worten: „Im Namen des Herrn gebiete ich Dir, umzukehren. Das böse Thier gerieth bei seiner Stimme und bei seinem An= blicke in Angst¹, drehte um und schwamm an's andere Ufer. Da seufzte der Heilige aus tiefstem Herzensgrunde und sprach: „Ach, die Schlangen hören wohl auf mich, aber die Menschen hören mich nicht!" Diese Worte waren für manche seiner Jün= ger, die ihm Kummer machten, eine eindringliche Predigt. — Zu= weilen lehrte er auch, indem er direkte Fragen seiner Jünger beantwortete. Dann war sein Wort einfach und klar, fest und bestimmt, in positiver Darlegung seiner Ueberzeugung ohne weitere Beweisführung. Er konnte dabei so feierlich ernst werden, daß er auch in dieser Hinsicht an den Heiland unter seinen Jüngern erinnerte. In Sittenlehren folgte er durchaus der Bibel, was schon bei einem Schüler des h. Hilarius von Poitiers nicht Wunder nehmen kann; hinsichtlich der christlichen Weltanschauung und ins= besondere des Verlaufs der Weltgeschichte unter dem Einflusse der göttlichen Weltregierung war er ganz ein gläubiges Kind seiner Zeit und stand er unter der Einwirkung der unter den christ= lichen Lehrern verbreiteten Meinungen. So wurde er einst — vielleicht saß er mit seinen Jüngern auch auf einer schönen Höhe im Anblicke der Herrlichkeit dieser Erde — von den Seinen be= fragt über das Ende der Welt; da sprach er: „Vor dem Ende werden Nero ¹) und der Antichrist kommen. Nero wird im Abendlande sich zehn Könige unterwerfen und dort (zu Rom) herrschen; dann wird er eine Christenverfolgung unternehmen und es so weit treiben, daß er zur Anbetung der Götzen der Heiden zwingt. Der Antichrist aber wird sich zuerst des morgenländischen Reiches bemächtigen und zur Hauptstadt desselben Jerusalem er= heben; denn diese Stadt und ihren Tempel wird er wieder auf= bauen. Seine Christenverfolgung wird dahin zielen, daß er die Völker zur Anerkennung zwinge, der Herr (Jesus) sei nicht Christus

---

1) Von Nero glaubten einige, er sei gestorben und werde einst als Antichrist auferstehen. Die verbreitetste Meinung unter den Christen im 4. Jahrhundert war aber diejenige, welche Martinus vorträgt. Diese Meinung setzt voraus, Nero sei nicht gestorben, sondern nur den Menschen entzogen und werde in dem Alter, in welchem er gewesen, als er verschwunden, einst wiederkehren zur bösen Herrschaft. Vgl. August. de civit. Dei l. XX, 19. Der h. Augustinus glaubt nicht an eine Wiederkunft des Nero. —

gewesen, sondern er selbst sei Christus. Und er wird befehlen, daß Alle nach dem Gesetze die Beschneidung erhalten. Endlich wird er auch in's Abendland kommen und den Nero tödten, so daß dann der ganze Erdkreis und alle Völker seiner Herrschaft unterjocht werden, bis der Böse bei der Ankunft Christi überwältigt werden wird. Es ist auch kein Zweifel, daß der Antichrist wie ein natürlicher Mensch zuerst als Kind erscheinen, aufwachsen und im gesetzlichen Alter zur Herrschaft gelangen wird; aber er wird empfangen werden vom bösen Geiste." — Diese Belehrung gab der h. Martinus wenige Jahre vor seinem Tode. Er denkt sich also am Schlusse der Zeiten die Heiden weniger verworfen als die Juden, indem Nero, der Repräsentant der Ersteren, nur in äußerster Superstition, im Aberglauben befangen erscheint, so daß er Alles daran setzt und Tausende Menschen opfert, um die Anbetung der Götzenbilder zu erzwingen; der Antichrist aber, als Repräsentant der Juden, im vollendeten Hochmuthe die Vergöttlichung und Anbetung seiner Person ertrotzen will. Nach bestem Wissen und Gewissen hat er einen Irrthum der Christen seiner Zeit vorgetragen, aber in ansprechender und gewinnender Form, so daß auch hierin seine Lehrweise sich vortheilhaft charakterisirt. —

V.

Festere Gestaltung des äußeren Lebens.

Es geschah in der Folge, daß Martinus Bischof von Tours wurde. Wie es kam, werden wir später genauer erfahren. Liguplé mußte er also verlassen, was ihn nicht froh machte. Innerlich blieb er nun beharrlich zwar ganz derselbe, in seinem Herzen herrschte die gleiche Demuth wie zuvor; aber auch im Aeußeren wollte er nichts ändern. Er trug das geringe Armenkleid, wie er es zuvorgetragen, und sein Palast blieb eine kleine Zelle, die er an die Kirche anlehnte. Aber weder das Kleid der Armen noch die Wohnung der Dürftigen schützte ihn vor übermäßigem Andrang der Besuchenden, die ihn zu sehen und zu ehren wünschten oder seinen Segen, seinen Rath und seine Hülfe begehrten. Da wurde es ihm zu viel; er konnte es nicht mehr tragen, und er beschloß, seine Zelle zu verlegen. Aber wohin? Kühn genug war sein Entschluß: außerhalb der Stadt, beinahe zwei römische Meilen (d. i. ²/₅ deutsche Meile) von seiner Kirche entfernt. Es war freilich der Ort einladend für einen Einsiedler, ganz geheim und für den gewöhnlichen Verkehr wie aus der Welt; man vermißte dort kaum die Einsamkeit der Wüste. Martinus baute daselbst auch gleich ein ganzes Monasterium, — nicht ein Kloster nach heutiger Bauart und Bequemlichkeit, sondern eine Niederlassung für Einsiedler, für sich und seine Jünger, wie man sie eben für Gemeinschaft und Unabhängigkeit gebrauchte.

Der Ort war so. Von der einen Seite umschloß ihn eine jähe Felswand, wie eine glatte, riesige Mauer; von der andern Seite umfloß ihn halbkreisförmig die Loire, jener Grenzfluß zwischen Aquitanien und Gallia Lugdunensis, in der Art, daß das Flußbett an dem einen Ende die Felswand berührte, gegenüber aber beim Anfange der Krümmung nur wenige Schritte davon entfernt blieb. Hier war denn auch der einzige schmale Zugang. Auf diesem von der Natur so vorsichtig umfriedeten Platze wurde also das Monasterium angelegt, d. h. vor Allem baute Martinus sich selbst eine kleine Zelle von Holz. Sie stand mit keiner andern Zelle unmittelbar im Zusammenhange; vielmehr war sie von einem kleinen Hofraum umgeben. Bei schönem Wetter sah man ihn zur Mußezeit gewöhnlich in dem Hofe auf einem hölzernen Stuhle sitzen, ein Bild des Friedens, dessen Anblick die Jünger beruhigte und erfreute, woran sie nach seinem Tode mit Wehmuth oft sich erinnerten. Die Zahl der ihm folgenden Brüder betrug damals achtzig. Viele von diesen bauten sich ihre Zelle genau nach dem Vorbilde der Zelle ihres Meisters. Sehr viele aber machten sich eine Felsenwohnung, indem sie in der Bergwand durch Aushauen des Gesteins eine kleine Zelle sich einrichteten. Es waren also bald achtzig Einzelzellen ohne äußeren Zusammenhang, doch nicht weit auseinander, geschaffen. Dazu errichteten sie ein Oratorium, d. h. einen gemeinsamen Betsaal, und eine Art Speisehalle. Von einer Kirche, in welcher das h. Opfer dargebracht worden wäre, ist dabei keine Rede. Ihre Kirche war in der Stadt Tours ¹),

---

¹) Vgl. Sulp. Sev. Dial. de virt. B. Mart. I. 1; II. 6.

wohin sie ja auch nur ³/₄ Stunde Wegs hatten. Privatbesitz be-
hielt Keiner; sie hatten, was für die leibliche Existenz nothwendig
war, gemeinsam. Ihre mäßige Mahlzeit nahmen sie erst spät am
Nachmittage. Von Wein wollte Niemand etwas wissen; nur für
Kranke blieb der Genuß desselben üblich. Die Kleidung war im
Allgemeinen eine rauhe. Sehr viele trugen ein Gewand von
Kameelhaaren. Es waren aber nicht wenige vornehme, adelige
Leute unter ihnen, die ganz anders erzogen und an eine weiche,
zarte Pflege gewohnt waren. Das hinderte diese nicht, der ganzen
Strenge des Lebens, wie es hier Martin's weise Anordnung forderte,
sich zu unterziehen, und es war kein Unterschied zu merken. Bei
den morgenländischen Einsieblern und Cönobiten, wo die Hand-
arbeit wesentlich zur Tagesordnung gehörte, und neben allen Ge-
werben auch Feldbau getrieben wurde, kamen selbst in den besten
Zeiten Verirrungen vor, in der Art, daß durch den Verkauf und
Tausch der gewonnenen Waaren in Einzelnen wieder die Lust an
Gewinn und Erwerb erwachte und dann die Begierlichkeit der Augen
die zerstörende Entzündung der Leidenschaften verursachte. Aber
Martinus beugte solchem Uebel vor, indem er unter seinen achtzig
Jüngern jede Art von Gewerbe untersagte und zugleich alles
Kaufen und Verkaufen. Die älteren Mönche sollten gar keine
Handarbeit verrichten, sondern nur dem Gebete und der Betrachtung
obliegen; die jüngeren aber, welche bei ununterbrochener Beschaulich-
keit noch leicht ermüden und dann gänzlich ablassen konnten wegen
des zu steilen Weges der Vollkommenheit, beschäftigte er einen
Theil des Tages mit Bücherabschreiben. Die Zahl der Bücher,
welche von der Jüngerschaar des h. Martinus vervielfältigt wurden,
ist gewiß ansehnlich gewesen, und vielleicht verdanken wir diesem
Umstande die Erhaltung mancher schönen Schrift des Alterthums.
Der Verkehr mit den Büchern wurde auch leicht zur geistigen Anregung, zumal da Martinus Alles benutzte zur Weckung der Geister.
Jedenfalls waren die Seinen bei ihm stets in der Schule, immer
lernend, und nach jeder neuen Erkenntniß lernbegieriger. Ohne
Zweifel war aber der Mittelpunkt alles Lernens, wie bei den
morgenländischen Mönchen, die h. Schrift. Und hierin war Martinus
ja selbst der Schüler eines Meisters; denn der h. Hilarius war
ein Meister der Bibelwissenschaft. Aus dem Kreise jener achtzig
Jünger wurden später mehrere Bischöfe, die Severus sah und

kannte. Ja, Martin's Schule wurde bald so berühmt, daß jede bischöfliche Stadt und Kirche sich glücklich schätzte, aus ihr einen Bischof zu gewinnen. —

Aus dieser Zellen=Colonie entstand in der Folge ein Kloster nach späterem Zuschnitt. Zur Zeit, als der berühmte Bischof Gregor von Tours seine „zehn Bücher Fränkischer Geschichte" schrieb, befand sich eine Kirche daselbst, welche den Aposteln Petrus und Paulus geweiht war. Gregor berichtet, — freilich 2½ Jahr=hundert später —, der h. Martinus habe sie selbst gebaut. Das Kloster erhielt späterhin, — aus welchem Grunde wissen wir nicht, den Namen des „Größeren". Majus Monasterium, oder Majoris Monasterium, woraus dann Marmoutier geworden ist [1]). —

Vielleicht stammt der Name des „größeren Monasteriums" schon aus der Zeit des h. Gründers. Denn es ist gewiß, daß jene Zellen=Colonie noch während seines Lebens Vorbild für viele andere wurde. Die Zahl der Brüder hat sich auch in seiner Nähe ohne Zweifel vermehrt; aber Anderen war er bloß eine Zeit lang Vor=bild von Angesicht zu Angesicht; sie verließen ihn dann, um an einsamen Orten eine neue Pflanzung des Lebens der Vollkommen=heit anzulegen. Auf seinen Reisen hatte der h. Martinus stets ein zahlreiches Geleit frommer Jünger; ihr Anblick reizte zur Nach=ahmung ihres Lebens, und so bot sich hier und dort Anlaß zu neuer Aussaat dar. Wahrscheinlich ließ der Meister dann einen bewährten Jünger zurück, der in Form und Geist seine Art ver=stand und lehrte. So ist es wohl begreiflich, daß bei dem Be=gräbnisse des Heiligen gegen zwei Tausend Mönche erschienen; die in ihm ihren Meister und Vater ehrten und einen Ruhm darein setzten, als seine geistige Nachkommenschaft anerkannt zu werden. —

---

1) Vgl. Greg. Turon. X, 31.

VI.

Beziehungen zum Jenseits.

Aus Allem, was uns von Severus über den h. Martinus berichtet wird, geht auf das unzweideutigste hervor, daß er sich von Jugend auf bis zu den letzten Tagen seines Greisenalters zu dem von der Bibel gelehrten Gegensatze Himmel und Hölle und zu deren Repräsentanten in dem bestimmtesten thatsächlichen Verhältnisse dachte.

Die Hölle und ihre Teufel waren stets vor seiner Seele und in seiner Vorstellung, aber nie als Sieger über ihn, nie, als hätten sie irgend Theil an ihm, sondern immer als von ihm Bekämpfte und dann als Ueberwundene. Er glaubte nicht bloß an die persönliche Existenz der gefallenen Engel und an deren Eifer, List und Macht, die Menschen zu verführen, sondern sie waren auch fortwährend lebendig in seiner Anschauung. Seit jenem Tage der ersten Mühen auf dem Pfade des Evangeliums, als zwischen Mailand und Venetien jener Unheimliche, von dem früher erzählt wurde, ihm die drohenden Worte in bitterem Zorne zurief: „wohin Du gehen, was immer Du unternehmen magst; es wird der Teufel Dein Widersacher sein!" glaubte er diesem auch bald hier bald dort zu begegnen; aber wie er damals gesprochen: „Der Herr ist mein Beistand, ich fürchte mich nicht", so war er immer siegesgewiß in seinem Bewußtsein und blieb er ohne Furcht und ohne Tadel.

Es geschah, daß er an der Schwelle eines Hauses, in das er eingehen wollte, stehen blieb und erklärte, er schaue im Vorsaale einen entsetzlichen Dämon. Auf dem Rücken einer scheu gewordenen Kuh, welche im wilden Laufe mit ihren Hörnern die Menschen verwundete, sah er einen bösen Geist sitzen, der das Thier ängstigte und in Wuth versetzte. So erblickte er auch hinter dem wegen seiner Grausamkeit und Wildheit allenthalben gefürchteten Comes Avitian einen ihn beherrschenden Teufel von außerordentlicher Größe. Als einst, während er vor seiner Zelle auf dem hölzernen Stuhle saß, sein Presbyter Brictio in wahnwitzigem Zorne herbeilief, ihn mit einer Fluth von Schmähungen zu überschütten, gewahrte er sofort auf dem überragenden Felsen zwei Dämonen, welche den Rasenden zur üblen That reizten und ermunterten. Die Lehre mancher Väter, daß in den Götterbildern der Heiden böse Geister wohnten, die sich Opfer und Huldigung darbringen ließen und hierin ihr Gelüste, Gott gleich zu sein, gewissermaßen befriedigten, war ihm volle Wahrheit, und so glaubte er denn auch häufig den Teufel zu sehen in der Gestalt der Statuen des Jupiter, des Mercur, der Venus und der Minerva, und solche Erscheinungen entsprachen ihm so sehr der Wirklichkeit, daß er das Kreuzzeichen machte und betete, worauf sie ihm dann verschwanden. Die Lebhaftigkeit seiner Vorstellungskraft gab hierin einer morgenländischen Natur nichts nach. Zuweilen sah er die bösen Geister nicht, sondern er vernahm ihre Stimmen, boshaft, gemein, wüst. Aber umtönt und umrauscht von dergleichen unheimlichen Schmähungen und Schimpfreden blieb er vollkommen ruhig und sicher in seiner Weise. Doch kam es auch vor, daß er antwortete und sich so zwischen ihm und jenen Stimmen ein Zwiegespräch entspann. So hörte er einst, wie ihm Vorwürfe gemacht wurden, daß er Solche unter seine Jünger und Brüder aufgenommen, die nach der Taufe in diese oder jene schwere Sünden gefallen seien. Da antwortete er der Stimme, d. h. seiner Anschauung gemäß dem Teufel — und diese seine Antwort hörten mehrere seiner Jünger —: „Die alten Sünden werden ausgetilgt durch die Bekehrung zu einem besseren Leben; und es ist in der Heilsordnung begründet, daß diejenigen von ihren Sünden losgesprochen werden, welche zu sündigen aufhören." Dem widersprach aber der Teufel, indem er erwiderte, eigentliche Verbrecher fänden keine Verzeihung, und den nach der Taufe Gefallenen sei von dem Herrn keine Gnade mehr beschieden. Darauf soll nun Martinus laut ausgerufen haben: „Wenn Du sogar, o Du Elender, abließest von der Verfolgung der Menschen, und wenn Dich jetzt noch, da der Tag des Gerichtes bevorsteht, Deiner bösen Thaten gereute, so würde ich selbst Dir im unerschütterlichen Vertrauen auf den Herrn, die Erbarmung Christi versprechen!" [1])

---

1) Seit dem 2. Jahrhunderte gab es Christen, die der Ansicht waren, daß die Kirche nicht die Macht habe, kraft der Erlösung die nach der Taufe begangenen schweren Sünden zu verzeihen.

Im Allgemeinen war so wohl in ihm wie unter seinen Jüngern und im Volke die Ueberzeugung, daß das ganze Reich der bösen Geister sich vor ihm fürchte, für sein Verhalten bestimmend. Wo Menschen, mit dämonischer Wahnwuth zerstörend rasten, trat er ruhig in den Weg, den Teufel herausfordernd: „wenn Du irgend Theil an mir (d. i. Gewalt über mich) hast, so zeige es!" Und jedesmal sah er den Bösen zitternd vor sich weichen. Zu seinen Lebzeiten erzählte man in ganz Tours, daß die Cleriker der Cathedral= kirche stets drei Viertelstunden vorher wüßten, wann Martinus zur Kirche komme. Denn in demselben Augenblicke, wo er den Fuß zum Kirchgang über die Schwelle seiner Zelle setze, fange jeder Besessene, der sich im Heiligthume befinde, an zu heulen und weh= zuklagen, wie wenn der Richter nahe, über Verbrecher das Urtheil zu fällen.

In dem Glauben an seine Macht und siegreiche Gewalt im Namen Jesu bewahrte Martinus auch stets in der Nähe derer, welche man für Besessene hielt, und die durch ihre unnatürlichen Geberden, Bewegungen und Laute die Menschen oft mit Entsetzen erfüllten, eine wahrhaft himmlische Ruhe. Keine Spur von Leiden= schaft sah man an ihm; es blieb die Liebe der herrschende Ton in ihm, so daß er, wie wir sahen, gar dem Teufel die Seligkeit, den Himmel verheißen mochte, wenn derselbe nur von seiner Feind= seligkeit gegen das Reich Gottes ablassen und seine Sünden bereuen wollte; es leuchtete aus ihm nach wie vor der milde Schein des sanften und stillen Geistes, der reich ist vor Gott und darum mächtig über alle böse Creatur. Es war damals das Exorcistenamt, das Amt der Teufelsbeschwörung und =Austreibung, noch in vollster, augenscheinlichster Wirksamkeit. Die Gabe der Geisterbeschwörung gehörte in dem apostolischen Zeitalter, wie schon bemerkt wurde, zu den außerordentlichen Wundergaben; als man sie vermißte, suchte man sie zu ersetzen durch ein Kirchenamt. Die Exorcisten erhielten eine kirchliche Weihe, zur Ausübung ihres Amtes in der ersten Zeit aber nur eine allgemeine Anleitung, so daß sie in den Gebetsformeln und in der ganzen Handlung große Freiheit der Bewegung hatten. Da geschah es nun, daß die Exorcisten die als Besessene ihnen Vorgeführten, wenn solche in einer Art von wahnsinniger Raserei sich geberdeten und von Zerstörungswuth ergriffen gefährlich wurden, nicht bloß mit allerlei Manipulationen

gleichsam zu entzaubern sich bemühten, sondern auch, sei es aus
Angst oder Ungeschicklichkeit, oder Heftigkeit, in eine Fluth von Verwünschungen ausbrachen und die Kranken mit einem wahren Wort-
sturm angriffen, welcher Lärm dann auch wohl von diesen mit-
unter erwiedert werden mochte, so daß den zahlreichen Zuschauern
manchmal ein Schauspiel dargeboten wurde, welches nicht gerade
zur Auferbauung gereichte. Das machte der h. Martinus nun
Alles ganz anders. Wenn er zu seiner Kirche kam und man seine
Hülfe für Besessene in Anspruch nahm, dann ließ er sie herbei-
führen, befahl allen Uebrigen den Tempel zu verlassen und die
Thore zu schließen. War er also mit den Unglücklichen allein,
dann zog er ein Cilicium, ein härenes Gewand, an, bestreute sich
mit Asche und ging in die Mitte der Kirche; dort fiel er auf sein
Angesicht, und so auf den Boden hingestreckt, sandte er heiße Gebete zum Herrn, der den Seinen wunderbare Gewalt verleiht. Das
war seine Art Teufel auszutreiben[1]).

Dieselbe Ruhe und Sicherheit bewahrte Martinus, wenn es
schien, als wollte der böse Geist ihn durch Dialektik überwinden
und mit Vernunftgründen zu Schanden machen. Er ging dann
darauf ein und war schließlich stets vernünftiger als der Teufel.
Auch die List half diesem nichts. Es war nicht schwer zu merken,
daß Martinus ein „dem Himmel immerdar zugewandter Geist"
sei, wie Severus sich ausdrückte. Was nicht himmlisch war oder
zum Himmel eine freundliche Beziehung hatte, interessirte ihn nicht.
Der Teufel also, ein listiger Verführer von Anbeginn, mußte endlich einsehen, daß er ihn ohne den Schein des Himmlischen nicht
verlocken könne. Aber Martinus hatte in seiner Vorsicht auch auf
solche List sich vorbereitet. Eines Tages, da er betete in seiner
Zelle, schaute er im Geiste, und siehe! ein reicher Lichtglanz wurde
vor ihm ausgegossen, und alsbald stand eine königliche Gestalt vor

---

1) Es wird manchem Leser interessant sein, die Worte des Sulp. Sev. selbst
zu lesen. Hier sind sie: „Si quando autem exorcizandorum daemonum Martinus operam recepisset, neminem manibus attrectabat, neminem sermonibus
increpabat, sicut plerumque per clericos rotatur turbo verborum, sed admo-
tis energumenis, ceteros iubebat abscedere, ac foribus observatis in medio eccle-
siae cilicio circumtectus, cinere rospersus, solo stratus orabat etc. Dial. II.
de virt. B. Mart. c. 6. —

ihm, von Purpurlicht in Blitzeshelle umflossen, im Königskleide, gekrönt mit einem Diadem aus Gold und Edelsteinen, und mit goldburchwirkten Schuhen, heiteren Antlitzes und frohen Blicks. Martinus wurde von dem Anblicke geblendet, und beide verharrten lange vor einander in tiefem Schweigen. Endlich sprach zuerst der in so überirdischem und königlichem Schmucke Erscheinende: „Erkenne doch, Martinus, wen Du schaust! Ich bin Christus. Ich bin in meiner Wiederkunft auf die Erde begriffen; zuvor aber wollte ich mich Dir offenbaren. Martinus schwieg, kein Wörtchen Antwort kam über seine Lippen. Eine kurze Pause, und Jener fuhr eindringlicher fort: „Was trägst Du Bedenken, zu glauben, Martinus, da Du anschauest? Christus bin ich." In diesem Augenblicke strahlte im Innern des Heiligen ein anderes Licht auf, das Offenbarungslicht des heiligen Geistes, welches jenen falschen Glanz als Trugbild erkennen ließ, und Martinus sprach entschlossen: Jesus, mein Herr, hat nicht verheißen, im Purpur und blitzenden Diademe wiederzukommen; ich werde daher nicht glauben, die Wiederkunft Christi zu schauen, es sei denn, daß Er also komme, in derselben äußeren Erscheinung, wie Er gelitten hat, und vor Allem die am Kreuze empfangenen Wundmahle sichtbar an sich trage." Bei diesen letzten Worten war plötzlich die Erscheinung wie Nebel vor der Sonne zerflossen und Martinus befand sich bei klarstem Selbstbewußtsein in der Zelle allein. Severus versichert, er habe die Erzählung von diesem Gesicht und Zwiegespräch aus dem Munde des Heiligen selbst erfahren.

Bewahrte der h. Martinus in jenen doch etwas unheimlichen realen, ganz persönliche Berührungen und Begegnungen bedingenden Beziehungen, worin er sich zu den bösen Geistern beständig dachte, sein Gemüth in himmlischer Ruhe und Sicherheit, so war sein noch viel lebendigerer und ununterbrochenerer Verkehr mit dem Himmel ihm ein nie versiegender Quell der Wonne und des süßen Friedens. Er war auch hierin gläubig wie ein Kind, wie ihn überhaupt die Taubeneinfalt bei der größten Geistesklarheit auszeichnete. Er war überzeugt, daß der h. Geist ihn häufig speziell erleuchte und daß die Engel und Heiligen sehr oft ihm sichtbar nahten, um liebliche Wechselrede mit ihm zu führen. Als er einst mit einer bischöflichen

Partei, deren Treiben er verurtheilen mußte, zu einem an sich unschuldigen Akte in Gemeinschaft getreten war und deshalb Reue empfand, stand plötzlich ein Engel vor ihm, der seinen Schmerz billigte, ihn aber beruhigte, weil er nicht anders habe handeln können, und ermunterte zu neuem, kräftigem, consequentem Handeln[1]). Ferner berichtet Severus, daß ein Engel dem Heiligen, während er in einem Schifflein saß, Mittheilungen gemacht, über eine Synode, welche an demselben Tage zu Nimes abgehalten worden sei. Doch charakteristisch ist besonders folgende Erzählung: Eines Tages saß Sulpicius Severus mit einem andern Jünger des h. Martinus vor dessen Zelle. Der Meister war darin. Mehrere Stunden saßen sie schweigend dort mit großer Ehrfurcht und fast zitternder Scheu, als sollten sie vor dem Gezelte eines Engels Wache halten. Die Zelle war verschlossen und jener wußte nicht, daß sie vor seiner Thüre saßen. Da vernahmen sie mit einem Male ein leises Reden, wie ein Zwiegespräch, und wie wenn Mehrere daran sich betheiligten. Ein gewisser Schauer erfüllte sie; sie erstaunten und konnten sich nicht verhehlen, daß hier Wunderbares vor sich gehe. Nach ungefähr zwei Stunden kam Martinus zu ihnen heraus, und Sulpicius, der als sein Vertrautester am meisten wagen durfte, drang in ihn, er möge ihm von dem geheimen Vorgange in der Zelle, den sie draußen wohl gemerkt, erzählen und sagen, mit wem er geredet habe. Sie hätten ja, wenn auch leise, doch bestimmt den Klang der Stimmen mehrerer sich Unterhaltenden vernommen. Endlich, nachdem er lange ausgewichen und gezögert, gelang es dem Sulpicius, der ihm schließlich jedes Geheimniß auch wider Willen entlockte, ihn zur vertraulichsten Mittheilung zu bewegen. „Ich will es Euch sagen," sprach er, „aber sagt Ihr es Keinem wieder: Agnes, Thekla und Maria waren bei mir." Darauf beschrieb er deren Gestalt, Antlitz und Gewand, und bemerkte, daß er häufig von ihnen Besuche empfange; auch die Apostel Petrus und Paulus sehe er oft. So steigerte sich sein Bewußtsein der Gemeinschaft der Heiligen durch Gebet und Betrachtung bis zur Gewißheit leibhafter Anschauung und Unterredung. Seine treuesten Jünger glaubten daran so fest wie er. „Er wäre nicht so glorreich unter uns verherrlicht

---

1) Wir werden hierüber das Nähere noch erfahren.

gewesen," versichert Sulpicius Severus, „wenn er nicht ein so unschätz=
bares Leben geführt und nicht so große Wunderkraft erwiesen hätte."
Es ist daher auch nicht zu verwundern, daß solche Jünger ihrer=
seits, wie sie seine himmlischen Zwiegespräche zu vernehmen über=
zeugt waren, auch ihn umstrahlt sahen von überirdischem Glanze.
Arborius, der das beinahe fürstliche Staatsamt eines Präfekten
bekleidet hatte, ein Mann von überaus reinem und gläubigem Ge=
müthe, des h. Martinus feuriger Verehrer, war einst bei der Messe
des Heiligen zugegen. Als dieser nun das Opfer (die Hostie) empor=
hielt beim Offertorium, sah jener die priesterliche Hand wie beklei=
det mit den edelsten Gemmen von purpurfarbenem Lichte strahlen;
und als nun Martinus die Rechte bewegte, kam es ihm vor, als
hörte er das Zusammenstoßen der Edelsteine. Ein anderes Mal,
als Martinus eben nach einer herrlichen That der Liebe ein feier=
liches Pontificalamt hielt und den Altar segnete — es war an
einem Festtage bei großer Fülle der anwesenden Gläubigen —
sahen eine von den Jungfrauen, ein Presbyter und drei Mönche
eine Feuerkugel von seinem Haupte strahlen und aufsteigen, so daß
im Flammenscheine Hals und Haare ihm zu wachsen schienen. Die
Gluth seines Herzens und der Himmelsglanz begegneten einander
und vereinigten sich.

Wirksamer hat wohl selten ein Heiliger noch während er lebte
unter den Seinen das Licht der Heiligkeit ausgeströmt, wie denn
auch der Nimbus von Oben her seit der apostolischen Zeit kaum
eines Andern Haupt unter den Zeitgenossen so herrlich und ehr=
würdig machte.

Er war wie eine thatsächliche Vereinigung des Jenseits mit
dem Diesseits. Wer sich ihm nahte, oder wem er nahte, der em=
pfand, je nach der Beschaffenheit seines Herzens, Schrecken oder
Freude, wie Einer, der unvermuthet der Ewigkeit und ihren
Geistern sich nahe fühlt.

VII.

Martinus, der wunderthätige Heilige.

Der Inhalt des vorigen Kapitels läßt die Ueberschrift des hier beginnenden nicht überraschen oder fremd erscheinen. Schon der Verkehr des heiligen Martinus mit der jenseitigen Welt, mit Hölle und Himmel und deren Repräsentanten zeigt ihn uns von Wundern umleuchtet. Es ist ja kein passives Verhältniß, in dem wir ihn sehen, er empfängt nicht, wie man von den Stigmatisirten erzählt, leidend die Theilnahme an dem übernatürlichen Lichte, sondern er ist immerdar thätig wie ein ritterlicher Held, den bösen Geistern gegenüber gleichsam wie ein unerschrockener und stets siegesgewisser Adjutant des Erzengels Michael, und unter den Engeln und Heiligen wie ein mitrathender und mithandelnder Hausgenosse Gottes.

Es wird von den Heiligen überhaupt und allgemein vorausgesetzt, daß Gott durch Wunder sich an ihnen verherrlicht, und daß Er durch Zeichen ihre Heiligkeit vor den Brüdern, ich meine vor den Gläubigen und vor allen Menschen bezeuge. Die Wunder sind Erkennungszeichen, oder Zeugnisse für die Thatsache in der überirdischen Welt, daß dort ihre besondere Heiligkeit anerkannt worden ist. Es giebt Heilige, in Bezug auf welche zugegeben wird, daß solche Zeugnisse ihnen erst nach ihrem Tode zu Theil geworden, indem Wunder an ihrem Grabe sich ereignet hätten. Die eigentlichen wunderthätigen Heiligen, deren die Kirche sich rühmt, das ist solcher, die mit Bewußtsein und Absicht in Verähnlichung mit dem Heilande und in seinem Namen zu jeder Zeit die Wunderkräfte in sich wecken zu können glaubten, sind verhältnißmäßig wenige; und unter diesen wenigen ragen hervor der heil. Martinus und der heil. Bernhard von Clairvaux.

Martinus war fest und unerschütterlich überzeugt, daß ihm die Gabe des Wunderwirkens verliehen sei. Daran glaubten fast ausnahmslos seine Jünger und mit ihm das christliche Volk ebenso zuversichtlich. Daß er selbst an seine Wunderkräfte als an eine außerordentliche Gnade glaubte, sehen wir so deutlich und unzweifelhaft aus seinem Benehmen, wenn sich die Gelegenheit des

Wunderwirkens darbietet, wie wir aus seinen ausdrücklichen Er=
klärungen es erkennen. Er pflegte im Alter seinen Vertrauten zu
sagen, es sei ihm, seitdem er mit der bischöflichen Würde bekleidet,
— wahrscheinlich wegen der vielen Ehrbezeugungen, die ihm des=
halb zu Theil wurden, — die Gnade der Wunderkräfte nicht mehr
in demselben Maße gewährt gewesen, in welchem er sie früher
besessen zu haben sich erinnere. Daß er also im Besitz derselben
sei, daran zweifelte er nicht. Dabei ist charakteristisch für die Be=
stimmung seines ethischen Werthes auch in dieser Hinsicht, daß er
sich nie zur Ostentation verleiten ließ, nie mit Wundergaben prunkte.
Waren Bischöfe zugegen, wo Jemand um wunderbare Hülfe bat,
so trat er stets vor diesen zurück, bis sie ihn selbst zum Handeln
nöthigten; und jedesmal, wenn er im Namen des Herrn die
himmlischen Kräfte in Bewegung zu setzen suchte, entfernte er
vorher alle müßigen Zuschauer.

Es soll hier eine Reihe von wunderbaren Erzählungen vor=
geführt werden, wie sie Sulpicius Severus, der gelehrte und ge=
wissenhafte Augen= und Ohrenzeuge mittheilt, d. h. ganz in seiner
Auffassungsweise. — Einst hatte Martinus einen sehr alten Götzen=
tempel in einem Flecken angezündet. Die Flamme wirbelte empor
und ein sich erhebender starker Wind trug Feuerflocken auf das
Dach des nächsten Hauses, so daß dieses unrettbar schien. Kaum
bemerkte es der Heilige, als er im heftigen Laufe auf das Dach
der bedrohten Wohnung eilte und sich den ankommenden Feuer=
funken entgegenstellte. Und, o Wunder! Diese wandten sich ge=
gen des Windes Gewalt zurück im übernatürlichen Kampfe der
Elemente. So brannte das Feuer, wo Martinus befahl, und
weiter nicht.

Ein anderes Mal bedrohte die Feuersgefahr ihn selbst. Es
geschah zur Zeit, da er Bischof war und eine Pfarre visitirte, daß
ihm die Cleriker der Kirche in der Sakristei sein Nachtlager be=
reiteten. Es war aber so gegen die Mitte des Winters. Liebevoll
hatten sie ihm mit reichlicher Spreu ein Bett bereitet, und auf
dem schon abgenutzten und sehr dünnen Estrich des Ofens ein starkes
Feuer angezündet. Als nun Martinus zum Schlafen sich hingelegt
und die ungewohnte Weichheit des Lagers zur unerbetenen Schmeichelei
der Sinne empfand, — er, der auf dem bloßen Boden nur mit
einer härenen Decke zugedeckt zu schlafen pflegte, so schauderte er

davor zusammen; und aufgeregt, wie wenn ihm ein Unrecht zu-
gefügt worden, warf er die ganze Spreu bei Seite. Zufällig kam
ein Theil davon dem Ofen zu nahe. Er aber, auf dem nackten
Boden zufrieden und müde von der Reise, schlief ein. Unterdessen
brannte das starke Feuer den alten Estrich durch, so daß gegen
Mitternacht einzelne glühende Kohlen herab fielen und in die
Spreu rollten. Alsbald war Martinus von Flammen umzüngelt.
Aus dem Schlafe aufgeschreckt, von der Gefahr überrascht und,
wie er später versicherte, von dem Versucher verleitet, schützte er
sich nicht sofort durch die wunderwirkende Kraft seines Gebetes,
sondern er stürzte zur Thüre hin, brachte, durch die Eile ungeschickt, den Riegel, welchen er selbst vorgeschoben hatte, nicht von
der Stelle und fühlte schon die Qual des nahenden Brandes, der
sein Gewand ergriff. In diesem Augenblicke besann er sich, wurde
plötzlich ruhig und erkannte, daß seine Rettung nicht in der Flucht,
sondern in dem Herrn zu suchen sei; und so ergriff er den Schild
des gläubigen Gebetes, und ganz zu dem Herrn gewandt, legte er
sich ruhig hin inmitten der Flammen. Und siehe! Das Feuer
wich von dem Platze, den er einnahm, wie auf göttlichen Befehl,
und indem der Flammenkreis ihn umbog, fühlte er nicht die Pein
der Hitze, sondern es war ihm, wie wenn ein kühlender Thau auf
ihn träufelte. Da vernahmen die Mönche, welche vor der Thür
ruhten, das Knistern und Knattern des Feuers. Erschrocken fuhren
sie auf, erbrachen die verriegelte Thüre, räumten die brennenden
Sachen bei Seite und fanden freudig staunend ihren guten Meister
mitten in den Flammen unversehrt.

Eine scheu gewordene Kuh, die mit ihren Hörnern Alles
verwundete, was ihr in den Weg kam, wollte sich auf Martinus
und seine Jünger stürzen; er aber hielt ihr die erhobene Hand
entgegen und befahl ihr, stille zu stehen. Da stand sie auf sein
Geheiß unbeweglich. Und indem er einem Dämon, den er auf
ihrem Rücken sah, sie zu verlassen befahl, legte das befreite Thier
wie zur Dankabstattung sich sanft dem Heiligen zu Füßen. Martinus befahl ihr nun, ruhig zu ihrer Heerde zurückzukehren, was
die Kuh auch that, die friedsamer wie ein Schäflein sich verhielt.

Auf einer Visitationsreise gerieth er mit den Seinen mitten
in ein Jagdgefolge. Die Hunde verfolgten eben einen Hasen, der
müde gehetzt, im weiten freien Felde keine Zuflucht fand und nur

durch häufiges Ausbiegen und geschickte Wendungen seinen doch gewissen Tod noch eine kleine Weile hinauszuschieben schien. Da erbarmte sich Martinus in seinem milden Gemüthe und befahl den Hunden abzustehen von der Verfolgung. Sogleich standen sie still, wie angenagelt und festgebannt, bis das Häslein mit heiler Haut entkommen war.

Einmal begegnete einigen seiner Jünger, die ohne ihn einen Weg zu machen hatten, ein lästiger Hund, der mit unerträglicher Unverschämtheit sie anbellte; da sprach Einer von ihnen: „Im Namen des Martinus befehle ich dir, daß du verstummest." Und auch das wirkte. Es blieb das Gebell dem Hunde wie im Halse stecken, als ob ihm plötzlich die Zunge an der Wurzel abgeschnitten wäre. So sehr schien die Natur auf seine Befehle angewiesen, daß sie in seinem Namen, wie im Namen ihres Königs sich re= gieren ließ. So erzählt ein Anderer, daß ein Sturm im Thyr= rhenischen Meere durch den Ruf eines christlichen Kaufmannes: „Gott des Martinus, errette uns", beschwichtigt worden sei.

Eine Reihe von Jahren hindurch verwüstete in einem Gau der Senonen (deren Hauptstadt das heutige Sens) Alles der Hagel= schlag, oder das Schloßenwetter. Die Bewohner, von dem äußersten Mißgeschick bedrängt, forderten endlich Hülfe von Martinus. Auspi= cius, ein vornehmer Mann, der die Präfektenwürde bekleidet hatte, und dessen Aecker von dem Unwetter am meisten jedesmal ver= wüstet worden waren, sandte eine zuverlässige Botschaft an ihn. Martinus vernahm die Bitte wohlwollend und befreite die ganze Gegend von jenem Verderben so gründlich, daß die zwanzig fol= genden Jahre, während welcher er noch lebte, Niemand dort mehr ein Hagelwetter gesehen hatte. Erst in seinem Todesjahre brach das Ungewitter daselbst wieder los. Tausende Zeugen will Sulpicius Severus hierfür aufbringen, und das ganze Land der Senonen ruft er auf, von der erfahrenen Wunderwirkung Zeugniß abzulegen. Der Sohn des Auspicius klagte vor ihm über die Verluste, die er nun durch Hagelschlag erleide, seitdem Martinus gestorben sei.

Wir erwähnten schon der großen Schlange, welcher Martinus im Flusse den Befehl gab, einen andern Weg zu nehmen, und wie sie ihm augenblicklich gehorchte.

Der Heilige pflegte am Osterfeste einen Fisch zu essen. Da fragte er nun einmal am Ostertage vor der Stunde der Recreation, ob ein solcher in Bereitschaft sei. Der Diacon Cato, der Deconom des Monasteriums, welcher sich auf's Fischen wohl verstand, erklärte, es sei ihm den ganzen Tag über kein Fang gelungen; auch alle übrigen Fischer, die zum Verkauf der Fische auf den Fang zu gehen pflegten, hätten nichts erreichen können. „Geh," sagte Martinus, „wirf Dein Netz noch einmal aus, und Du wirst einen Fang thuen!" „Da gingen wir Alle", so erzählt der Augenzeuge, „weil es Festtag war, hinaus, um dem Fischenden zuzusehen. Unsere Hoffnung war gespannt, und doch voll Zuversicht, daß der Versuch, auf Befehl des Martinus für Martinus einen Fisch zu fangen, nicht mißlingen werde. Beim ersten Wurf des Netzes zog nach kurzem Harren der Diacon einen Hecht von außerordentlicher Größe hervor und trug denselben unter allgemeiner Bewunderung fröhlich in's Monasterium."

Die Gemahlin des Comes Avitian sandte dem Heiligen ein Fläschchen mit Oel gefüllt, damit er dies segne und es Heilkraft habe gegen Krankheiten. Es war nicht ganz voll, so daß für den Pfropfen Raum blieb. Als aber Martinus seinen Segen sprach, sah der gegenwärtige Presbyter Harpagius das Oel sich mehren und überfließen, und auf dem ganzen Rückwege floß das Fläschchen über, als der Diener dasselbe zu seiner Herrschaft trug. — Ein gläsernes Gefäß mit Oel, das Martinus ebenfalls gesegnet hatte, stand auf einer Fensterbank. Ein Diener warf unvorsichtig ein Leintuch hin, und das Gefäß fiel herunter auf den Marmorboden. Alle Anwesenden erschracken, in der Meinung, das gesegnete Oel werde über den Boden hinfließen, aber es fand das Fläschchen sich unverletzt, wie wenn es auf weiche Federn gefallen wäre, was man als wunderbare Wirkung des Segens des heiligen Martinus auffaßte.

So also sah und dachte man ihn sich wunderthätig auf dem Boden der Natur. Aber mehr noch bewunderte man in ihm die Macht, die Menschen von ihrem Elende zu befreien. Von zahlreichen Heilungen jener Unglücklichen wird berichtet, deren Wahnwuth oder nervöse und epileptische Zufälle man als Zeichen der Besessenheit deutete oder deren unheimlich-wunderliche Geberden und Reden sie selbst als Energumene ankündigten.

Aber man schrieb ihm auch allgemein die heilende Macht gegen jede Art von Krankheit und Gebrechen zu.

Zu Trier lag seit langer Zeit ein Mädchen durch Schlagfluß völlig gelähmt darnieder. Traurig erwarteten die Verwandten keinen andern Ausgang mehr als den Tod. Da hieß es plötzlich: „Martinus ist gekommen!" Kaum hatte der Vater der Kranken dies vernommen, als er hinauslief auf die Straße, den Heiligen, wo immer er ihn träfe, um die Heilung seiner Tochter anzuflehen. Es waren zu Trier gerade mehrere Bischöfe zugegen und in Gegenwart einer großen Volksmenge schon in der Kirche mit Martinus versammelt. Der greise Vater stürzte durch die Menge vor Martinus hin, umfaßte seine Kniee und rief: „Meine Tochter stirbt an schmerzlicher Entkräftung, ja was schlimmer als der Tod, ihr Geist lebt nur noch in dem schon abgestorbenen Körper: o komm, und segne sie! Thue es, und ich bin gewiß, sie wird gesund!" Martinus erschrack über diese Anrede vor solcher Menge; wie fest er auch an seine Wunderkräfte glaubte, so wollte er doch nicht so öffentlich als Wunderthäter angestaunt sein. Er wand sich also los und wich zurück mit den Worten: Der Greis irre in seinem Urtheile, er habe solche Wunderkraft nicht und sei es überhaupt nicht werth, daß der Herr durch ihn solch' ein Zeichen seiner Wundermacht offenbare. Da brach der Vater der Kranken in Thränen aus und beschwor ihn beharrlich, er möge seine Tochter besuchen. Zuletzt traten die diese Scene umstehenden verwunderten Bischöfe dazwischen und drängten den Martinus zum Besuche der Gelähmten. So ging er hin und trat in das Haus. Der ganze Strom der Gläubigen folgte ihm und umlagerte harrend dasselbe. Martinus nun sah die Kranke und griff alsbald zu den ihm vertrauten Waffen gegen das Uebel: er warf sich zur Erde auf sein Angesicht und betete. Dann betrachtete er die Kranke und verlangte Oel. Nun segnet er das ihm dargereichte Oel und träufelte von der geheiligten Flüssigkeit in den Mund des Mädchens. Augenblicklich kehrte der Gebrauch der Zunge, die Sprache wieder. Und so belebte er durch seine Salbung der Reihe nach die einzelnen Glieder, bis die Genesene festen Fußes sich erhob und vor den Augen der staunenden Volksmenge erschien.

Einst kam Martinus nach Paris. Er wurde von einer großen Schaar eingeholt, und als er in deren Mitte durch's Thor in die Stadt ging, fand er einen Aussätzigen von erbarmungswürdigem Anblicke, dem Alle auswichen. Er aber küßte ihn zum Entsetzen der Menge; doch indem er ihn zugleich segnete, verschwand der Aussatz und der Geheilte stand fröhlich unter den Gesunden. Am andern Tage sah man den Glücklichen im schönsten Aussehen in der Kirche heiße Dankgebete verrichten.

Paulinus, unter den Ersten des Reiches, da er Consul gewesen, was Kaiser und Prinzen zu sein pflegten, wurde von einer Augenkrankheit befallen. In einem Auge hatte schon eine dichte Wolke die Pupille bedeckt: da kam er zu Martinus. Dieser berührte ihm den Augapfel mit einem Pinselchen, und der Schmerz ließ nach und die Sehkraft kehrte wieder. Er schärfte ihm aber auch das geistige Auge, so daß der vornehme Mann von der Herrlichkeit des Reiches Jesu Christi, die er nun besser schaute, entzückt, dem Kirchendienst sich widmete, und auch hierin ein Vornehmer unter den Großen wurde.

Euantius, ein vielbeschäftigter Weltmann, der dabei doch auch ein aufrichtiger Christ war, fiel in eine lebensgefährliche Krankheit und faßte sogleich ein inniges Vertrauen zu der Heilkraft des heil. Martinus, den er um einen Besuch bitten ließ. Martinus war alsbald bereit und machte sich auf den Weg. Kaum hatte er die Hälfte des Weges zurückgelegt, als der Kranke auch schon die heilende Wirkung der Wundermacht des Herannahenden spürte und die Gesundheit wiedererlangte, so daß er selbst dem Heiligen und seinen Jüngern — denn der Meister ging nie allein — entgegeneilen konnte. Martinus übernachtete in dem nun frohen Hause. Als er am andern Morgen zurückkehren wollte, ergab sich's, daß Einer aus der Familie des Euantius unterdessen von einer Schlange tödtlich gebissen worden war. Euantius selbst trug den schon fast Entseelten zu den Füßen des Heiligen. Das Gift hatte sich bereits durch den ganzen Körper verbreitet. Alle Adern waren angeschwollen. Martinus streckte seine Hand aus, berührte alle Glieder und hielt den Finger in die Nähe der Wunde. „Da sahen wir," ruft der Erzähler aus, „ein Wunder, wie nämlich das Gift aus allen Gliedern zurückströmte nach der Oeffnung der Wunde und dort hervorquoll, ähnlich der Milch, welche aus dem von der Hand des Hirten gepreßten Euter der Ziege in langem Strahle hervorschießt. Bald sprang Jener auf und war gesund. Und was wir mit Augen sahen, setzte uns Alle in Staunen, so daß wir gestanden, es habe Martinus unter dem Himmel nicht seines Gleichen."

Als Martinus einst mit den Bischöfen Valentinian und Victricius in der Stadt Chartres weilte, kam ein Vater mit seiner zwölfjährigen stummen Tochter zu ihm, ihn bittend, er möge die gefesselte Zunge durch die Macht seiner Verdienste frei machen. Er erklärte sich dessen unvermögend und wies auf die beiden Bischöfe an seiner Seite hin, die durch ihren heiligen Lebenswandel zu Allem mächtig seien. Diese aber vereinigten ihre Bitten mit dem Flehen des Vaters und nun zögerte der Gütige nicht länger. Beides ist ja schön: Demuth beweisen, aber auch das Erbarmen nicht verzögern. Er befahl also das sie umstehende Volk zu entfernen. Nur die Bischöfe und der Vater sollten bleiben. Als er mit diesen und dem stummen Kinde sich allein befand, fiel er in gewohnter Weise nieder auf sein Angesicht und betete. Dann nahm er etwas Oel, segnete es unter Anwendung des Exorcismus, träufelte die geweihte Flüssigkeit dem Kinde, indem er die Zunge mit dem Finger berührte, in den Mund, und siehe! die wunderbare Wirkung erfolgte! Das Mädchen antwortete ihm sogleich auf die Frage, wie ihr Vater heiße. Vor Freude schrie der Vater auf, weinte, umfaßte die Kniee des Martinus und betheuerte, dies sei das erste Mal, daß er ihre Stimme höre und so süßes Wort vernehme.

Wenn er eine Heilung bewirken wollte und sie sich verzögerte, wurde er nicht wankend im Glauben, und blieb er beharrlich dabei, sie von Gott bittend zu verlangen. — Lycontius, ein früherer Statthalter, hatte das Schicksal, daß eine ansteckende Krankheit seine ganze Familie auf's Krankenlager warf, Verwandte und Gesinde. Er schrieb hülfeflehend an Martinus. Dieser erkannte darin eine göttliche Heimsuchung, die schwer abzuwenden. Aber er unternahm die Sühnung, und so betete und fastete er sieben ganze Tage und sieben ganze Nächte, bis Lycontius freudig zu ihm wie geflogen kam mit der lieben Botschaft, daß die Gefahr von Allen gewichen sei. —

Es wurde der Ruhm des wunderthätigen Heiligen so groß, daß man selbst im Einzelnen die Aehnlichkeit mit dem Heilande an ihm sah. Der Presbyter Refrigerius erzählte, daß er Augenzeuge gewesen, wie eine am Blutflusse leidende Frau durch Berührung des Gewandes des h. Martinus augenblicklich ihre Gesundheit wieder erlangt habe. Ja, man nahm Fäserchen von seiner Tunica und Haare von seinem Cilicium, legte sie den Kranken auf und erzählte, Gott lobend, den Erfolg der wunderbaren Wirkung. — Arborius, der ehemals in der Präfekten-Würde glänzte, sah seine geliebte Tochter sich in der Hitze des viertägigen Fiebers verzehren; da nahm er einen Brief des h. Martinus, der ihm zufällig eben gebracht wurde, legte ihr denselben beim eintretenden Fieberanfall auf die Brust, und das Fieber war in demselben Moment vertrieben. Dies wirkte so erschütternd auf Arborius, daß er seine Tochter Gott und der ewigen Jungfräulichkeit weihte. Er reiste mit ihr zu Martinus, damit sie aus seiner Hand das Kleid der Gott geweihten Jungfrauen empfange.

Zur Vollendung des Bildes von dem wunderthätigen Heiligen kommen noch die leuchtenden Strahlen der Todten-Erweckungen. Es werden deren drei erzählt. Die eine fällt in seine früheste Zeit und begründete sofort seinen Ruhm. Er hatte sich kaum zu Ligugé seine Zelle gebaut — Hilarius lebte noch — als ein sehr eifriger Catechumen sich zu ihm gesellte, der sich nach seinem Unterrichte sehnte, um zugleich das vollkommene Leben üben zu lernen. Nach wenigen Tagen wurde er vom Fieber ergriffen. Martinus war gerade abwesend und als er nach drei Tagen zurückkehrte, fand er ihn entseelt. Er war ohne die Taufe gestorben, weil der Tod wider Vermuthen eingetreten. Betrübt umgaben die trauernden Brüder den Leichnam, als Martinus weinend und wehklagend herbeieilte. Plötzlich kam der Geist des Herrn über ihn, und er befahl, daß die Brüder ihn mit der Leiche in der Zelle, worin sie lag, allein ließen. Darauf verriegelte er die Thüre und legte sich betend über den verstorbenen Bruder. Nach einer Weile gewahrte er, daß eine Wunderkraft von ihm ausgehe; er erhob sich ein wenig und heftete den Blick auf das Angesicht des Hingeschiedenen, ohne Wanken, schon der Wirkung seines Gebetes und der Barmherzigkeit des Herrn harrend. Nach etwa zwei Stunden sah er, daß der Verstorbene sich langsam an allen Gliedern rege, und daß die bebenden Augen sich öffneten. Da erhob er ein lautes Rufen des Dankes zu dem Herrn, und die draußen gestanden, stürzten durch die nun geöffnete Thüre herein. Das gab eine wunderbare Scene, als sie den Verstorbenen wiedersahen! Er wurde sofort getauft und lebte hernach noch eine Reihe von Jahren.

Nicht lange Zeit darauf ging Martinus eines Tages bei dem Gute eines vornehmen Mannes, der Lupicinus hieß, vorüber.

Da stieß er auf eine wehklagende Menge. Besorgt stand er still
und fragte, was das für ein Jammer sei. Man sagte ihm, ein
Sclave des Lupicinus habe sich durch Erhängen das Leben genom=
men. Martinus ließ sich zur Kammer führen, wo der Leichnam
lag, entfernte den ganzen Haufen der Leute und legte sich wieder
betend auf die Leiche. Bald drang das Leben in's Angesicht und
die matten Augen blickten auf zu Martinus; dann erhob er sich
langsam, umfaßte die Rechte des heiligen Mannes und stellte sich
auf die Füße. So an der Hand führte ihn Martinus hinaus zu
der staunenden Menge. —

Auf seiner Reise nach Chartres sah sich der heil. Martinus
auf einmal von einer großen Menge Heiden umringt, und hier
geschah es, daß er das Wunder der dritten Todten=Erweckung
wirkte, deren Erzählung einer andern Stelle aufbewahrt bleibt.

So erschien Martinus als der „Freund Gottes,“ dem die All=
macht des Himmels diente, wenn er segnete. Er wurde überall
begrüßt als der Herold der frohen Botschaft, des wahren Evan=
geliums, das nicht unerträgliche Lasten auferlegte, sondern als
Segensquell von ihm dargethan wurde, als das Reich der Liebe,
in welchem die Güte Gottes leuchtet und wärmt.

VIII.

Die ägyptischen Einsiedler. — Der unvergleichliche Ruhm.

Martinus betrachtete die Wundergabe nicht als Mittel zur
Verherrlichung der eigenen Person, wie er überhaupt den Ruhm
in der Welt für nichts achtete, sondern bald als Erweis der gött=
lichen Erbarmung zum Troste für Einzelne, bald als Macht zur
Ueberzeugung der Heiden, daß das Himmelreich gekommen sei. Am
liebsten hielt er sich für unbeachtet und saß er auch einsam in sei=
ner Zelle oder wenigstens für sich allein. Wenn er z. B. zu Schiffe
fuhr, saß er gewöhnlich an dem unbesuchtesten Plätzchen; auf Wan=
derungen ging er gern etwas Voraus, oder blieb er wohl zurück,
wie wenn er nirgendwo vermißt würde; und dann war er mit sei=

nem ganzen Gemüthe dem Himmel zugewandt, als hätte er auf Erden keine Sorge und als dächte dort Niemand an ihn. Die Seinen wußten das, und waren zu ehrerbietig gegen seine Person, um ihn in seiner Art zu stören. —

Aber wohl dachten sie seiner; er war ihr Stab und ihre Stütze, ihr Rath und ihre Stärke, ihr Trost und ihr Muth, ihr Stolz und ihr Ruhm. Je weniger er selbst sich um Ruhm kümmerte, desto mehr waren sie dafür besorgt, daß er anerkannt und berühmt sei. Und gerade als Einsiedler, als Mönch sah ihr Auge ihn in der größten Glorie. —

Wir haben bisher Martinus, dem Mönche, gesondert von dem Bischofe unsere Aufmerksamkeit zugewendet und Manches erzählt, was bereits in die Zeit seines Episcopates gehört. Das würde sich nicht bei jedem Andern, der Mönch und Bischof zugleich gewesen, schicken. Allein Martinus ist eben als Doppelgestalt einzig in seiner Art. Für die bischöfliche Würde den Kaisern und Königen die größte Ehrfurcht abgewinnend, war er unter seinen Jüngern bis an sein Ende der von der Welt völlig geschiedene Einsiedler. Sie hörten nur von dem Einsiedler Worte der Weisheit und sahen nur in ihm den wunderthätigen Heiligen, den die bischöfliche Würde sogar etwas in seiner Wundermacht beschränkt hatte. Er allein war ihnen der berühmte und in Wundern verherrlichte Martinus. So sei es denn auch verstattet, hier weiter vorzugreifen, um zu erfahren, wie seine treuesten Jünger, nachdem er seine Laufbahn vollendet, seinen Ruhm unvergleichlich fanden.

Da Martinus als Einsiedler der berühmte wunderthätige Heilige war, so konnte sein Ruhm füglich auch nur mit dem der morgenländischen Einsiedler oder Mönche verglichen werden. Solchen Vergleich hat Sulpicius Severus in seinen drei Dialogen angestellt. Dies sind nämlich drei nach damaliger Weise künstlich angelegte und für die Verbreitung durch die Schrift bestimmte Gespräche, deren Form zwar erfunden, deren Inhalt aber wesentlich geschichtlich sein will. —

Der erste Dialog (künstliche Unterredung) beschäftigt sich mit dem Morgenlande und erzählt besonders und mit Vorliebe von den morgenländischen Einsiedlern, deren wunderbarem Leben und deren Wundern. Dieser ist in der Form der schönste von den dreien, aber die beiden andern sind mehr Sprache des Herzens und reicher an Erzählungen, in welchen man Gott in seinen Heiligen sich verherrlichen sah. —

Drei Jahre lang hatte Posthumian, ein vertrauter Freund des Sulpicius Severus, das Morgenland bereist und am meisten dem christlichen Leben und Einsiedlerthum seine Aufmerksamkeit zugewendet, als Ahnung und Sehnsucht nach der Heimath ihn in die Arme des freudig überraschten Severus, der eben mit einem Gallischen Mönche, einem treuen Jünger des heil. Martinus, zu einem Spaziergange sich zusammengefunden, zurückführte. Nach herzlichem Willkomm und Kuß, vor Freude noch weinend, lustwandelten sie eine Weile, dann legten sie ihre Mäntel auf die Erde und setzten sich darauf. Da wurden nun Reden der Liebe gewechselt, von ihren Ahnungen, von ihrer Sehnsucht, von ihrem beständigen Andenken bei Tag und bei Nacht; und nachdem jener Gallier unter schmeichelhaftem Lobe dem Posthumian vorgestellt worden und dieser die Fortdauer seiner Gegenwart gewünscht, weil er dem Severus lieb und weil er aus der Schule des heil. Martinus sei, ging es an's Fragen über die Reise. Severus wollte wissen, wie der Glaube Christi im Morgenlande blühe, wie es um den Frieden der Heiligen dort stehe, welche Institutionen die Einsiedler dort hätten und durch welche Zeichen und Wunder Christus in den Seinigen sich wirksam erweise. Nach einer Zwischenfrage des Posthumian, ob die Bischöfe der Heimath während der drei Jahre besser geworden, worauf die Antwort keine erfreuliche ist, beginnt er seine Erzählung, woraus wir Folgendes entnehmen.

Posthumian fuhr zunächst nach Afrika, und zwar hauptsächlich um das Grab des heil. Märtyrers Cyprian zu verehren. Nach vierzehntägigem Aufenthalte zu Carthago bestieg er wieder das Schiff, um gen Alexandrien zu fahren. Ein widriger Südwind zwang nach längerer Fahrt die Schiffer ihre Anker auszuwerfen, um nicht auf eine Sandbank zu gerathen. Sie hatten das Festland in Sicht, und so stiegen die Meisten in Nachen und fuhren an's Land. Da war aber von menschlicher Cultur weithin nichts zu sehen, glühender Flugsand wehrte jeder Vegetation das Leben und Fortkommen. Doch ging Posthumian mit drei Begleitern einmal auf Entdeckungsreisen aus. Ungefähr drei römische Meilen vom Ufer bemerkten sie endlich mitten im Sande eine kleine Hütte, deren Bretterdach die Erde berührte, nicht zum Schutze gegen den

Regen, der dort unerhört war, sondern gegen den Flugsand, der auch beim leisen Wehen des Windes gefährlich werden konnte. Sie gingen darauf zu und fanden einen ehrwürdigen Greis in härenem Gewande, der eben eine Handmühle drehte. Freudig überrascht von dem ungewohnten Besuche, nahm er sie freundlich auf, und als er auf das woher? wohin? erfahren, ein ungünstiger Wind habe sie genöthigt, einige Tage Halt zu machen; sie seien ausgestiegen, um Land und Leute kennen zu lernen, da sie aber Christen seien, so möchten sie vor Allem erfahren, ob in diesen Einöden auch Christen wohnten, fing der gute Greis vor Freude an zu weinen, fiel erst nieder, ihre Kniee umfassend, dann küßte er sie wiederholt und lud sie ein, mit ihm zu beten, was sie gerne thaten. Darnach breitete er Widderfelle auf die Erde aus, und bat sie, sich niederzulassen. Und nun begann das reiche Mahl: ein halbes Gerstenbrot und ein Bündel Kraut, ähnlich der Krausemünze, üppige Blätter von honigsüßem Geschmacke, das war die ganze Herrlichkeit. Aber sie wurden alle fünf durch diesen gewiß mäßigen Aufwand von Speisen erquickt und gesättigt, und behielten die Empfindung, daß sie durch ein deliciöses Essen sich gestärkt. Unterdessen hatten sie nun auch erfahren, daß sie in Cyrenaica seien, in jener Landschaft der „fünf Städte," welche an die Wüste zwischen Aegypten und Africa reichte und mit der äußersten westlichen Grenze bis in die Nähe der größeren Syrte oder Sandbank sich ausdehnte. Schon zur Zeit der Apostel gewann das Christenthum dort Anhänger. In den Städten war vielfach ein höheres Streben, gab es Sinn für Philosophie, hegte man aber auch neben wahrer christlicher Erkenntniß hier und dort falsche Weisheit. Doch wo Posthumian mit seinen Freunden sich befand, schon am Rande der Wüste, herrschte nur Wahrheit in der Einfalt des Herzens. Durch einige Vorgebirge wurde nämlich ein schmaler Küstenstrich vor den Winden und dem Flugsande geschützt. Hier war der Boden fester und so brachte derselbe hier und dort ein struppiges Kraut hervor, welches den Schaafen zur Nahrung diente. Die spärlichen Bewohner des Landes führten ihre kleinen Heerden dorthin und lebten von der Milch, nur die Betriebsameren bauten auch etwas Gerste und sie wurden als die Reichen angesehen, weil sie Gerstenbrot haben konnten. Der Gerstenbau verlief in dieser heißen Gegend so rasch, daß Saat und Frucht nur einen Monat auseinander zu liegen pflegten. Doch können dort Menschen überhaupt nur existiren, wenn sie zu keiner Art von Steuern herangezogen werden. Posthumian also und seine Freunde blieben die folgende Nacht bei dem liebenswürdigen Greise. Am andern Tage erhielten sie Besuch von den Nachbarn, die in zerstreuten Hütten die Gegend bewohnten. Da kam es heraus, daß ihr freundlicher Wirth der Presbyter, der Pfarrer des Ortes war, wie wir jetzt sagen würden. Er selbst hatte, wohl in demüthiger Bescheidenheit, vielleicht aber auch, um ihnen durch die Ueberraschung eine Freude zu machen, dies gänzlich geheim gehalten. Da wollten sie nun auch die Kirche sehen. Alsbald zogen sie hin. Sie war noch ungefähr zwei römische Meilen entfernt und nicht sichtbar von der Hütte des greisen Priesters aus, weil ein Berg davor lag. Das war ein Kirchlein, ein schöner Dom! Eine aus gemeinem Strauchwerk geflochtene Hütte, in welcher man wegen der geringen Höhe nur gebückt stehen konnte und die nicht viel geräumiger war als die Zelle des bescheidenen Priestergreises: das war hier die Wohnung Gottes bei den Menschen! Aber königlich gebot doch hier das Wort Gottes, und die kleine Gemeinde war besser erbaut, als die Gemeinden hoher Dome mit ihren prachtvollen Pontificalämtern, in denen der Priester Gottes, mit reichen Insignien geschmückt, gleichsam selber thronend, einen Theil des Gottesdienstes vollbringt, in der Regel zu sein pflegen. Die guten Leute gingen überall schlicht und einfach den Weg des Evangeliums. Betrug und Diebstahl kannten sie gar nicht, auch keinen Handel, kein Kaufen und Verkaufen; sie theilten einander brüderlich mit, ohne daß Einer Schätze aufhäufte. Gold und Silber hatten sie auch nicht, und Beides, was sonst die Sterblichen für das Wichtigste und Erste im Leben halten, war ihnen völlig gleichgültig. Als Posthumian dem Priestergreise zehn Goldstücke zum Geschenke darbot, weigerte dieser sich sie anzunehmen und sprach: „Die Kirche wird durch Gold nicht erbaut, sondern zerstört." Da schenkten sie ihm einige Kleidungsstücke, die er freundlich annahm, und sie eilten auf den Ruf der Schiffer zum Meere zurück, in dem Bewußtsein, Erhebendes erlebt zu haben. Es war zwar kein Wunder, was sie gesehen, aber es war schön.

Von nun an hatten sie günstige Fahrt, und so kamen sie sieben Tage später nach Alexandrien. Da traf Posthumian die Bischöfe und Mönche in schimpflichem Zwiste, welchen die wieder-

holten Synodal-Decrete jener gegen das Lesen und Halten der
Schriften des gewandtesten Bibelgelehrten Origenes veranlaßt
hatten. Die Vertheidiger dieses vielbewunderten Lehrers behaupte-
ten, die von den Bischöfen hervorgehobenen, wirklich anstößigen
Stellen rührten von Origenes gar nicht her, Irrlehrer hätten sie
in dessen Bücher hineingefälscht, um sich durch eine Gelehrten-
Auktorität zu decken. Sie hätten sich ja mit ihren Fälschungen
selbst an die Evangelien gewagt. Aber die Bischöfe wurden durch
solchen Widerspruch in ihrer Verwerfung der ganzen Schriften, des
Guten, wie des Schlechten, und des Schriftstellers selbst bei dem
Bewußtsein ihrer Macht nur noch beharrlicher. „Es sind genug
und überflüssig genug kirchlich approbirte Bücher vorhanden," sagten die Bischöfe; „eine Lektüre, welche den
Unverständigen mehr schadet als sie den Verständigen
Nutzen gewährt, muß gänzlich verworfen werden." Aus
dem theologischen Wortgezänke ging ein Aufruhr hervor, und da
derselbe durch das erschütterte Ansehen der bischöflichen Auktorität
nicht unterdrückt werden konnte, so wurde das verkehrte Beispiel
der Anwendung des weltlichen Armes zur Aufrechthaltung der kirchlichen Zucht gegeben, indem man die Militärmacht des Präfekten
zu Hülfe rief, durch dessen Terrorisirung und Schreckensherrschaft
die Brüder gezwungen wurden, sich zu zerstreuen. Die Mönche
flohen nach verschiedenen Meeresküsten hin, aber die Edikte des
Gewalthabers ließen sie nirgendwo Ruhe finden. Auf Posthumian
machte dies den traurigsten Eindruck. Er untersuchte die Schriften
des Origenes selbst und fand sehr vieles Schöne und Gute, was
ihm überaus gefiel. Einiges war aber so unzweifelhaft falsch und
verkehrt, daß der Verfasser ihm wie eine Doppelgestalt von ganz
entgegengesetzten Eigenschaften erschien, einerseits als ein Lehrer
der Wahrheit, der seit den Zeiten der Apostel seines Gleichen nicht
habe, und von der andern Seite ein Irrlehrer häßlichster Art,
was offenbar für die Meinung derer sprach, welche annahmen,
seine Schriften seien von den Irrlehrern verfälscht. Daß Hieronymus
in der Frage seinen Standpunkt geändert, konnte er nicht begreifen;
doch wollte er über Niemanden den Stab brechen, da ja die vor-
trefflichsten und gelehrtesten Männer in diesem Streite mit ihren
Meinungen auseinander gingen. Posthumian fand also ganz Alexandrien in Verwirrung und leidenschaftlicher Aufregung. Ihn selbst

7*

freilich nahm der Bischof der Stadt sehr freundlich und über Erwarten gütig auf; ja derselbe wollte ihn ganz bei sich behalten.
Aber das sagte seinem Gemüthe nicht zu, dort sich niederzulassen,
wo eben zum Verderben der Brüder der Neid glühte. „Denn sei
es auch,“ sagte Posthumian, „daß jene den Bischöfen hätten gehorchen
sollen, so lag doch in der Sache kein Grund, daß eine so große
Schaar Bekenner Christi mit Censuren geschlagen werde, zumal
von Bischöfen.“ Er verließ also Alexandrien unbefriedigt; denn
was er dort gesehen, war weder ein Wunder, noch war es schön.

Es zog ihn nun nach Bethlehem, das er in sechszehn Tage-
reisen erreichen konnte. Hieronymus war vor Allem sein Ziel,
ihm längst bekannt und ersehnt als ein Mann, „der nicht blos durch
das Verdienst eines treuen Glaubens und durch seine reiche Aus-
stattung mit Tugenden hervorragte, sondern auch in der lateinischen
und griechischen, ja selbst in der hebräischen Literatur und Wissenschaft bewandert und geübt war, daß in keinem Wissenszweige Jemand sich mit ihm zu vergleichen wagte,“ wie denn auch seine
Werke „auf dem ganzen Erdkreise gelesen wurden.“ Derselbe leitete, wie die Klöster der h. Paula, so ebenfalls die Gemeinde von
Bethlehem als Presbyter und Pfarrer. Bethlehem hatte nämlich
keinen eigenen Bischof; es gehörte zu dem Bisthum Jerusalem.
Posthumian blieb sechs Monate bei ihm und hatte nun Gelegenheit
genug, das Leben und Wirken dieses seltenen Mannes zu beobachten.
Er sah ihn weder bei Tage noch bei Nacht ruhen, immer lesen
oder schreiben; ganz versenkt in die Lektüre, ganz vertieft in die
Bücher. Er fand seine Wissenschaft wahrhaft katholisch, seine Lehre
durchaus gesund; aber gerade und scharf im stets offenen Kampfe
gegen Lüge und Sünde. So erwies denn auch an ihm der Spruch
des Dichters: „Schmeichelnde Willfährigkeit gewinnt Freunde, Wahrheit (in offener Rede) zieht Dir Haß zu,“ sich als zutreffend. Die
Irrlehrer haßten ihn, denn er bekämpfte sie unausgesetzt mit siegreichen Waffen; die Geistlichen haßten ihn, weil er ihr tadelnswerthes
Leben tadelte. Aber Posthumian wurde von Begeisterung für ihn
erfüllt und würde ihn nie mehr während seines ganzen Lebens
verlassen haben, wenn nicht seine eigentliche Gott gelobte Aufgabe
gewesen wäre, das geheimnißvolle Leben der Einsiedler in der Wüste
kennen zu lernen. So ließ er also nach sechs Monaten seine ganze
Begleitung, Verwandte und Freunde, die bei ihm waren, bei

Hieronymus in Bethlehem zurück und wandte sich zunächst wieder nach Alexandrien, um von dort aus seine Pilgerfahrt zu den Heiligen der Wüste zu beginnen. Was er zu Bethlehem gesehen, war zwar auch kein Wunder äußerer blendender Wirkung, aber es war doch schön und im Gnadenleben des Geistes wunderbar.

Ueber Alexandrien ging er nach der Thebais hin, bis an die südlichsten Grenzen Aegyptens, dorthin, wo die weiten Einöden der Wüste sich öffnen, wo die Heimath der Einsiedler war. Posthumian fand noch im Nilthale, unfern der Wüste, viele Monasterien, gleichsam die Ringschulen zur Einübung für das Leben in der Einöde. Er sah gewöhnlich je Hundert zusammen wohnen unter einem Abte, traf aber auch ganze Colonien, wie kleine Städte von zweitausend, ja von dreitausend Mönchen. In den Monasterien kam Alles auf den Gehorsam an und war dieser die erste Tugend, denn das Monasterium war eine Schule zur Heranbildung für das Leben der Vollkommenheit; aber als Ziel und eigentliche Form der Vollkommenheit galt das Einsiedler-Leben. — Doch durfte Jemand, der einmal in dem Monasterium lebte, auch wenn er die Idee des höheren Lebens in der Einsamkeit erfaßt hatte und sich sehnte, sie zu verwirklichen, nur dann sich in die Wüste begeben, wenn der Abt ihm den Austritt aus der Genossenschaft gestattete. Häufig blieben Solche dann doch noch im Zusammenhange mit dem Monasterium, indem der Abt ihnen Brod oder andere Speise zu bestimmten Zeiten sandte. Der Zweck des Alleinseins war der Gewinn der vollkommenen Ruhe in Gott, ohne Störung in der Betrachtung der göttlichen Dinge, weder durch ein Wort noch durch eine Begegnung. Hier hörte nun Posthumian, daß er in der Wunderwelt sei. Von allen Seiten vernahm er die Erzählungen der Wunder. Da kam er eines Tages in ein Monasterium, von wo aus kurz vorher ein Bruder ausgezogen war in die Wüste hinaus, der in einer Entfernung von sechs römischen Meilen sich eine Einsiedelei, eine einsame Zelle erbaut hatte. Sein Abt sandte ihm durch zwei Knaben von fünfzehn und zwölf Jahren, die zu seinem Monasterium gehörten, ein Brod. Bei der Rückkehr kam ihnen eine große Schlange in den Weg, die vor ihren Füßen plötzlich wie durch Zauber festgebannt schien. Der Jüngere ergriff sie mit der Hand, rollte sie in seinen Mantel und trug sie in's Monasterium. Dort legte er sie vor die erstaunten Brüder trium-

phirend hin; aber der Abt schlug beide Knaben mit der Ruthe,
indem er sprach: „Das ist nicht das Werk eurer Glaubens-
stärke, sondern göttlicher Wundermacht. Lernet Gott
in Demuth dienen und lasset das eitele Großthun mit
Zeichen und Wundern, welches weniger Werth hat als
das Bewußtsein, die Anerkenntniß der eigenen Ohnmacht." Als jener Einsiedler dies erfuhr, that es ihm wehe, daß
die Knaben geschlagen worden, und er bat den Abt, ihm gar kein
Brod zu schicken. Darauf litt er acht Tage Hunger. Der Abt
gerieth in Sorge, wovon der fromme Bruder leben möge, und so
ging er am achten Tage hin, ihn zu besuchen. Als er den Abt
von ferne kommen sah, lief er ihm entgegen, ihm dankend für die
Liebe, daß er ihn besuche. Er führte den lieben Gast zu seiner
Zelle und da sie in die Nähe kamen, gewahrten sie den erquicklichen
Geruch von frisch gebackenem, noch warmem Brode; sie schauten
auf und sahen an der Thüre der Zelle einen aus Palmzweigen
geflochtenen Korb hängen, der mit Brod ganz angefüllt war. Als
sie es berührten, kam es ihnen vor, als wäre es eben aus dem
Backofen genommen. Es hatte nicht die Form des ägyptischen
Brodes, und beide erkannten, daß es eine himmlische Gabe sei.
Im edlen Wettstreit behauptete der Einsiedler, es sei der Ankunft
des Abtes wegen vom Himmel geschenkt, der Abt aber versicherte,
es sei eine Gabe der wunderwirkenden Glaubensmacht des Einsiedlers.
Beide aber brachen das himmlische Brod mit großem Jubel. —

Posthumian ging auch selbst, von einem wegekundigen Bruder
geführt, in die Wüste hinein. Da kam er, ungefähr zwölf römische
Meilen vom Nil entfernt, zu einem greisen Einsiedler, der am Fuße
eines Berges wohnte, wo sich einer von den in jenen Sandsteppen
so seltenen Bäumen befand. Der Einsiedler hatte einen Ochsen,
der den ganzen Tag nichts anderes that, als durch Drehen eines
Rades Wasser heraufzupumpen; der Brunnen war nämlich, wie es
hieß, über tausend Fuß tief. Durch das Wasser war es ihm gelungen, einen prächtigen Garten mit reichlichen Gemüsen, Blumen
und Pflanzen mancherlei Art zu schaffen. Da wuchs dem Einsiedler
und auch dem Ochsen Nahrung im Ueberfluß, so daß etwaigen
Gästen ebenfalls nichts mangelte. Posthumian und sein Begleiterer-
hielten also ein gutes Mahl. Der Herd zum Kochen war der
glühende Sand in der brennenden Sonne. Gegen Abend nach der

Mahlzeit lud der Greis seine Gäste zu einem Spaziergange ein. Er führte sie eine starke halbe Stunde weit zu einem schönen einzeln= stehenden Palmbaume, von dem er zuweilen Früchte zu essen pflegte. Ein solcher Palmbaum in der Wüste erschien dem dankbaren Posthu= mian als eine so augenscheinliche und specielle Wohlthat des Him= mels, daß es ihm vorkam, als habe Gott in seiner Voraussicht und Fürsorge aus besonderer Liebe für die Einsiedler, die einst kommen würden, hier und dort solche wachsen lassen. Denn diese lebten, wie er erfuhr, dem größeren Theile nach von den Früchten solcher vereinzelter Palmbäume. Als sie nun zu ihrem Palmbaum kamen, sahen sie einen Löwen unter demselben. Posthumian und sein Führer entsetzten sich und zitterten; aber ihr heiliger Gastwirth ging ohne Bedenken hinzu, und jene folgten, wenn auch bebend. Der Löwe ging mit bescheidener Miene ein wenig auf die Seite und blieb dann stehen, während der Einsiedler von den unteren Zweigen Früchte brach. Dann bot er dem reißenden Thiere eine Hand voll dar, welches zahmer wie ein Hausthier herbeilief, unbefangen ihm aus der Hand fraß und darnach davon lief.

Zu diesem frommen Greise, welcher so vertraulich mit der Natur verkehrte, kam Posthumian häufig wieder, und während seines mehr als anderthalbjährigen Aufenthalts unter den Mönchen kam er öfter auf einige Zeit zu ihm wohnen. Aber er sah noch andere der Wunder mächtige Männer.

So kam er zu einem Einsiedler, von dem die Geschichte mit der Wölfin erzählt wurde. Zur Stunde der Mahlzeit kam nämlich regelmäßig eine Wölfin, die sich ganz ruhig vor die Thüre seiner engen Zelle hinstellte und wartete, bis er gegessen hatte. Dann brachte er ihr das übrig gebliebene Brod, welches sie schmeichelnd aus seiner Hand nahm, worauf sie ihm dankbar die Hand mit der Zunge leckte und sich wieder entfernte. Eines Tages besuchte der Einsiedler einen fernen Bruder, von dem er erst zur Nachtzeit zurückkehrte. Gegen Sonnenuntergang hatte aber die Wölfin sich eingefunden und vergebens geharrt. Als sie endlich gemerkt, daß ihr Freund abwesend, war sie in die Zelle hineingegangen, und sich neugierig umsehend, hatte sie einen Korb mit fünf Broden entdeckt. Ihrem natürlichen Triebe nicht widerstehend, hatte sie eins genommen und verzehrt. Als der Eremit heimkehrte, war sie fort; aber er gewahrte den Diebstahl sogleich und war auch keinen

Augenblick zweifelhaft darüber, wer denselben begangen habe. Am andern Tage kam die Wölfin nicht, am zweiten und dritten auch nicht. Da that's dem Einsiedler leid, daß er der Tischgesell= schaft beraubt sein sollte, und er betete, daß Gott ihm das Thier wieder senden möge. Nach dem siebenten Tage endlich erschien die reuige Diebin zur Essenszeit, blieb aber in größerer Entfernung von der Zelle und wie verschämt mit niedergeschlagenen Augen stehen, bis der Eremit sich ihrer erbarmte, sie herbeirief und zum Zeichen der Absolution ihr mit sanfter Hand den Kopf streichelte, worauf er ihr eine doppelte Portion Brod gab. Da wurde sie wieder froh und zeigte sich fortan zweifach dankbar.

Eine eigene Art von Söhnen der Wüste fand Posthumian in den Anachoreten, die immerfort den sie Suchenden entwichen und sich dadurch die vollkommene Einsamkeit sicherten, daß sie gar keine Zellen bewohnten und so wörtlich nicht hatten, wohin sie ihr Haupt legten. Wo die Nacht sie fand, da ruhten sie, und am andern Morgen gehörte ihnen wieder die ganze Welt, d. h. die ungeheure Einöde. Sie nährten sich von Wurzeln. Da vernahmen nun zwei nitrische Mönche, daß ein früherer Bruder ihres Mona= steriums, an dem sie mit großer Liebe gehangen, als Anachoret in der Wüste wunderbare Dinge vollbringe. So erzählten Einige, die das Glück gehabt, ihm zu begegnen. Die beiden Freunde des Gerühmten machten sich auf, ihn zu suchen und wiederzusehen. Aber sie irrten viel und lange umher, bis sie ihn endlich im siebenten Monate ihres Wanderns trafen am äußersten Rande der Wüste bei Memphis, in deren Einöden er bereits zwölf Jahre umher= zuziehen gewohnt war. Sonst pflegte er zu fliehen, wenn Menschen sich nahten; diesmal aber, als er seine alten, treuen Freunde erkannte, entwich er nicht, sondern, indem alle drei von Herzen froh wurden, blieben sie drei Tage beisammen und lobten Gott. Als am vierten Tage die nitrischen Mönche sich verabschiedeten, begleitete er sie eine Strecke Wegs. Plötzlich sahen sie eine Löwin von ungewöhnlicher Größe herankommen. Vor dem Anachoreten legte sie sich nieder wie zur flehentlichen Bitte, und so kläglich thuend, daß alle drei von Mitleid bewegt wurden. Dann stand sie auf, indem sie durch Geberden zu verstehen gab, daß der Anachoret ihr folgen möge, und indem sie vorauslief, stand sie zuweilen still, sich umsehend, ob er auch komme. So gelangten sie zu einer

Höhle, in welcher die Löwin fünf blinde Jungen hatte, deren Blindheit ihr Wachsthum nicht überwand. Sie holte eins nach dem andern hervor und legte es vor die Füße des Anachoreten, der nun verstand, was das Thier wollte. Er rief alsbald den Namen des Herrn an, berührte die Augen der Jungen und öffnete sie. Frohlockend kehrten die beiden Mönche heim, wohl zufrieden mit dem Lohne ihrer beschwerlichen Reise. Die Löwin aber suchte nach fünf Tagen ihren wunderbaren Wohlthäter wieder auf und brachte ihm als Zeichen der Dankbarkeit den Pelz eines seltenen Thieres, den er fortan als Mantel zu tragen pflegte.

Berühmt fand Posthumian auch einen Anachoreten, der, sich in seine eigenen reichen Haare hüllend, auf dem Berge Sinai sich aufhielt. Es war fast unmöglich, ihn zu erreichen, denn er kannte alle Schlupfwinkel, Schluchten, Felsplatten, Abhänge und Spitzen des Doppelberges Sinai (Catharinenberg und Mosesberg) auf jener Halbinsel des rothen Meeres, und wo Menschen nahten, floh er in's Unerreichbare einer kühnen Gemse gleich. Nur Einem habe er, so wurde erzählt, vor Jahren gestanden, dem er auf die Frage, warum er die Menschen so gänzlich meide, geantwortet: „Wer von den Menschen besucht wird, kann nicht Besuch von den Engeln erhalten." Daher ging die Sage, daß er auf seinen Höhen beständigen Verkehr mit den Engeln habe.

Posthumian blieb ein volles Jahr und beinahe sieben Monate in jener Wunderwelt, besuchte auch die beiden Monasterien des h. Antonius, die von dessen Jüngern bewohnt wurden, und den Felsen, in welchem der durch seine lange Verborgenheit so berühmte älteste Einsiedler Paulus Gott seine Loblieder gesungen hatte. Und so hatte er noch viele ähnliche Wunderdinge erfahren.

Auch in den Monasterien erfuhr er Wunder, und zwar Wunder des Gehorsams. Ein Ankömmling, der Aufnahme begehrt, wird zur Gehorsamprobe in das Feuer eines hohen brennenden Ofens, aus dem die Flammen herausschlagen, geschickt. Er geht willig und gläubigen Vertrauens in die Flammen, die vor ihm ausweichen, während er die erfrischende Kühle wie von erquickendem Thaue empfindet. An dasselbe Monasterium klopft ein Jünger des Mönchthums, während der Abt eine dürre Ruthe von Gummibaum in der Hand trägt. Der Abt giebt ihm die Ruthe mit dem Befehle, sie zu pflanzen und mit Wasser zu begießen, bis sie sprosse und

grüne. Er gehorcht, pflanzt und begießt. Täglich holt er nun
fast zwei römische Meilen weit aus dem Nil das Wasser auf den
Schultern; bald ist er als der Wasserträger bekannt. Aber das
erste und das zweite Jahr vergeht ohne jede Hoffnung, daß der
dürre Zweig ergrüne. Doch bleibt der gehorsame Wasserträger
gläubig und unermüdlich, vielmehr gießt er Tag und Nacht.
Endlich, im Laufe des dritten Jahres wird seine Treue belohnt.
Die Ruthe zeigt Leben, sie wächst und treibt Zweige. Im Vorhofe
des Monasteriums sah Posthumian dies Wunderbäumchen.

Er hörte ferner von einem Einsiedler, der nie trank und
täglich nur sieben trockene Feigen, und nichts außerdem, aß.
Dieser wurde gepriesen als ein gewaltiger Dämonenbezwinger, vor
dem die bösen Geister flohen, ja der sie aus der Ferne durch Ent-
sendung von Fäserchen seines Ciliciums oder eines Briefes an die
Besessenen in die Flucht jagte. Da umlagerten die Fürsten und
die Mächtigen die Thüre seiner Zelle; Bischöfe kamen, legten
die Zeichen ihrer Würde ab und ließen sich von ihm die Hände
auflegen und segnen, und alles Volk erhob seinen Namen. Aber
es geschah, daß, während er die bösen Geister vor sich her trieb,
der Satan hinter seinem Rücken stand und ihm den Spiegel seines
Ruhmes vorhielt. Und der Einsiedler sah hinein, und der Anblick
gefiel ihm; Satan aber hauchte ihm, noch unbemerkt, das Gift
der Eitelkeit ein, damit es all' die duftigen Tugendblüthen zerstöre.
Plötzlich gewahrte der Einsiedler die List, und da er sich schon
gefangen sah und ohne Gewalt das Netz der eitlen Gedanken nicht
mehr zerreißen zu können glaubte, so faßte er den merkwürdigen
Entschluß, Gott zu bitten, daß Er ihn selbst eine Zeit lang vom
bösen Geiste besessen sein lasse, damit er so allen Ruhm verliere
und von der eitlen Selbstgefälligkeit befreit werde. Seine Bitte
wurde erfüllt. Der gewaltige Geisterbezwinger, der durch Zeichen
und Wunder im ganzen Morgenlande berühmt war, zu dem die
Völker und die Großen der Erde wallfahrteten, erlitt alle Demüthigungen der Besessenen, wurde jammervoll entstellt und in der
Raserei gefesselt, so daß Niemand ihn mehr ehrte und Alle ihn
flohen. Im fünften Monate wurde er durch Gottes Gnade wieder
befreit, und war nun auch, wie er es ersehnt, rein von jenem
bösen Hauche der Eitelkeit.

Also hatte Posthumian dem Severus und dem Gallischen

Mönche die Wunder der Einsiedler in den Aegypten umgrenzenden Wüsten erzählt. Zum Lohn dafür verlangte er noch mehr Wunder von dem h. Martinus zu hören. Sulpicius Severus gestand, daß er während der Erzählungen immer an Martinus habe denken müssen, indem die Strahlen der Wundermacht, welche unter jene Einsiedler und Anachoreten sich vertheilten, auf sein heiliges Haupt sich sammelten. Keine Art von Wunder habe er vernommen, worin sein Meister nicht hervorrage; und dieser zeichne sich nicht bloß aus durch die Fülle der wunderbaren Thaten, sondern auch durch die Art der Wunder, indem er seine Macht bis zu Todten= erweckungen gesteigert gesehen und so gewissermaßen an der All= macht Gottes Theil genommen habe. Und abgesehen hiervon ge= schehe ihm sogar schon ein Unrecht, wenn man die Einsiedler und Anachoreten der Aegyptischen Einöden und Wüsten nur in Vergleich mit ihm bringe. Diese thäten ja ihre Wunder allein vor dem Himmel und nur unter Zeugenschaft der Engel; Martinus aber habe seine wunderbaren Thaten inmitten der Volkshaufen, unter streitenden Geistlichen, unter zürnenden Bischöfen, unter täglichen Aergernissen in unüberwindlicher Kraft verrichtet. Jene kämpften in der günstigsten Stellung, wie von einer Anhöhe, Martinus vom ungünstigsten Platze aus, empor sich ringend aus der Tiefe. Doch, es ist Zeit, diese seine Stellung im Kampfe näher in's Auge zu fassen.

III. Buch.

Martinus der Bischof im Einsiedlerkleide.

---

ein bischöflicher Stuhl frei geworden, wählte die ganze Geistlichkeit und das Volk der Gläubigen der betreffenden bischöflichen Kirche sich selbst den Oberhirten. So war es seit den apostolischen Zeiten herkömmlich und zu Recht bestehend. Da gab es denn häufig Ueberraschungen: Schmeichler, Ehrgeizige, Günstlinge eines verstorbenen Bischofs, die für die Wahl ihrer Person Alles lange und sorgsam vorbereitet, sahen sich in ihren Hoffnungen plötzlich getäuscht, und Ahnungslose wurden emporgehoben. Hier wurde ein Staatsmann aus seinem Palast gezogen, dort ein Mönch aus seiner Zelle geholt und zum Bischofe geweiht: beide wurden große Bischöfe, obgleich sie büreaukratische Stilübung und Formularkunde nicht besaßen, indem das bischöfliche Amt mehr durch Thaten als durch Unterschriften ausgeübt wurde. In der Mailändischen Kirche herrschte nach des h. Hilarius mißlungenem Versuche, den schlauen arianischen Bischof Auxentius vor dem Kaiser Valentinian zu entlarven, durch des Letzteren Milde, durch der Arianer List und durch den guten Willen der Katholiken zehn Jahre hindurch Friede. Da starb Auxentius im Jahre 374. Die Arianer und die Katholiken, ihre Kräfte vorerst nicht messend, wollten den Frieden bewahren, und sie waren deß zufrieden, daß die Bischöfe der Provinz zu dem Ende die Wahl des neuen Bischofs in die Hand des umsichtigen, besonnenen, wohlunterrichteten und gerechten Kaisers legten. Aber dieser meinte, es sei viel besser, daß Clerus und Volk ihr Recht ausübten, zumal es auf beiden Seiten an Geist und Frömmigkeit nicht zu fehlen schien. So kamen die Wählenden mit den Bischöfen zweier Provinzen im Dome zu Mailand zusammen, und ihre Macht, und ihr Recht prüfend, geriethen die Parteien in Streit. Schon hallte das Gotteshaus wieder vom disharmonischen Zwiste, schon brohten die blutigen Scenen sich zu erneuern, welche in dem Weltkampfe zwischen dem Papste Damasus und seinem Gegner Ursicinus sieben Jahre vorher die Kirchen Rom's befleckt hatten, als plötzlich ein Mann durch die aufgeregte Menge daherschritt, noch in frischer Jugendblüthe, voll hoher sittlicher Würde, ein Edelgeborner von feinem Anstand, überaus milde, doch wie ein Mächtiger, dessen Erscheinen eine unwillkürliche Pause in den Streitreden und Drohungen bewirkte. Es war der 34jährige Ambrosius, der scharfsinnige Rechtsgelehrte und gewandte Anwalt, nun Statthalter (consularis) der beiden Provinzen Ligurien und Aemilien (d. h. der Gebiete von Lucca, Genua, dem südlichen Piemont und Nizza und eines Theils der Lombardei und der Romagna), auf dem besten Wege zu der glänzenden Höhe seines Vaters, der als Präfekt von Gallien, Britannien und Spanien, wie ein Fürst über weite Reiche, nur dem Kaiser verantwortlich, von Trier aus geboten hatte. Als Ambrosius aber im Dom zu Mailand seine dem Volke liebe Stimme zur Friedensrede zu erheben begann, der Gute, welcher nach dem Rathe des edlen Präfekten Probus sein Amt nicht mit richterlicher Strenge, sondern wie mit bischöflicher Milde führte, da rief plötzlich ein Kind aus den Schaaren: „Ambrosius ist der Bischof!" Und wie ein elektrischer Funke durchzuckte der Ruf alle Herzen, und vieltausendstimmig wiederholte sich das wahre Wort des Friedens. Ambrosius verließ voll Schrecken die Kirche. Er stellte sich grausam in den Gerichtsverhandlungen, er wies darauf hin, daß er noch nicht getauft sei, er suchte den Schein unsittlichen Lebenswandels auf sich zu ziehen: aber das Volk sprach: „Deine Sünde komme über uns!" es durchschaute die Täuschung. Er wollte Mönch werden; man gab es nicht zu. Da lief er fort bei Nachtszeit und gedachte den Weg nach Ticinum (Pavia) einzuschlagen; er verirrte sich und stand, als der Tag anbrach, verwundert nach seiner langen nächtlichen Wanderung vor den Thoren Mailands. Er verbarg sich, wurde gefunden, vom Kaiser, der erfreut war über die unerwartete Einmüthigkeit der Mailänder, wie der Nachbarbischöfe, bestätigt, von einem katholischen Bischofe getauft, 8 Tage später geweiht, und glänzte bald als einer der größten Bischöfe der ganzen Christenheit, so daß heute noch sein Name mit ehrfurchtsvoller Bewunderung genannt wird.

Nicht gar lange vorher fand auch zu Tours, der Hauptstadt der Turonen in Gallia Lugdunensis, eine eigenthümliche Bischofswahl statt. Das Gebiet der Turonen grenzte an das nördliche Aquitanien, und die nächste, zwei Tage-Reisen entfernt liegende, größere Stadt südlich von Cäsarodunum oder Tours war Pictavi, d. i. Poitiers, in deren Nähe Lugugé sich befand. Der Ruhm des heil. Martinus war daher auch unter den Turonen in Aller Munde. Er aber hatte um diese Zeit sich fester als je an seine Zelle gebunden. Nichtsbestoweniger dachte das Volk in der verwaisten Bischofsstadt bald ernstlich daran, ihn auf den Leuchter des Oberhirtenamtes zu stellen. Volk und Clerus der Kirche verstanden einander; ersteres

trat handelnd in den Vordergrund. Man wollte den Auserſehenen
am Tage der feierlichen Wahl ſchon in der Mitte haben, damit er
von den anweſenden Biſchöfen dann gleich geweiht und in den Be-
ſitz des Bisthums geſetzt werde. Hier trat die Verlegenheit ein.
Es war keine Hoffnung, den überaus bemüthigen Mann, der in
der größten Einſamkeit den größten Frieden fand, zu bewegen,
mit der Ausſicht auf das Bisthum freiwillig nach Tours zu gehen.
Sie nahmen alſo ihre Zuflucht zu einem ſogenannten frommen
Betruge. Einer der Stadtbürger, Ruricius mit Namen, erbot ſich,
ihn durch Liſt aus ſeiner Zelle zu locken und auf den Weg nach
Tours zu führen. Da zogen ganze Haufen mit ihm. In der
Nähe von Lugugé ſtellten ſie ſich am Wege auf wie zu einem
Hinterhalte. Ruricius allein ging in das Monaſterium hinein,
warf ſich dem heil. Martinus zu Füßen und flehte, er möge mit ihm
nach Tours kommen und ſeine Gemahlin ihm retten, die an einer
ſchweren Krankheit darniederliege. Es war nur ein Vorwand;
aber Martinus ſchenkte ihm treuherzig Glauben, ließ ſich zum Mitleid bewegen und kam aus dem Monaſterium hervor. Kaum hatten
ſie den Weg nach Tours eingeſchlagen, als die harrende Menge
ihn umringte. Das mochte ihn anfangs nicht einmal ſehr befremden,
da er bereits gewohnt war, daß bei ſeinen weiteren Gängen ſich
das Volk um ihn ſammelte, welches ihn verehrte, auf Zeichen
harrte oder nach Belehrungen verlangte. Indeſſen war er gleich-
ſam ihr Gefangener; wenn er ihre Abſicht errathen und einen
Fluchtverſuch gemacht hätte, ſo würde man ihn entſchloſſen daran
gehindert haben. Es war ein Ehrengeleit, eine Ehrenwache, die
ihn vor ſich ſelbſt ſchützen ſollte. Innerlich jauchzend, führten ſie
„den heiligen Raub,‟ erzählt in Dichterſprache Venantius Fortunatus. Es war „die Gewaltthätigkeit der Liebe,‟ ruft Paulinus,
„ein Aufruhr der Maſſen, aber der Flehenden, ein Auflauf friedlicher Art, ein Tumult ohne Haß.‟ Je näher ſie der Stadt kamen,
deſto größer wurde die Menge, denn von jedem Oertchen am Wege
erhielt ſie Zuwachs, aus allen umliegenden Städtchen ſtrömten
Neugierige und Begeiſterte herbei. Als ſie nach Tours kamen,
fanden ſie auch die Stadt erfüllt von Gäſten, indem aus allen
Nachbarſtädten nicht blos die Biſchöfe zur Wahl ſich eingefunden
hatten, ſondern auch ganze Schaaren der Gläubigen. Der Ruf,
daß der wunderthätige Heilige, der Mönch Martinus, Biſchof werden

solle, hatte Alles in Bewegung gesetzt. Nun war es wohl schwer, daß er sich länger täuschte über den Zweck seiner Reise.

Es scheint, daß er, nachdem man ihn in die bischöfliche Kirche, in den Dom, wie wir jetzt sagen, geführt und der feierliche Akt der Wahl begonnen hatte, gänzlich verstummte. Vielleicht tröstete ihn die Demüthigung, die er durch einige Bischöfe erfuhr. Denn zwar zeigte sich unter der unglaublich großen Menge der Stimmenden eine seltene Einmüthigkeit der Gesinnung, der Ueberzeugung und der Abstimmung, bei welcher nur die eine Ansicht herrschte, daß Martinus des Episcopates durchaus würdig sei, und daß die Kirche von Tours unter einem solchen Hohenpriester glücklich sein werde; aber Wenige, namentlich einige von den Bischöfen, welche zur Leitung der Wahl und zur Bestätigung und Weihe des Gewählten den canonischen Gesetzen gemäß herbeigerufen worden waren, erhoben heftigen Widerspruch. Und warum? Sie meinten, Martinus sei doch „eine verächtliche Person, ein Mensch von gemeinem Aeußeren, in staubiger Kleidung, am Haupthaare entstellt: ein solcher sei der bischöflichen Würde nicht werth." Indessen das Volk, sagt Severus, urtheilte hier besser und gab die Thorheit Derer dem Gelächter preis, welche das Lob des erlauchten Mannes verkündeten, indem sie darauf ausgingen, ihn zu tadeln. Was sie an Martinus verächtlich fanden, war weder seine Herkunft, noch seine geistige oder Herzensbeschaffenheit, sondern seine Mönchsgestalt. Die schlechte Tunica bewies nicht Ohnmacht, sich Güter zu erwerben, sondern seine Gesinnung der Weltverachtung; die staubige Kleidung deutete hin auf das glänzend reine Herz. Seine Stirne umwallte nicht des lockigen Haarschmucks schattige Wolke; das nicht gepflegte, kurz geschnittene Haar ließ frei die hohe Stirn, sie mit dem Kreuze zu schmücken, zum kühnen Bekenntnisse des Evangeliums [1]. Aber das Geistige an dieser armen Gestalt des Entsagenden sahen jene Bischöfe nicht, die in reicher Tunica und prächtigem Mantel, mit schön geordnetem, wallendem Haupthaare da standen, in dem Bewußtsein, den Augenschein des Edelgeborenen

---

[1] Das Scheren einer Tonsur war im 4. Jahrhunderte bei den Bischöfen und Geistlichen des Abendlandes gänzlich fremd; auch die abendländischen Mönche, deren Leben durch den heil. Martinus zuerst Wurzel faßte, ließen sich anfangs das Haupt nicht scheren, sondern nur das Haar kurz schneiden, ohne es weiter zu pflegen.

und der himmlischen Würde an sich zu tragen. So verachteten sie
denn den, wie es scheint, während des sich erhebenden Streites
demüthig schweigenden Martinus, der für diese Demüthigung Gott
dankte und als Gefangener des Volkes sein Schicksal ruhig erwartete.
Unter den widerstrebenden Bischöfen hieß aber Einer Defensor,
und dieser soll am heftigsten Widerspruch erhoben haben. Das
Volk beharrte bei seinem Votum und der Gottesdienst, die Feier
der h. Eucharistie begann, wobei, wie auch heute noch, Epistel und
Evangelium gelesen wurden, laut vor dem Volke, welches zu Tours
die lateinische Sprache wohl verstand. Nun traf es sich gerade,
daß der Lektor (Vorleser), welcher an dem Tage das Amt des Vor-
lesens übernehmen sollte, da er sich etwas verspätete, bei dem großen
Gedränge der Gläubigen bis zu seinem Lesepulte nicht mehr durchbringen konnte. Für die Geistlichen und die übrigen Kirchendiener,
welche eben fungirten, trat eine peinliche Verlegenheit ein, und so
ließen sie es am Ende gern geschehen, daß einer von den Umstehenden, der aber nicht wußte, welche Epistel gelesen werden sollte,
das Psalmenbuch ergriff und den ersten besten Psalm, wie man sich
auszudrücken pflegt, vorzulesen begann. Es traf aber sein Auge
gerade auf den wundervollen achten Psalm, auf jenes heilige Feier-
lied, voll Dank und Anbetung, welches in dem Briefe an die Hebräer
auf den Heiland bezogen und angewendet wird. Das Lied war
bei der damaligen häufigen Lesung der h. Schrift unter den Christen
wohlbekannt, und es mußte daher beim ersten Verse schon eine
erhabene Stimmung der Begeisterung sich der Gläubigen, zumal in
dem ungewöhnlichen Momente, bemächtigen. Der Anfang lautete:
„Gott, unser Herr! Wie wunderbar ist dein Name auf der ganzen
Erde; denn deine Herrlichkeit ist ausgebreitet über die Himmel!
Aus der Kinder und der Säuglinge Mund hast du dir Lob bereitet
zur Beschämung deiner Widersacher, auf daß du Feind und Vertheidiger (defensorem) verstummen machest"[1]. Kaum vernahm
das Volk diese Worte, als es in ein Freudengeschrei ausbrach und die
Stimme Gottes für sich in Anspruch nahm. Ganz erfüllt von dem
Interesse des Augenblicks ließ es den Sinn des Psalms auf sich
beruhen und erklärte nur, der zum Schweigen gebrachte Defensor

---

[1] Die zu Tours damals in Gebrauch befindliche lateinische Uebersetzung
hatte defensorem statt ultorem.

sei der anwesende Bischof dieses Namens, der es dem Herrn
habe wehren wollen, sich aus dem Munde der Kinder und der
Säuglinge in Martinus ein Lob zu bereiten. Der Zufall, durch
welchen jene Worte zur Vorlesung gekommen, sei Gottes Wink.
Defensor verstummte nun wirklich mit seiner kleinen Partei, und
Martinus wurde alsbald geweiht und in den Besitz des Bisthums gesetzt.

II.

Der neue Wirkungskreis.

Das Bisthum Tours bot dem neuen Oberhirten eine sehr
umfassende Wirksamkeit dar.

Die Turonen, — ein keltisches Volk, kriegerisch und zähe in
der Bewahrung seiner Eigenthümlichkeit, — gaben der Hauptstadt
des von ihnen eingenommenen Gebietes den Namen. Cäsar, der
Eroberer, nannte sie Cäsarodunum; aber dieser Name konnte sich
nicht behaupten. Ihr Gebiet wurde später einbegriffen in die
römische Provinz, welche die dritte Lugdunensische hieß und eine Menge
kleiner Völkerstämme umfaßte. Der Kaiser Honorius machte die
Hauptstadt der Turonen zur Hauptstadt dieser Provinz, was sie
auch, nachdem die Weltlage eine völlig andere geworden, in dem
französischen Departement Indre et Loire geblieben ist.

Die Stadt lag in einem anmuthigen und blühenden Thale,
wie denn das ganze Gouvernement von Touraine wegen seiner
Fruchtbarkeit und reizenden Schönheit heute noch „der Garten von
Frankreich" genannt wird. Der schöne Nebenfluß der Loire, welcher
jetzt den Namen Le Cher führt (ehemals Carus, Caris, dann
Chares), aus der Ober-Auvergne in nordwestlichem und immer
mehr westlich sich wendendem Laufe kommend, nimmt, in der Nähe
des Hauptstromes angelangt, mit diesem noch ein paar Meilen
eine parallele Richtung, ehe er mündet. Der halbinselartig da-
zwischenliegende schmale Landstreifen ist wie ein langer Obst- und
Weingarten: und hier, aber dichter am linken Ufer der Loire selbst,
hatte man Tours erbaut. Von Cäsar zu einer starken Festung

angelegt, wurde sie auf enge Schranken angewiesen, die sie erst spät durchbrach, um es bis auf eine Einwohnerzahl von 35,000 Menschen zu bringen.

Die so anmuthig gelegene, feste, aber als Hauptstadt eines mächtigen Volksstammes immerhin kleine Stadt Tours war nun freilich zur Zeit des römischen Kaiserthums mit ihren Meinungen, Sitten und Gebräuchen nicht bestimmend und maßgebend für die Turonen in den kleineren Ortschaften und auf dem Lande. Wenn noch Sebastian Frank von der Touraine sagt, sie sei „mit starkem, schönem, züchtigem Volk besetzt," so weist dies zurück auf die Zähigkeit und man möchte fast sagen, auf eine gewisse Krystallisation des Charakters der alten Turonen. So konnte es geschehen, und so geschah es, daß die Bewohner von Tours das Christenthum annahmen und Bischöfe hatten, während ihre Stammgenossen auf dem Lande noch lange Zeit Heiden blieben.

Um die Mitte des dritten Jahrhunderts, nämlich zur Zeit des Kaisers Decius (249—251) scheint nach einer Erzählung Gregor's von Tours das Christenthum in Gallien einen Aufschwung genommen zu haben. Denn er berichtet[1]), um diese Zeit seien (zu Rom unter Papst Fabian) sieben Männer zu Bischöfen geweiht und nach Gallien als Boten des Evangeliums gesandt worden, Catianus nach Tours, Trophimus nach Arles, Paulus nach Narbonne, Saturninus nach Toulouse, Dionysius nach Paris, Stremonius nach Arvern (Clermont) und Martialis nach Limoges. Zwei von diesen, nämlich Saturnin zu Toulouse und Dionysius zu Paris, seien glorreiche Märtyrer geworden, und von den fünf anderen berichtet er: „Catianus aber, Trophimus, Stremonius, Paulus und Martialis wandelten in größter Heiligkeit und gewannen der Kirche viel Volk und breiteten allenthalben den Glauben an Christus aus und gingen endlich in freudigem Bekenntniß heim." In einigen der genannten Städte, namentlich in Arles und Narbonne[2]) hatte das Christenthum wahrscheinlich früher schon Eingang gefunden; in Tours wohl nicht später, als um die Mitte des dritten Jahrhunderts. Catianus ist nicht bloß der erste Bischof, sondern

---

1) Hist. Franc. I. 30. (28).

2) Man spricht sogar von einer Synode, die in dieser Stadt zwischen 255 und 260 abgehalten worden sein soll. Mansi, T. I. p. 1002.

höchst wahrscheinlich auch der erste Begründer der christlichen Gemeinde zu Tours[1]). Ueber ihn schreibt Gregor von Tours im Schlußkapitel seiner fränkischen Geschichte (X. 31.), welche den Catalog der Bischöfe von Tours enthält, wie derselbe mit Hülfe älterer Aufzeichnungen und der Ueberlieferung bei der Kirche selbst gegen das Jahr 592 noch zusammengestellt werden konnte, Folgendes als die Summe der in der bischöflichen Stadt fortlebenden Erinnerungen: „Catianus war der erste Bischof; er wurde von dem Papste der römischen Kirche in dem ersten Regierungsjahre des Kaisers Decius (249) hierher gesandt. Damals wohnte in dieser Stadt (Tours) noch eine Menge dem Götzendienste ergebener Heiden, von welchen er durch seine Predigt Einige zu dem Herrn bekehrte. Doch lebte er meist im Verborgenen, wegen der Verfolgungen von Seiten der Mächtigen in der Stadt; denn wo sie ihn trafen, beschimpften und schalten sie ihn. So feierte er denn auch nur im Geheimen, nämlich in Catacomben und in Schlupfwinkeln mit dem von ihm, wie gesagt, bekehrten Häuflein Christen am Tage des Herrn den Gottesdienst. Er war aber ein sehr frommer und gottesfürchtiger Mann; denn wäre er das nicht gewesen, so würde er gewiß nicht Haus, Eltern und Vaterland aus Liebe zum Herrn verlassen haben. Unter solchen Umständen lebte er in dieser Stadt, wie man sagt, fünfzig Jahre und starb in Frieden. Er wurde auf dem Kirchhofe des Ortes selbst, der den Christen gehörte, begraben. Nach ihm blieb aber das Bisthum siebenunddreißig Jahre unbesetzt."

Der Bischof Catianus erlebte also die letzte große Christenverfolgung im römischen Weltreiche unter Kaiser Diocletian und seinen Mitregenten nicht. Das Jahr seines Heimganges ist ungewiß; gewiß ist aber, daß es nicht in das vierte Jahrhundert fällt. Während er zu Tours seine Wirksamkeit hatte, blühte die Kirche Jesu Christi in dem ganzen weiten Reiche auf und Gottes-

---

1) Es zeugt nicht von Sorgfalt in der historischen Forschung, wenn Dupuy (a. a. O. S. 71) schreibt: „Es (das Volk der Turonen) erhielt nach einer achtbaren Meinung das Evangelium zu den Zeiten der Apostel durch den heil. Gatian, Schüler des h. Petrus." Diese Meinung ist durchaus nicht beachtenswerth; denn ältere Nachrichten als die des Gregor von Tours haben wir nicht, und dieser setzt die Ankunft des Gatian in die Mitte des dritten Jahrhunderts.

häuser erhoben sich fast in allen römischen Culturstädten; denn seit Kaiser Galienus (260—268) die Kirche als berechtigte Korporation anerkannt hatte, erfreute sie sich eines mehr als vierzigjährigen Friedens. Aber zu Tours sah man keinen christlichen Tempel erstehen, — die heidnischen Turonen haßten das Neue zu sehr und Catianus mußte bis an sein seliges Ende mit seinem Häuflein Christen in Grüften und Verstecken Gott dienen. Die Stadt blieb in ihrem öffentlichen Leben und Wesen völlig heidnisch. Es scheint auch gar keine förmlich organisirte Gemeinde mit Bischof, Presbytern und Diaconen im dritten Jahrhunderte dort entstanden zu sein; sonst wäre eine siebenundbreißigjährige Sedisvacanz, zumal unter der Dynastie der Familie des Kaisers Constantin, nicht erklärlich.

So wird denn wohl Litorius, der zweite Bischof, die Gemeinde von Tours recht eigentlich wieder gegründet haben. Er war ein Einheimischer, ein Bürger der Stadt, und ihm gelang es, vielen Turonen, die vielleicht dem Stammgenossen williger sich fügten, das Christenthum annehmbar zu machen. So baute er denn auch, da die Gemeinde sich mehrte, in der Stadt die erste Kirche, indem er das Haus eines Vornehmen zu einer Basilika einrichtete[1]). In dieser Basilika fand er, nachdem er· dreiundbreißig Jahre Bischof gewesen, seine Ruhestatt. Die dankbaren Nachkommen, die in ihm einen Heiligen erkannten, stellten die Kirche unter seinen Schutz, so daß sie in der Folge die Basilika des h. Litorius hieß, der ihr Begründer und Patron war.

Der Nachfolger des h. Litorius auf dem bischöflichen Stuhle von Tours war aber der wunderthätige Mönch Martinus, dessen Lebensweg wir bereits folgen wie dem Wege eines vertrauten Freundes. Aus der bisherigen Erzählung der Geschichte der Gemeinde von Tours ist es nun klar, daß Martinus in seiner ganzen Diöcese oder Parochie, wie man damals den Sprengel eines Bisthums nannte, nur eine einzige Kirche für den christlichen Gottesdienst fand, und zwar in der Stadt Tours selbst, während

---

1) Die Uebersetzung der Fränkischen Geschichte von Wilh. Giesebrecht („Die Geschichtsschreiber der deutschen Vorzeit." VI. Jahrh. 5. B. S. 242—243.) läßt durch Litorius zwei Kirchen zu Tours entstehen, was auf einem Mißverständnisse des lateinischen Textes bei Gregor beruht. Daß er die Basilika eine „Heiligenkirche" nennt, zeugt ebenfalls von einer irrigen Vorstellung.

das übrige Gebiet der Turonen mit seinen kleinen Städtchen und Orten völlig heidnisch geblieben war in conservativer Zähigkeit. Das heißt also: Martinus kam in sein Bisthum so ziemlich wie in das Land der Ungläubigen, nur daß er in der Hauptstadt seines Gebietes einen ruhigen Sitz und wie eine Burg des Christenthums hatte.

Eine Hauptaufgabe in dem neuen Wirkungskreise war daher für ihn die apostolische Mission, die Bekehrung der Heiden, die er auch mit solchem Eifer und mit so wunderbarem Segen des Himmels betrieb, daß er es verdient, unter die Apostel Galliens gezählt zu werden, wie die folgende Geschichte augenscheinlich darthun wird.

Auch hatte er eine bestimmte Stellung zu den abendländischen Kaisern einzunehmen, die zu seinem Berufe gehörte. Er nahm seinen Standpunkt so, daß er den Schutz der weltlichen Macht für die wahre Lehre gegen den Irrthum beanspruchte und erwirkte, aber den erhobenen Arm der Gewaltigen, welcher die irrenden Menschen zerschmettern sollte, zurückzuhalten suchte. In ersterer Hinsicht nahte er sich den Kaisern in demüthigster Haltung, bittend und flehend; im zweiten Falle aber stand er vor ihnen wie ein Stärkerer vor dem Starken, erschreckend durch heiligen Zorn, redend nach der Wahrheit, entschlossen und furchtlos. Auch in dieser doppelten Wirksamkeit wird die weitere Erzählung uns das Bild des h. Martinus deutlich und glänzend zeigen.

Das eigentliche Hirtenamt aber führte er wie ein Engel ohne Flammenschwert, und doch weltüberwindend — durch die Macht der Liebe, die entzündet durch ihn in Tausenden, sich verherrlichend zu ihm zurückwandte in nicht endendem Nachruhme. Auch dieses werden wir wie mit Augen sehen.

III.

Martinus bekehrt die Heiden.

Der Eindruck, den die Bekehrung der Heiden durch Martinus auf die Bewohner Galliens hervorbrachte, war der des Wunderbaren und erhielt sich in den nachfolgenden Generationen unauslöschlich. Gerade im Hinblick auf die Bekehrung der Gallischen Heiden ruft der spätere Nachfolger des Heiligen, Gregor v. Tours, voll Bewunderung aus: „Damals ging unsere Leuchte (Sonne) auf und wurde Gallien von neuen Lichtstrahlen erhellt, ich will sagen: damals begann der heil. Martinus in Gallien zu predigen, welcher, durch viele Wunder im Angesichte des Volkes darthuend, daß Christus der Sohn Gottes und wahrer Gott sei, den Unglauben der Heiden überwand." „Er zerbrach ihre Tempel und Götzenbilder" [1).

Einen Begriff von Art und Umfang der Bekehrung gewinnen wir aber am sichersten, wenn wir den Erzählungen des Severus, seines getreuen Jüngers und Biographen folgen.

Obgleich Kaiser Claudius durch schonungslose und nachdrückliche Verfolgung die Macht des keltischen Druiden-Ordens in Gallien gebrochen hatte,[2) so erhielten sich doch unter den heidnischen Landbewohnern nicht blos die einheimischen Götternamen neben den römischen, sondern auch mancherlei Ceremonien und Riten des altnationalen Cultus. Wenn die römischen Arvalbrüder, geziert mit dem von weißer Binde umwundenen Aehrenkranze, den die Sage Romulus zuerst tragen läßt, die Opferthiere in feierlicher Prozession um die frischgepflügten Felder führten, so trugen die keltischen Götzendiener bei diesen Ambarvalien (Feldumgängen zur Feldweihe) ihrerseits die mit weißen Binden und Schleiern geschmückten und verhüllten Götzenbilder auf ihren Aeckern um[3). Eines Tages nun, da Martinus sich auf Reisen befand, sah er auf der Landstraße einen dichten Schwarm Heiden sich nähern. In der Entfernung von ungefähr fünfhundert Schritten blieb er stehen, um zu prüfen, was das wäre. Da bemerkte er, daß sie etwas trugen, was mit weißer Leinwand verhüllt war; denn er sah die weißen Streifen im Winde wehen. Sogleich dachte er, es sei eine Heidenprozession mit Götzenbildern. Rasch entschlossen schritt er dem Haufen entgegen und Angesichts desselben rief er: „Halt!" und befahl, daß die Träger ihre Last niedersetzten. Erstarrt wie Steine standen sie,

---

1) Hist. Franc. I. 39 und X. 31.
2) Suet. Claud. 25.
3) Sulp. Sev. De Vit. B. Mart. 9.

voll Schrecken, wie einer höheren Macht gehorchend. Nachdem sie sich aber von der ersten Ueberraschung erholt, setzten sie sich wieder in Bewegung, als wollten sie sich um ihn nicht kümmern. Da jedoch Martinus in gebietender Stellung mitten auf der Straße verharrte, entwanden sie sich der Angst nicht, die sie überfallen hatte, und so kam es, daß sie, vor ihm ausbeugend, im Kreise sich drehten, was lächerlich aussah. Endlich standen sie doch wieder stille, indem sie ihre Last niedersetzten und einander verwundert ansahen, als wollten sie fragen: was widerfährt uns? Martinus aber erkannte nun, daß es ein Begräbniß sei und daß die Leintücher eine Leiche bedeckten. Darauf gab er mit der Hand ein Zeichen, daß sie weiter ziehen könnten, und sie zogen vorüber. So übte er Gewalt über die Heiden, und von dieser geheimnißvollen Gewalt machte er zur Vernichtung des Heidenthums Gebrauch, wo er mit den Riten oder Symbolen in Berührung kam. Mit solcher Macht zerstörte er einst vor den Augen der Götzenpriester und der heidnischen Ortsbewohner, die unbeweglich ihn anstaunten, in einem Landstädtchen einen uralten Götzentempel. Nun stand aber in der Nähe auch ein geheiligter Baum, eine Pinie, die eine Stätte des heidnischen Cultus darbot. Sofort legte er die Axt an diesen Baum. Dagegen erhoben sich die Priester, unterstützt von der ganzen Schaar der Heiden, und sie schickten sich an, das Fällen dieses Baumes zu verhindern. Martinus belehrte sie also eindringlich darüber, daß in solchem Baumstamme doch die Religion keinen Gegenstand haben könne, sie möchten vielmehr dem wahren Gott anhangen, dem auch er diene; der Baum müsse nun umgehauen werden, weil derselbe einem bösen Geiste geweiht sei. Da trat einer aus der Heiden Mitte, welcher der Kühnste zu sein schien, an ihn heran und machte ihm folgenden Vorschlag: „Wenn Du etwa auf deinen Gott, den Du zu verehren behauptest," sprach er, „wirklich Vertrauen setzest: wohlan, so wollen wir selbst diesen Baum fällen, doch unter der Bedingung, daß Du den Fallenden auffangest; und wenn Dein Gott, wie Du sagst, dann mit Dir ist, so wirst Du wohl heil und gesund davon kommen". Furchtlos versprach dies voll Gottvertrauen Martinus, und die ganze Menge der Heiden stimmte dem Vorschlage zu, indem sie dachten, der Baum sei ein geringer Verlust, wenn sie damit den Feind ihrer Religion erschlagen könnten. So wurde die Axt an den Baum gelegt und als er soweit durchgehauen war, daß er sich auf die Seite neigte und es also nicht mehr zweifelhaft war, wohin er fallen werde, wurde Martinus von den rohen Heiden gerade dorthin nach ihrer Wahl gestellt, die Füße angebunden. In weitem gefahrlosem Kreise sah der ganze Schwarm zu, während mehrere das Fällen des Baumes mit freudigem Eifer betrieben. Von Ferne standen die Mönche, die Begleiter des Heiligen, der voll der Zuversicht betete und die Verherrlichung seines Herrn erwartete. Sie aber erbleichten bei jedem Schlage der Axt, nach dem die Pinie mehr wankte und sich zum Falle neigte. Jetzt bricht sie: die Mönche entsetzen sich, die Menge durchzuckt es, wie grausame Wonne; doch Martinus erhebt die Hand und hält der fallenden Last das Kreuzzeichen entgegen: und siehe! wie von einem Wirbelwinde erfaßt wendet sich der stürzende Baum und fällt auf die entgegengesetzte Seite, wo die Heiden in hastigem Gedränge noch eben dem Schlage ausweichen konnten. Nunmehr erheben die Heiden ein Geschrei zum Himmel und verkünden, der Gott des Martinus habe ein Wunder gethan; der Name Christi wird von ihnen verherrlicht und die Mönche weinen vor Freude. So viele Heiden sonst zu dem Tempel und dem Baume kamen, um Götzendienst zu üben: sie wurden nun alle Christen und es entstanden Kirchen und Monasterien in jener Gegend.

In die Häuser vornehmer Heiden ging Martinus nicht, aus Grundsatz. Nun geschah es aber, daß Herren zahlreicher Familien bei Krankheiten oder Unglück anderer Art seines Segens und seiner Hülfe sich bedürftig fühlten. Dann versprachen sie ihm, wenn er in ihr Haus komme, Hülfe spendend, sich in dem Christenthume von ihm unterrichten zu lassen. — So erlangte einmal der römische Statthalter Tetradius, da er Leid im Hause hatte, den Trost des Heiligen, indem er das Heidenthum abwarf, im Glauben an Jesus Christus sich beugte und die Taufe empfing. Er blieb sein ganzes Leben lang in rührender Liebe und Verehrung Demjenigen zugethan, der ihm das Heil des Hauses und den Frieden seines Herzens vermittelt hatte.

Martinus arbeitete an der Zerstörung des Götzendienstes in der nie wankenden Ueberzeugung, daß der Herr mit ihm sei und ihm helfe, wo seine Kraft nicht ausreiche. Fand er daher zu heftigen Widerstand bei den Heiden oder an dem Bau der Stätte des Götzendienstes, so wandte er sich zum Gebete, und das ganze gläubige

Volk glaubte mit ihm, daß die Kraft des Allerhöchsten vollbringe, was er angefangen, und ihn rette aus allen Gefahren.

Einst begann er die Zertrümmerung einer Säule von colossaler Höhe und von äußerster Festigkeit, auf deren Spitze ein Götze stand. Die Heiden wehrten ihm die Arbeit zwar nicht, aber sie war doch fruchtlos wegen der Stärke des Werkes. Wie er in solchen Fällen stets pflegte, so wandte er auch hier sich zum Gebete. Und siehe! vom Himmel her sah man eine ähnliche Säule sich auf die Götzensäule stürzen und diese zu Staub zermalmen. So diente der Himmel dem h. Martinus selbst durch Zeichen, die Aller Augen sichtbar waren[1]). Auch erzählte man viel vom unsichtbaren Beistande Gottes. Einmal, heißt es, habe ein Heide, als er Götzenbilder zerbrach, mit einem Messer nach ihm gestoßen, aber im Stoße sei ihm die Waffe ohne zu treffen aus der Hand geflogen und dieselbe sei nicht mehr aufgefunden worden. Das Städtchen Ambacia (Amboise, 2½ M. östlich von Tours) hatte Martinus frühzeitig zum Christenthume bekehrt und mit der Leitung dieser Gemeinde einen Presbyter, Marcellus, beauftragt, der auch das dortige Jdol, welches aus feingehauenen Steinen thurmähnlich und kegelförmig abschließend errichtet war, zerstören sollte. Es widerstand aber menschlicher Zerstörungs-Kraft. Bei einem Besuche betete Martinus die ganze Nacht um die Zerstörung desselben. In der Frühe entstand ein Sturm, welcher das Jdol aus seinem Fundamente warf[2]).

Wenn Martinus einen heidnischen Tempel oder Götzen mit Opferstätte zerstört hatte, gründete er sofort eine christliche Kirche an der Stelle, und bei dem Wachsthum der Zahl seiner Jünger im Mönchthum hier und dort auch Klöster, gleichsam Festungen des christlichen Geistes in dem der Heidenwelt entrissenen Lande. In dem Gebiete von Tours oder der Turonen gründete er auf

---

1) S. S. Dial. III. 10. Man wird bei dieser Erzählung unwillkürlich an die Erscheinung einer Windhose erinnert, die bekanntlich Wolken und Staub, und Trümmer in ihren Wirbeltanz zieht und säulenartig empotträgt und fortführt, um sich zu neuer Zerstörung auf Anderes zu stürzen. So warf sich in neuester Zeit in Indien eine Windhose auf ein englisches Fort, hob es in die Höhe und stürzte es dann mit seiner ganzen Armirung zertrümmert in's Meer. —

2) War dies eine Art Irminsäule? —

diese Weise Gemeinden und Kirchen zu Langeais, Sonnay, Amboise, Chisseau, Tournon und Candes [1]).

Er ging aber mit seinen Missionsreisen über das Gebiet der Turonen weit hinaus und legte so den Grund zu der Größe des Bisthums Tours, welche Stadt bereits im Jahre 511 als die kirchliche Metropole der dritten Lugdunensis erscheint mit den Suffragan-Bisthümern Nantes, Rennes, Mans, Vannes, Angers und vielleicht auch noch St. Malo (St. Aleth) [2]).

Einst kam er nach Leprosum (Leprosium-Levroux), einer Stadt der Bituriges im östlichen Aquitanien (Aquitania Prima). Dort stand ein Götzentempel, reich und prächtig. Martinus legte Hand an, denselben zu zerstören; aber es erhob sich ein Auflauf der Heiden, die ihn unter thätlicher Beleidigung forttrieben. Er wich ihrem Andrange, blieb aber in der Nachbarschaft und brachte dort drei Tage in Sack und Asche fastend und betend zu, indem er von dem Herrn sich göttliche Kraft erbat zur Zerstörung jener Götzenburg, da er mit menschlicher Kraft ihr nichts anhaben könne. Nachdem er also drei Tage in heiliger Bußübung gefleht, war es ihm plötzlich zu Muthe wie in einer gnadenvollen Vision: es boten sich seinem Anblicke dar zwei mit Speer und Schild bewaffnete Engel, wie Ritter einer himmlischen Heerschaar, und er hörte sie reden, die fröhliche Botschaft meldend, sie seien von dem Herrn gesandt dem Martinus zum Schutze, die rohen Heiden zu verjagen, die ihn hindern wollten, den Götzentempel zu zertrümmern. Er möge also muthig wieder nach Leprosum gehen und das begonnene Werk vollenden. Alsbald nach dieser himmlischen Ermuthigung eilte er wieder auf seinen Kampfplatz. Die Heiden waren wachsam; doch wunderbar! während er das Zerstörungswerk von Neuem beginnt, stehen sie als müßige Zuschauer da unbeweglich. Er zertrümmert das Götzenhaus bis in die Fundamente hinein, und zerschlägt die Bilder und Altäre zu Staub. Nachdem er Alles vollendet, kommen die Heiden erst wieder zu sich und erkennen nun, daß sie auf einen

---

1) Greg. v. Tours, Hist. Franc. X. 31, vergl. Sulp. Sev. Vit B. Mart. 10: Ubi fana destruxerat, statim ibi aut ecclesias aut monasteria construebat.

2) Ueber das Erzbisthum Tours vergleiche man: Maan, Ecclesia metropolitana Turonensis; — Chalmel, histoire de Tours et hist. de Touraine; — Bomassé, Notice hist. de diocèse de Tours.

göttlichen Wink vor Schrecken erstarrt, keinen Widerstand gegen das Unternehmen des Bischofs gewagt haben. Fast ohne Ausnahme glaubten sie nun, daß Jesus der Herr sei und laut riefen sie und bekannten sie, die Götzen, die sie hülflos gelassen, seien zu ver= achten, der Gott des Martinus aber anzubeten und zu ver= ehren. So faßte das Christenthum Wurzel in dem Stamme der Bituriges.

Auch in das Gebiet der Aeduer in der ersten Lugdunensis, im heutigen Bourgogne und Nivernois, kam Martinus zur Heiden= bekehrung. Als er dort einen Götzentempel umzustürzen begann, drang ein Haufe heidnischer Bauern wüthend auf ihn ein. Einer der Rasenden sprang auf ihn zu mit gezücktem Schwerte, und rasch warf Martinus seinen Mantel ab, ihm seinen entblößten Nacken barbietend. Aber das rührte den Heiden nicht, sondern vor Wuth knirschend, holte er in wilder Zorneshast, in der Absicht, den Wehr= losen zu durchspalten, mit dem schweren Schwerte so weit aus, daß er selbst das Gleichgewicht verlor und rücklings zu Boden stürzte. Das schrieb er göttlichem Einflusse zu und voll Schrecken raffte er sich nur auf, um zu den Füßen des Heiligen Verzeihung zu erflehen.

Bald verbreitete sich der Ruf von seinen Thaten, von seinen Siegen über die heidnischen Tempel und Götterbilder unter den Landbewohnern weithin durch Gallien, und in die Erzählungen mischte sich so viel Liebliches und Wohlthuendes, daß selbst den Heiden sein Name mehr Bewunderung und Verehrung einflößte, als Furcht und Haß. So kam es, daß die heidnischen Landbewohner, wenn er größere Reisen unternahm, sich nach und nach zu Tausen= den um ihn versammelten und lange Strecken mit einer gewissen Neugierde ihn begleiteten, harrend, daß er durch irgend ein wunder= bares Wort oder Werk ihnen Einblick in die geheimnißvolle Götter= welt gewähre. Gewöhnlich kam dann der Geist des Herrn über ihn, daß er seinen Mund aufthat, wunderbar vom Reiche Gottes zu den Herzen zu reden, und der Segen des guten Wortes brachte der Kirche zahlreiche Kinder und Erben. Einmal aber, auf einer Reise nach Chartres (am Flusse Eure, ungefähr 11 M. südwestlich von Paris), da er an einem volkreichen, aber noch ganz dem Heidenthume angehörigen Orte vorüberzog mit einigen Brüdern, und eine von allen Seiten herbeiströmende unzählbare Menge

heidnischer Landbewohner ihn umringte, sprach er kein Wort, sondern tief erseufzte und erbebte er bei dem Anblicke einer so großen
Schaar, die den Erlöser noch nicht kannte. Es ging aber den
Heiden zu Herzen, als sie den Diener Gottes sahen, und ihm war
es, als sagte ihm der Geist, daß Gott durch ihn zu der Bekehrung
der Menge ein Wunder wirken werde. Siehe, da drängte sich ein
Weib durch den Haufen, welches ihm den Leib des kurz vorher
gestorbenen Söhnleins auf ihren Armen entgegenhielt uud flehend
rief: „Wir wissen, daß Du der Freund Gottes bist: so
gieb mir meinen Sohn wieder, denn er ist mein ein-
ziger!" Und die ganze Menge der Heiden rief Beifall der mütter-
lichen Bitte und bat mit der Flehenden. Da erkannte Martinus, wie er
späterhin selbst unserm Gewährsmann Severus erzählte, daß er um des
Heiles der harrenden Menge willen die Wunderkraft erlangen könne,
und so nahm er den Leib des verstorbenen Kindes auf seine Arme.
Alle schauten auf ihn. Er aber beugte seine Kniee, und nachdem
er gebetet hatte, stand er auf und gab der Mutter das Kind
wieder lebend. Ein lauter, weithin hallender Freudenruf der
Menge drang zum Himmel, und Alle bekannten, daß Christus der
Herr sei. Und haufenweise begannen sie dem Heiligen zu Füßen
zu fallen mit der gläubigen Bitte, daß er sie zu Christen machen
möge. Darauf erhob er seine Hand und machte sie Alle, mitten
auf dem Felde, zu Catechumenen, d. h. er weihte sie ein zu dem
christlichen Unterrichte, der sie auf den Empfang der heil. Taufe
vorbereiten sollte.

Am meisten und häufigsten wirkte der h. Bischof durch die Ueber-
zeugungskraft seiner Rede, durch das milde Wort seiner Predigt des
Evangeliums. Wenn die heidnischen Landbewohner gegen seine Zerstörung ihrer Götzentempel Widerspruch erhoben, dann wußte er in
heiliger Predigt den sanften und milden Geist, der ihn selbst beseelte, ihnen so einzuhauchen, daß zunächst ihre Gemüther sich be-
ruhigten; und darnach, indem das dargebotene Licht der Wahrheit
sie erleuchtete, legten sie selbst Hand an, um eigenhändig ihre
Tempel zu zertrümmern. Und überall erfuhr man alsbald die
Wohlthat des Wechsels, allenthalben kehrte Friede und Wohlfahrt
ein. Keine Gewaltthätigkeit, nur Liebesmacht kam mit dem Gotte
des Martinus zur Herrschaft. So erschien dieser als ein segenspen-
dender Wohlthäter des Volks, das ihn dafür liebte und unbegrenzt ver-

ehrte. Seine Volksthümlichkeit in Gallien verdankt er großentheils seiner Bekehrung der Landbewohner. Er wandte ihnen herzliche Liebe zu und gewann ihre Herzen.

IV.

Martinus und die Machthaber der Erde.

Wir werden noch finden, daß der h. Martinus als Bischof den Clerus, seine geistlichen Mitarbeiter in dem Weinberge des Herrn, den er in Gallien vielfach erst pflanzte, von Herzen liebte, nicht mit Worten, sondern in der That, und daß er bei der Behandlung der Priester kein anderes Gesetz als das der Liebe kannte. Von einem stolzen Auftreten im Bewußtsein seiner Würde, von dem, was man in späterer Zeit Repräsentation nannte und was so Manchen, der keinen angeborenen fürstlichen Adel in seinem Wesen besaß, lächerlich, ja verächtlich gemacht hat, trug er nichts zur Schau und hatte er auch nichts an sich. Um so auffallender kann sein Benehmen gegenüber den Großen der Erde erscheinen, das zuweilen der Ueberhebung ähnlich wurde, während doch Ueberhebung in seinem vollkommen demüthigen und liebreichen Wesen ein unlöslicher Widerspruch wäre. Aber dies Benehmen hatte eben nur den Schein, als dächte er höher von sich als sich geziemte; es war im Grunde nur getragen von dem Uebergewichte der Liebe und charakterisirt durch die Erleuchtung seines Geistes, welche ihn die rechten Mittel, die Liebe wirksam zu machen, im günstigen Momente erkennen ließ. Denn es war die Zeit des wankenden Reiches und der Emporkömmlinge, wo die Mächtigen nicht selten Civilisation und Barbarei wie in einer Doppelnatur vereinigten, und wo die Gottesfurcht mit dem Heidenleben um den Sieg rang. Martinus stellte sich in den Dienst der ersteren. —

Merkwürdig ist in dieser Hinsicht schon seine Begegnung mit dem Comes Avitian. Das Amt dieses Mächtigen war ein sehr hohes. Die deutschen Stämme bezeichneten mit dem Titel Comes später ihr Grafenamt, und so geschah es auch schon unter den

9

Merovingern in Gallien. Aber wir haben es hier mit einem Comes des römischen Kaisers zu thun, der, wo der Kaiser erschien, in seinem Hofgefolge und oft im vertrautesten Rathe war und im Namen des Kaisers viel Gewalt ausübte kraft seines Amtes. Nahe Verwandte des Kaisers waren stolz auf diese Würde. Seit Constantin dem Großen wurden die Comites oft in die Provinzen des Reiches gesandt mit der höchsten Militär- oder Civilgewalt[1]) für den ihnen zugewiesenen Kreis der Thätigkeit. Die Militär-Comites waren nach drei Rangstufen unterschieden, und die ersten unter ihnen wurden bei der nächsten Mehrung ihrer Würde unter die „erlauchten oder durchlauchtigen" Großen des Reiches aufgenommen. In den weiten und gefährlichen Grenzgebieten von der westlichen Schweiz bis nach den Mündungen des Rheines hin gegenüber den Alamannen und den Franken in den großen und schönen Provinzen, Maxima Sequanorum, den beiden Germanien und Belgien gab es im Jahre 366 nur Einen Comes, Carietto, der in demselben Jahre im Kampfe gegen die Alamannen fiel; und in der Folge finden wir dort zwei Comites[2]). Avitian mag ein Comes mit Militärgewalt gewesen sein; jedenfalls beschränkte sich seine Macht nicht auf die Stadt Tours[3]), sondern sie dehnte sich aus über die Hauptstädte (urbes) Galliens. Vielleicht würde ich auch nichts dagegen haben, wenn Jemand an einen Comes Largitionum per Gallias dächte, dessen Gewalt sich dann in Betreff des Handels und Steuerwesens, für Einnahme und Spenden des Kaiserlichen Schatzes, über Spanien, Gallien und Britannien erstreckte[4]). Genug, Avitian war ein großer Machthaber, der unter Umständen über Hab' und Gut, über Leben und Blut der

---

1) Severus erzählt bei Gelegenheit eines Gastmahls am Hofe des Kaisers Maximus, es seien zwei Comites, summa potestate praediti, zugegen gewesen. V. Mart. 23.

2) Ueber die Comites bietet Gothofred näheren Aufschluß in dem Commentar zum Cod. Theod. T. II. p. 100 ff. und p. 274 ed. Ritter.

3) Dupuy meint, dem Chalmel folgend, er sei „der erste Graf von Tours" gewesen. Das läßt sich nicht beweisen; Avitian hatte ein weites Gebiet als Amtskreis, in welchem viele große Städte, größer als Tours (urbes), gelegen waren.

4) Um das Jahr 400 bestätigt ein Gesetz der Kaiser Arcadius und Honorius, daß die drei genannten Gallischen Diöcesen einen Comes largitionum haben sollten. Vergl. Not. dign. in Part. Occid. p. 334 ff. ed. Boecking.

Bewohner des Landes gebieten und verfügen konnte. Ueberall, in allen großen Städten Galliens, wohin er kam, hinterließ er lautzeugende Denkmäler seiner Grausamkeit, ein Andenken der Schmach und Schande. So entsetzlich war sein Auftreten, daß Severus ihn mit einem reißenden Thiere verglich, welches von Menschenblut durch Erwürgung der Unglücklichen, die ihm in den Weg kamen, sich nährte [1]). Seine Barbarei und blutgierige Wildheit übertraf die Gewaltthätigkeit aller Tyrannen [2]). Schrecken ging vor ihm her und noch nach Jahren war Severus gewiß, daß sein Andenken unauslöschlich sei bei den Galliern, die erbebten, wenn sein Name genannt wurde, in der bloßen Erinnerung an seine Furchtbarkeit.

Eines Tages mußte sich nun die Stadt Tours entsetzen bei der Nachricht, daß der Comes Avitian seinen Einzug halte. Und welch' einen Anblick bot dieser Einzug dar! Ohne Zweifel hatte die Stadt Befehl, ihn im Schmucke und im Feierkleide zu empfangen. Doch wie paßte zu der festlichen Zierde sein Gefolge? Wohl hatte er das im Staatskalender vorgeschriebene glänzende Ehren- und Machtgefolge, aber es hatte ihm nicht genügt: hinter diesem wurden lange Reihen Gefesselter geschleppt, die ihres qualvollen Unterganges gewiß den Ausdruck eines Elends auf ihrem Angesichte zeigten, daß die Steine sich hätten erbarmen mögen. Erfinderisch in den Todesarten und Züchtigungen, befahl er verschiedene Folterwerkzeuge und Gerüste zu bereiten, um am folgenden Tage vor den Augen der erschrockenen Stadt ein entsetzliches Schauspiel aufzuführen. Das erfuhr an demselben Abende Martinus. Dieser eilte kurz vor Mitternacht zu dem Palaste, in welchem der Schreckliche seine Wohnung genommen hatte. Aber die Thore waren verriegelt, kein Zugang bot sich dar; im Innern schliefen Alle, ruhend in der Stille der tiefen Nacht. Da legte der Heilige sich hin vor die blutige Schwelle. Weitab in dem Prätorium lag Avitian. Ein schwerer Schlaf lastete auf ihm wie Grabesdruck. Es war nicht der sanfte Schlummer, welcher müde Augen schließt, damit der in Thaten der Nächstenliebe nicht rastende Geist Erquickung und neue Stärkung finde und vielleicht auch durch geheimnißvoll aufleuchtende Ahnungen himmlischen Lohnes getröstet

---

1) Dial. III. 8.
2) A. a. O. 5.

werde; ihn mochten in die dunkle Nacht die schrecklichen oder herz-
durchschneidenden Blicke und Verwünschungen oder Jammerlaute
der Unglücklichen begleitet haben, die er am folgenden Morgen
grausam zu martern beschlossen hatte. Und da er Ruhe suchte,
mochte in diese verwirrenden Bilder die milde aber für ihn drohende
Gestalt des heil. Martinus sich drängen. Allmählig war er in
einen betäubenden Schlaf versunken und wie begraben. Da, plötzlich
fühlte er einen schreckenden Stoß, wie von einem hastig herein-
stürzenden Boten, und da er auffuhr, vernahm er, wie die Stimme
eines Boten der anderen Welt, wie den tadelnden Ruf eines
Engels: „Der Diener Gottes liegt vor Deiner Thürschwelle,
und Du überlässest Dich hier der Ruhe?" Erschrocken und verwirrt sprang Avitian aus seinem Bette, rief seine Dienerschaft zusammen und schrie dann laut: „Martinus ist vor dem Thore,
lauft eilig und schließt die Riegel auf, damit der Diener
Gottes nicht Unbill erfahre!" Doch jene, wie nun einmal
die Natur der Sklaven ist, blieben dabei ziemlich theilnahmlos;
sie liefen zwar, so lange der Herr ihnen nachblicken konnte, dann
aber gaben sie sich keine Mühe, sahen draußen nicht ernstlich nach,
und nachdem sie nur eben über die Schwelle flüchtig hinausgeschaut,
kamen sie zurück mit der Meldung, daß Niemand vor der Thür
sei, und zugleich überzeugten sie den Avitian von der Unwahr-
scheinlichkeit, daß in unfreundlicher Nacht, — denn es war sehr
rauh — der Bischof vor seiner Thüre liegen solle. Da beruhigte
er sich und ging in sein Schlafgemach; die Sklaven aber entschä-
digten sich für die nächtliche Ruhestörung durch boshafte Scherze
über ihren Herrn, der albern genug sei, sich von Träumen necken
zu lassen. Doch kaum fühlte Avitian sich wieder von den schweren
Armen des bösen Schlafes umfaßt, als er heftiger noch aufgeschreckt
wurde. Von Neuem stürzte er hervor mit dem lauten Rufe:
„Martinus steht vor der Thüre!" und da die Sklaven ver-
stört noch unschlüssig waren, lief er selbst hinaus, und siehe da!
er hatte Recht! Er traf wahrhaftig vor seiner Thüre den men-
schenfreundlichen Bischof Martinus. Erschüttert durch den augen-
scheinlichen Erweis solcher Tugend, sprach der stolze Machthaber
voller Demuth: „Warum, Herr, hast Du mir das gethan?
Du brauchst kein Wort zu reden, ich weiß, was Du
verlangst, ich sehe, was Du suchst: geh', so geschwind

Du kannst, von hier, damit nicht der Zorn des Himmels mich verzehre, weil Du Unbill vor meiner Thüre erfahren; ach, ich habe schon genug deshalb gelitten! Glaube mir, daß mir Vieles angethan ward, eh' ich selbst hervorkam!" Da wandte sich der Heilige, der Gewährung seiner unausgesprochenen Bitte gewiß, und kehrte zurück in seine Zelle. Avitian rief sofort, noch mitten in der Nacht, die betreffenden Beamten und befahl, die Gefangenen sämmtlich in Freiheit zu setzen. Und gleich darauf, nachdem dies geschehen, verließ er selbst mit seinem ganzen Gefolge die Stadt, welche, freudig bewegt, dem milden Bischofe für die Befreiung von schwerem Leid Dank zu sagen hatte. Avitian machte kein Hehl aus diesem Vorgange, den er selbst z. B. einem Kriegstribun freimüthig erzählte. Er kam auch späterhin wieder nach Tours, wo er mit Martinus, obgleich er sein wildes Wesen noch nicht bezähmt hatte, wie er in anderen Städten dargethan, in vertraulichen Verkehr trat. Dieser erkannte bei ihm in seltsamem Gemisch entsetzliche Grausamkeit und Gutmüthigkeit, Frevel gegen Gottes Gebot und Gottesfurcht, so daß er einen in sich selbst keineswegs ganz verworfenen Menschen von einer bösen, dämonischen Macht beherrscht sah; und er dachte, wie er ihn geistig frei mache von solcher Fessel. Eines Tages nun trat er zum Besuche in sein Cabinet, wo Avitian saß, blieb aber beim Eingange stehen und, scharfen Blickes hinter ihn schauend, blies er Etwas an. Der Comes meinte, er werde von ihm so angesehen und angeblasen. „Was starrst Du mich so an, heiliger Mann!" rief Avitian. „O nein," sagte Martinus, „nicht Dich, sondern den Häßlichen, der Dir auf dem Nacken saß". Dies machte auf Avitian einen so heilsamen Eindruck, daß er von Stunde an sanfter und milder wurde und den bösen Dämon, der ihn zur Grausamkeit und Schändlichkeit getrieben, ernstlich und mit Erfolg bekämpfte. Seine fromme Gemahlin, die den h. Martinus verehrte, wie die früher erwähnte Oelsegnung beweist, war ihm dabei gewiß mit Freuden behülflich.

Aber der h. Martinus wußte nicht blos mit den Mächtigen, die im Namen des Kaisers das Reich regierten und vertheidigten, umzugehen, sondern auch mit dem Kaiser selbst. Der erste, dem er als Bischof untergeben war, hieß Valentinian, und war der Aeltere dieses Namens, der das abendländische Reich beherrschte, während er über das morgenländische seinen Bruder Valens, den er zum Mitkaiser erhoben, gesetzt hatte. Das Jahr, in welchem Martinus Bischof von Tours geworden, ist uns nicht genau überliefert; aber es fällt nicht früher als 366 und nicht später als 375. Wir wissen, daß er nach seiner Erhebung zum Bischofe Gallien nicht mehr verließ, wohl aber gleich in den ersten Tagen seines Episcopats an den kaiserlichen Hof zu einem Besuche kam. Nun war der Hof, wie die Erklärung der Gesetze sagte, wo der Kaiser war. Der Besuch des h. Martinus fällt also in die Zeit, wo dieser sich in Gallien aufhielt. Das war freilich eine Reihe von Jahren hindurch der Fall. Valentinian kam nämlich als Kaiser zuerst nach Gallien gegen das Ende des Monats Oktober 365, so daß er Anfangs November Paris erreichte. Die beiden folgenden Jahre war er meist in Rheims, seit dem Jahre 368 aber hielt er in der Regel zu Trier seinen Hof; nur im Jahre 373 und im Anfange des Jahres 374 war er wieder zu Mailand. Er war aber während seines Aufenthaltes in Gallien häufig an den Rheingrenzen im Felde gegen die Feinde seines Reiches. Am wahrscheinlichsten ist es nun, daß Martinus den Hof des Kaisers Valentinian zu Trier besuchte, und zwar innerhalb der Jahre 368 und 372, innerhalb welcher er dann auch, wenn's so richtig ist, Bischof geworden ist.

Severus erzählt uns nun, er habe alsbald zur Zeit, da er Bischof geworden, eine bringende Veranlassung gehabt an den Hof zu gehen; Kaiser sei aber damals Valentinian der Aeltere gewesen. Dieser Kaiser, ebenso hochfahrend und unbeugsam als hochherzig, von Natur edel, aber hart und unsanft geworden in den unablässigen Kriegen mit den Barbaren, war gegen ihn verstimmt. Die Verstimmung hing zusammen mit den arianischen Händeln. Er selbst hatte zwar unter Kaiser Julian Bekennermuth bewiesen für das Christenthum, welches er liebte; aber dogmatischer Streit und vor Allem Streitsucht der Theologen war ihm verhaßt. Er war katholisch und schützte die katholische Kirche gegen seinen arianischen Bruder Kaiser Valens; doch übte er weitherzige Toleranz gegen die Arianer, sofern diese nicht Propaganda machten und nicht die bischöflichen Stühle verlangten, sondern allein Gewissensfreiheit. Seine Gemahlin war selbst, wie Severus berichtet, Arianerin, nicht die erste, Valeria Severa, sondern Justina, die zweite. Aus Politik und aus Liebe wünschte daher der Kaiser keine heftige Bewegung gegen die Arianer. Der h. Hilarius war ihm gegen Aurentius im Jahre 364 zu Mailand nicht nachsichtig genug gewesen. Dies hatte Valentinian unangenehm berührt. Da er nun ohne Zweifel erfuhr, daß Martinus und Hilarius wie Ein Herz und Eine Seele seien, so konnte er schon deshalb gegen den Ersteren verstimmt sein. Es war aber auch Martinus ein Mann der Milde, der Verzeihung und Versöhnung, Valentinian dagegen ein Mann des summum ius, der äußersten, starrsten Gerechtigkeit, der er diente, als sei sie um ihrer selbst willen da und als sei in ihrer Verwirklichung der Weltzweck erreicht, wenn auch die Welt darüber zu Grunde gehe. Dieser ließ der peinlichen Gerechtigkeit immer ihren vernichtenden Lauf, jener stellte ihr gern den Engel der Barmherzigkeit in den Weg. So konnte leicht auch aus solchem Gegensatze dem Kaiser eine Verstimmung gegen den Heiligen von Tours wie ein trüber Nebel aufsteigen.

Jene „dringende Veranlassung" oder Pflicht[1]), welche Martinus, bald nachdem er Bischof geworden, an den Hof führte, konnte ihm nun daraus entsprungen sein, daß er nach dem Tode des h. Hilarius Führer Derer geworden, die diesem gefolgt waren. Und es scheint in der That der Hinweis des Severus auf die Arianische Kaiserin hierfür zu sprechen. Martinus hätte also wohl des Kaisers Fürsorge für die katholische Lehre, das heißt seine Hülfe gegen Arianer in Anspruch genommen. Allein dagegen spricht, daß bereits im Jahre 364 durch Hilarius der Episcopat Galliens der Lehre von der Gottheit Christi völlig zugewandt war. Und daß es in dem nächsten Jahrzehend so geblieben, dafür dürfte die Synode zu Valence sprechen, welche im Jahre 374 gehalten wurde; denn dieselbe weiß nichts von dogmatischen Streitigkeiten und handelt nur von Disciplinarsachen. Es ist daher wahrscheinlicher, daß ein Friedenswerk anderer Art, ein Gnadengesuch für Unglückliche, welche der eiserne Arm Valentinians erdrücken wollte, den sanften Bischof in's Hoflager trieb.

Valentinian erfuhr, daß er komme, der vom Volke Gefeierte, wußte weshalb, war entschlossen Nichts zu gewähren und wurde

---

1) Necessitas — Gewissenspflicht; denn weder von einer durch die Gesetze auferlegten noch von einer physischen Nöthigung kann nach dem Zusammenhange die Rede sein.

sehr ungnädig. Da gab er Befehl, ihn nicht vorzulassen und von seinem Palaste durchaus fern zu halten und abzuwehren. Martinus kam an, wurde abgewiesen, einmal und zum zweiten Male. Ihm entsank der Muth nicht; er griff zu dem Mittel, daß sich immer wirksam erwiesen und in jeder Noth seine Zuflucht war, d. h. er hüllte sich in Sack und Asche, aß und trank nicht mehr und betete ohne Unterlaß Tag und Nacht. Am siebenten Tage dieser beharrlichen Bitten, womit er den Himmel bestürmte, stand plötzlich vor seinem Geiste ein Engel, der ihm befahl, nur unbesorgt zum Palaste zu gehen, die Riegel der Kaiserlichen Thore würden sich von selbst erschließen, der hochfahrende Sinn des Kaisers sich besänftigen. Muthvoll, auf den himmlischen Beistand bauend, eilte er nach dem Palaste. Und siehe! Die Thore stehen weit offen, Niemand tritt in den Weg, und Martinus dringt ungehindert vor bis in den weiten Saal des Kaisers, wo dieser auf seinem Kaiserstuhle saß. Als Valentinian ihn von ferne eintreten sah, gerieth er in heftige Aufregung, forschend, wer ihn eingelassen. Aber unbeirrt schritt der Heilige bis in seine Nähe. Da ward's ihm angethan, es war, wie wenn ein Feuer ihn nöthigte, daß er aufsprang; aber es war nicht mehr die Flamme des Zornes, die es ihm heiß machte, sondern — er wußte nicht, woher sie kam — die Gluth heiliger Verehrung und Liebe. Aufspringen und Umarmen: das war ein Moment. Wie war es doch gekommen? Er wollte dem Bischofe von Tours ja Verachtung zeigen! Es war eine göttliche Macht, der er zum Besseren folgte. Nachdem Valentinian in langer und inniger Umarmung den Geist des h. Martinus eingeathmet, wartete er nicht mehr auf seine Bitten, sondern er gewährte Alles, eh' er darum gebeten wurde. Nun hielt er ihn noch eine Zeit lang bei sich, hatte häufig vertrauliches Zwiegespräch mit ihm, zog ihn zu seiner Tafel und schließlich, als der Abschied kam, bot er ihm viele Geschenke dar, die der Heilige freilich, als treuer Bewahrer frommer Armuth, sämmtlich ablehnte.

V.

Die Kaiser in Gallien. — Martinus gehorcht der Obrigkeit, die da ist.

Wenn das Recht grausam war oder die Macht statt des Rechtes galt, wenn die Inhaber der obrigkeitlichen Gewalt, die von Gott ist, heidnisch handelten, als wären sie ohne Gott, so daß das Herz des h. Martinus blutete, dann empörte er sich nicht, dann vergaß er nicht seiner Unterthanenpflichten. Er kämpfte für humanes Recht und für das Gesetz der christlichen Milde durch Gebet und Liebe. Valentinian erkannte dies, und fortan liebte er ihn, wie einen der Getreuen. Auch mit Gratian, dem jugendlichen Kaiser, hielt er treu, und wie gut er es gemeint, zeigte er zur Zeit der Prüfung. Das verhielt sich nämlich also. Gratian, der Sohn der Kaiserin Severa, war geboren im Jahre 359 am 18. April. Unter dem mächtigen und stolzen kaiserlichen Vater, dessen Kriegsthaten in jedem Jahre neu hervorglänzten, wuchs er auf in vornehmer Gesinnung, sich freuend an kühnen und edlen Gedanken. Den schönen, herrlich aufblühenden Knaben sah der Kaiser Valentinian mit wahrer Innigkeit der väterlichen Liebe an, aber auch mit aller Hoffnung des fortdauernden Herrscherruhmes seines Hauses. Mit der Sorgfalt der Liebe und des edlen Ehrgeizes leitete er daher die Erziehung des reichbegabten Sohnes. Die anerkanntesten Meister in Kunst und Wissenschaft gab er ihm als Lehrer und Erzieher. Daß er seine religiöse Bildung vernachlässigt habe, wie man behauptet hat [1]), ist nicht bewiesen, und sowohl die Liebe des kaiserlichen Vaters zum Christenthume, wie Gratians Leben und Streben sprechen dagegen. Wäre immerhin Ausonius, sein einflußreicher Lehrer, dessen Dichterruhm man nach den Forderungen seiner Zeit beurtheilen muß, ein Heide gewesen: er würde es nicht gewagt haben, am Hofe Valentinian's dem kaiserlichen Prinzen das Christenthum zu tadeln. Auch war Ausonius ja nur in Demjenigen der Lehrer,

---

1) Memoires de l'Academie des Inscriptions., T. XV. p. 125 — 138, welcher unberechtigten Annahme auch Gibbon folgt.

worin er glänzte. Da es fest steht, daß Gratian mehrere hervor-
ragende Lehrer, Meister in ihrem Fache hatte, so empfiehlt sich ja selbst-
verständlich die Annahme, daß ein Bischof den Religions-Unter-
richt und die religiöse Erziehung des Prinzen leitete; denn damals
waren die Bischöfe nicht blos vermöge ihres Amtes die berufenen
ersten und obersten Lehrer der unverfälscht zu überliefernden
geoffenbarten Wahrheit, sondern unter ihnen waren auch die ausgezeichneten wissenschaftlichen Theologen, welche voll
Geist und Sinnigkeit das gute Wort Gottes anschaulich und verständlich zu machen wußten.

Die Erziehung gelang; der Knabe wurde des Vaters Stolz
und Freude. Wissen und Können der Meister fand man nach
Maßgabe des Alters in dem Prinzen wieder. Das Heer stimmte
gern zu, daß Valentinian, der Kaiser, den es selbst erwählt, der
nach ruhmreichen Thaten voll Herrscherglanz im höchsten Ansehn
stand, im Jahre 367 seinen geliebten, schönen Knaben schon zum
Mitkaiser erhob. Es war am 24. August — Gratian zählte 8 Jahre,
4 Monate und 6 Tage — als der Vater zu Amiens unter Zu-
jauchzen des Heeres mit Purpur und Diadem ihn bekleiden ließ
und mit dem majestätischen Titel Augustus schmückte. Fortan
erscheint der Name Gratian in der officiellen Reichsregierung neben
den Kaisernamen Valentinian und Valens. Kaum zum Jünglinge
herangereift, heirathete er eine Enkelin des großen Kaisers Constantin, so daß er auch Miterbe des Ruhmes und der Ansprüche
des Flavianischen Herrscherhauses wurde.

Sein Vater starb ihm zu früh. Maximin, der Gallische
Präfekt und Günstling, hatte seinem Sohne Marcellin die Statt-
halterschaft der Pannonischen Provinz Valeria zwischen der Donau
und Drau erbeten, und seine Bitte war gewährt worden. Dieser
Uebermüthige, vom Glück Emporgetragene hatte dann, gastliche
Gesinnung erheuchelnd, den König der Quaden, Gabinius, zu
sich gelockt und ihn meuchlings ermorden lassen, mitten im Frieden,
worauf die Quaden mit den Sarmaten, ihren Bundesgenossen —
es war im Jahre 374 — in Pannonien verwüstend eingefallen
waren. Da zog Kaiser Valentinian im Frühlinge des Jahres 375,
von Trier aufbrechend, mit Heeresmacht nach den Illyrischen Provinzen, gab der Friedensbotschaft der Sarmaten kein Gehör, bestrafte
nicht die Mörder des Königs Gabinius, ging über die Grenze

und suchte in einem entsetzlichen Verheerungszuge das Gebiet der Quaden heim, bis der Winter ihn einzuhalten nöthigte. Er war noch nicht befriedigt, bezog nur Winterquartiere zu Bregetio an der Donau (wahrscheinlich Szöny, 5³/₄ M. v. Gran) und wollte im nächsten Frühjahre das schreckliche Recht der Wiedervergeltung zu üben fortfahren. Hier erlangte eine demüthige Friedensgesandt-schaft auf Bitten des Kriegsobersten von Illyrien, der Equitius hieß, Audienz. Die Gesandtschaft erwähnte gar nicht des Mordes ihres Königs, sondern schwur auf den Knieen, der Einfall in Pannonien sei von einigen Räubern gegen die Stimme des Volkes gemacht worden. Aber Valentinian ließ sich nicht besänftigen; sein Auge entflammte, er entfärbte sich im Zorne: da zersprang ein Blutgefäß in seiner Brust, und sprachlos sank er hin; nach wenigen Minuten war er todt. Dies geschah am 17. November 375. Gratianus weilte zu Trier. Die Feldherren Mallobaudes und Equitius, Meister der Situation, riefen eiligst des Kaisers zweite Gemahlin Justina mit ihrem vierjährigen Sohne Valentinian von ihrem etwa 100 römische Meilen entfernten Palaste in's Lager, wo sie am 22. November anlangte und auf ihren Armen das Kind mit Purpur und Diadem bekleiden und mit dem Titel Augustus begrüßen ließ. Gratian nahm die Kunde hiervon mit weiser Milde und Mäßigung auf. Er fand es ganz natürlich und sah in dem Kinde seinen Bruder und nicht seinen Nebenbuhler. Seiner Stief-mutter rieth er, in dem schönen Oberitalien zu Mailand Residenz zu nehmen mit seinem Mitkaiser, er wolle die gefährlichen Grenz-lande von Gallien aus vertheidigen. Deß war die Kaiserin Justina froh und zufrieden. Jene Feldherren durften mit ihrem Plane, den sie gehegt, nicht weiter hervortreten. Gratian war nun doch faktisch der Alleinherrscher des Abendländischen Reiches. Die Gesetze der drei folgenden Jahre, welche er von Trier und Mainz aus erließ, zeigen dies deutlich. Nach dem Falle seines Oheims, des Kaisers Valens, in der blutigen und unglücklichen Schlacht bei Hadrianopel, war er fünf Monate Alleinherrscher für beide Reiche, d. h. faktisch. Dann erhob er den Spanier Theodosius, den er an seinen Hof beschieden, zu Sirmium auf den Thron des morgen-ländischen Reiches im Jahre 379. Nach dieser That regierte Gra-tian noch vier Jahre mit Valentinian II. das abendländische Reich, während Theodosius über das morgenländische Kaiser war. Dieser nahm am 17. Januar 383 seinen Sohn Arcadius als Augustus und Mitregenten zu Constantinopel sich zur Seite. —

Wie mag nun wohl das Verhältniß des h. Martinus zu dem jugendlichen Kaiser Gratian gewesen sein? Sein legitimer Kaiser war dieser jedenfalls. Daher war ihm Martinus unterthan. Ob er ihm aber mit Verehrung und Liebe angehangen? Das wird bedingt gewesen sein durch den persönlichen Charakter des Herrschers und durch sein Verhalten zur Kirche und ihren Bischöfen. —

Gratian war ein ebenso kraftvoll als anmuthig und edel gestalteter Jüngling, der an Geist und Leib harmonisch sich entwickelt hatte. Man sagt freilich: „Seine scheinbaren Tugenden waren nicht die festen Erzeugnisse der Selbstentwickelung und des widrigen Geschicks, sondern die künstlichen und vorreifen Früchte einer königlichen Erziehung." Er stand unter der Leitung der „geschicktesten Meister der Kunst und Wissenschaft." „Gratian's weiche und biegsame Gemüths=Beschaffenheit nahm den schönen Eindruck ihres einsichtsvollen Unterrichts bereitwillig auf; und die Abwesenheit von Leidenschaft konnte leicht für Stärke der Vernunft gehalten werden" (Gibbon). Das heißt wohl: Gratian war kein gesunder Sohn aus einer noch urkräftigen Pannonischen Familie, kein blühendes Menschenkind, in dessen lebensvollem Herzen die einander widerstrebenden Eindrücke von Außen Kampf erregen; er war auch kein Marmorblock, aus dem die Künstler mit Macht ein Bild gestalten, das nur gewaltsam zertrümmert werden kann, sondern ein Stück Wachs, in welches die bildenden Meister mit weichem Finger Figuren eindrücken, die, sobald die Künstler ihrem Gebilde den Rücken zuwenden, sich von selbst verwischen. Aber das ist gänzlich falsch: so war Gratian nicht, so hat ihn auch keiner der Zeitgenossen geschildert, so sah ihn nur nach vielen Jahrhunderten Gibbon's unpsychologischer Blick. Gratian's ungewöhnliche Stärke und Gewandheit in körperlichen Uebungen und im Gebrauche der Waffen sind nicht ohne kräftige Sinnlichkeit und leibliche Lebens= fülle gewesen, so daß Keuschheit und Sanftmuth, worin er sich aus= zeichnete, allerdings als in selbstbewußtem Kampfe errungene Tu= genden an ihm erscheinen. Er war aber zugleich ein intelligenter Jüngling: er wußte seine klaren Gedanken mit anerkannter Beredt= samkeit vorzutragen, war in der classischen Literatur bewandert, und die Gelehrten bewunderten seinen Geschmack. Die Wahrheit

der chriſtlichen Religion liebte er, und ihr Verſtändniß ſuchte er
ernſtlich zu erwerben. Als er im Jahre 378 im Begriffe ſtand,
ſeinem arianiſch geſinnten Oheim Valens mit einem Kriegsheere
wider die Gothen zu Hülfe zu ziehen, erbat er ſich von dem heil.
Ambroſius, dem Metropoliten von Mailand, einen Unterricht im
Glauben, insbeſondere in Betreff der allerheiligſten Dreieinigkeit,
worauf der berühmte Biſchof eines ſeiner beſten Werke, die „fünf
Bücher vom Glauben“ für ihn ſchrieb. Und ſeiner religiöſen Erkenntniß entſprechend war ſeine wahrhaft bemüthige und innige
Frömmigkeit, die ihm Verehrung gegen die erleuchteten Biſchöfe,
durch die ſein Zeitalter glänzte, einflößte. Sein mildes und un-
beſchreiblich liebenswürdiges Weſen hatte nichts Gemachtes, nichts
Berechnetes, war kein bloßes äußeres Gewand fürſtlicher Klugheit
und weiſer Reflexion. Daher geſchah das Unerhörte, daß gerade ſeine
Vertrauten am meiſten ſeine Sanftmuth und Liebenswürdigkeit
bewunderten; je mehr man Gelegenheit hatte, ihn genau zu beobachten und je leichter man nach menſchlichem Ermeſſen in die Un-
gelegenheit kam, ſeine Geduld zu ermüden, deſto entſchiedener über-
zeugte man ſich, daß er ſanftmüthig war und von Herzen bemüthig.
Seine Herablaſſung zu dem Volke war in ihrem innerſten Grunde
ein wahres königliches Wohlwollen. Es war eine herrliche That
der Selbſtbeherrſchung und Selbſtverleugnung, die er in ſeinem
17. Lebensjahre vollbrachte, als er mit vollkommenſter Ruhe ſeinen
vierjährigen Halbbruder Valentinian als Mitkaiſer anerkannte. Es
war eine Heldenthat, welche der neunzehnjährige Kaiſer im Jahre
378 gegen die Alamannen vollbrachte, als er zwiſchen dem weiſeren
und ſicherern Feldzugsplane des beſonnenen Generals Nanienus
und dem mehr energiſchen des in ſeinen Dienſten ſtehenden und
im Jahre 377 von ihm zum General der kaiſerlichen Leibgarde
ernannten Frankenkönigs Mallobaudes wählend, dem letzteren folgte
und das Heer der Alamannen, deſſen König Priarius im Kampfe
fiel, bei Harburg (Argentaria) nicht weit vom Jll in der Nähe der
Stadt Colmar faſt vernichtete. Und es war der Zug eines Feldherrn-
Genie's, als er, den Sieg benutzend, bald darauf in das Innere
der Sitze der erſtaunten und erſchrockenen Alamannen nach unver-
muthetem Uebergange über den Rhein drang, ſo daß dieſe, von
Berg zu Thal, von Thal zu Berge fliehend, endlich von der Macht
und dem furchtloſen Heldenſinne des jungen Kaiſers überzeugt,

sich vollkommen bemüthigten und eine Anzahl ihrer tapfersten und schönsten Jünglinge als Geißeln stellten. — Aber sein Zug gegen die Ostgothen zu den Grenzen des morgenländischen Reiches war glorreicher als durch eine gewonnene Schlacht durch die Erhebung des Theodosius auf den Kaiserthron des Orients. Diese That ehrt Gratian vor Allem. Wir müssen sie näher in's Licht stellen, um sie zu würdigen. Theodosius, der Vater des ersten Kaisers dieses Namens, bedeckte sich mit Ruhm, als er in den Jahren 368 und 369 das römische Britannien durch seine Besonnenheit und Kühnheit, Einsicht und Tapferkeit, Kriegskunst und Thatenlust von den Cannibalen befreite, welche es überfluthet hatten und alles Culturleben mit rohem Fuße zertraten. Als Reiter = General an die Donau gesandt, war er ein schneller Sieger über die Heeresmacht der Alamannen, bald auch hier Gegenstand der allgemeinen Bewunderung. Unterdessen war es in Africa, bei der Schreckensherrschaft des Comes Romanus, der durch Ungerechtigkeit, Lüge und Grausamkeit alle Gemüther erbitterte, dem Brudermörder Firmus, einem der zahlreichen Söhne des Maurischen Fürsten Nabal, gelungen, sich zum Tyrannen, d. h. zum eigenmächtigen Beherrscher der Provinzen Mauritanien und Numidien zu machen und die ganze römische Herrschaft, welche seit Scipio Aemilianus (a. 145 v. Chr.) so ruhmvoll behauptet worden war, in Frage zu stellen. Denn er dachte daran, ein Mauritanisches Königreich aus jenen Provinzen herzustellen. Aber Kaiser Valentinian sandte ihm (i. J. 373) den Helden Theodosius — Romanus war nur ein Zwingherr der Unterjochten — mit einer kleinen aber auserlesenen Schaar entgegen. Die Botschaft: „Theodosius ist zur Jgilgili (jetzt Jigeli oder Gigeri im Königreiche Algier) gelandet!" reichte hin, den Firmus, trotz der Waffen und Schätze, die ihm zur Verfügung standen, vor der offenen Schlacht zurückzuschrecken. Aber jenen zierte nicht blos das Genie des Feldherrn, und die Unerschrockenheit des Helden, sondern auch Welterfahrung und Weisheit, so daß des Africaners Schlauheit und Bestechungskunst ebenso vor ihm zu Schanden wurden, wie das Rebellenheer kraftlos. Die scheinbare Unterwerfung täuschte ihn nicht und die geheime Verschwörung blieb ihm nicht verborgen. Auch die unabhängigen Völkerschaften deckten den Firmus nicht; Barbarenheere von mehr als 20,000 Mann jagte Theodosius mit 3 bis 4000 seiner Getreuen in wilde Flucht; die ermüdenden Gätulischen Ebenen schützten den Tyrannen nicht vor der Verfolgung und die Thäler, Schlupfwinkel und Höhen des Atlas gewährten ihm kein Asyl. Endlich kam der unerschrockene Theodosius auch in das weite Reich der Isaflenser zu dem Könige Igmazen, der mit dem Uebermuthe eines bis dahin siegreichen Wilden ihn fragte: „Wie heißest Du und was willst Du?" Als er aber in würdevoller Festigkeit erwiderte: „Ich bin der Feldherr des Valentinian, des Herrn der Welt, der mich hierher gesandt hat, um einen schändlichen Räuber zu verfolgen und zu bestrafen. Ueberliefere denselben sofort in meine Hände! Sonst sei gewiß, daß Du, wenn Du den Befehlen meines unüberwindlichen Herrschers nicht gehorchest, mit Deinem Volke gänzlich ausgerottet werden wirst:" — da erschrak jener König und lieferte den Firmus aus, der in der folgenden Nacht sich durch Erhängen das Leben nahm. In die römischen Provinzen zurückgekehrt, fand der triumphirende Theodosius nur freudige Aufregung und dankbare Gesinnung, zumal, da er den Romanus, der seiner Würde vorläufig enthoben war, sorgfältig, wenn auch ohne Härte, bewachen ließ, während schwere Anklagen gegen denselben untersucht wurden. Bei der offenkundigen Lage der Dinge, in welcher die Verbrechen des Romanus nicht bemäntelt werden zu können schienen, war das Volk des gerechten Ausgangs gewiß. Der große Feldherr wurde als Befreier von zwei Tyrannen begrüßt: Theodosius stand auf der Höhe seines Ruhmes und seines Glückes. Um seine Freude voll zu machen, zeichnete auch sein Sohn, der gleichen Namen führte, sich ungewöhnlich aus. Dieser junge Spanier, überaus talentvoll, von guten Meistern der Wissenschaft gebildet, aber von seinem großen Vater in der Kriegskunst geübt, eines gleichen Looses hierin sich erfreuend wie die Helden Alexander und Hannibal, erprobte sich gegen die Skoten, Sachsen und Mauren. Und als nun sein Vater in Africa so glorreich dastand, wurde er, ein Jüngling, dem kaum noch etwas Flaum um das Kinn wuchs, Herzog, d. i. Feldherr der Truppen in Mösien, schlug die Sarmaten und wurde als Retter der Provinz geehrt, während seine Soldaten ihn liebten und bewunderten. Aber es stürzten Vater und Sohn jählings von ihrer neiberregenden Höhe. Zu ihrem Unglück starb der Kaiser Valentinian. Eh noch Gratian den rechten Ueberblick der Verhältnisse und Personen hatte, im Jahre 376, wußte Romanus, von dem mächtigen Mallobaudes begünstigt, durch Advocaten = Künste, aber auch durch Lug und Trug seinen Proceß zu

wenden, daß er die Freiheit wieder gewann, der große, ruhm=
bedeckte, gerechte und eble Theodosius aber zu Carthago wie ein Hoch=
verräther schmachvoll enthauptet wurde. Es geschah dies zwar im
Namen des Kaisers Gratian, aber dieser scheint von dem Frevel
doch erst Kunde erhalten zu haben, als derselbe vollbracht war.
Es war übrigens der Ruhm des Theodosius so groß, und er selbst
war des Thrones so sehr werth, daß sich leicht die Verleumbung
verbreiten ließ, er greife nach dem Purpur. Voll Trauer in bitterster
Enttäuschung nahm der junge Dux von Mösien, der herrliche Jüng=
ling Theodosius seinen Abschied und zog sich in seine Heimath nach
Spanien ins Privatleben zurück. Sein väterliches Erbe in Anda=
lusien war reich. In der fruchtbaren Gegend zwischen Valladolid
und Segovia lagen seine Güter, und seine Vaterstadt war vielleicht
Italica, das heutige Sevilla la Vieja, Geburtsort der Kaiser Trajan
und Hadrian, wahrscheinlicher aber Cauca. Der Adel der Ge=
sinnung des jungen Theodosius ließ nicht zu, daß sein Unglück ihn
gegen die Menschen überhaupt unfreundlich machte; mit dem that=
kräftigsten Wohlwollen benutzte er seine sociale Stellung und mit
einsichtsvoller Energie und Neigung verwaltete er seine Güter.
Stadt und Land liebte er, und von Stadt und Land wurde er
geliebt. Aber für das große Weltreich war er nun doch wie gestorben;
nach kurzer Zeit mochte kein Staatsminister oder Feldherr mehr
seiner gedenken, weil keiner in ihm mehr den Nebenbuhler fürchtete. —
Es war im Januar des Jahres 379, als Kaiser Gratian
auf seinem Zuge nach den Ebenen von Hadrianopel erfuhr, daß
sein Oheim Valens, der Kaiser des Orients, Schlacht und Leben
verloren habe. Gratian stand in seinem zwanzigsten Lebensjahre,
hatte schon Heldenruhm und konnte nun leicht als Kaiser des
ganzen unermeßlichen Reiches auftreten. Allein er dachte weise
und beschloß, dem morgenländischen Reiche einen neuen Kaiser zu
geben, der ein Held sein sollte zum Schrecken und zur Demüthigung
der siegreichen Gothen. Ahnungsvoll harrten die Großen des
Reiches der verhängnißvollen Kundgebung des kaiserschaffenden
Willens. Wer von den ihn umgebenden Fürsten unter den Feld=
herren und Staatsministern wird der Glückliche sein? Unter den
Vielen, welche sich diese Frage stellten, mochten nicht Wenige von
eigener Hoheit und Hoffnung träumen. Wäre der muthige Jüng=
ling, der Kaiser Gratian ein abhängiger Charakter gewesen und

in seinen Talenten von einer „natürlichen Mittelmäßigkeit", so
hätte er einen Equitius oder Mallobaudes oder auch Nanienus
oder sonst Einen der Mächtigen, unter dessen Einfluß er gestanden,
mit dem Purpur geschmückt. Aber er suchte unabhängig den Besten,
und der weise Blick des jugendlichen Kaisers ging über Hof
und Heer hinaus, frei von allen Eindrücken der Umgebung und
des gegenwärtigen Verdienstes, zu dem der Hoheit und des stolzen
äußeren Glücks entkleideten in friedlichem Thuen verborgenen Theodosius in Spanien, den er schleunigst an seinen Hof berief und
fünf Monate nach dem Tode des Kaisers Valens als Kaiser des
Orients dem erstaunten aber jauchzenden Heere zu Sirmium im
Purpur des Augustus vorstellte. Selten war wohl Einer des
Thrones würdiger wie Theodosius; mochte das Volk zunächst sich
freuen voll Verwunderung „an der männlichen Schönheit seines
Angesichts" und „an der anmuthsvollen Majestät" seiner ganzen
Erscheinung: es war dies nur ein schwacher Wiederschein der inneren Hoheit und des Seelenadels. Bald glänzte er im ganzen
morgenländischen Reiche als unüberwindlicher Held, und sein Name
wurde auch gesegnet von der Kirche. Seine Siege sicherten nicht
nur die Grenzen des christlichen Orients, sondern gaben auch durch
die allgemeine Furcht der Barbaren den Grenzen des abendländischen
Reiches mehr Ruhe. Für alles Große, was Theodosius, der auch
erst dreiundbreißigjährige Kaiser, that, war man auch dem Kaiser
Gratian dankbar.

Die katholische Kirche begann eine neue, blühende Periode,
der Arianismus hatte seine weltliche Stütze, die ihn gehalten, verloren. Gratian und Theodosius, selbst unterrichtet in der Wahrheit,
sorgten auch eifrig für den Unterricht ihrer christlichen Unterthanen.
Auf beide schauten die Bischöfe mit wahrer Freude; die Frömmigkeit
Gratians war rührend in ihrer vollendeten Demuth. Durch ein
strenges Staatsgesetz verpflichtete er die Christen, sich in der Wissenschaft des göttlichen Gesetzes unterrichten zu lassen; die Verletzung
desselben sollte durch die Unwissenheit keine Entschuldigung finden.
Aber milde war er in der Beurtheilung des Genusses erlaubter
Freuden; auch das Wohlgefallen an heidnisch-classischer Formen-
schönheit schien ihm kein Unrecht. Sein Lehrer, der Dichter Ausonius, war in seiner Poesie der Form nach so heidnisch, daß ihn
Viele in späterer Zeit, die nur seine Schriften kannten, für einen

Heiden gehalten haben. Er wurde aber nicht bloß Präfekt von Italien und dann von Gallien, sondern Gratian machte ihn im Jahre 379 sogar zum Consul. Gratian selbst liebte etwas über's Maß die Jagd. Seine Virtuosität in der Zureitung wilder Pferde, seine Bogenschützenkunst und seine Gewandtheit im Spießwerfen kamen ihm dabei herrlich zu Statten. Weite Forsten ließ er zu Thiergehegen einzäunen. Darin weilte er manchen Tag, den kühnsten und gewandtesten Jäger in seinem Gefolge stets übertreffend, ein Schauspiel der Menge gewährend, das diese an die Zeiten des Nero und Commodus erinnerte. Aber die denkenden Schriftsteller der Zeit weisen auf die Gedankenlosigkeit dieses Vergleiches des keuschen, in Allem sonst das züchtige Maß haltenden Kaisers Gratian mit jenen dem sittlichen Verbrechen fröhnenden Herrschern hin, und bemerken, daß bei ihm von Blutdurst, es sei denn mit Beziehung auf das Wild des Waldes, keine Rede war. Nur der Aufwand und das Gepränge bei den Jagden weckte die Vorstellung von den Zeiten jener üppigen Kaiser. Der siegreiche Zug gegen die Alamannen im Jahre 378 und die Erhebung des Theodosius auf den Thron des morgenländischen Reichs im Januar 379 hatten ihm einen mehrjährigen Frieden gesichert, und sein Jagdvergnügen hätte ihm nicht geschadet, wenn nur nicht der Neid des Heeres erregt worden wäre. Aber Jägergewandtheit und Kühnheit brachte die Alanen in die Gunst des Kaisers, welcher sich aus ihnen eine bevorzugte Garde bildete, die in den Jagden und Forsten ihn umschwärmte, während er selbst im Scythischen Kriegscostüm die verwegenen Jagdabenteuer aufsuchte. Da murrten die Männer der römischen Civilisation im Heere, das, nicht hinlänglich beschäftigt, in seinen Lagerplätzen leicht zur Unzufriedenheit und selbst zum Aufstande zu verleiten war.

Als im Januar des Jahres 383 Theodosius seinen Sohn Arcadius zum Mitregenten und Augustus erhob, gab es vier Kaiser, zwei im Orient und zwei im Occident. In dem letzteren hatten Gratian und Valentinian II. das Reich so getheilt, daß dieser über Italien, Illyrien und Africa, und jener über Gallien, Spanien und Britannien Kaiser war.

In demselben Jahre nahm der Spanier Maximus in Britannien eigenmächtig sich den Kaiserpurpur, und fiel, von den Verräthern allseitig unterstützt, in Gallien mit seinem Heere ein.

Gratian wurde zu Paris durch Verrath von seinen Truppen verlassen; die Flucht gelang ihm hier zwar, aber er wurde am
25. August, durch neue Verrätherei hingehalten, auf Befehl des
Reitergenerals Anbragathius ermordet. Ein Gesandter des Maximus
zu Constantinopel, ehrwürdigen Ansehens, bezeugte die Unschuld des
neuen Hauptes der drei westlichsten Länder des Reiches an dem Morde
des edlen Fürsten, und die Lage der Dinge nöthigte dem erschüt-
terten Theodosius ein Bündniß ab, wonach Valentinian II. Kaiser
von Italien, Illyrien und Africa blieb, dem Kronräuber aber die
Anerkennung für Gallien, Spanien und Britannien zu Theil wurde.
Zu Trier errichtete Kaiser Maximus seinen Thron, für die nächste
Zeit wohl stark genug und in aller Pracht und Herrlichkeit.

Auch die Bischöfe Galliens versetzte der unerwartete Fall Gratians in Trauer und Entrüstung. Aber sie sahen sich noch mehr
genöthigt, wie Theodosius, die vollbrachte Thatsache zu bedenken,
und sie beugten sich vor der neuen Majestät. Mehrere derselben
erniedrigten sich sogar, ihrer bischöflichen Würde, die hohen und
gerechten Sinn fordert, nicht achtend, zur schimpflichsten Schmeichelei,
und Maximus seinerseits bemühte sich ernstlich um ihren Beifall,
indem er namentlich als Beschützer des katholischen Glaubens vor
ihnen glänzen wollte. Es war freilich nicht schwer zu begreifen, daß
dies Politik sei; denn er suchte sich ebenso die Juden zu gewinnen,
für die er so günstige Gesetze erließ, daß die Christen sagten:
„Dieser Kaiser ist ein Jude geworden!" Den Heiden verhieß er
ebenfalls ihren freien Cult nnd selbst die Herstellung des Altars
der Victoria auf dem Capitolium. Nur ein Gallischer Bischof
fand sich nicht sogleich in die Situation, und dies war gerade der
populärste und mächtigste, der Bischof von Tours, Martinus.
Er hatte von Maximus anfangs kein anderes Bild als das eines
Kronräubers und Mörders. Und wenn er sich auch von den
politischen Dingen als solchen gänzlich fern hielt, dem neuen
Kaiserhofe keine Revolution bereitete und um so leichter der ruhigen
Ertragung des Wechsels sich hingab, als Maximus die von Gratian
erlassenen heilsamen Gesetze auch seinerseits zu bestätigen und zu
halten versprach, so war er doch weit davon entfernt, durch persönliche Annäherung und freundschaftlichen Verkehr den tiefen
Schmerz über das Unglück Gratian's und den Verlust der Kirche
an ihm zu verleugnen und das Ansehen des neuen Kaisers positiv

zu heben. Maximus aber wußte sehr wohl, wie viel seine Herrschaft in Gallien an Popularität und Volksgunst gewinnen würde durch die Freundschaft mit dem wunderthätigen Bischofe von Tours. Er suchte daher in Allem dem Martinus zu gefallen, ließ ihm seine Verehrung und sein Wohlwollen kund werden, lud ihn an den Hof und zur kaiserlichen Tafel ein, und wenn er immer wieder eine ablehnende Antwort erhielt, so wurde er weder zornig noch in seinen Versuchen müde. Martinus gehorchte der Obrigkeit, die thatsächlich die Herrscherautorität in seinem Lande repräsentirte, aber die Annahme von persönlichen Höflichkeiten und die höfische Unterwürfigkeit, wie sie bei der kaiserlichen Tafel üblich war, schienen ihm nicht in das Kapitel seines Unterthanengehorsams zu gehören. Es geschah freilich, daß an den frommen Bischof, dessen Herz von dem Gesetze der Liebe nur bewegt wurde, die Forderung, das himmlische Recht der Intercession, der milden Fürbitte für Verfolgte und Unglückliche zu üben, herantrat. Er genügte dieser heiligen Pflicht, benahm sich aber dabei vor dem Kaiser Maximus nicht wie ein schmeichelnder Bittender, sondern wie ein mit Hoheit Befehlender, und obgleich der Kaiser ihm wenigstens das Versprechen der Beachtung seiner Fürbitte gab, so konnte dieser es doch nicht von ihm erreichen, daß er zu seinem Gastmahl kam.

Die wichtigste Intercession, welche zugleich ein Protest war, brachte Martinus ein in dem Rechtshandel des Priscillian und seiner Anhänger. Doch diese Geschichte verdient die Aufmerksamkeit eines besonderen Kapitels. Hier soll nur bemerkt sein, daß der freimüthige Bischof, bei allem Eifer für die Lebensrettung der Priscillianisten und bei aller Eindringlichkeit der Fürbitte und des Protestes sich weder durch kaiserliche Macht noch durch kaiserliche Gunst bewegen ließ, an der Tafel des Kaisers zu erscheinen. Und auch in den nächsten zwei Jahren war dies nicht von ihm zu erreichen; es scheint, daß Maximus erst im letzten Jahre seiner Herrschaft und seines Lebens die lang ersehnte Freude, den heil. Martinus an seinem Tische zu sehen, erlebt hat, nämlich in der ersten Hälfte des Jahres 388.

VI.

Martinus als Bischof in dem Priscillianischen Streite.

Der heiße Boden der morgenländischen Phantasie, in deren Dienst das Gemüthsleben stand, erzeugte in dem zweiten und dritten Jahrhunderte unserer Zeitrechnung schwärmerische Religionssysteme mit christlicher Färbung, welche zum Theil dem Staate gefährlicher wurden als der Kirche. In ihrer localen Beschränkung erregten die grobcommunistischen Karpocratianer auf der Insel Kephallene noch nicht große Besorgniß; als aber die Manichäer mit ihrer staatsgefährlichen Praxis im dritten Jahrhundert sich rasch durch den Orient verbreiteten und nicht bloß in Africa, sondern selbst in Italien Anhänger gewannen, traten die heidnischen Kaiser ihnen entgegen mit Schwert und Feuer. Sie wurden ebenso von der persischen Staatsgewalt verfolgt. Doch drohte im römischen Reiche allen phantastischen Secten des Orients von Seiten der Criminalgesetzgebung Gefahr, und zwar durch die Entwicklung des Criminalrechts, welche von dem sullanischen Gesetze über Mord und Giftmischerei ausging. Zur Zeit nämlich, als das Christenthum mit seiner welterschütternden und weltgestaltenden Macht auftrat und in seinem strahlenden Lichte auf den griechischen und römischen Götterhimmel einen dichten Schatten warf, mehrte sich der durch den Verlauf der Philosophie schon erzeugte und genährte Unglaube unter den Heiden. Aus dem Boden des Unglaubens aber erwächst mit einer gewissen Nothwendigkeit Aberglaube, Gaukelei und Versuch der Zauberei, zumal bei mangelhafter Kenntniß der Naturkräfte. Es ist unglaublich, in welcher Menge die Zauberer und Gaukeler, die oft ebenso sehr Selbstbetrogene als Betrüger waren, während der ersten christlichen Jahrhunderte im römischen Reiche aufstanden. Ihr Unfug störte, auch ohne wirkliche Herbeirufung fremder geistiger Mächte und ohne Dienstbarmachung übernatürlicher Kräfte, den Frieden und das Glück zahlloser Familien. Mochten nun Kaiser und Staatsbeamte selber an die unheimliche Wirkung der Zauberei glauben oder nicht; eine Straf-Gesetzgebung wurde nothwendig zur Erhaltung der öffentlichen Ruhe und Ordnung. Aber die Strafbestimmungen gegen Zauberei und alle magischen Künste wurden unter den Gesichtspunkt des Criminalfalls gestellt, und so gewannen sie eine um so furchtbarere Wirksamkeit, je weiter und behnbarer der Begriff des Objekts der Anklage genommen wurde. Nicht bloß das Ueben, sondern auch schon das Lernen der Magie oder Zauberei wurde von den Strafgesetzen als Capitalverbrechen bezeichnet. Sogar das Aufbewahren der Lehrbücher derselben, — und als solche sah man die sogenannten zoroastrischen und verschiedene gnostische Schriften an, — wurde oft lebensgefährlich. Die Anwendung jener Strafbestimmungen erreichten unter Kaiser Valens im römischen Oriente den höchsten Grad der Strenge und Willkür, da politische und fiscalische Motive mitwirksam wurden, und selbst die früher vom Kaiser Julian bevorzugten neuplatonischen Philosophen, die durch ihren Hang zum Mystischen sich den Schein der Beschäftigung mit Zauberkünsten zuzogen, mit in die Categorie der Zauberer fielen. Sie wurden blutig verfolgt, zum Tode geführt, ihre Güter confiscirt, ihre Bücher verbrannt. Da die Angeberei jeden Bücherschatz, der sich auf astrologische, überhaupt naturwissenschaftliche oder philosophische Gegenstände bezog, gefährlich machte, so vertilgte die Furcht auch manche werthvolle Schrift. „Während dieser Verfolgungen waren alle Lücken, welche die frühere Gesetzgebung noch gelassen hatte, auf legislatorischem Wege oder durch eine schlau ergänzende Praxis ausgefüllt worden, und die legale Maschine hatte die fürchterlichste Leichtigkeit der Handhabung erreicht" [1]). Der allgemeine Ausdruck, worauf die Anklage gerichtet wurde, war maleficium, — die Bezeichnung alles dessen, was für Magie und Zauberei gehalten wurde oder damit zusammenzuhängen schien. Diese Anklage begründete, wie gesagt, einen Criminalfall auch ohne jede religiöse Beziehung.

Nun geschah es, daß vor der Mitte des vierten Jahrhunderts eine aus dem Oriente kommende religiöse Schwärmerei in Spanien auftauchte. Sie ist in ihrer europäischen Färbung bekannt geworden unter dem Namen des Priscillianismus. Es verhielt sich mit derselben aber so. Der ägyptische Gnostiker Marcus aus Memphis,

---

1) Vergl. Bernays a. a. O. S. 14, der die betreffende Gesetzgebung mit Bezug auf den Proceß der Priscillianisten zum ersten Male gründlich und eingehend auf das juristische Detail in's Klare gestellt hat.

wegen seiner Irrthümer des Vaterlandes verwiesen, kam, wie es scheint noch vor dem Jahre 330 [1]), nach Spanien, wo er eine edle Dame, Agape, und einen Rhetor, Elpidius, für seine orientalischen Religions-Anschauungen gewann und durch sie eine Pflanzschule seiner in Europa frembartigen Meinungen begründete. Ein vornehmer, reicher, gebildeter Jüngling, Priscillian mit Namen, schloß sich diesen an, und bildete selbst wieder Jünger in den angesehenen Kreisen derer, welche seine Sitte und Wissenschaft liebten. Er wurde Haupt der Schule und gab ihr den Namen, nachdem Marcus, den er vielleicht gar nicht gekannt, längst gestorben war. Es war aber nicht die Provinz Baetica, sondern Lusitanien, wo Priscillian den Mittelpunkt seines Anhangs und seiner Thätigkeit hatte [2]). Von hier aus verbreitete sich die Sekte durch Spanien bis nach Aquitanien hin, immer in den reichen, gebildeten und vornehmen Kreisen sich haltend. Der berühmte Schriftsteller Latronian, den Hieronymus als Dichter mit den classischen Meistern des Alterthums vergleichen zu müssen glaubt, wurde ihr gewonnen. Gegen das Jahr 380 gehörten ihr die beiden Bischöfe Instantius und Salvianus an. Sie scheinen innerhalb des Metropolitan-Verbandes von Emerita in Lusitanien (jetzt Meriba in Estremadura) ihre Sitze gehabt zu haben; denn Hyginus, der Metropolit von Corduba (in Baetica), machte auf die drohende Gefahr für die rechtgläubige Kirche den Bischof Jbatius von Emerita aufmerksam. Dieser begann auch sofort den Kampf, war aber dabei sehr eifrig und rücksichtslos, so daß er Niemand bekehrte oder versöhnte, sondern die Gemüther der Priscillianisten, besonders den Bischof Instantius und seine Freunde erbitterte. Durch den Zwist wurde die Verbreitung und Bedeutung der Sekte erst recht erkannt, und Jbatius mußte endlich zu Saragossa im Jahre 380 eine Synode zusammen zu bringen, an der auch aquitanische Bischöfe sich betheiligten. An eine Synodal-Majorität konnten nun freilich die Priscillianisten vorläufig noch nicht denken. Sie erschienen also auf der Synobe nicht, und wurden deshalb von derselben als Halsstarrige auf dem Contumacialwege verurtheilt. Die Excommunication traf namentlich die Bischöfe Instantius und Salvianus, den Rhetor Elpidius

---

1) Pius Bonif. Gams, die Kirchengesch. v. Spanien II. B. I. Abth. S. 363.
2) A. a. O. S. 367—368.

und Priscillian, der damals noch Laie war. Dem Bischofe Itha=
cius von Offonoba wurde die Promulgation und Ausführung des
Decretes, in dessen Sentenz auch Hyginus von Corduba, der,
obgleich er warnend aufgetreten, selbst dem Priscillianismus sich
geneigt gezeigt hatte, hineingezogen werden sollte, übertragen. In=
stantius und Salvianus antworteten der Synode damit, daß
sie den Priscillian zum Bischofe von Abila in Lusitanien weih=
ten, um innerhalb des Episcopats seine beredte Stimme zu
gewinnen. —

Das war der Zeitpunkt und der Stand der Dinge, in welchem
Jdatius und Ithacius die weltliche Behörde um Hülfe anriefen
und vom Kaiser Gratian die Landes=Verweisung der Irrlehrer
erwirkten. Dem kaiserlichen Befehle mußte Folge geleistet werden,
und die drei Bischöfe der manichäisch=gnostischen Sekte, Instantius,
Salvian und Priscillian machten sich auf, um den Papst Damasus,
einen geborenen Spanier, für ihre Sache zu stimmen. Auf dem
Wege besuchten sie Aquitanien, wo sie Ansehen und Anhänger
gewannen, — nur aus Bordeaux wurden sie vertrieben. Sie
kamen nach Rom; aber Damasus ließ sie gar nicht vor. Da
gingen sie nach Mailand zu Ambrosius, der sie ebenfalls abwies.
Kirchlich verstoßen, versuchten sie nun ihr Glück mit Glücksgütern
am Hofe des Kaisers. Hier erreichten sie ihr Ziel; Macedonius,
der mächtige Minister des Kaisers, und Volventius, Proconsul in
Spanien, ließen sich bestechen, so daß sie die Zurücknahme des
kaiserlichen Ediktes gegen Priscillian und seine Anhänger, und die
Rückkehr des Priscillian und des Instantius auf ihre Bischofssitze
bewirkten. Salvian war in Rom gestorben. Nun wurde Ithacius
verfolgt, welcher nach Gallien entfloh und zu Trier Schutz fand.
Der Sturz Gratians und seines Hofes kam ihm günstig; Kaiser
Maximus nahm seine Klage an und beschied alle Betheiligten zu
einer Synode nach Bordeaux im Jahre 384. Für ihr Erscheinen
sollten die Landesbehörden von Gallien und Spanien sorgen. Die
Wahl des Ortes war aber für Priscillian schon mißlich; nun wurde
die Sache seines Freundes und Genossen Instantius untersucht;
derselbe konnte sich nicht reinigen von den Beschuldigungen und
wurde des Amtes und der Würde entsetzt. Da appellirte Pris=
cillian erschrocken an den Kaiser; die Appellation mußte angenommen
werden, und so wurde er mit seinem ganzen Anhange und seinen

Anklägern nach Trier vor das Kaiserliche Gericht geladen. Idatius und Ithacius, seine heftigsten Gegner, folgten ihm nach Trier, um ihn zu verderben.

Schon zu Bordeaux waren die Anklagen nicht mehr rein dogmatischer oder religiös-moralischer Art gewesen; zu Trier beseitigte man vollends die Frage nach der Beschaffenheit der religiösen Sekte, indem man einen einfachen Criminalprozeß einleitete und durchführte. Die Anklage lautete auf maleficium, also auf böse Zauberkunst im weitesten Sinne des Wortes. Der prätorische Präfekt Galliens, Evodius, leitete die Untersuchung nach der angeführten Gesetzgebung. Priscillian wurde geständig, zoroastrische und andere magische Bücher eifrig studirt zu haben; Evodius hörte ihn bekennen daß er den verabscheuungswürdigen Lehren, nach welchen er gefragt wurde, zugethan sei, daß er ferner nächtliche (religiöse) Zusammenkünfte auch mit Frauen gehabt und nackt gebetet habe: das Alles war mehr als genug, ihn magischer Mysterien überwiesen zu erachten. Evodius sprach das „Schuldig" aus und schickte die Akten dem Kaiser. Maximus entschied sich für Todesstrafe. Daß der Ausgang der noch übrigen Schlußverhandlung Kapitalstrafe sein würde, konnte der Bischof Ithacius nicht bezweifeln; er zog sich also, um nicht gehässig zu erscheinen, mit Erlaubniß des Kaisers zurück von der Anklage, indem dieser gestattete, daß der Fiscal-Advocat Patricius dieselbe aufnahm. So wurde in juridischer Form Alles vollendet und nach dem Spruche Priscillian mit vier Anhängern hingerichtet, außerdem der von der Synode zu Bordeaux abgesetzte Bischof Instantius zur Verbannung nach den Scillyfelsen an der südwestlichen Küste Englands verurtheilt. —

Seit der Synode von Bordeaux aber hatte der h. Martinus sich lebhaft für die Verfolgten verwendet, und er war fortan für äußerste Milde, wie Maximus für äußerste Strenge, was zum wiederholten Conflict zwischen beiden führte. Wir müssen also ihre verschiedene Stellung zu den Personen in's Auge fassen.

Für den Kaiser findet Bernays zwei Beweggründe, Priscillian und seinen Anhang zu verfolgen: erstens habe er aus Politik den rechtgläubigen Bischöfen sich gefällig erweisen wollen, um als Usurpator sich die Unterstützung der bischöflichen Majorität zu sichern; zweitens aber habe ihn die Aussicht auf umfassende Confiscationen geleitet, deren sein leerer Schatz für den drohenden Krieg mit

Theodosius gar sehr bedurft habe[1]). Die vornehmen und reichen Priscillianisten boten allerdings zu ergiebigen Confiscationen Gelegenheit dar, auch ist es Thatsache, daß die in Aquitanien noch vollzogenen harten Urtheile — zwei Hinrichtungen und eine Deportation in's Ausland — nur die reichen Anhänger der Sekte trafen, während die Unbemittelten mildere Strafe erhielten, etwa eine Zeit lang in's Innere von Gallien verwiesen wurden. Am meisten Ausbeute für den Staatsschatz sollte Spanien liefern, wohin Maximus hohe Cabinetsbeamte mit unbeschränkter Gewalt, das Schwert zu führen und jede Criminalstrafe zu verhängen, entsandte, damit sie auf alle Priscillianisten fahndeten. Hier ergänzt nun der sorgfältige Benediktiner Pius Bonifacius Gams die Forschungen des scharfsinnigen Gelehrten Bernays, indem er, ausgehend von der merkwürdigen Erscheinung, daß gegen das Ende des vierten Jahrhunderts der ganze Episcopat der spanischen Provinz Galizien priscillianisch war, noch auf ein anderes politisches Motiv geführt wird. „Durfte ganz Spanien mit Recht darauf stolz sein, dem römischen Reiche einen Kaiser Theodosius geschenkt zu haben, so vor Allem die Provinz Galizien, aus der er stammte (zu welcher das heutige Altcastilien damals gehörte). Gegen diesen Spanier Theodosius erhob sich, vom Neide über sein Glück getrieben, ein anderer Spanier, der Tyrann Maximus, der sich zwar einen Verwandten des Theodosius nannte, aber sonst von unbekanntem Geschlechte und wahrscheinlich aus einer anderen Provinz war, dessen edle Gemahlin wohl auch eine Spanierin war. — Maximus verfolgte die Anhänger und nächsten Landsleute des Theodosius. Aber bei ihm, dem Usurpator, gingen die Ithacianer betteln; bei ihm verfolgten sie die Landsleute des Theodosius zum Tode. Es war, argumentirten die Galizier, Parteigeist, nicht Glaubenseifer, was sie trieb. Priscillian und die Seinigen, aus Altcastilien, waren dem Maximus und seinen spanischen Anhängern als Landsleute und Anhänger des Theodosius verhaßt. In dem Galizier Priscillian haßte und tödtete Maximus den Galizier Theodosius. Der gegen jenen geführte tödtliche Streich war auch für Theodosius berechnet[2]). Zwar — ich leugne es nicht — solche Beweisführungen

---

1) A. a. O. S. 12.
2) Gams, a. a. O. S. 384—385.

sind kühn; aber es steht aus Allem doch fest, daß Maximus die nach der römischen Criminal=Gesetzgebung berechtigte Verfolgung der Priscillianisten nicht aus kirchlichem Interesse, sondern aus rein poli= tischen Gründen, so scharf und consequent durchgesetzt hat. —

Was bewog nun aber den h. Martinus, ihm dabei mit hei= ligem Ernste in den Weg zu treten? War er in Täuschung über Persönlichkeit und Bestrebung des Priscillian? Wir dürfen anneh= men, daß Severus sein Jünger, der in Allem seinem Meister folgte, uns in seiner Charakteristik Priscillian's im Wesentlichen nur die Ansicht mittheilt, welche er aus den Gesprächen mit dem h. Mar= tinus gewonnen hatte. Der Kampf des Heiligen mit Maximus und den bischöflichen Anklägern jenes „Unglücklichen" griff zu tief in sein Leben ein, als daß Severus nicht auf's Treueste uns den= selben hätte schildern sollen. Was daher Severus von der Sekte und ihrem Haupte berichtet, ist zugleich als die Auffassung des h. Martinus anzunehmen. Nun, jener nennt Priscillian's Irrlehre „die übelberüchtigte Häresie der Gnostiker," einen „verderblichen Aberglauben, der sich in geheimen Schlupfwinkeln verborgen habe". Ihn selbst aber charakterisirt er so: „Er war von adeliger Familie, überaus reich an irdischem Vermögen, scharfsinnig, nie ruhend, voll Wohlredenheit, gelehrt durch umfassende Lectüre, zur wissen= schaftlichen Erörterung wie zum Disputiren allzeit ganz gerüstet. Wahrlich glücklich zu preisen, wenn er nicht durch ein verkehrtes Streben das herrlichste Talent verdorben hätte. Zahlreiche geistige und körperliche Vorzüge besaß er augenscheinlich. In Nachtwachen war er stark, Hunger und Durst konnte er ertragen, Habsucht lag ihm ganz ferne und im Genusse seines Reichthums war er äußerst enthaltsam. Aber derselbe Mann war im höchsten Grade eitel und maßlos aufgeblasen wegen seiner Wissenschaft in profanen Dingen; ja, man glaubte auch, daß er schon im Jünglingsalter magische Künste getrieben habe. Als er nun zu jener verderbenbringenden Lehre sich gewandt, verlockte er durch das Ansehen seiner über= zeugenden Rede und durch seine Kunst zu schmeicheln, viele vom Adel und eine noch größere Menge aus dem Volke zu seinem Bunde. Ueberdies liefen haufenweise jene Weiber zu ihm, welche nach dem Neuen lüstern sind, ohne Beharrlichkeit und in allen Dingen nur von Vorwitz geleitet werden. In Miene und Haltung trug er ja die Demuth zur Schau, und dadurch hatte er Allen ehrfurchtsvolle

Hochachtung gegen sich eingeflößt"[1]). War dies nun auch, wie nicht zu zweifeln, des h. Martinus Ansicht von Priscillian und seiner Sekte, so konnte weder die Sache, die „infame Häresie", der „verderbliche Aberglaube", noch die eitele, aufgeblasene, in den Schein der Demuth sich hüllende Person seine Sympathie gewonnen haben. Es war, wie Bernays findet, die Sache des im Abendlande damals noch nicht so festgewurzelten Mönchthums, welche mit der blutigen Verfolgung der Priscillianisten zu leiden schien, da die Uebung strenger Askese, z. B. häufiges Fasten und vieles Lesen, in den Augen der Späher und Verfolger als Verdachtsgrund für die Theilnahme an jener Sekte galt. Beides übten Martinus und seine Jünger, und die Verdächtigung des geheimen Zusammenhanges mit dem Priscillianismus wagte sich sogar an ihn[2]). Mag diese Besorgniß um die Existenz des Mönchthums im Abendlande als mitwirkend angenommen werden: als Hauptbeweggrund der Intercession des Heiligen zeigt sich mir die priesterliche Milde, welche sein ganzes Wesen beherrschte. Wenn der h. Bernhard von Clairvaux Verbrecher, in dem Augenblicke, wo sie zur Richtstätte geführt wurden, den Henkersknechten entriß und ihr Leben schützte, so ermuthigte ihn dazu dieselbe priesterliche Milde, welche den h. Martinus zur eindringlichsten Verwendung für das Leben Priscillian's und seiner Anhänger bewog. Es giebt auch nichts, was einem Herolde Christi so wohl ansteht, wie herzliches Erbarmen und Milde, eine Gesinnung, die, wenn sie echt ist, nicht Schwäche, sondern Kraft ist. —

Martinus lenkte seine ernste Aufmerksamkeit dem Priscillianischen Handel zu nach dem bedrohlichen Ausgange der Synode von Bordeaux. Er tadelte laut ihr Verfahren. Es schien ihm eine Charakterlosigkeit aus Mangel an kirchlichem Bewußtsein, daß die Bischöfe zu Bordeaux die Appellation an den Kaiser gestatteten. Ihre Pflicht sei es gewesen, trotz des Widerspruchs und der Competenz-Bestreitung von Seiten Priscillian's gegen diesen das Synodal-Erkenntniß zu fällen, oder, um den Widerspruch zu entkräften, aus andern durchaus unverdächtigen Bischöfen den geistlichen Gerichtshof zu bilden und diesem die Untersuchung zu übertragen. Die

1) Chron. II. 46.
2) Bernays, a. a. O. S. 5—6.

Sache fordere nur die Anwendung geistlicher Strafmittel; den Prozeß vor den Kaiser zu bringen, sei nicht Angelegenheit der Bischöfe gewesen.

Als Jthacius behufs der Anklage in Trier weilte, traf es sich, daß auch Martinus anwesend war. Dieser bestürmte ihn und ließ nicht ab, in ihn zu bringen, daß er von der Anklage abstehe; aber er richtete nichts aus; denn der Bischof Jthacius war, wie Severus ihn schildert, ein Mann ohne Pflichtgefühl und Gewissen, verwegen, geschwätzig, unverschämt, verschwenderisch und unmäßig; er war es grade, der die heilig lebenden Männer, die viel lasen und im Fasten wetteiferten, für Anhänger und Jünger Priscillian's hielt oder ausgab. Martinus wandte sich an den Kaiser mit der Bitte, er möge sich mit dem Blute der Unglücklichen nicht beflecken; es sei genug und übergenug, wenn man die Häretiker durch bischöfliches Urtheil von ihren Kirchen vertrieb; es würde neu und ein unerhörtes Unrecht sein, wenn ein weltlicher Richter über einen kirchlichen Rechtsfall entscheide. Er erreichte so viel, daß der Prozeß, so lange er zu Trier anwesend war, verschoben wurde. Aber es kam die Zeit, wo er abreisen mußte, und die Ankläger Jdatius und Jthacius, mit denen es die gleichfalls am Hofe weilenden und wenig Vertrauen einflößenden Bischöfe Magnus und Rufus hielten, blieben noch. Daher benutzte er vor der Abreise noch einmal sein ganzes ungewöhnliches Ansehen für das Leben Priscillian's und seiner Anhänger beim Kaiser und ruhte nicht, bis dieser ihm das Versprechen gab, daß über die Angeklagten keine Strafe an Leib und Leben verhängt werden solle. Aber kaum hatte er Trier verlassen, als die Bischöfe Magnus und Rufus — der letztere wahrscheinlich, vielleicht beide Spanier — den Kaiser von seinen milden Absichten ablenkten und ihn bewogen, der Gerechtigkeit ihren Lauf zu lassen. Er übertrug also die Untersuchung dem strengen und ernsten Evodius, und die Sache nahm den bereits erzählten tragischen Ausgang. —

Bald nach der blutigen Catastrophe in Trier — fünf Hinrichtungen waren gleich erfolgt, wozu noch zwei in Aquitanien kamen — bevor noch die Kaiserlichen Kanzleibeamten mit unbeschränkten Vollmachten und Blutbefehlen nach Spanien abgereist waren, setzte die anwesenden Bischöfe die Nachricht in Schrecken, daß Martinus wieder komme. Diese Bischöfe waren zunächst Jthacius

und seine Freunde, die Ankläger Priscillian's. Nach dem uner=
bittlichen Ausgange des von ihnen beförderten schlimmen Handels
hatte sich ein drohender Sturm wider sie erhoben. Von Italien
her vernahm man die mächtigsten Stimmen gegen sie; der Papst
Siricius sandte dem Kaiser Maximus (wahrscheinlich noch im Jahre
385) einen Beschwerdebrief wegen der ganzen Verfolgung, wobei
noch der besondere Fall eines gewissen Presbyters Agricius in's
Auge gefaßt wurde. Maximus antwortete mit einem Entschuldigungs=
Schreiben unter Beifügung der Akten des Criminalprozesses. Am=
brosius, der geistvolle, ernste und vielverherrlichte Bischof von
Mailand tadelte strenge das Verfahren zu Trier, und die Menge
der Bischöfe außerhalb Galliens wollte von der Kirchengemeinschaft
mit den Bischöfen, welche Ankläger gewesen, nichts mehr wissen.
Das Wort des h. Martinus ermuthigte selbst innerhalb Galliens
eine Minderzahl der Bischöfe zur Opposition, und der Gallische
Bischof Theognistus (Theognostus) hob ganz offen und furchtlos
die Kirchengemeinschaft mit Ithacius und seinen Anhängern auf.
Da wurde die Sache für diese bedenklich. Das wunderbar wirkende
Ansehen des Bischofs von Tours konnte durch eine entscheidende
That gar leicht auch die Majorität der Gallischen Bischöfe gegen
sie in den Kampf rufen; in Spanien sah es schon bedrohlich für
sie aus: so kam die Furcht über sie und sie sannen auf Rettung.
Dazu hielten sie zwei Dinge für nothwendig: erstens, daß sie von
Trier nicht wichen, wo sie des kaiserlichen Schutzes sich erfreuten
und die in mancherlei Anliegen an den Hof kommenden einzelnen
Bischöfe zu gewinnen hoffen konnten und zweitens, daß sie den
Kaiser zur Fortsetzung des Criminal=Prozesses gegen die Pris=
cillianisten in Spanien ermunterten, um die Widersprechenden ein=
zuschüchtern. Sie setzten diese Mittel also in Bewegung, und die=
selben schienen zu wirken. Gelegen kam ihnen die Erledigung und
Wiederbesetzung des bischöflichen Stuhls zu Trier. Die zur Weihe
und Einsetzung des zum Bischofe erwählten Felix versammelten
Bischöfe vereinigten sich mit den aus andern Anlässen bei Hofe
weilenden Mitgliedern des Gallischen Episcopats zu einer Synode
und gaben unter dem Einflusse des Hofes eine Indemnitäts=Erklärung
für Ithacius und seine Genossen ab, d. h. die Erklärung, daß
dieselben hinsichtlich des Criminalprozesses gegen Priscillian und sei=
nen Anhang keinerlei Verantwortlichkeit treffe. Ueberdies erwirkten

sie nun vom Kaiser jenes Dekret, welches einige Cabinetsbeamte
unbeschränkter Machtvollkommenheit nach Spanien beorderte, um
die Häretiker aufzusuchen und ihnen Leben und Güter zu nehmen.
Aber am folgenden Tage nach Erlaß dieses Dekrets, als die Inqui-
sitions = Richter sich zur Abreise rüsteten, hieß es eben plötzlich:
Martinus kommt. Das versetzte Alles in Unruhe. Die Folgen
waren unberechenbar, wenn Martinus öffentlich sich weigerte, kirchliche Gemeinschaft mit ihnen zu pflegen. Die Bischöfe hielten
schleunigst Rath mit dem Kaiser und es wurde beschlossen, ihm
Hofbeamte entgegenzusenden, welche ihm amtlich bedeuten sollten,
daß er die Stadt nicht betreten dürfe, wenn er nicht vorher das
Versprechen gebe, er wolle im Frieden mit den bei Hofe anwesenden
Bischöfen sich dort halten. Die Boten richteten ihren Auftrag aus
und Martinus gab eine diplomatische Antwort, die ihre ethische
Würdigung nur in Berücksichtigung der ganzen Situation finden
kann. Severus sagt: „In kluger Weise täuschte er sie, indem er
sprach: Ich werde mit dem Frieden Christi kommen". Allerdings
kam er mit dem Frieden Christi in einer wahren Friedensmission.
Es war die Zeit, wo Maximus durch Hinrichtungen und Confiscationen sich auf dem Throne zu befestigen suchte. Eine zweifache
Verfolgung, nämlich gegen die Priscillianisten und gegen die treuen
Anhänger des unglücklichen Kaisers Gratian, brachte das Leben
vieler Angesehenen in Gefahr. Die Kirche betrachtet nun aber
ihre Bischöfe als Friedensfürsten, als Gnadenspender und Gnaden-
vermittler; daher hat sie nicht nur verboten, daß dieselben Diener
der blutfordernden Gerechtigkeit seien, sondern auch befohlen, daß
sie sich es angelegen sein lassen, um Gnade für Diejenigen noch
zu bitten, über welche bereis der richterliche Todesspruch gefällt ist.
Und der Staat gab ihnen frühzeitig das süße Recht der Intercession. Ist das Begnadigungsrecht, welches die regierenden Fürsten
haben, in Wahrheit ein königliches Privilegium: so ist es ein priester-
licher Vorzug, die Herrscher an die Ausübung jenes Rechtes mit
Freimuth zu erinnern. Die Synode von Sardica wollte es gern
sehen, daß die Bischöfe Fürbitte einlegten für die Armen, für Wittwen und Waisen, für Jeden der Gewalt leide und für Verurtheilte,
die sich in den Schutz der Kirche durch die Flucht gerettet (c. 7—9).
Solche Pflichten milder Uebung waren die bringenden Angelegenheiten, welche den h. Martinus an den Hof des Kaisers Maximus

führten. So kam er allerdings mit dem Frieden Christi, welcher aus Gnade und Erbarmung erblüht; er kam als Bote des Friedens und bittend um Frieden. Sie ließen ihn also durch die Thore der Stadt. Unter den vielen Intercessionen, die er auf dem Herzen hatte, waren die wichtigsten, die für den Comes Narses und für den Präses Leucadius, welche beide bis auf's Aeußerste dem Kaiser Gratian die Treue gehalten hatten, nun aber in der Gewalt des erzürnten Maximus waren. Als nun Martinus in Trier von den ernannten Tribunen mit den Blutbefehlen für Spanien Kunde erhielt, wurde das priesterliche Mitleid des Heiligen auch ganz für die bedrohten Spanier erregt. Er hatte ein Herz nicht blos für die Christen, sondern auch für die Häretiker. Aber er mußte nicht minder erschrecken bei dem Gedanken, wie große Verheerung die Verfolgung der Priscillianisten in Spanien durch die unverant- wortlichen Inquisitoren unter den Besten im Clerus und im Volke anrichten würde. Es war offenbar, wenigstens war es eine sehr verbreitete Meinung, daß es nur darauf abgesehen sei, den leeren, aber bei fortwährenden Feldzügen und Bürgerkriegen sehr in An- spruch genommenen Staatsschatz zu füllen. In Spanien, wo die ganze Provinz Galizien zu den Priscillianisten übergegangen war, hatte ohnehin die religiöse Partei politische Färbung angenommen, und dazu kam, daß in der leidenschaftlichen Erregung die Anklage nach bloßer Willkür erhoben wurde, nach dem Eindrucke der äußeren Erscheinung, wie bereits erwähnt worden ist: wenn Einer bleich war, von ascetischer Haltung und Kleidung, viel las oder fastete, wurde er als des gnostischen Zauberwesens, der zoroastrischen Magie überwiesen erachtet. Da fand sich bei jedem vornehmen, reichen Christen leicht ein Anknüpfungspunkt für die Anklage.

Martinus also war bei Nachtzeit in die Stadt gekommen und hatte sich sofort in die Kirche begeben und dem Gebete obgelegen. Am folgenden Tage ging er in den kaiserlichen Palast. Er brachte seine Intercessionen an, wandte aber bald seinen ganzen fürbittenden Einfluß mit aller Eindringlichkeit der spanischen Angelegenheit zu. Die Tribunen waren noch nicht fort; der Kaiser schien die Sache sehr ernst zu nehmen, vielleicht sah er das schwere Unrecht, das er beschlossen hatte, ein, und es wurde ihm nur schwer, auf die gehoff- ten Confiscationen zu verzichten. Zwei Tage hielt er den flehenden Bischof zögernd hin zwischen Furcht und Hoffnung. Unterdessen

aber blieb Martinus von der kirchlichen Gemeinschaft mit den gesammten anwesenden Bischöfen, welche zu Ithacius standen oder
ihn für schuldlos erklärt hatten, grundsätzlich und absichtlich fern.
Da stieg deren Angst. Sie kamen also klagend zum Kaiser: „es
sei um ihrer aller Stellung und Existenz geschehen, wenn das Ansehen des Martinus noch dem Eigensinne des Theognistus Waffen
in die Hand gebe, der auf seinen Kopf allein sie verurtheilt habe;
es sei doch besser gewesen, man habe den Menschen (Martinus
nämlich) nicht in die Stadt aufgenommen; er trete ja bereits nicht
blos als Vertheidiger, sondern als Rächer der Häretiker auf; mit
dem Tode Priscillian's sei nichts erreicht, wenn Martinus die
Rache für ihn übernehme". Zuletzt riefen sie mit Weinen und
Jammern in flehender Geberde die kaiserliche Macht an. Der
Kaiser möge doch gegen diesen Einen Menschen seine Gewalt
gebrauchen. Ithacius hatte schon früher, als Martinus während
der Anklage gegen Priscillian zu Trier anwesend, den Prozeß zu
hintertreiben und den blutigen Ausgang abzuwenden suchte, die
Stirne gehabt, dem großen Bischofe von Tours den Namen zu
beflecken durch den Vorwurf der Theilnahme an der Häresie. Da
nun viele dem Hofe sehr ergebene Bischöfe vereint mit Verdächtigun-
gen gegen Martinus auf den Kaiser, der ohnehin mit seinem Staats-
schatze bei den Forderungen derselben interessirt war, eindrangen,
so wäre es kein Wunder gewesen, wenn derselbe den Bischof von
Tours das Loos der Priscillianisten hätte theilen lassen. Allein
wie sehr er auch jenen Bischöfen seine Gunst zuwandte, so bewahrte
er sich doch in diesem Falle einen gewissen freien Blick, indem er
nicht übersah, daß Martinus an Glaubensreinheit, Lauterkeit des
Wandels und Tugend vor Allen sich auszeichne. Er suchte daher
die Sache in Güte beizulegen, entließ die Bischöfe mit beruhigenden
Erklärungen und beschied zunächst ganz im Vertrauen Martinus
allein zu sich. Dieser kam. Der Kaiser empfing ihn überaus
huldvoll und versuchte es, ihn durch Darlegung der Thatsachen,
wie er sie auffaßte, versöhnlich gegen jene Bischöfe zu stimmen.
Der Kern seiner Rede war: nicht durch feindselige Verfolgung von
Seiten der Bischöfe sei die Verurtheilung der Häretiker herbeigeführt worden, sondern durch die Forderungen der Gerechtigkeit,
indem der Prozeß in der längst bestehenden criminalrechtlichen Form
geleitet und zu Ende gebracht worden sei. Kein Grund sei also

11

vorhanden, daß er sich der kirchlichen Gemeinschaft mit Ithacius und den übrigen anwesenden Bischöfen entziehe; Theognistus habe ohne allen Grund bloß aus Haß eine Spaltung verursacht, stehe aber allein; der übrige Episcopat halte zusammen. Doch Martinus, der sonst so Milde und Versöhnliche, ließ sich durch des Kaisers Rede nicht von Ferne rühren und beharrte in fester Ruhe auf seinem Standpunkte. Als Maximus die Fruchtlosigkeit seiner wohlüberdachten Rede sah, wie er so ganz vergeblich gesprochen, ward er sehr zornig, so daß er plötzlich aufsprang und ohne Abschied und Entlassung das Audienz-Zimmer verließ. Und sofort befahl er, daß die mit den Blutbefehlen Betrauten zu Denen abgeschickt würden, für welche Martinus Fürbitte eingelegt hatte. Dieser mochte wohl bestürzt den Palast verlassen haben, um im Gebete Trost zu suchen. Es kam der Abend und die Nacht: da erfuhr er plötzlich durch einen Getreuen, was geschehen sei, und augenblicklich, bei der Nacht, stürzte er hinaus zum Hofe und drang in den Palast. Hier versprach und gelobte er gleich die Gemeinschaft mit jenen Bischöfen, wenn der Kaiser nur Gnade übe, wenn er nur sofort die nach Spanien zum Verderben der dortigen Kirchen entsandten Tribunen durch Eilboten zurückrufen lasse. Maximus verzögerte die Gewährung nicht und zeigte sich in Allem gnädig. Als nun am folgenden Tage der erwählte Bischof von Trier, Felix, ein Mann von reinstem Lebenswandel und durchaus würdig, daß er zu einer besseren Zeit Bischof geworden wäre, geweiht wurde, erschien Martinus unter den Bischöfen in der Gemeinschaft der gottesdienstlichen Feier, indem er es für besser hielt, auf eine Stunde sich nachgiebig zu zeigen, als der Sorge für Jene zu ermangeln, über deren Nacken das Schwert hing. Nach Beendigung der Feier verlangten aber die Bischöfe von ihm, er solle seine kirchliche Gemeinschaft mit ihnen nun auch durch Namensunterschrift bezeugen. Dazu war er aber durch kein Drängen und Drohen zu bringen; er bereitete vielmehr mit großer Hast seine Abreise vor und verließ am folgenden Tage die Stadt. Auf dem Heimwege erfaßte ihn bittere Reue. Der Zweck, den er gehabt, war gewiß gut und edel — die Milde ziert den Bischof, wie der echte Abglanz seiner Würde — aber das Mittel schien ihm schlecht, die Gemeinschaft mit jenen Bischöfen, welche unmilde das Blutvergießen förderten, unter allen Umständen verderblich; und so seufzte er über jene schwache Stunde aus tiefstem Herzensgrunde. Als er sich nun nicht weit von Echternach (an der Sure in Luxemburg) in tiefster Waldeinsamkeit befand, ließ er seine Begleiter etwas vorausgehen und setzte sich nachdenklich hin, und erwog die einander anklagenden und lossprechenden Gedanken in seinem Innern. Da war es ihm plötzlich als stünde ein Engel vor ihm, der zu ihm spräche: „Du hast wohl Ursache betrübt zu sein, aber einen andern Ausweg (zur Rettung der bedrohten spanischen Bischöfe und Gemeinden) konntest Du nicht finden. Also ermanne Dich und sei wieder fest, damit Du — abgesehen von der etwaigen Beeinträchtigung Deines ruhm= vollen Ansehens — nicht in Heilsgefahr gerathest". Durch diese mit himmlischer Auktorität besiegelte Erwägung der Sache beruhigte er sein Inneres. Freilich, als er bald darauf seine Wunderkraft versuchte, glaubte er ein Abnehmen derselben zu spüren, und er schrieb dies unter Thränen jener kurzen Cultgemeinschaft mit den zu Trier versammelten Bischöfen zu, obgleich er nicht aus Ueber= zeugung und freier Wahl, sondern aus Noth den Schritt gethan habe. So fremd war seinem Character eine solche, wenn auch augenblickliche Nachgiebigkeit, daß ihn die Reue jenes Vorfalls nicht mehr verließ. Sechzehn Jahre lebte er noch seitdem, aber er besuchte keine Synode mehr und hielt sich fern von jeder Zusammen= kunft der Bischöfe [1]).

Martinus blieb in seinem Lande während seines ganzen fol= genden Lebens in der Minderheit mit seiner Ueberzeugung. Aber der Papst, der berühmte Bischof von Mailand und die hervor= ragendsten Bischöfe seiner Zeit stimmten ihm bei, und es gelang auch nach dem Falle des Kaisers Maximus den Ithacius wenigstens zu stür= zen und förmlich zu entsetzen. Nur war mit diesem Geübtesten unter den Streitsüchtigen und Eiferern der Zwist und Unfriede selbst nicht beseitigt. Im letzten Jahre des Lebens des heil. Martinus schrieb sein Jünger Severus den Schluß seiner Chronik, den Zeit= raum vom Jahre 385 bis zum Jahre 400 in's Auge fassend: „Unter den Unsrigen (im Gegensatze zu den Priscillianisten) ent= brannte die Entzweiung der Herzen zu einem endlosen Kriege, der nun schon fünfzehn Jahre lang in häßlichem Zank wegen Meinungs= verschiedenheit betrieben worden ist und auf keine Weise hat zum

---

1) Dial. III. 15.

Friedensschluß geführt werden können. Und jetzt, da man in Folge des leidenschaftlichen Zwistes der Bischöfe Alles in Aufruhr und Verwirrung erblickt, da sie durch Haß oder Gunst, durch Feigheit und Charakterlosigkeit, durch Neid und Parteisucht, durch Willkür und Habgier, durch Hoffart und Trägheit Alles in Verfall haben gerathen lassen: eben jetzt streitet die Mehrzahl mit wahnsinnigen Plänen und hartnäckiger Leidenschaftlichkeit gegen eine Minderzahl, welche besonnen für das Gute einsteht; während dessen aber wird das Volk Gottes und jeder brave Mann beschimpft und zum Narren gehalten." —

Es scheint aber doch, daß von Seiten des Staates das fernere blutige Einschreiten durch die letzte energische Intercession des heil. Martinus aufgehalten worden ist. Von Hinrichtungen der Priscillianisten in Spanien wird gar nichts berichtet. So hat der milde Bischof weithin Trauerscenen verhütet, in welchen vielen Herzen Leid und Keinem Heil widerfahren wäre.

VII.

Martinus an der Tafel des Kaisers.

Unter die edlen Charakterzüge, durch welche der Kaiser Maximus ein besseres Loos zu verdienen schien als das eines Usurpators, gehörte auch jener, daß ihn Mannes-Freimuth — die Klippe, an der alle kleinen Geister auf dem Throne moralisch scheitern — niemals kränkte. Die Freimüthigkeit des Martinus hätte einem weniger hochherzigem Manne als Keckheit und seine beharrliche Offenheit als Starrsinn erscheinen müssen; auch hätte Mancher geglaubt, die Kaiserwürde vertrage dergleichen nicht. Seit jenem Vorfalle zu Trier im Jahre 385, da Martinus zur Nachtzeit in den Palast drang und dem Kaiser die Zurückberufung der nach Spanien bereits abgereisten Tribunen abnöthigte, stieg dessen Bewunderung für ihn. Damit vereinigte sich die unbegrenzte Verehrung der Kaiserin für den frommen Bischof. Er kam auch nach wie vor an den Hof mit Fürbitten, die kein anderer Bischof gewagt und mit denen außer ihm auch keiner durchgedrungen wäre; ja, er ertheilte dem Kaiser Rath und warnte ihn in den wichtigsten Dingen. So vernahm dieser, als er anfing ernstlich mit dem Plane eines Feldzuges nach Italien gegen Kaiser Valentinian umzugehen und Vorbereitungen zu treffen, lange vor der Ausführung seine warnende Stimme. Wie ein Prophet sagte Martinus ihm den Ausgang voraus: „Beim ersten Ansturm", sprach er, „wird Valentinian Dir weichen und Du wirst als Sieger hervorgehen und einen Triumphzug haben; aber dann wird es nicht lange dauern, so wirst Du zu Grunde gehen." Der spätere Erfolg erwies, wie klar er gesehen.

Aber bei solchem Verkehre wollte er doch niemals die Einladung zur kaiserlichen Tafel annehmen. Da halfen weder des Kaisers noch der Kaiserin eindringlichste Bitten. Beide jedoch ließen sich durch die beständige Ablehnung nicht erbittern und nicht ermüden; sie kamen immer wieder. Maximus unternahm den Zug nach Italien im Jahre 387 und vertrieb den Kaiser Valentinian. Als er darnach den Bischof von Tours wieder drängte, er möge doch zu seiner Tafel kommen, antwortete dieser: „Ich kann nicht Theil nehmen an der Tafel eines Mannes, der zwei Kaiser vertrieben, dem einen (Gratian) das Leben genommen hat und dem andern den Thron." Auch dieses kühne Wort erzürnte den Maximus nicht, vielmehr suchte er in aller Demuth sich vor ihm zu entschuldigen und wo möglich zu rechtfertigen: er habe nicht aus eigenem inneren Antriebe nach der Krone gegriffen, sondern das Heer habe einer göttlichen Anregung folgend ihm die Herrschaft aufgedrängt und damit einen Kampf der Nothwehr; es zeige sich ja offenbar der Wille Gottes auf seiner Seite, da ihm der Sieg über die Gegner mit so wunderbarem Erfolge zu Theil geworden; auch sei keiner seiner Gegner um's Leben gekommen, außer in der Schlacht.

Martinus ließ sich endlich bewegen und nahm eine Einladung zur kaiserlichen Tafel an. Sogleich machte der Kaiser ein Fest daraus und lud die ersten Fürsten des Reiches ein. Es erschienen namentlich der durch seine äußerst strenge aber gewissenhafte Gerechtigkeit berühmte Präfekt und Consul Evodius, dann ein Bruder und ein Oheim des Kaisers, beide auch in den höchsten Staatsämtern. Zwischen diesen beiden erhielt ein Priester, den Martinus in seiner Begleitung hatte, seinen Platz; er selbst, der Bischof, saß auf einem kleinen Sessel neben dem Kaiser, so daß er auf der andern Seite einen der kaiserlichen Verwandten neben sich und sein Presbyter an zweiter Stelle von ihm aus seinen Sitz hatte. Als nun gegen die Mitte des Mahles hin nach dem damaligen Hofceremoniell ein Lakei dem Kaiser einen großen Becher Wein darreichte, befahl dieser, denselben zuerst dem Bischofe zu geben, in der Meinung und Erwartnng, er werde dann den Pokal aus dessen Hand empfangen. Allein Martinus reichte, nachdem er getrunken, absichtlich den Becher weder dem Kaiser noch dessen Verwandten, sondern über diesen hinweg seinem Presbyter, den er für den Würdigsten hielt, nach ihm zu trinken. Er wollte es durch diese auffallende That kund thun, daß er weder den Kaiser noch dessen mächtige fürstliche Verwandten einem Priester vorziehe; und er glaubte hierin einer höheren Pflicht zu folgen. Man kann sich den Gegensatz zwischen dieser kühnen That und der am Hofe täglich in die Augen fallenden knechtischen Unterwürfigkeit der gallischen Bischöfe nicht grell und schreiend genug denken. Natürlich entstand bei der Tafel auch allgemeines Staunen, welches gewiß bei vielen Gästen in Entrüstung übergegangen wäre, wenn nicht der Kaiser und die ihn umgebenden vornehmsten Fürsten gleich in der ersten Ueberraschung ihr Wohlgefallen an dem königlichen Freimuthe geäußert hätten, mit welchem der an irdischen Mitteln so arme Bischof inmitten der realen Ordnung weltlicher Herrschaft sich auf den idealen Standpunkt des Gottesreiches stellte. Durch das ganze Hoflager verbreitete sich alsbald die Kunde von der kühnen That des Bischofs Martinus an der kaiserlichen Tafel, und man machte einander darauf aufmerksam, daß Aehnliches nie ein Bischof an der Tafel eines Judex des untersten Ranges in einer Provinzialstadt sich erlaubt habe. Maximus stieg dadurch, daß er nicht kleinlich unter dem Despotismus eines Ober-Ceremonien-meisters stand und Ideen höher achtete als Etikette, auch vor Martinus im Ansehen; er achtete seinen hochherzigen Sinn. Von ihm hat ohne Zweifel Severus seine günstige Auffassung der Person des Kaisers; denn der strenge sittenrichtende Historiker tadelt nur zwei Dinge an ihm: das Geschick, das ihn zwang, nach dem Purpur zu greifen und wodurch er stolz geworden, und sein Benehmen in dem Priscillianischen Handel, wozu er aber von den Bischöfen

verführt worden sei; sonst sei er gut gewesen und durch viele
Tugenden ausgezeichnet, ein Mann, an dem die Geschichte nur
Verdienste zu rühmen gehabt haben würde, wenn es in seiner
Macht gestanden hätte, das ihm von dem empörten Heere dargebotene Diadem auszuschlagen und den Aufruhr zu beschwichtigen.
Es läßt sich auch nicht beweisen, daß er die Religion bloß für
seine Politik benutzt habe. Sein Verhalten in dem Priscillianisten-
Streite ist gewiß von staatsmännischen Rücksichten bedingt gewesen,
und ebenso hatte sein Streben, sich der Majorität der Bischöfe
seines Reiches zu sichern, ein politisches Motiv; aber seine Sehnsucht, mit Martinus auf vertraulichem Fuße zu stehen, ist nicht
allein aus der bloß vermutheten Furcht, der Bischof von Tours
könne die Mehrzahl der Vertreter des Episcopats auf seine Seite
ziehen, zu erklären, sondern sie weist hin auf einen tiefen religiösen
Zug in seinem Charakter. Den Parteieifer der Mehrheit der
Gallischen Bischöfe insbesondere bedurfte er für seine Politik, den
vertraulichen Umgang mit dem heil. Martinus für sein religiöses
Gemüth. Deshalb berief er ihn häufig an seinen Hof, und der
Bischof kam auch zuweilen, ohne daß er gerade Fürbitten vorzutragen hatte. Dann wurde die Unterhaltung sehr vertraulich und
wenn sie auch ihr Gespräch mit politischen Gegenständen begannen,
worin der Heilige ebenfalls zu rathen verstand, wie seine Warnung
vor dem Kriege gegen Valentinian bewies, so nahm es doch immer
eine religiöse Wendung. Wenn sie von dem gegenwärtigen Leben
redeten, so kamen sie auf das zukünftige. Maximus hatte sich
unmittelbar vor der Thronbesteigung taufen lassen; er wollte, da
er sich als speciellen Schützling Gottes in den Ereignissen seines
Lebens zu erkennen glaubte, auch durchaus im Gehorsam gegen
Gott ein vollkommen christlicher Kaiser sein. Da horchte er nun
mit all' seinen Sinnen und mit seinem ganzen Geiste auf die Rede
des Heiligen von dem Gegenwärtigen und von dem Zukünftigen,
das ist von der streitenden und von der triumphirenden Kirche,
von der Verherrlichung der Gläubigen und von dem ewigen Leben
der Heiligen.

Von solchen Belehrungen, von solcher Christenlehre in ver-
traulichster Rede wurde nun auch die Kaiserin völlig hingerissen.
Wo sie ihn sah, mußte er von der Hoffnung der Christen zu ihr
reden, jedes Wort war ihr kostbar und Tag und Nacht erwog sie

es in ihrem Herzen. Wie Magdalena zu den Füßen des Herrn, so saß sie wie festgebannt zu seinen Füßen, benetzte sie mit ihren Thränen und trocknete sie mit ihren Haaren. Martinus, den nie ein Weib berührt hatte, konnte diesem Ausdrucke ihrer Verehrung sich nicht entziehen. Wenn sie so am Boden zu seinen Füßen saß, war sie mit Gewalt nicht fortzubringen; dort vergaß sie die Schätze des Reiches, die Würde der Herrschaft, Diadem und Purpur. In Verdemüthigung und Dienstfertigkeit ihm gegenüber konnte sie sich nie genug thuen. Eines Tages nun erbat sie sich von ihrem kaiserlichen Gemahl die Gnade aus, den Bischof allein bei Tisch zu bedienen. Maximus willigte ein, und nun bestürmten sie gemeinsam den heil. Martinus, dies zu gestatten. Nach einigem Sträuben mußte er nachgeben. Es wurde also die ganze Dienerschaft entfernt, und die Kaiserin machte einen Sitz, einen kleinen Sessel zurecht, rückte einen Tisch heran, goß ihm Wasser auf die Hände und setzte ihm dann die Speisen vor, die sie selbst in der Küche gekocht und bereitet hatte. Während er nun zu Tische saß und aß, stand sie in einiger Entfernung, genau nach der Sitte der Dienerschaft, wie eine Magd, unbeweglich und harrend, ob sie einen Dienst leisten könne, in Allem die Bescheidenheit und Demuth einer wahren Dienstmagd kundgebend. Auch mischte sie den Wein und reichte ihm denselben, wenn er trinken wollte. Nach dem Schlusse der Mahlzeit sammelte sie die übrig gebliebenen Stückchen und Krümchen Brod für sich und zog sie den feinsten Speisen der kaiserlichen Tafel vor.

Das geschah um die Zeit, da Martinus mit der großen Mehrheit der Gallischen Bischöfe keinen Umgang pflegen wollte und mit mehreren die Kirchengemeinschaft aufgehoben hatte; es war dieselbe Zeit, da auch der h. Hieronymus, jener große Kirchenlehrer, während er in Thränen der Unbilden gedachte, die er von den Clerikern und insbesondere zu Rom erfahren, oder die Sprache ernster Kritik gegen sie führte, die fromme Huldigung vornehmer Frauen sich gefallen ließ.

VIII.

Martinus, der milde Bischof.

Es giebt ein berühmtes Wort des Apostelfürsten Petrus, das jeder Bischof sich zu allen Stunden wiederholen oder wiederholen lassen sollte: „Weidet die Heerde Gottes, die bei euch ist, die Aufsicht führend, nicht gezwungen, sondern williglich (mit Freuden) Gottes wegen, nicht um schnöden Gewinn, sondern von Herzen; nicht gebieterisch über das Erbtheil, sondern ein Vorbild der Heerde seiend von Herzen: und ihr werdet, wann erscheint der Oberhirte, die unverwelkliche Krone der Herrlichkeit empfangen." Es ist auch nichts so priesterlich als Milde und herzliches Erbarmen. Man darf darunter freilich nicht sinnliche Weichheit oder sentimentale Rührung verstehen, — Stimmungen, die mit Jähzorn und grausamer Härte wechseln können —, sondern nur jene Fülle hingebender Liebe aus dem Reichthume des im Frieden Gottes Trost und Freude spendenden Geistes, der in Demuth nur das sucht, was Jesu Christi ist. —

Martinus war nie gebieterisch über das ihm anvertraute Erbtheil; er weidete die Heerde Gottes von Herzen, in Allem ihr Vorbild. Die Erhebung zum Bischof hatte ihn nicht umgewandelt, so daß er im Gefühle seiner Würde ein Anderer geworden wäre, sich vornehm zurückziehend und unterscheidend von der früheren Art und Weise, zu sein, und von den ehemaligen Freunden, Standes- und Altersgenossen; sondern in Allem blieb er, als ein edler Charakter, beharrlich derselbe, der er vorher war: in seinem Herzen dieselbe Demuth, in Kleidung und Haltung dieselbe Einfachheit und Anspruchslosigkeit. Indem er seine Würde von seiner Person sehr wohl trennte, war er nie hochfahrend; denn Kränkungen, die er erfuhr, bezog er nicht auf seine Würde, sondern auf seine Person, und diese konnte in der Liebe Alles dulden und Alles überstehen. Wollte ihn Jemand erbittern, so stellte er sich auf die feste Stufe seiner Demuth, und er war unerreichbar. Er hielt die Menschen als solche nicht für so böse, wie sie oft erscheinen, und beurtheilte sie immer milder. Ja, wenn er Handlungen sah, deren Bosheit offenbar war, so sah er im Geiste zugleich den Teufel als

Urheber derselben und die Menschen nur als unglückliche Werkzeuge. Und mit der ganzen Innigkeit seiner Fürbitte und mit aller Energie seiner Gebetsmacht war er dann bemüht, sie frei von Teufel und Sünde zu machen; denn wie sehr er das Böse haßte, so tief wurde er von Mitleid mit den Personen erfüllt.

Alles Leid des Nebenmenschen ging ihm zu Herzen; Kranken, körperlich Leidenden Trost und Heilung zu bringen, war ihm Wonne. Das wußte auch Jedermann. Der sogenannte fromme Betrug, wodurch er aus seiner Zelle gelockt wurde, um in Tours zum Bischofe gewählt zu werden, bestand ja eben darin, daß ihm vorgestellt wurde, in dieser Stadt harre eine Kranke seines Segens und seiner Hülfe. Auch des Elends der Gefangenen gedachte er mit wirksamer Theilnahme. Als einst das Haus des Lycontius, eines ehemaligen Statthalters, von einer Seuche heimgesucht wurde und Viele schwer erkrankten, betete und fastete Martinus sieben volle Tage und Nächte zur Abwendung des Uebels, und die Kranken genasen. Da schickte der dankbare Lycontius hundert Pfund Silber mit einem rührenden Dankschreiben. Noch ehe das Silber über die Schwelle des Monasteriums kam, bestimmte der Heilige es für die Loskaufung der Gefangenen. Die Brüder meinten zwar, er hätte, da ihre Kost schmal und die dürftige Kleidung nicht einmal für Alle vollständig vorhanden sei, wenigstens etwas davon für die Bedürfnisse des Monasteriums behalten sollen; allein Martinus sprach: „Uns mag die Kirche weiden und kleiden, wir dürfen uns nicht den Schein zuziehen, als suchten wir für uns Gewinn."

An den Armen übte er Erbarmen ohne Maß, das heißt, das Maß war seine Habe; er gab, was er eben hatte. Die berühmte That der Manteltheilung wurde früher erzählt. Ein würdiges Seitenstück dazu ist uns aufbewahrt aus seiner bischöflichen Zeit, das ebenso gekannt und geschätzt zu sein verdient wie jene von der Kunst und Poesie verherrlichte That. Es war wieder zur Winters- zeit, an einem Sonn- oder Festtage, als Martinus sich wie ge- wöhnlich aufmachte, um in Begleitung der Brüder zur bischöflichen Kirche von Tours zu gehen, wo er das Pontificalamt halten wollte. Da begegnete ihm in der Nähe der Kirche ein Armer, halb entblößt und dem Froste ausgesetzt, der um Kleidung bat. Der Bischof rief seinen Archidiacon und befahl, den Armen ohne Verzug mit Kleidung zu versehen. Darauf ging er, wie er pflegte, allein in die für ihn bestimmte Sacristei, wo er die Stunde des Gottesdienstes erwartete. Seinen Geistlichen ließ er unterdessen Freiheit; die Einen machten Besuche, Andere hörten Klagen an und schlichteten Streitigkeiten und die übrigen saßen in der für die Presbyter bestimmten Sacristei[1]). Während nun Martinus für sich allein in seiner Sacristei auf seinem bescheidenen Stuhle saß, angethan mit einer Tunica und einem weiten, inwendig und auswendig zottig behaarten Mantel, drang jener Arme unbemerkt zu ihm und klagte, der Archidiacon habe sich um ihn nicht bekümmert, ihm nichts gegeben, und nun leide er so sehr vom Froste. Ohne Zögern und ohne Worte zog der Heilige unvermerkt unter seinem Mantel die Tunica aus, reichte sie dem Armen, ließ ihn dieselbe sofort anziehen und dann hinausgehen. Draußen unter dem Volke fiel der Arme nicht auf, weil Martinus die gewöhnliche Tunica, wie sie Jedermann hatte, trug, nur nicht von kostbarem Stoffe. Der Bischof aber saß wieder allein, bloß in seinen Mantel gehüllt, der ihn auch ganz bedeckte, und harrte der Zeit des Gottesdienstes. Bald darauf trat auch der Archidiacon ein und meldete, die Stunde sei da, die Kirche ganz von Gläubigen erfüllt, er möge also hervorgehen und den Gottesdienst beginnen. Martinus sprach: „Zuerst muß der Arme bekleidet werden; ich kann nicht in die Kirche eintreten, bevor der Arme sein Kleid erhalten hat." Dies sagte er, nicht erzürnt, sondern mit dem ihm eigenthümlichen harmlosen Humor, indem er mit dem Armen nun sich selbst meinte. Der Diacon, etwas betroffen, entschuldigte sich damit, daß der Arme ja nicht mehr da sei. Der Bischof aber erwiederte: „Laß nur die Tunica herbeischaffen, so wird der Arme, den wir damit bekleiden, schon nicht fehlen." Der Geistliche also, bereits ärgerlich, läuft zu der nächsten Bude, kauft in Hast für fünf Silbermünzen eine kurze zottige Bigerrica, d. i. eine Tunica, welche bei dem gallischen Stamme der Bigerrionen in Aquitanien üblich war, bringt sie verdrießlich herbei und legt sie zu den Füßen des Bischofs mit den Worten: „Da hast Du das Kleid, aber der Arme ist nicht hier." Darauf sagte ihm Martinus mit der größten Ruhe, er

---

1) Es wurden um diese Zeit in der Regel bei den bischöflichen Kirchen zwei Sacristeien, eine für den Bischof und die andere für die Presbyter, gebaut, zu beiden Seiten der Apsis.

möge nur ein wenig vor die Thüre gehen, dann werde sich auch der Arme finden. Und als nun der Archidiacon draußen war, zog er sich die rauhe Tunica an, und darauf wurde zum Altar geschritten [1]). Es war jener Tag, an dem drei Mönche, ein Presbyter und eine Jungfrau das ganze Haupt des Heiligen, während er den Altar segnete, von emporflammenden Strahlen umleuchtet sahen.

Die gefährlichste Klippe, an der die Milde eines Bischofs gar zu leicht Schiffbruch leidet, ist die ihm verliehene unverletzliche Auktorität und göttlich geordnete Macht. Diese ist so hoch und so ehrwürdig, daß ein schwacher Mensch, der damit bekleidet ist und sie in zahlreichen Symbolen täglich und stündlich als die seinige vor Augen hat, wohl unbedacht dazu verleitet werden kann, sie für einen Selbstzweck zu halten und daraus die Verpflichtung ab= zuleiten, seine Lebensaufgabe in ihrer Beschützung und Verherr= lichung zu finden, und demgemäß die Priester nicht nach ihrer Tüchtigkeit und Thätigkeit für das Heil der Gläubigen und für die Glorie des Herrn, sondern nach ihrer Unterwürfigkeit unter die bischöfliche Auktorität werthzuschätzen. Kommt dann noch der naheliegende Irrthum hinzu, daß er den Bischof an die Stelle der bischöflichen Würde setzt und seine Person auch nach ihren mensch= lichen Aeußerungen als die in Allem vollkommene Erscheinung des Bischofs ansieht, so daß der Bischof nicht mehr in den Formen des canonischen Rechts, sondern in Gestalt irdischer Willkür in den Wechselverkehr mit den ihrerseits auch unvollkommenen Unter= gebenenen tritt, so findet bald die himmlische Milde keine Stätte mehr. Martinus umschiffte diese Klippe in so weitem Bogen, daß nach heutiger Auffassung Viele der Ansicht sein mögen, er habe das bischöfliche Ansehen nicht hinlänglich bewahrt und zu Ehren gebracht. Zuerst trug er im Leben durchaus keine bischöflichen Abzeichen oder Symbole; nur wenn er seinen Mund öffnete, das Wort der Wahrheit zu verkünden, wenn er seine Hand ausstreckte, dem Leidenden zu helfen, und wenn er kam, dem Altar sich zu nahen, erkannte man den Bischof an dem hohenpriesterlichen Mit=

---

1) Die ganze Scene kann sich allerdings heutzutage zwischen einem Bischof und einem Armen unmittelbar vor einem Pontifical=Amte nicht leicht mehr ereignen. —

leib und an der himmlischen Milde, die aus seinen Augen leuchtete. Dann aber verschmähte er selbst in der Kirche die äußere symbolische Pracht. Damals kam die Sitte auf, daß die Bischöfe sich in ihrer Cathedrale einen erhabenen Sitz wie einen königlichen Thron errichten ließen. Vielen war das ungewohnt, und Severus sagt, er könne nicht ohne Scham berichten, daß er so einen Bischof habe thronen gesehen. Martinus aber saß auch in seiner Kirche auf einem ärmlichen dreibeinigen Stuhle, wie ihn die Bauern und Dienstleute gebrauchten. Aber verschmähte er die irdische Darstellung der Herrlichkeit, so sahen die Gläubigen dafür sein Haupt in Strahlen und seine das Opfer tragende Hand wie mit kostbaren Edelsteinen geschmückt und leuchtend im Purpurlichte, und zwar Alles im Geiste.

Doch möchte es noch leichter sein, auf die äußere symbolische Herrlichkeit zu verzichten, als auf den Gehorsam der anbefohlenen Heerde, welcher ja unmittelbar mit Heil und Seligkeit zusammenhängt. Freilich kann nur von Gehorsam gegen die wahren Forderungen der bischöflichen Auktorität die Rede sein, nicht aber von jedem launenhaften, kurzsichtigen und willkürlichen Verlangen des Menschen, der mit der bischöflichen Würde eben bekleidet ist. Aber es ist unendlich schwer, im wirklichen Leben in dieser Hinsicht zu trennen, wenn man sich nicht bestimmt und gewissenhaft an die canonischen Gesetze hält; und will ein Bischof die himmlische Milde nicht verletzen, so muß er auch noch überaus maßvoll sein im Gebrauche seiner Strafgewalt innerhalb der Normen des Kirchenrechts; nur die Segens- und Friedensmacht kann er mit größter Liberalität gebrauchen. Am wenigsten kommt er in Versuchung, die göttliche Milde zu verletzen, wenn er von Herzen demüthig ist, nicht mit dem Munde in allgemeinen Redensarten und nicht in rührenden Thränen, sondern in der That von Herzen. Die Sorge um den Schutz der bischöflichen Auktorität, die durch die faktische Demuth eines Bischofs noch nie gelitten hat, ist nur zu oft Täuschung, ist nicht selten ein Dienst, der dem thörigten Stolz geleistet wird. So scheint wenigstens der h. Martinus die Sache angesehen zu haben, denn er zeigte sich in dieser Hinsicht fast sorglos wegen Aufrechthaltung des Ansehens seiner bischöflichen Würde. Einige Erzählungen werden dies klar darthun. Auf einer kleinen Besitzung hatte eine fromme christliche Jungfrau sich ein strenges

Einsiedlerleben geschaffen, in welchem sie jedem Verkehr und jedem Blicke der Männer entzogen war. Der Ruf von ihrem Glauben und von ihrer Tugend drang aber über ihre Mauern und Umzäunungen hinaus, und man sprach bald in der ganzen Gegend nur mit Bewunderung von ihr. Schon mehrere Jahre hatte sie auf diese Weise, obgleich unsichtbar, die Gläubigen erbaut, als Martinus auf einer Visitationsreise in die Nähe ihrer Besitzung kam und von ihrem heiligmäßigen Leben Kunde erhielt. Da wollte er sie belohnen durch den Besuch ihres Bischofs, denn sie lebte in seiner Diöcese. Die Brüder und Priester, welche ihn umgaben, folgten ihm in der Ueberzeugung, daß jene wegen so großer Ehre und Anerkennung, da ein Bischof von solchem Rufe sie besuchte, sich außerordentlich freuen werde. Aber auf seine Anmeldung erhielt er durch eine andere Frau die entschuldigende Antwort, daß ihr Gelübde auch den frommen Bischof Martinus von ihrem Besuche ausschließe, weil er ein Mann sei. Dieser aber fühlte sich nicht einen Augenblick dadurch verletzt und besorgte nicht, es möchte seiner bischöflichen Auktorität Schaden daraus erwachsen; er pries vielmehr laut ihre beharrliche Tugend und war darüber von Herzen froh. Es war aber gegen Abend, und da nun die Nacht hereinbrach, beschloß Martinus mit den Seinigen in der Nähe jener kleinen Villa, die zur Einsiedelei geworden, das Nachtzelt aufzuschlagen. Das erfuhr jene und so sandte sie ihm ein Gastgeschenk. Nun hatte er aber niemals von irgend Jemanden ein Geschenk angenommen; diesmal jedoch machte er eine Ausnahme, indem er sprach: „Diese Jungfrau ist besser als viele Bischöfe, und darum soll ein Bischof, was sie spendet, nicht verschmähen, denn es ist ein Segen." Severus, der Biograph, meint, kein anderer Bischof seiner Zeit würde sich die Zurückweisung von jener Jungfrau haben gefallen lassen; jeder andere würde zornentbrannt sie für eine Ketzerin erklärt und excommunicirt haben. Es habe dem Martinus aber um so mehr Ehre gemacht, nicht zu zürnen, da für ihn, den zu sehen andere Frauen große Reisen machten und den Engel zu besuchen verlangten, die Sache so ungewohnt gewesen[1]). Ob jene Jungfrau das Vollkommenste erwählt, oder auch nur das Rechte gethan, da sie ihren Bischof von ihrer Thüre abwies, das mögen

---

1) Sulp. Sev. Dial. II. 13.

Andere prüfen und beurtheilen: hier wird nur festgestellt, daß Martinus der Frömmigkeit der Einzelnen großen Spielraum ließ und persönliche Zurückweisungen nicht strafte zur Aufrechthaltung seiner bischöflichen Auktorität. Auffallender noch ist die folgende Thatsache.

Martinus scheint noch nicht lange Bischof gewesen zu sein, als er dem begabten aber etwas leichtfertigen Sohne einer armen Bürger= familie zu Tours eine besondere Neigung und Aufmerksamkeit zu= wandte, so daß er ihn in sein Monasterium aufnahm und ernährte, und erzog. Als derselbe heranwuchs, reihte er ihn in seinen Clerus ein und machte ihn zum Diacon. Nun erkannte der junge Diacon zwar die Liebe seines frommen und weisen Bischofs, aber weil er innerlich noch ein Weltkind war und dem Glanze und Genusse nachstrebte, wurde ihm das Vorbild seines Meisters unangenehm. Nichts war ihm noch fremder, als das beschauliche Gebetsleben, wozu dieser seine Jünger anleitete. Die sanften Mahnungen und Winke belehrten den lebhaften und eigenwilligen Brictio (oder Bricius nach Gregor v. Tours) — so war sein Name — nicht; sie erregten nur oft seinen Unmuth, indem er sich nicht selten so weit vergaß, daß er den Bischof öffentlich schalt. Martinus aber verwies ihm nur die leichtfertigen Streiche; und wenn er nach Ausbrüchen des blinden Zornes über solche Verweise wieder in sich ging und um Versöhnung bat, erhielt er stets zuvorkommende Verzeihung. Eines Tages traf ihn, da er eben auch in schlimmer Stimmung sich befand, ein Kranker, welcher ihn fragte, wo er den wunderthätigen Martinus antreffen könne, denn er hoffte von ihm geheilt zu werden. Es war auf der Straße von Tours nach dem Monasterium (Marmoutier). Der Kranke sprach zu Brictio: „Siehe, ich suche den heiligen Mann und ich weiß nicht, wo er ist und womit er sich eben beschäftigt". Da ant= wortete Brictio: „Suchst Du etwa jenen alten Faseler: nun dort ist er in der Ferne; sieh nur, wie er nach seiner Art den Himmel anstarrt, wie ein Narr!" Der arme Kranke ließ sich nicht irre machen in seinem Vertrauen, eilte hin zu dem lieben Vertrauten des Himmels, und fand Trost und Erfüllung seines Wunsches. Darnach suchte aber Martinus den Brictio auf und sprach zu ihm: „Wie, Brictio, meinst Du, ich fasele?" Das machte den Diacon sehr verlegen, und wie ein ungerathenes Kind

log er: „Ich habe das nicht gesagt". Doch der Bischof erwie=
derte sehr ernst: „War denn nicht mein Ohr an Deinem
Munde, obgleich Du es hinter meinem Rücken sprachst?
Wahrlich, ich sage Dir, ich habe es bei Gott bewirkt,
daß Du nach meinem Heimgange die bischöfliche Würde
erlangen wirst, und dann sollst Du als Bischof viel
Leiden zu erdulden haben". Diese Weissagung und glänzende
Aussicht benutzte Brictio, um die Sache zum Scherz zu wenden,
und so aus der Beschämung und Verlegenheit zu kommen; er
lächelte und sprach: „Habe ich es nicht gesagt, daß der
Alte faselt?" — Martinus beharrte in seiner wohlwollenden Für=
sorge für ihn; keine Unart änderte seinen Entschluß, ihn zu för=
dern, und so weihte er ihn nach den bittersten Kränkungen doch
zum Priester. Das machte den Brictio aber keinesweges bescheide=
ner und demüthiger, vielmehr begann er nun erst recht zu prahlen
und zu prunken. Seine neue Würde brachte ihn in eine einträg=
liche Stellung, und so hielt er sich bald mehrere Pferde; dann
richtete er sich auch einen Sclavenhaushalt ein, indem er Barbaren
kaufte zu Leibeigenen, nicht blos Jünglinge, sondern auch Mädchen
von hübschem Angesicht und äußerem Reize. Da entschloß sich
Martinus, ihm darüber Vorstellungen zu machen. Eines Tages
that er dies und erinnerte in bester Absicht aber ohne hinreichende
Ueberlegung ihn daran, daß er ja, bevor er geistlich geworden,
gar nichts besessen habe, statt ihm einfach zu bedeuten, daß er
würdig seines Berufes wandeln solle: dieser Tadel, diese beschämende
Erinnerung an seine frühere Armuth, brachte den weltlich gesinn=
ten Priester so außer Fassung, daß er vor Zorn verstummte und
in bitterem Schweigen sich abwandte. Am andern Tage saß Mar=
tinus auf seinem allen seinen Jüngern wohlbekannten hölzernen
Stuhle in dem kleinen Hofraume vor seiner Zelle und erinnerte
sich des Vorfalls mit dem unfügsamen Priester; es war ihm klar,
daß sein Tadel denselben nicht gebessert hatte, sondern erbittert,
und schon machte er sich auf einen Ausbruch der Rohheit, womit
jener ihm noch antworten werde, gefaßt. Da war es ihm plötzlich
als sähe er zwei Dämonen auf dem Felsen über ihm, welche riefen:
„nur munter, Brictio, nur zu!" Und in demselben Augenblicke
stürzte Brictio hervor, wie ein Rasender, und übergoß den Heiligen
mit einer Fluth von tausend Schimpfreden; kaum beherrschte er

sich, daß er nicht Hand an ihn legte. Martinus aber bewahrte den sanftesten Ausdruck auf seinem Angesichte und hielt mit der vollkommensten Gemüthsruhe den Wahnwitzigen gebändigt; noch eine Zeit lang redete Brictio auch eifrig weiter: „Ich bin heiliger als Du, denn ich bin von Kindheit an unter der frommen Zucht der Kirche in dem Monasterium, wo Du mich ja selbst geleitet hast, aufgewachsen; Du aber hast Dich, was Du nicht leugnen kannst, in deiner Jugend mit dem Kriegsdienste befleckt und bist nun in Aberglauben und phantastischen Träumereien alt geworden." Aber er erschöpfte sich endlich, da keine heftige Antwort seinem Zorne neue Nahrung gab, und ging stolz davon, wie wenn er durch eine wahre Heldenthat seine angegriffene Ehre wieder hergestellt hätte. Doch dauerte es nicht lange, und er kam wieder; aber wie ganz anders! Das Gebet des h. Martinus, welches dieser als Vergeltung für ihn zum Himmel gesandt, hatte die Versuchung verscheucht, die Gewalt des Teufels über ihn gebrochen. Er kam in Demuth, voll Reue, zerknirschten Geistes, warf sich dem Heiligen zu Füßen, seine Kniee umfassend, und bat, indem er seine Verirrung bekannte, um Verzeihung. Diese zu erlangen, kostete bei Martinus keine große Mühe. Er vergab ihm Alles und behandelte ihn von Herzen, wie vorher. Seiner Umgebung aber erklärte der Bischof, daß er persönliche Kränkung nicht zu strafen brauche; wer einen Andern beschimpfe, der beschimpfe nur sich selbst. Auch Brictio habe nur sich selbst geschadet, nicht aber dem Martinus oder dem Bischofe. Brictio verfiel freilich noch oft in den Fehler der Heftigkeit und bereitete ihm durch seine Schmähungen und falschen Beschuldigungen manchen herben Kummer. Der Clerus konnte es oft nicht mehr ertragen und bestürmte den milden Bischof mit ernsten Bitten, er möge den Brictio seines Amtes und seiner Würde entsetzen; aber Martinus pflegte dann zu erwidern: „Hat Christus den Judas geduldet, warum soll ich nicht den Brictio dulden?" Er wollte auch jeden Schein vermeiden, als ob er für persönliche Beleidigung sich durch kirchliche Strafen Genugthuung verschaffe. Den Severus und seine Freunde veranlaßte dies Benehmen des berühmten Bischofs von Tours nach dessen Tode noch, auf einen benachbarten Bischof einen mißbilligenden Seitenblick zu richten, der bei jeder Beleidigung, die er etwa erfuhr, keine Gewalt mehr über sich hatte, und förmlich raste, gegen Cleriker wüthete und tobte, gegen Laien

12

die ganze Welt in Bewegung setzte, um seinem Rachegefühl Genüge
zu thuen, und Jahre lang in der Verfolgung nicht abließ, weder
durch die Zeit, noch durch vernünftige Erwägung sich beruhigend.
Martinus mag nun gerade im Gegensatze zu solchen die h. Macht
zum Frohndienste der eigenen Person mißbrauchenden Bischöfen
in der Weitherzigkeit sich nie genug gethan haben. Daß er seinem
bischöflichen Ansehen dadurch geschadet, läßt sich faktisch nicht be=
weisen. Den Brictio aber brachte er durch die unermüdliche Liebe,
welche Alles trägt, endlich doch zur Sinnesänderung in Gebet und
Lebensernst. Nach dem Tode des Heiligen wählte ihn der Clerus
von Tours unter Zustimmung des Volkes zum Bischofe, und fortan
lag er dem Gebete ob, und führte, wenn er auch etwas übermüthig
blieb, im Uebrigen einen reinen Wandel bei treuer Verwaltung
seines Amtes. So wirkte er 33 Jahre. Darnach aber wurde er
verleumdet, das Volk gerieth in Aufruhr, Wunder reichten zum
Zeugniß für seine Unschuld nicht aus; er wurde mit Schmach und
Schande aus der Stadt hinausgestoßen, und er erinnerte sich der
Weissagung seines frommen Meisters, daß er viel als Bischof
werde leiden müssen. Er weinte und rief: „Ich habe es verdient,
daß ich so leide, denn ich habe gesündigt gegen einen Heiligen des
Herrn und ihn einen Faseler und Narren genannt; ich sah seine
Wunder und glaubte nicht". Dann ging er nach Rom, um beim
Papste sein Recht zu suchen. Der zu Tours statt seiner eingeschobene
Gegenbischof Justinian reiste ihm nach, starb aber auf der Reise
zu Vercelli. Da wählten die zu Tours, als sie seinen Tod erfuhren,
einen anderen Gegenbischof, der Armentius hieß. Zu Rom aber
lebte Brictio bis in's siebente Jahr, seine Vergehen gegen den
h. Martinus beweinend und Frömmigkeit übend. Dann kehrte er,
nachdem der Papst ihm das Recht zugesprochen und ihn ermächtigt
hatte, nach Tours zurück. Als er noch sechs Meilen von Tours
entfernt war, starb Armentius am Fieber. Dem Brictio wurde
dies, nach der Erzählung des Gregor von Tours, im Gesichte
alsbald kund gethan, und er sprach noch in der Nacht zu den
Seinen: „Steht munter auf, damit wir noch anlangen zur Be=
stattung unseres Bruders, des Bischofs von Tours". So gingen
sie eilig hin, und als sie durch das eine Thor der Stadt einzogen,
wurde eben die Leiche des Armentius durch das andere hinaus=
getragen. Ohne Widerspruch bestieg Brictio nun wieder seinen

bischöflichen Stuhl und verwaltete das Bisthum noch sieben Jahre, dann starb er und wurde begraben neben dem h. Martinus, in der Kirche, welche er über dessen Grab selbst gebaut hatte. Sein Andenken war dann um so mehr im Segen, als er in fünf Städten neue christliche Gemeinden gegründet hatte [1]).

Das Verfahren des h. Martinus gegen Brictio war nicht begründet in einer bloßen Nachgiebigkeit persönlicher Neigung gegen diesen, sondern der Ausdruck eines festen Grundsatzes. Es widerfuhren ihm auch nicht selten von den Clerikern der untersten Grade Kränkungen und Beleidigungen; aber er hat niemals Einen derselben wegen persönlicher Injurien abgesetzt oder auch nur seine Liebe ihm entzogen. Er trennte also die bischöfliche Würde scharf von seiner Person und benutzte jene nie, um Schwächen dieser zu decken. Daß, wer ihn beleidigte, die bischöfliche Würde nicht achte, nahm er nicht an; er suchte den Grund in der Unvollkommenheit seiner Person und wurde immer mehr sanftmüthig und von Herzen demüthig.

IX.

Vollendung.

Seitdem Martinus angefangen hatte, noch in den Jahren der Kindheit, auf die Lieder der Christen und auf ihre Hoffnungen zu lauschen, war er dem Himmel zugewandt, dessen Harmonieen seine Seele fortan vernahm durch das Jauchzen der heidnischen Feste, wie durch den Waffenlärm des römischen Lagers. Wie die Pflanze zum Lichte, so richtete sein Geist sich zu Gott, in dessen Glanz der vollen Wahrheit und in dessen Sonnenstrahl der Liebe er alle Kräfte seiner Seele harmonisch zu entfalten nicht mehr milde ward.

Als ein Jüngling von adeliger Sitte, den der Kriegstribun als Zeltgenossen liebte, als ein Rundeoffizier, der wie ein kreisender

---

1) Die Nachrichten über ihn finden sich bei Sulp. Sev. Dial. III. 20 und bei Greg. v. T. hist Franc. II. 1; X. 31. —

12*

Stern von seinen Kameraden angesehen wurde, that er Kriegs=
dienst und zeigte, daß Waffenkunst und Heldensinn der Rohheit nicht
bedürfen; denn er war die Sanftmuth, die Demuth, die Freund=
lichkeit und Milde selbst. Die Wittwen und Waisen, die Kranken
und Verwundeten tröstete und pflegte er, wie ein wahrer Friedens=
engel; mit ihnen theilte er seinen Sold, seine Speise, seine Kleider.
Nachdem ihm Gott die Gnade gewährt, das himmlische Byssus=
gewand der Seele in der Taufe anzuziehen, so daß sein Geist vor
Gott leuchtete und seine Tugenden ewigen Werth gewannen, und
hierzu die besondere Gunst des Himmels sich gefügt, daß er zu
dem großen, in Gott so reichen Hilarius kam, wuchs seine Demuth
und mehrte sich seine Liebenswürdigkeit. Die Ehre der Theilnahme
an der Verwaltung der Geheimnisse Gottes und der Kräfte der
künftigen Welt in dem Diaconate schlug er aus, auf das Amt, den
Satan und alle seine Pracht zu bekämpfen, welches zu Demüthi=
gungen ihm viel Gelegenheit geben konnte, ging er ein. Bei Hilarius
aber nahm sein christliches Leben die Form der unvergänglichen
Liebe an, die ihn bis an seinen seligen Tod ausgezeichnet und
zum Lieblinge des Volkes gemacht hat. Auch erhielt er von diesem
herrlichen Dollmetscher des göttlichen Wortes, obgleich selbst ohne
Gelehrten=Bildung, eine Gabe der Schriftauslegung, welche später=
hin seine Jünger in Erstaunen setzte. Severus, der selbst auf der
Höhe der classischen Bildung seiner Zeit stand, ja diese Höhe in
vieler Hinsicht persönlich darstellte, erklärte, bei Jesu und der ge=
meinsamen Hoffnung schwörend, er habe in der Bibelwissenschaft
nie seines Gleichen gefunden.

Von Hilarius in sein irdisches Vaterland eilend, wurde er
durch das milde Wort Gottes Gebieter über die Räuber, die ihn
gefangen hatten, und der Versuchung des Teufels trat er mit
jener heiligen Sicherheit in dem Schutze des Allerhöchsten entgegen,
daß er sich alsbald frei und ungehindert fühlte in seinem Wandel
auf dem Wege des Heils. Seine Mutter barg er in den Schooß
der himmlischen Mutter Aller, d. i. der Kirche Jesu Christi, und
dann zog er aus wie ein unerschrockener Kriegsmann gegen das
vom Kaiser geführte Heer der Arianer, um für die Wahrheit, um
für das Wort, das war im Anfang und das bei Gott war und
selber Gott, mit seinem ganzen Dasein einzustehen. Er mußte
fliehen, von Stadt zu Stadt, blieb aber in der Wahrheit unüber=

windlich und gab überall sein nachdrucksvolles Zeugniß für den
Sohn des lebendigen Gottes, bis er eine Zeit lang Ruhe fand
auf jener Insel Gallinaria, wo er wie ein Wesen höherer Welt
schon wunderbar erschien und auch im Verkehre mit dem Himmel
sein Inneres immer herrlicher gestaltete, genau das Bild Jesu
Christi nach der dem Menschen möglichen Aehnlichkeit nachahmend.
Endlich sah er seinen Hilarius wieder, in dessen Nähe sein Herz
ein Ruheplätzchen suchte, welches er fand in seinem Monasterium
Ligugé bei Poitiers. Hier erreichte er bereits jene beharrliche
Tugend und Gleichmäßigkeit des gottliebenden Lebens, welche ihm
Frieden gewann und Reichthum an Weisheit und Trost für Viele.
Ströme lebendigen Wassers gingen von ihm aus, und die daraus
tranken, wurden begeistert für das Leben in Christo. Dann wurde
er, der längst hohepriesterliches Mitleid hatte, und herzliches Er=
barmen mit seinem Nächsten, auch mit der hohenpriesterlichen Würde
bekleidet und zum Bischofe von Tours erhoben. Bald rechnete
jede Stadt es sich zur Ehre, einen seiner Jünger zum Bischofe zu
erhalten. Sein Name leuchtete weit über Gallien hin, wie ein
guter Stern; sein Name erfüllte das Land mit dem Wohlgeruche
Christi, wie eine ausgegossene Salbe. Martinus entfaltete sich
schnell in Vollkommenheit, weilte aber noch lange unter den Men=
schen als ein liebes Vorbild, wie eine aufgeschlossene Blume, die
nicht verwelken will.

Die Heiden sahen aus ihm die Herrlichkeit der Person Jesu
Christi hervorstrahlen und wurden ihm hold und durch ihn der
Kirche zugethan. Seine Gestalt ist uns leider von glaubwürdiger
Hand nicht beschrieben. Wir erfahren nur bei Gelegenheit seiner
Wahl zum Bischofe, daß er sein Aeußeres als Mönch etwas ver=
nachläßigte, das Kleid der Armen trug, sein Haar nicht pflegte
und in seinen Mienen und Blicken durchaus anspruchslos sich zeigte.
Dennoch muß aus dem Eindrucke, den er auf die Menschen machte,
geschlossen werden, daß seine Erscheinung eine ebenso würde=
volle als angenehme gewesen ist und von wunderbarer Anziehungs=
kraft. Die Heiden drängten sich fast ebenso sehr, sein Angesicht zu
sehen, wie die Gläubigen; auf seinen Reisen war er von ganzen
Schaaren umringt und meilenweit begleitet, ohne daß man sie auf=
forderte und ohne daß sie um Erlaubniß fragten. Es trug freilich
der Ruf von seinen Wundern dazu bei: aber wenn auch viele

Tage hindurch nichts Wunderbares sich ereignete, wurden sie doch
nicht müde. Weil sein Wesen Geist und Leben war, zog er alle
Herzen an. Severus sagt am Schlusse seiner Biographie des Heiligen: „Wenn auch seine Wunderthaten im Redeausbruck einiger-
maßen zur Darstellung gelangen können, so wird doch keine menschliche Sprache sein inneres Leben, seinen täglichen Wandel, sein dem
Himmel unablässig zugewandtes Gemüth schildern." Aber das
Unaussprechliche leuchtete aus seinem Wesen hervor und wurde von
seiner Umgebung ahnungsvoll erfaßt und oft verstanden. Wie auch
von dem nicht gebildeten musikalischen Ohre die schöne Harmonie
einer guten Musik angenehm empfunden wird, so hatten alle un-
verdorbenen Menschen beim Anblicke des h. Martinus ein Wohlgefühl und Wohlgefallen, wenn sie sich auch nicht Rechenschaft geben
konnten über die Gründe. Aus seiner ganzen Art und Weise zu
sein, aus seiner Bewegung und aus seiner Ruhe, aus seinem Auge
und aus seiner Rede leuchtete die Harmonie seiner Seele hervor,
in welcher der Himmel seinen Wiederschein hatte. „Nie hat ihn
Jemand im Zorn gesehen, nie von Leidenschaft aufgeregt, nie in übermäßiger Trauer, nie in ausgelasse-
nem Lachen; sondern immerdar sich selber gleich und
treu schien er außerhalb der Natur des Menschen-
geschlechts gestellt zu sein — erhaben über jeden natürlichen
Affect des Menschen, welcher ihn zur Verletzung des schönen Maaßes
treibt — indem sein Antlitz den ruhigen Glanz himmlischer Freude und Fröhlichkeit ununterbrochen ausströmte"[1]. In seiner Unterhaltung war immer großer Anstand
und Würde, in seinem Humor der tiefere Ernst nie zu verkennen;
ohne gelehrte Bildung war er doch der wissenschaftlichen Resultate
der Bemühungen seiner Zeit, besonders in der Bibelwissenschaft,
vollkommen mächtig, so daß er wie aus der Fülle des Wissens
redete; seine geniale Naturanlage hatte sich an der Seite des
h. Hilarius rasch entwickelt. Er erklärte die h. Schrift mit solcher
Fertigkeit und Leichtigkeit, daß die Seinen eine besondere Gnaden-

---

1) Sulp. Sev. Vit. B. Mart. am Schlusse: Nomo unquam vidit illum iratum,
nemo commotum, nemo maerentem, nemo ridentem; unus idemque semper,
coelestem quodammodo laetitiam vultu praeferens, extra naturam hominis
videbatur. —

gabe darin zu erkennen glaubten. Seine Sprache war edel und rein, gewandt und wirksam. Sein Wille für das Gute blieb stets unbeugsam; weder Kaiser noch Synoden brachten ihn darin zum Wanken. Er wußte, wem er diente und dessen Stimme kannte er; nur auf Ihn richtete sich sein Denken, sein Sinnen, sein Streben, sein Handeln. In seinem Munde, der Inhalt seiner Rede war nur Christus; in seinem Herzen war nur göttliche Liebe, Friede, Barmherzigkeit. Und kein Edelstein in seiner Tugendkrone strahlte schöner im Himmelslichte als seine Liebe, die sich in der Feindesliebe verklärte. Er hatte zwar, besonders in den letzten Jahren seines Lebens, wenige Feinde; aber diese waren leider Bischöfe[1]). Doch wenn je ein Jünger des Herrn das Wort: „Segnet die, welche euch fluchen!" getreu erfüllt hat, so war es Martinus. Es war nicht vorübergehende leichte Rührung, sondern beharrliche Tugend, daß er die Sünde derer beweinte und abzubüßen suchte, welche hinter seinem Rücken ihn verleumdeten und in kleinlichem Neide seinen Ruhm und sein Verdienst zu schmälern nicht müde wurden. Es war, als harrte er nur noch aus auf Erden, wenngleich für den Himmel reif, um zu verzeihen, zu sühnen, Frieden zu halten und Frieden zu stiften. Seinen Jüngern kam es so vor, als müßte er immer unter ihnen bleiben und als geschähe durch seinen Heimgang ihnen ein Unrecht. So mögen sie denn, schon in der Nähe seines Todes, noch sorglos gewesen sein. Er aber wußte, daß seine Vollendung nahe sei, und sagte es ihnen voraus. Daß er mit einem Friedenswerke scheiden sollte, war wie eine Besiegelung aller Gnaden, die er während seines reichen Lebens empfangen hatte. Es verhielt sich mit seinem Heimgange zu dem Herrn aber also.

Eben zu der Zeit, als er sein irdisches Ende erwartete, erfuhr er, daß die Geistlichen der Kirche zu Candes (Pfarrort zwischen Tours und Angers, am Einfluß der Vienne in die Loire) in Zwiespalt gerathen und in Haber mit einander seien. Er beschloß sofort sie zu besuchen, um den Frieden unter ihnen herzustellen. Auf dem Wege hatte er, wie gewöhnlich, das zahlreiche Geleite

---

1) A. a. O. Atque o nefas dolendum et ingemiscendum! non alii fuere insectatores eius, licet pauci admodum, non alii tamen quam episcopi ferebantur. Nec vero quemquam nominare necesse est, licet nosmetipsos plerique circumlatrent. —

seiner frommen Jüngerschaar, die er durch belehrende Gleichniß=
rede und die Aeußerung wunderbarer Macht über die Natur erbaute
und erfreute. Zu Candes gelang ihm Alles nach Herzenswunsch,
die Versöhnung der Geistlichen erfolgte und er blieb einige Zeit
unter ihnen, bis der Friede vollkommen befestigt war. Schon
hatte er den Entschluß gefaßt, nach Tours und in sein Monasterium
zurückzukehren, als er eine rasche Abnahme seiner Körperkräfte
merkte und das Herannahen des Todes erkannte. Da berief er
seine Jünger und theilte ihnen mit, daß nunmehr seine Auflösung
bevorstehe. Diese erschracken und wurden namenlos traurig; im
ersten Augenblicke stumm vor Schmerz, fingen sie bald an laut zu
jammern, und nun hörte er wie aus Einem Munde die Klage
Aller: „Warum, o Vater, gehst Du fort von uns? Wir werden
ja trostlos sein, und wem willst Du uns in unserer Trostlosigkeit
dann anvertrauen? Reißende Wölfe werden auf Deine Heerde sich
stürzen, und wer wird sie abwehren, wenn der Hirt gestorben ist,
daß sie uns nicht zerfleischen? Wir wissen es wohl, daß Du Sehn=
sucht hast, bei Christo zu sein: aber Dein Lohn bei ihm ist ja
doch in Sicherheit, und aufgeschoben wird er Dir nicht vermindert.
O habe Mitleid mit uns, die Du verlassen willst!" Als sie so jam=
merten, fing er, dessen Herz von dem Reichthume des herzlichen
Erbarmens überströmte, auch an zu weinen, wandte sich zum Herrn
und antwortete den Trauernden mit dem Gebete: „O Herr, wenn
ich Deinem Volke noch nothwendig bin, siehe, ich weigere mich nicht
der Arbeit; es geschehe Dein Wille". Sein Jünger Severus erklärt
uns den Sinn des kurzen Gebetes mit folgenden Worten: „Schwer
ist, o Herr, der Kampf in diesem Fleische, und mein Kriegsdienst
scheint lange genug gedauert zu haben; dennoch, wenn Du befiehlst,
weigere ich mich nicht, noch fernerhin mit derselben Anstrengung
das Heerlager der Deinigen zu schützen, und ich werde mich nicht
mit Nachlassen der Kräfte entschuldigen. Ich werde in treuer Hin=
gebung die Pflichten erfüllen, die Du mir auferlegst, unter Deiner
Fahne werde ich streiten nach Deinem Befehle. Und obgleich die
Entlassung aus dem Kriegsdienste, dessen Last er getragen, dem
Greise erwünscht ist, so wird doch mein Muth die Jahre besiegen;
ich werde dem Alter nicht weichen. Willst Du aber gnädig sein
meinem Alter und mich frei lassen, so ist eine Wohlthat mir Dein
Rathschluß; dann aber mußt Du diese hier, für die ich in Sorgen

bin, selbst beschützen." Ein heftiges Fieber hatte ihn ergriffen, er mußte vorläufig wenigstens zu Candes bleiben. Aber die Gewalt des Fiebers konnte ihn von seinem gewohnten Gottesdienste nicht abhalten; in Beten und Wachen durchharrte er die Nächte und zwang seine sich entkräftenden Glieder noch seinem Geiste zu dienen, wenn er auch auf seinem Ruhelager bleiben mußte, auf jenem vornehmen Ruhebette, wie der Bischof von Tours es liebte, näm= lich auf dem harten Boden in Asche und Cilicium. Seine Jünger baten ihn bringend, er möge doch gestatten, daß man ihm die ärm= lichste Matratze unterbreite: er aber wehrte es ihnen und sprach: „Es ziemt sich nicht, Kinder, daß ein Christ anders als im Staube sterbe. Hinterließ ich Euch ein anderes Beispiel, es wäre eine Sünde." Fortan hielt er Augen und Hände unverwandt zum Himmel gerichtet, indem sein unüberwindlicher Geist betend ver= harrte. Die Kunde von seiner Krankheit durcheilte schnell das Gebiet der Turonen und verbreitete sich auch nach Poitiers. Da kamen viele Presbyter nach Candes, von Tours und auch von Poitiers. Diese umstanden sein Lager und baten ihn einmal, er möge seinem kranken und schwachen Körper durch Aenderung der Lage Erleichterung verschaffen, indem er sich auf eine Seite lege — er lag nämlich beständig auf dem Rücken. Er aber erwiederte ihnen: „Laßt mich doch, meine Brüder, laßt mich doch lieber den Himmel ansehen, als die Erde, damit mein Geist, der sich anschickt, zum Herrn zu gehen, die rechte Richtung finde." Während er dies sprach, war es ihm, als sähe er plötzlich den Teufel neben sich stehen. Entschlossen sprach er: „Was stehst Du hier, Grausamer? An mir wirst Du, Unheilstifter, keinen Antheil finden; Abrahams Schooß nimmt mich auf". Mit diesen Worten flog sein Geist zum Himmel auf. Und alsbald ergoß sich ein Glanz der Verklärung über den entseelten Leib, so daß die Anwesenden erstaunten und von heiliger Verehrung erfüllt wurden. Sein Angesicht glänzte heller als das Licht, und alle seine Glieder waren weiß ohne die kleinste Makel; ja sein Leib wurde so zart und anmuthig, wie der eines siebenjährigen Knaben. „Wer hätte das glauben sollen", ruft Severus aus, „bei einem Leibe, der stets mit Cilicium und Asche bedeckt war?" Reiner als Glas, weißer als Milch war er; die Glorie der künftigen Auferstehung, die Natur des verwandel= ten Leibes ließ er die ihn Umgebenden ahnen. —

Die Nachricht von seinem Tode rief eine unabsehbare Menschen-
menge herbei. Zu seinem Begräbnisse setzte sich die ganze Stadt
in Bewegung, dazu große Schaaren aus den benachbarten Städten
und vom Lande weither aus den Dörfern und Marktflecken. Vor
Allem aber sah man mit lautem Jammern gegen 2000 Mönche
herbeiströmen, — denn so zahlreiche Jünger hatte der außerordentliche Ruhm des wunderthätigen Heiligen um den Meister
versammelt. Unter ihnen war jedes Alter der Erwachsenen ver-
treten, — ehrwürdige Greise, die auf ein Leben voll verdienstlicher
Arbeit zurücksahen, und Jünglinge, die zur Fahne Christi geschworen
und sich in seinem Dienste übten, und Männer, welche an des
Lebens Mittag die Last seiner Hitze trugen. Auch ein Chor von
Jungfrauen schloß sich dem Zuge an. Jungfräuliche Scham hemmte
ihre Thränen; und sie gedachten der Wonne, die der Heilige nun
genieße, den der Herr in seinem Schooße hege: da mußte ja
Freude das Leid überwinden. Und freilich war hier ein Wider-
streit der Gefühle nach der verschiedenen Betrachtung: die gönnende
Liebe mußte frohlocken über die Verherrlichung und Beseligung
des Heiligen, aber die entbehrende Sehnsucht nach seinem Angesichte
und nach seiner Führung hatte Leid über Leid und war verwirrt
bei seinem Tode. Bei diesem Trauerzuge mußte man den Wei-
nenden die Thränen verzeihen, den Frohlockenden aber Glück
wünschen: denn beides war ein Akt der Pietät: sich freuen für
ihn, und weinen seinetwegen, nämlich wegen des Verlustes seiner
Gegenwart. — Im lauten, himmlischen Hymnengesange also begleiteten die Schaaren die irdische Hülle des Heiligen zu ihrer
Ruhestatt. „Martinus, auf Erden arm und dürftig, ging reich
in den Himmel ein." — Das geschah im Jahre 401, da er das
65. Lebensjahr zählte [1]).

Nach einer Erzählung Gregor's von Tours [2]) war es von
vorne herein bestimmt, daß der Leib des Heiligen, diese kostbare
Reliquie, nicht in Candes bleiben solle. Dort fand nur das
feierliche Begräbniß statt, aber die bleibende Stätte der Ruhe
wollten ihm Poitiers und Tours zugleich darbieten. Da gab es
nun Streit. Es waren aber die Mönche aus Ligugé und die

---

1) Siehe d. Beilage I.
2) Hist. Franc. I. 48.

Bewohner von Poitiers zahlreicher herbeigeeilt, als die von Mar=
moutier und von Tours. Zuerst wollten sie einander überzeugen
durch Gründe. So sprachen die von Poitiers: „Martinus war bei
uns als Mönch, bei uns als Abt; wir haben ihn euch nur geliehen
und fordern ihn nun zurück. Ihr mögt zufrieden sein damit, daß
ihr, so lange er Bischof war und in der Welt lebte, seine Rede
gehört, an seinem Mahle Theil genommen habt, durch seinen
Segen gekräftigt und durch seine Wunder erweckt worden seid.
Doch damit habt ihr auch euren Antheil, und nun kommt es uns
zu, wenigstens seinen Leichnam zu erhalten." Aber die von Tours
antworteten: „Ihr behauptet da, wir hätten in seinen Wundern
unsern Antheil empfangen: so wisset denn, daß er deren mehr bei
euch als unter uns gethan hat. Denn vieler anderer Thaten
nicht zu gedenken, so hat er euch zwei Todte auferweckt und uns
nur einen, und er pflegte ja selbst zu sagen, es habe ihm größere
Wunderkraft innegewohnt, ehe er Bischof war, als nachher. Euch
ist er nun einmal von Gott genommen und uns gegeben. Wenn
also die alte Sitte aufrecht erhalten bleibt, so muß er nach Gottes
Willen sein Grab dort haben, wo er geweiht ist. Wenn ihr aber
etwa deshalb seinen Leichnam verlangt, weil das ein Recht seines
Klosters sei, so wisset, daß er zuerst im Kloster war zu Mailand."
Diese Gründe waren wohl triftig; aber die von Poitiers hörten
in ihrer heftigen Liebe zu dem Heiligen und in ihrer Sehnsucht,
den hinterlassenen Schatz zu gewinnen, nicht die Gründe, sondern
nur die Weigerung, ihrem Wunsche zu entsprechen, und so fuhren
sie fort zu streiten, bis über ihren Streitreden die Sonne sank
und die Nacht hereinbrach. Beide Parteien, einander mißtrauend,
verriegelten die Thore und bewachten die Leiche von beiden Seiten;
beide, die von Tours und die von Poitiers, umstellten mit Wachen
das theure Kleinod, wie wenn sie es gemeinsam vor Dieben be=
wahren wollten. Es befürchteten aber die Turonen am anderen
Morgen Gewaltthätigkeit derer von Poitiers, die der Zahl nach
stärker waren. „Jene werden mit Gewalt den Leib unseres Hirten
nehmen und fortführen", dachten sie und waren sehr in Sorge.
Aber das wollte Gott nicht; die Stadt Tours sollte nach dem
Rathschlusse des Allmächtigen die irdische Hülle ihres Schutzheiligen
in ihren Mauern bergen. Um Mitternacht überfiel nämlich ein
tiefer Schlaf die Schaar von Poitiers, so daß keiner von der

ganzen Menge wach blieb. Sobald die von Tours es merkten, wie sie alle eingeschlafen seien, handelten sie schnell und entschlossen. Einige eilten in aller Stille hinaus und andere ergriffen den Leib des Heiligen und ließen ihn durch's Fenster hinab, wo jene ihn in Empfang nahmen. Alles Volk von Tours, welches anwesend war, hatte sich bald versammelt. Sie brachten ihren kostbaren Schatz auf ein Schiff, schifften sich selbst ein und fuhren die Vienne hinab in die Loire hinein. Kaum hatten sie das Bett der Loire erreicht und auf Tours loszusteuern begonnen, als sie anfingen laut zu singen, Psalmen und Lobgesänge. Von dem lauten Gesange der Schaar erwachten endlich die von Poitiers, indem sie mit Schrecken wahrnahmen, daß der Schatz, den sie bewachten, verschwunden sei. So kehrten sie nach Hause zurück, tiefbeschämt. —

Bei dem Tode des h. Martinus war der ihm so treue Jünger Severus Sulpicius nicht zugegen; er hatte die Reise nach Candes nicht mitgemacht und auch von der Krankheit des Meisters nichts erfahren. Aber als die Boten mit der Trauerbotschaft auf dem Wege und schon nahe seinem Aufenthaltsorte waren, wurde er von banger Ahnung ergriffen, kam in einen traumhaften Zustand, und empfing ein glänzendes Gesicht über den Heimgang des Heiligen, welches er aber nicht begriff, bis die unmittelbar darauf anlangende Trauerkunde es ihm deutete. Er erzählt den Vorgang in dem folgenden Briefe an einen Diacon Aurelius.

„Sulpicius Severus entbietet dem Diacon Aurelius seinen Gruß. Als Du heute früh von mir fortgegangen warst, saß ich allein in meiner Zelle. Da ergriff mein Gemüth, wie sonst häufig, bald die Hoffnung auf die Verheißungen für die künftige Welt, wobei die Gegenwart mich mit Ueberdruß erfüllte, bald die Furcht vor dem Gerichte und der Schauder vor der Strafe; und in Folge dessen trat wieder die Erinnerung an meine Sünden, welche auch die Veranlassung zu der ganzen Betrachtung war, lebendig vor meine Seele und brachte mir Traurigkeit und Erschöpfung. Ich warf meine durch die Seelen-Angst ermatteten Glieder auf mein Ruhelager und, wie es die Traurigkeit häufig mit sich bringt, es beschlich mich der Schlaf, doch so, wie er in den Morgenstunden sich immer etwas leicht und unsicher einstellt; — er verbreitet sich nur schwankend und zweifelhaft über die Glieder, so daß man fast wachend es merkt, daß man schlafe. Da

glaubte ich nun plötzlich den h. Bischof Martinus zu sehen, angethan mit einem weißen Mantel, sein Angesicht wie Feuer, seine
Augen wie Sterne, das Haar wie Purpurfarbe; dennoch sah ich
ihn genau in seiner Körperhaltung und Gestalt, wie ich ihn wohl
kannte, so daß ich in einen wunderbaren unaussprechlichen Zustand gerieth: ich konnte ihn nicht ansehen (wegen seines Leuchtens) und konnte
ihn doch erkennen (wegen seiner gewohnten Gestalt). Er aber lächelte
mich an und zeigte mit seiner Rechten das Buch, welches ich über
sein Leben geschrieben habe. Ich umfaßte seine heiligen Füße und
bat wie sonst um seinen Segen. Da legte er seine Hand auf
mein Haupt, und ich fühlte wonnevoll die Berührung; — und
als er nun bei der feierlichen Segensformel das Kreuzzeichen im
Namen des Dreieinigen, was so vertraulich klang, wiederholte,
richtete ich unwillkürlich meine Augen auf ihn, und siehe, ich konnte
mich an dem Anblicke seines Angesichts nicht sättigen! Er aber
wurde mir plötzlich in die Höhe entrückt und entrissen; er ent-
schwebte in dem unermeßlichen Raume; doch verfolgte ich ihn mit
der ganzen Schärfe meines Auges, bis er, auf schneller Wolke
getragen, in den offenen Himmel aufgenommen wurde: dann
konnte ich ihn nicht mehr sehen. Gleich darauf sah ich den heil.
Presbyter Clarus, seinen Jünger, der jüngst gestorben war, denselben Weg, den der Meister gegangen, hinaufsteigen. Da wurde
ich dreist und wollte folgen: aber indem ich in die Höhe zu schreiten
den Versuch machte, erwachte ich; und zum Selbstbewußtsein
zurückgekehrt, war ich froh und wünschte mir selber Glück zu der
Vision; aber in demselben Augenblicke trat unser Hausdiener mit
ungewönlich trauriger Miene ein und wollte reden wie eine
Schmerzensbotschaft. „Was willst Du so traurig sagen?" rief ich.
„Zwei Mönche von Tours," sprach er, „waren eben hier; sie
melden, daß Martinus gestorben sei." Ich gestehe, daß ich zu-
sammenbrach; bald aber stürzte ein Strom von Thränen mir aus
den Augen und ich weinte sehr. Auch jetzt wieder, da ich an Dich,
mein Bruder, dies schreibe, fließen die Thränen, und ich empfinde
beim unerträglichsten Schmerze keinen Trost. Ich wünsche aber,
daß Du auf diese Botschaft hin, da wir in der Gemeinschaft der
Liebe zu ihm eins waren, auch ein Mitgenosse seist in der Trauer.
Komme also augenblicklich zu mir und laß uns zusammen über
den Verlust dessen trauern, den wir gleichmäßig liebten; freilich

weiß ich, daß wir keine Ursache haben, das Loos jenes Mannes selbst zu betrauern, welchem nun, nachdem er über die Welt gesiegt und triumphirt hat, die Krone der Gerechtigkeit verliehen worden ist. Indessen, ich kann mir nicht gebieten, daß ich nicht betrübt sein soll. Ich habe wohl mir einen Fürsprecher vorausgesandt, aber den Trost des gegenwärtigen Lebens verloren. Ja, ließe der Schmerz überhaupt Vernunftgründe zu, so müßte ich mich ja freuen; denn jener, eingereiht in die Schaar der Apostel und Propheten, steht keinem der Gerechten, — die Heiligen alle in Ehren! — irgend nach, und ist jenen, die ihr Gewand in dem Blute des Lammes gewaschen haben, so hoffe, glaube und vertraue ich fest, zugesellt und makellos begleitet er das Lamm, wohin es geht. Erlaubten es ihm auch die Zeitverhältnisse nicht, das Blutzeugniß zu leisten, so wird er doch des Ruhmes eines Märtyrers nicht entbehren, da er vermöge seiner Sehnsucht und seiner Tugenden Märtyrer sein konnte und zu sein den Willen hatte. Wäre es ihm vergönnt gewesen, in jenem Blutzeugenkampfe zu den Zeiten eines Nero oder eines Decius mitzustreiten: er würde, — ich rufe den Gott des Himmels und der Erde zum Zeugen an, — aus freiem Antriebe das Folterroß bestiegen und in das Feuer sich gestürzt haben; den hebräischen Knaben im Feuerofen gleich hätte er inmitten der Flammenkreise einen Lobgesang des Herrn angestimmt. ...... Er hätte unter allen Foltern und Qualen, frohlockend über die Schmerzen, die Heiterkeit seines Antlitzes bewahrt. Hat er nun thatsächlich dergleichen auch nicht erduldet, so hat er doch ein unblutiges Martyrium vollbracht. Denn welche Schmerzen menschlicher Leiden durch Hunger, durch Nachtwachen, durch Blöße, durch Fasten, durch Beschimpfungen von Seiten der Neider, durch Nachstellungen von den Boshaften, durch Fürsorge für die Kranken und durch Sorge um derentwillen, die sich in Gefahren befanden, hat er nicht der Hoffnung der Ewigkeit wegen ertragen? Wer hatte Leid, mit dem er nicht litt? Wo wurde Einer geärgert, für den er nicht brannte? Wo ging Einer zu Grunde, um den er nicht seufzte? Und dazu kamen seine mannigfaltigen täglichen Kämpfe gegen menschliche und teuflische Bosheit, in welchen freilich, wie sehr er auch von den vielseitigen Versuchungen angegriffen wurde, seine siegreiche Standhaftigkeit, seine beharrliche Geduld, und sein Alles ertragender Gleichmuth stets die Oberhand behielt. O, welch ein Mann, dessen fromme

Güte, Barmherzigkeit und Liebe über alle Beschreibung war! Sonst erkaltet die Liebe auch wohl bei den Heiligen in dieser kalten Welt: bei ihm fand sich nicht nur kein Nachlassen derselben, sondern sie wuchs unablässig bis an sein Ende. Dessen durfte ich besonders mich freuen: denn, wie sehr ich seiner auch unwürdig und unwerth war, er liebte mich einzig. Siehe, da fließen meine Thränen schon wieder, und aus meiner tiefsten Brust ringt sich der Seufzer empor. In welchem Menschen soll ich nun ähnlich meine Ruhe, in wessen Liebe meinen Trost finden? O, ich Elender, ich Unglücklicher; werde ich denn jemals, wenn ich noch länger lebe, ohne Schmerz sein können, da ich den Martinus überlebe? Wird mir das Leben hiernach wieder angenehm werden, wird ein Tag oder eine Stunde mir ohne Thräne sein? Oder werde ich mit Dir, mein liebster Bruder, seiner erwähnen können, ohne Weinen, oder hinwiederum vor Dir etwas Anderes reden können, als von ihm? Doch wes= halb errege ich Dich zu Thränen und zum Weinen? Siehe, nun wünsche ich, daß Du getröstet sein mögest, der ich mich selber nicht trösten kann! O, er wird uns nicht fehlen, das glaube mir! nein, fehlen wird er uns nicht! Er wird mitten unter uns sein, wenn wir uns von ihm unterhalten; bei unseren Gebeten zugegen sein; ja er wird, was er mir heute schon gewähren wollte, in seiner Glorie sich oft uns zeigen, und uns, wie er es eben gethan, ohne Unterlaß mit seinem Segen beschützen. Auch hat er in jener Vision, worin er anschaulich gemacht, daß der Himmel denen, die ihm folgen, sich öffne; uns gelehrt, wohin man ihm folgen, wohin unsere Hoff= nung streben, wohin unser Herz sich richten soll. Was ist zu thuen, mein Bruder? Ich bin mir wohl bewußt, daß ich nicht werde jene steile Höhe hinansteigen und erklimmen können, — so sehr zieht die lästige Bürde, womit ich beschwert bin, mich von der Sünden= last Niedergedrückten und Elenden, das Aufsteigen zu den Sternen verwehrend, grausam in den Abgrund der Unterwelt. Aber es bleibt uns eine Hoffnung, eine einzige und letzte, daß wir nämlich dasjenige, welches wir durch unsere Kraft zu erreichen nicht ver= mögen, wenigstens um der Fürbitte des Martinus willen erlangen. Doch warum halte ich Dich, mein Bruder, mit diesem geschwätzigen Briefe noch länger auf zur Verzögerung Deines Kommens? Mein Papier ist ohnehin zu Ende. Nun, ich hatte doch einen Grund, länger mit Dir zu reden: ich wollte, daß dieser selbige Brief, welcher

Dir die Schmerzensbotschaft überbringt, Dir auch durch meine Aussprache schon einigen Trost gewähre." —

Aehnlich wie dem Severus war es allen treuen Jüngern des h. Martinus bei der Kunde von dem Tode ihres Meisters zu Muthe. Anfangs ein Gefühl unaussprechlichen Schmerzes und gänzlicher Verlassenheit, dann unbegrenzte Verehrung, Anerkenntniß der bleibenden Gemeinschaft und Hoffnung auf die Alles bewirkende Macht seiner Fürbitte. Die Kirche von Tours erfaßte lebendig den Gedanken ihres Schutzheiligen in dem Andenken an ihn, das sich immer mehr verklärte und zur Begeisterung für sie wurde. Bald war man auch überzeugt, den wunderbaren Schutz zu erfahren, Wunderwirkungen wurden berichtet. Der Heilige waltete, wenngleich unsichtbar, so doch wahrnehmbar in seiner Kirche. Die Begeisterung pflanzte sich fort und nicht lange währte es, so leuchtete der Name Martinus als ein überirdisches Gestirn über Gallien: dies war der Gallier Zuflucht und Trost, es war ihr Stolz und Ruhm. —

IV. Buch.

Nachruhm.

.

I.

Verschiedene Art des Nachruhmes.

Martinus war und ist ein Stern am Kirchenhimmel, ein christlicher Heiliger, dessen wahrer Ruhm nur ein kirchlicher sein konnte, nämlich die Anerkenntniß seiner Wundermacht und Heiligkeit in Gewährung der frommen Verehrung und Anrufung. Dieser Ruhm ist ihm auch reichlich zu Theil geworden; es ist der wahrhaft kirchliche. Fernerhin empfing er den Ruhm des großen Namens in der ganzen Christenheit. Daneben wurde ihm auch ein himmlischer Ruhm zuerkannt in der Annahme der Fortdauer seiner Wunder am Grabe; denn hier verherrlichte der Himmel selbst seinen Liebling Jahrhunderte lang durch wunderbare Wirkungen in seinem Namen nach der Ueberzeugung und Zeugenschaft der Gläubigen jener Zeiten. Außerdem erweckte die Nachwelt ihm den Legendenruhm, indem sie sein Leben mit poetischen Sagen umgab und mit erfinderischer Phantasie es sinnig schmückte. Er ist sogar der Mittelpunkt eines ihm ursprünglich ganz fremden Legendenkreises geworden. Freilich war sein kirchlicher Ruhm so groß und weit, daß die Legende doch immer nur eine Nebenrolle spielen konnte.

Es blieb aber nicht bei der Legende und Sage; die geschäftige Fama zog ihre Kreise um ihn noch weiter und vermischte das Licht seines glänzenden Namens mit dem geheimnißvollen Schimmer der deutschen Mythologie. Martinus, in dem der urchristliche Geist sich offenbarte, der in der Klarheit seiner biblischen Welt-

13*

anſchauung das Heidenthum für ſeine Perſon intellektuell und
praktiſch überwand und zahlreiche Götzentempel und Götzenbilder
zertrümmerte und ihren Cult verabſcheute und zerſtörte, muß es
in der Geſchichte ſich gefallen laſſen, daß man ihn recht zu
ſchmücken und zu verherrlichen meint, indem man ihn mit my-
thiſchem Ruhm bekleidet. Es iſt freilich mit einer Harmloſigkeit
geſchehen, wie ſie deutſchen Herzen eigen und leicht verzeilich iſt.
Von dieſem verſchiedenartigen Ruhme des heil. Martinus handelt
nun noch das vierte Buch von ſeinem Leben, welches wir hiermit
begonnen haben.

II.

Der kirchliche Ruhm.

Die Verehrung eines Heiligen war im Anfange des fünften
Jahrhunderts noch nicht die Wirkung eines günſtig ausgefallenen
Heiligſprechungsproceſſes in Rom, da der canoniſche Gerichtshof
dafür noch gar nicht exiſtirte; die Verehrung entſtand zunächſt an der
betreffenden biſchöflichen Kirche, welcher der im Rufe der Heiligkeit Heimgegangene angehörte, und zwar unter der Auktorität des
Biſchofs; entweder erloſch ſie dann wieder allmälig, etwa mit dem
Ausſterben einer Generation, oder bei bleibenden Denkmälern der
geſegneten Wirkſamkeit und insbeſondere bei dem Rufe von Wundern am Grabe verbreitete ſich dieſelbe, durch Wallfahrer immer
größere Kreiſe ziehend, bis ſie Lebensbedürfniß der Chriſtenheit
wurde und in Rom Anerkennung und Sanktion fand[1]).

Die Verehrung des großen Biſchofs von Tours, des Einſiedlers
Martinus, als eines Heiligen, hatte ſchon zu ſeinen Lebzeiten in

---

1) Es iſt eben ſo unpſychologiſch als unhiſtoriſch, die Verehrung eines
Heiligen in jener Zeit erſt lange nach ſeinem Tode durch eine dogmengeſchichtliche
Reflexion entſtehen zu laſſen, wie das Wagenmann thut. Gött. g. Anzeigen,
18. Oct. 1865.

Ehrbezeugung und Anrufung um Fürbitte oder um Vermittelung
der göttlichen Wundermacht vollauf unter Tausenden begonnen.
Unmittelbar nach seinem Tode offenbarte sie sich in dem Kampfe
derer von Poitiers und der Turonen um den entschlafenen Leib,
der als ein Reliquienschatz von unermeßlichem Werthe angesehen
wurde. Die Verehrung eines Heiligen besteht nämlich in der
Inehrenhaltung alles dessen, was an sein Leben auf Erden erinnert,
d. h. seiner Reliquien, in der Anerkennung, dem Lobe und der Nach=
ahmung seiner Tugenden und in dem thatsächlichen Zeugnisse des
Glaubens an seine Aufnahme in den Himmel und an die bleibende
Gemeinschaft mit ihm durch die Anrufung oder Bitte um seinen
Schutz und um seine Fürbitte. Ein schlagendes Beispiel, daß
eine solche Verehrung des h. Martinus unmittelbar nach seinem
Heimgange in aller Innigkeit und Gläubigkeit hervortrat, ist Se=
verus, sein Biograph. Er sieht ihn bei der Ahnung von seinem
eingetretenen Tode sofort in himmlischer Herrlichkeit mit dem
weißen Gewande, dem sonnigen Antlitze, den strahlenden Augen
und purpurn erglänzenden Haaren und wird, wenn der Heilige sich
auch nicht mehr von ihm berühren läßt und er vergebens seine
Kniee zu umfassen sucht, doch wonnevoll von ihm gesegnet, eh' der
Verklärte in die geöffneten Himmel hinein wieder verschwindet.
Severus weiß mit Gewißheit, daß sein Martinus, triumphirend
über die Welt, die Krone der Gerechtigkeit empfangen hat, und er
bezeugt, daß er sich einen Beschützer, einen Anwalt, einen „Patron“
vorausgesandt in den Himmel, wo er ihn, in die Schaaren der
Apostel und Propheten eingereiht glänzen sieht unter den Heiligen,
denen ebenbürtig, welche dem Lamme folgen, wohin es geht.
Dann spricht er mit der Zuversicht des übernatürlichen Glaubens
das praktische Verhältniß aus, worin er sich zu dem von ihm so
innig verehrten Heiligen denkt: „Er wird uns nicht fehlen, glaub'
es mir! nein, fehlen wird er uns nicht! Er wird mitten unter
uns sein, wenn wir uns von ihm unterhalten; bei unseren
Gebeten wird er zugegen sein; ja, er wird, was er mir heute
schon gewähren wollte, in seiner Glorie sich oft uns zeigen und
uns, wie er es eben gethan, ohne Unterlaß mit seinem Segen be=
schützen.“ Diese Worte der reinsten christlichen Heiligenverehrung hier
wiederholt zu lesen, wird keinen sinnigen Leser verdrießen. Auch
daran sei hier noch einmal erinnert, daß Severus in dem bemüthigen

Gefühle seiner Unwürdigkeit ausruft: „Unsere einzige Hoffnung ist, daß wir das Ziel, welches wir durch eigenes Verdienst zu erreichen nicht vermögen, durch die Fürbitte des Martinus für uns zu erlangen gewürdigt werden." In dieser Sprache ist Geist und Leben der kirchlichen Verehrung der Heiligen; denn Severus wird dadurch in seinem direkten Verhältnisse zu dem Erlöser nicht gestört, sondern befestigt, da er im Hinblicke auf den h. Martinus in seinem Ringen nach dem vollkommenen Gnadenleben nur bebestärkt wird. An ein müßiges Vertrauen auf fremde Verdienste ist dabei nicht von Ferne zu denken; eine solche Auffassung widerspräche der ganzen Anschauungsweise des treuen Jüngers seines Meisters, wie sie in seinen Schriften überall sich zeigt.

Wie Severus, so verehrten gegen 2000 andere Jünger den h. Martinus und mit ihnen das gläubige Volk. Wer von Martinus schreibt und wer von ihm liest, auf den schaut der Heilige vom Himmel her, den Mantel seines Schutzes über ihn ausbreitend, damit ihm kein Unheil widerfahre, während er versunken ist in den Strom der Gnadenerweisungen Gottes. So dachte Severus und mit ihm seine gläubigen Zeitgenossen. Paulinus von Nola sagt in der Einleitung zu seinem Gedichte auf den h. Felix, jedes Land habe seinen Heiligen als Stern und Heilmittel, und so habe Gallien den heiligen Martinus. Paulinus war, wie wir wissen, sein Jünger und Zeitgenosse. Unauslöschlich blieb das Wesen und Walten des Heiligen in seiner Zelle bei Tours im Andenken des Volkes. Daher wurde diese Zelle bald ein beliebter Gegenstand der Verehrung; besonders pflegte man, wie Paulinus von Perigueux in Aquitanien im fünften Jahrhundert berichtet, um die Osterzeit eine förmliche Wallfahrt zu derselben zu unternehmen. Man betrachtete diese Zelle wie eine Wohnung, die dem Himmel näher sei; denn die Himmlischen, die Engel und Heiligen hatten ja — so war man fest überzeugt — darin dem Martinus häufig Besuch abgestattet und mit ihm verkehrt. Sie hatten zwar keine sichtbaren Spuren irdischer Art hinterlassen; aber die Gläubigen bedeckten mit Küssen und Thränen die genau bezeichneten Stellen, wo Martinus gesessen, wo er gebetet, wo er das Mahl genommen und wo er ermüdet ausgeruht und geschlummert hatte. Hatten sich doch seine Jünger eingeprägt, wie der bescheidene ländliche Stuhl ausgesehen, auf dem er in Mußestunden, das heißt in Stunden, die ihn auf neue Arbeit für den Himmel sinnen ließen, vor der Zelle zu sitzen gewohnt war! —

Vor Allem aber wurde das Grab des Heiligen die Stätte der Verehrung. Nachdem die sterbliche Hülle des Vielverehrten unter Psalmen und Hymnengesang von Candes nach Tours geleitet worden war, wurde ihm 550 Schritte von der Stadt Tours entfernt ein ehrenvolles Grab bereitet, das bald eine Zuflucht der Elenden und Bedrängten werden sollte. Zwanzig Tage nach seinem Tode wurde Brictio, wie der Meister vorausgesagt, Bischof von Tours, ein geborner Turone in seiner Vaterstadt. Er ehrte nun den h. Martinus, den er in seiner Jugend voll Uebermuth oft gekränkt hatte; denn er war umgewandelt, lebte keusch und betete viel, war beseelt vom Geiste der Buße und that mit Eifer, was seines Amtes war. Da er nun den h. Martinus hoch in Ehren hielt und sich dankbar gegen ihn erweisen wollte, so baute er eine Kapelle über seinem Grabe, deren Decke er von zierlicher Arbeit machen ließ, ein Kunstwerk in den Augen der Zeitgenossen [1]). In diesem Kirchlein wurden Psalmen und Hymnen gesungen zu Ehren des Heiligen, dessen Reliquien es barg, auch Vigilien und Feste feierte man jährlich zu seinem Andenken, zur Belebung der Gemeinschaft mit ihm, und Alles geschah nach Anordnung und Autorität des Bischofs, in officieller kirchlicher Feier. Das Hauptfest fand am 11. November statt; es war das Andenken an den Todestag, der nach christlicher Auffassung bei den Heiligen schon frühzeitig als Geburtstag für das ewige Leben angesehen wurde und daher in der Ritualsprache den Namen Natalitia erhielt. Zu der Grabeskapelle wallte nun der Strom der Gläubigen; das Gefühl der Dankbarkeit, wie der Hülfsbedürftigkeit trieb Tausende hin ohne dogmatische oder canonische Reflexion, da Niemand zweifelte und Jedermann glaubte, daß Martinus zu den großen und mächtigen Heiligen des Himmels gehöre. Der ruhende Leib des wunderthätigen Heiligen erschien „verehrungswürdig allen Landen", den Bewohnern des ganzen Erdkreises, wie der Dichter sang. Da fanden nun aber die hinwallenden Gläubigen bald, daß das Kirchlein zu klein und nicht würdig genug sei, einen solchen Schatz zu bewahren; es entsprach nicht der Ehre, die dem Grabe dessen, welcher der Stern von Gallien war,

---

[1]) Gregor v. Tours, Hist. Franc. X. 31 vgl. mit II. 14.

erwiesen wurde. Die Bürger von Tours fingen an sich des armen Kirchleins zu schämen und die Fremden machten ihnen Vorwürfe; es fehlte nicht an beißenden Bemerkungen [1]). Endlich, unter dem dritten Bischofe nach dem h. Martinus, welcher Perpetuus hieß [2]), ertrug man das Mißverhältniß nicht mehr. Dieser Bischof befahl jene Kapelle, welche Brictio über dem Grabe des h. Martinus erbaut hatte, niederzureißen, und baute selbst an deren Stelle eine größere, von wunderbar schöner Arbeit, in deren Altarraum (Apsis) er den heiligen Leib des verehrungswürdigen Gottesmannes beisetzte [3]). Perpetuus war ein vornehmer Mann von römischer Abstammung und sehr reich, denn er besaß Güter in dem Gebiete mehrerer Städte. Er konnte also einen prächtigen Bau aufführen lassen. Das that er auch. Sei es nun, daß er den Klagen und Sticheleien, als ob die Turonen keinen Sinn für das Schickliche oder kein Verständniß für ihren Schatz hätten, ein Ende zu machen beschlossen hatte, wie Sidonius es andeutet, oder daß er, wie Gregorius berichtet, bemerkend, wie unablässig am Grabe des Heiligen Wunder geschähen, meinte, solche Wunderthaten seien eines anderen Baues werth: genug, er baute die große prächtige Kirche, welche Gregor, unser Berichterstatter, sah und beschrieb [4]). Sie hatte 160 Fuß in der Länge, 60 Fuß in der Breite; ihre Höhe betrug bis zur Decke 45 Fuß; am Altarraume hatte sie 32 Fenster und 20 Fenster im Schiffe, wo 41 Säulen standen. Im ganzen Gebäude befanden sich 52 Fenster, 120 Säulen und 8 Thüren, wovon drei an dem Altarraume angebracht waren und fünf am Schiffe. Außer dem architektonischen Schmucke wollte Perpetuus seiner schönen Basilika auch die Zierde verleihen, welche die Steine belebt und redend macht; er forderte die Dichter seiner Zeit auf, den Bau durch Inschriften zu verherrlichen. Zwei folgten dem Rufe: Apollinaris Sidonius, dessen Epigramm [5]) in der Apsis als In

---

1) Apollinaris Sidonius IV. 18.

2) Wenn Justinianus und Armentius, die während der siebenjährigen Vertreibung des Brictio den bischöflichen Sitz inne hatten, mitgezählt werden, ist er der fünfte. Greg. v. T. Hist. Fr. II. 14.

3) Greg. v. T. l. c. X. 31.

4) A. a. O. II. 14. Gregor hebt an der vorher citirten Stelle ausdrücklich den Reichthum des Erbauers hervor, und Sidonius weist ebenfalls darauf hin.

5) Es beginnt: Martini corpus, totis venerabile terris.

schrift prangte, und Paulinus von Perigueux; ein dritter
gesellte sich im folgenden (6ten) Jahrhunderte ihnen zu, nämlich
ein anderer heiliger Martinus, auch ein Pannonier, welcher
ein berühmter Bischof in Gallicien wurde, wo er landete, als eben
von dem Sueven-Könige Chararich erbetene Reliquien des h. Martinus von Tours im Hafen anlangten [1]). Dieser dichtete ein Epigramm, welches über der Thüre der Basilika des h. Martinus von
Tours auf der Mittagsseite seinen Platz fand, während die Verse
des Paulinus von Perigueux über der Thüre auf der Flußseite
(d. i. auf der Nordseite der Kirche) zu lesen waren [2]).

Als die Basilika fertig da stand und eingeweiht werden sollte,
veranstaltete der Bischof Perpetuus ein dreifaches Fest. Man hielt
als den Tag der Bischofs-Weihe des h. Martinus in der Kirche
zu Tours den 4. Juli fest, was auch richtig gewesen sein mag;
da beschloß nun Perpetuus, gerade an diesem Tage die neue Kirche
einzuweihen. In der schönen Basilika mußte aber auch ein neues
Grab dem Heiligen bereitet werden, wozu eine Translation, Uebertragung der Reliquien von Alters her unter feierlichem Psalmen-
und Hymnengesange erfordert wurde, so daß auch dies zu einem
Feste sich gestaltete. Da ordnete Perpetuus zugleich die Reliquien-
Uebertragung auf denselben Tag an, und so war das Fest ein dreifaches, wie es in der Folge stets am 4. Juli in der St. Martinus-
Kirche durch Gedenkfeier erneuert wurde. Wahrscheinlich wurde
darüber auch eine Urkunde in das Archiv der Kirche zu Tours
niedergelegt. Etwa Hundert Jahre später wurde die Feier, welche
Perpetuus, von dem Gregor von Tours berichtet, er sei im 64. Jahre
nach dem Heimgange „des glorreichen Herrn Martinus" Bischof
geworden, zur Uebertragung des h. Leibes veranstaltet hatte, in
folgender Weise erzählt. Als das Fest der Kirchweihe und der
Translation herannahte, lud der selige Perpetuus die benachbarten
Bischöfe und Aebte der Monasterien ein und überdies eine große
Anzahl Cleriker. Er wollte die Feier aber am ersten Juli ver-

---

[1]) Greg. v. T. l c. V. 37. Vgl. De Mir. S. Mart. I. 11.

[2]) Sie finden sich in mehreren Handschriften des Sulp. Severus am Schluffe
der Vita S. Mart. zusammengestellt. Das Epigramm des h. Martinus von Gallicien hat Jacob Sirmond herausgegeben. — Außer den mit Angabe der Dichter
erwähnten gab es noch mehrere Epigramme in jener Basilika. De Prato hat
sie gesammelt B. I. App. p. 385 ff.

anstalten. Die Nacht vorher also hielten sie Vigilien, und beim Tagesanbruch nahmen sie die Werkzeuge und begannen das Grab zu öffnen. Als dies geschehen, legten sie die Hand an den Sarkophag und bemühten sich denselben aus der Gruft herauszuheben; doch sie arbeiteten den ganzen Tag vergebens und kamen nicht von der Stelle. Sie hielten dann neue Nachtwache und wiederholten am andern Morgen ihren Versuch, doch ebenso fruchtlos. Da wurden sie verwirrt und mit Schrecken erfüllt; rathlos wußten sie nicht mehr, was sie thun sollten. Einer der Cleriker aber sprach zu den Uebrigen: „Bedenkt, daß nach drei Tagen das Jahrgedächtniß seiner Bischofsweihe eintrifft, welches gefeiert zu werden pflegt; vielleicht erinnert er Euch (durch die Fruchtlosigkeit Eurer Arbeit) daran, daß Ihr an diesem Festtage die Uebertragung seiner Reliquien vornehmen solltet". Das fand Beifall, und so brachten sie die folgende Zeit bis zum 4. Juli in Fasten, Beten und beharrlichem Schweigen zu. Dennoch mißlang auch am 4. Juli der erneuerte Versuch. Voll Schrecken und Trauern waren sie schon im Begriffe das Grab wieder zuzuwerfen, als ein verehrungswürdiger Greis mit schneeweißen Haaren, der sich für einen Abt ausgab, unter sie trat und sprach: „Wie lange zögert ihr in Eurer Verwirrung? Seht Ihr nicht den Herrn Martinus dort stehen, bereit, Euch zu helfen, sobald Ihr nur Hand anlegt?" Mit diesen Worten warf er seinen Mantel ab und faßte selbst den Sarkophag an, was die Bischöfe und die übrigen Aebte mitthaten; zugleich wurden die Kreuze und Kerzen erhoben und die Antiphon angestimmt, worauf alle insgesammt ihre Stimmen erhoben in lautem Psalmengesange. Und siehe! kaum hatte die Hand des Greises den Sarkophag berührt, als dieser mit der leichtesten Mühe sich heben ließ und nun in der Procession zu dem neuen Grabe in dem Altarraum der Basilika übertragen werden konnte. Das geschah also feierlich, und nachdem die Beisetzung stattgefunden, hielt der Bischof Perpetuus mit großer Festlichkeit ein Pontificalamt. Nachdem die kirchliche Feier beendigt war, gingen die Geladenen alle zum Gastmahl, welches der reiche Bischof ihnen bereitet hatte. Alle waren noch erfüllt von dem Eindrucke, welchen der ehrwürdige Greis auf sie gemacht, und Jeder wollte ihn nun sehen und sprechen; aber wie eifrig man ihn auch aufsuchte: nirgendwo war er zu finden. Kein Mensch hatte ihn aus der Kirche kommen sehen, und dort war er nicht mehr; man dachte nun, es sei ein Engel gewesen. So erzählte man sich zur Zeit Gregor's, dem dieser Bericht fast wörtlich entnommen ist [1]). Erschien dem gläubigen Volke das Zusammentreffen der drei Feste auf den 4. Juli so schön und sinnig, daß es meinte, diese Anordnung habe nur durch die Dazwischenkunft der Himmlischen getroffen werden können? Es lag indeß die Verbindung der Feier mit dem bestehenden Feste zu nahe, als daß Perpetuus nicht aus sich selbst hätte auf den Gedanken kommen sollen. —

Das Grab des h. Martinus wurde an seiner neuen Stelle bald darauf mit einer schönen Marmorplatte zugedeckt, welche der Bischof Euphronius von Autun, der Zeitgenosse des Perpetuus, aus großer Verehrung gegen den Heiligen geschenkt und nach Tours gesandt hatte [2]). Euphronius war nämlich ebenfalls ein reicher Mann, der, als er noch Presbyter zu Autun war, die Kirche des h. Symphorian daselbst baute. Das Grab des h. Martinus aber wurde von den Gläubigen aus Verehrung geküßt. „Wir wagenes kaum, es mit dem Munde zu berühren", sagte später der Bischof Gregor [3]).

Die Basilika des h. Martinus von Tours wurde nun schnell berühmt in ganz Gallien und weit über Gallien hinaus. Aus allen Gegenden Europa's, wo es Christen gab, strömten die Wallfahrer hin, und von zahllosen, meist wunderbaren Gebetserhörungen am Grabe des wunderthätigen Heiligen erzählte man sich. Auch heftete sich das der Kirche von den römischen Kaisern zuerst verliehene Asylrecht so achtunggebietend an diese Basilika, daß die gewaltthätigsten Merovinger vor der Verletzung zurückbebten. Als Chramm, ein Sohn König Lothar's I., den Herzog Austrapius verfolgte, floh dieser in die Kirche des h. Martinus. Der List und Lüge nicht scheuende Fürst ehrte das Heiligthum und wagte nicht, hineinzudringen. Er gab aber Befehl, daß der Herzog in seinem Asyl eng eingeschlossen werde, damit Niemand ihm nahen könne, um ihm Speise oder Trank zu bringen. Der Verfolgte sollte so gezwungen werden, vor Hunger oder Qual des Durstes sein Asyl zu verlassen, und dann alsbald getödtet werden. Schon war er dem Verschmachten nahe, als es einem Getreuen gelang, die Wachen

---

1) De mir. S. Mart. l. 6.
2) Greg. v. T. Hist Fr. ll. 15.
3) A. a. O. VI. 10.

zu täuschen und ihm ein Gefäß mit Wasser zu bringen. Aber eine obrigkeitliche Person aus dem Dienste des Chramm, der Richter des Orts, war ihm auf dem Fuße gefolgt und mit eingedrungen in's Asyl. Dieser riß dem Armen das Wassergefäß an der geheiligten Stätte aus der Hand und goß es aus auf die Erde. Das war eine Verletzung des Asyls; der Richter wurde von der Macht des h. Bischofs, dessen Hausrecht er verletzt hatte, geschlagen: heftiges Fieber ergriff ihn sofort und um Mitternacht hauchte er den letzten Athem aus! Dies sei geschehen, erzählt Gregor, im Jahre 557, als Chramm sich gegen seinen Königlichen Vater empört hatte [1]). Als Herzog Gunthramm Boso, von Muccolen, dem Feldherrn Chilperich's, verfolgt, in der Kirche des h. Martinus zu Tours das Asyl erreicht hatte, lagerte der zürnende Verfolger jenseit der Loire und schickte von dort aus Boten — es war im Jahre 576 — an den Bischof Gregor von Tours, unsern Berichterstatter, welche den Befehl überbrachten, er solle den Herzog aus der heiligen Kirche schaffen, widrigenfalls würde die Stadt mit ihren Vorstädten eingeäschert werden. Darauf richtete der Bischof Gregor eine Gesandtschaft an Muccolen, ihm zu melden, Solches sei von Alters her niemals geschehen. Der grimme Feldherr erreichte nicht, was er wollte; die Verehrung des h. Martinus war stärker als sein Heer [2]). Noch an mehreren Beispielen dieser Ehrfurcht vor dem Asyl des h. Martinus ist die Fränkische Geschichte Gregor's reich [3]). Mit welch' beispielloser Gewissenhaftigkeit und Treue dieser Bischof selbst das Asyl des wunderthätigen Heiligen ehrte, erhellt aus der Erzählung von Berulf's Bosheit [4]).

Das Schicksal der Merovinger wurde auf's Engste verflochten gedacht mit der Verehrung, der Gnade oder Ungnade des h. Martinus. Wenn die gleichzeitig herrschenden Könige dieses Hauses, in dem Barbarei und Bildung in so merkwürdigem Gemisch sich zeigten, gegeneinander in Zorn entbrannten und mit Kriegsheeren auf einander losgingen, dann aber ohne Kampf sich wieder vertrugen, so war man fest überzeugt, daß der Friede zwischen ihnen

---

1) Greg. v. T. l. o. IV. 18. Vgl. 16.
2) A. a. O. V. 4.
3) Vgl. V. 14; VII. 21; VIII. 6 und 18.
4) VII. 22.

durch die Wundermacht des h. Martinus zu Stande gebracht worden
sei [1]). Als die Könige Childebert und Theodebert gegen ihren Bruder
Chlothar zu Felde zogen und dieser in einem Gebüsche sich ver-
schanzt hatte, sie aber ihn zu tödten hofften, betete ihre Mutter
Chrobichilde (= Chlotilde) am Grabe des h. Martinus und wachte
betend die ganze Nacht hindurch, um zwischen ihren Söhnen wieder
Frieden zu erlangen. Da erregte der h. Martinus über dem Lager
der beiden ungerechten Angreifer Sturm und Ungewitter; der Sturm
„warf die Zelte um, zerstreute das Gepäck und kehrte Alles von Unten
nach Oben". Blitze und Hagelsteine fuhren auf sie herab mit er-
schreckendem Donner und Rauschen. Childebert und Theodebert mit
ihren Kriegsleuten wurden vornüber auf den mit Schlossen bedeckten
Boden geworfen; sie hielten die Schilde zwar über sich, wurden aber
dennoch von den Steinen schwer getroffen, während die Pferde scheu
und wild davon liefen. So auf den Boden hingestreckt „thaten sie
Buße und baten Gott um Verzeihung dafür, das sie etwas gegen ihr
eigenes Blut hatten unternehmen wollen". Als das Unwetter vorüber
war, machten sie Frieden und Bündniß mit Chlothar, der keinen
Regentropfen gesehen, keinen Donnerschlag gehört und keinen Sturm
gemerkt hatte. Daß aber der h. Martinus es gewesen, der die
feindlichen Brüder so eindringlich und unwiderstehlich zum Frieden
gemahnt, daran zu zweifeln, hielt der Bischof Gregor von Tours
nicht für erlaubt [2]). Durch seine Beziehung zur Kirche des h. Martinus glaubte Gregor selbst das Schicksal der Merovinger voraus
zu erfahren. Nachdem er in einer Nacht die Vigilien in der Basilika des Heiligen gehalten und darnach in seiner Wohnung auf's
Bett hingesunken war, kam es ihm vor, als sähe er einen Engel
durch die Luft fliegen, der über der heiligen Kirche schwebend rief:
„Wehe! Wehe! Gott hat Chilperich und seine Söhne geschlagen,
und Keiner wird ihn überleben von denen, die aus seinen Lenden
entsprungen sind, daß er sein Reich regiere in dauernder Herrschaft" [3]). —

An dem Heiligthume des h. Martinus brach sich daher in der
Regel auch die Leidenschaft der merovingischen Könige und lernten

---

1) A. a. O. IV. 49.
2) A. a. O. III. 28.
3) A. a. O. V. 14. Vgl. II. 37.

sie selbst ihrer Rache Maaß und Schranke setzen. Sie fürchteten und ehrten den mächtigen Patron ihrer Familie und wachten eifer= süchtig über sein Eigenthum. Als Chlodovech gegen den arianischen Gothenkönig Alarich, der in Aquitanien zu Poitiers Hof und Lager hielt, in den Krieg zog und ein Theil seines Heeres den Weg durch das Gebiet von Tours nahm, „erließ er in Verehrung für den h. Martinus den Befehl, Keiner solle aus dieser Gegend etwas Anderes nehmen, als Futtergras und Wasser". Es entriß aber Einer mit Gewalt einem armen Manne, dem er noch dabei Leid zufügte, sein Bischen Heu, indem er sagte, das sei ja Gras. Aber es kam die Sache wegen der Gewaltthätigkeit vor den König, und dieser schlug ihn, schneller als das Wort den Lippen entflieht, zu Boden, indem er sprach: „Wie mögen wir siegen, wenn wir den h. Martinus erzürnen?" Chlodovech besiegte den Gothenkönig, den er mit eigener Hand tödtete. „Darnach kehrte er als Sieger nach Tours zurück und weihte viele Geschenke der heiligen Kirche des heiligen Martinus"[1]. Die Kirche wurde über= haupt fortwährend bereichert und geschmückt; sie hatte Wandgemälde erhalten und viel Gold und Silber. Das Grab hatte besonderen Schmuck, außer der erwähnten Marmorplatte eine kostbare Decke mit Franzen und andere Zierden[2]. Gegen Ende des Jahres 558, als Wilichar, der Schwiegervater des Chramm, jenes Sohnes des Königs Chlothar, mit seinem Weibe in das Asyl der Basilika des h. Martinus floh, gerieth die Kirche selbst in Brand, nachdem im Jahre vorher eine Feuersbrunst die Kirche der Stadt Tours verwüstet hatte. Aber König Chlothar ließ die Kirche des h. Mar= tinus in demselben Glanze wieder herstellen, wie sie früher gewesen, und das Dach mit Zinn decken[3]. Derselbe König reiste auch wohl nach Tours, blos um dort am Grabe des wunderthätigen Heiligen zu beten[4]. Im Jahre 581 wurde ein frevelhafter Einbruch in die Kirche verübt. Diebe stiegen mit Hülfe des Gitters eines Grabes an der äußeren Kirchmauer, das sie als Leiter gebrauchten, durch ein Fenster des Altarraums in das Presbyterium und beraub=

---

1) A. a. O. II. 37.
2) A. a. O. VII. 22.
3) IV. 20.
4) VI. 9.

ten das Grab des h. Martinus, auf das sie mit ihren Füßen traten.
Sie nahmen viel Gold und Silber und eine große Zahl schwer-
seidener Gewänder weg und flohen nach Bordeaux. Hier geriethen
sie in blutigen Streit, in welchem einer getödtet wurde. Dadurch
fielen sie in die Hände der Obrigkeit, welche nun auch die Schätze
von Tours theilweise bei ihnen entdeckte. Gefesselt wurden sie
vor den König Chilperich geführt. Aber der Bischof Gregor bat
für ihr Leben in einem Hinweise auf den h. Martinus, der selbst
so oft für das Leben der Verlorenen Intercession eingelegt habe.
Der König begnadigte die Verbrecher; die Werthsachen aber, die
unterdessen zerstreut waren, ließ er mit größter Sorgfalt wieder
zusammenbringen und der h. Stätte zurückgeben [1]). Als Clothar
eine allgemeine Steuer ausgeschrieben hatte und ihm die Steuer-
rollen für Tours vorgelegt wurden, „ließ er sie aus Ehrfurcht vor
dem h. Bischof Martinus verbrennen" [2]). Auch der König Childebert erkannte die Befreiung der Stadt Tours von den Steuern
um des h. Martinus willen an [3]).

Noch ist folgende Erzählung charakteristisch für das Verhältniß, worin sich die Merovinger zu dem h. Martinus dachten. Nach
dem Siege über Alarich erhielt Chlodovech von dem Constantinopoli-
tanischen Kaiser Anastasius den Titel eines Consuls und römischen
Patriciers, den der König, obgleich er in keinerlei Abhängigkeit
von dem Kaiser stand, wegen der Ehrenkleider und Anreden, die
damit verbunden waren, annahm, wie heutzutage ein Fürst von
dem Andern einen Orden entgegennimmt. Das Merovingische
Königshaus hatte ursprünglich als Königliche Auszeichnung hauptsächlich nur das in wallenden Locken lang herabfallende Haar; das
Volk trug kurz geschnittene Haare. Nun war mit dem Titel eines
römischen Consuls und Patriciers Purpurmantel und Diadem verbunden. Chlodovech freute sich deshalb sehr über die Auszeichnung; aber im Begriffe, die Zierde anzulegen, trat er nicht vor
den Spiegel, sondern in die Kirche des h. Martinus ging er,
und hier legte er den Purpur-Rock und Mantel an, sein Haupt
mit dem Diademe schmückend. Darauf wurde er so froh, daß er

---

1) A. a. O. VI. 10.
2) IX. 30.
3) A. a. O.

sein Roß bestieg, unter das Volk ritt und von der Kirche des
h. Martinus bis zur Stadtkirche Gold und Silber unter die Menge
streute [1]. — Auch ist es eine alte Ueberlieferung, daß den Franken-
königen die Cappa St. Martini in die Schlacht nachgetragen wurde. —

Die Verehrung des h. Martinus hatte in damaliger kirchlicher Form begonnen, war von den Bischöfen sanktionirt, geleitet,
geordnet und genährt worden — seit dem Bischof Perpetuus wurde
sein Fest zweimal im Jahre, am 4. Juli und am 11. November
ganz feierlich mit Vigilien begangen — und die Könige hatten in persönlicher Verehrung ihm als dem unsichtbaren Landesherrn gehuldigt
und das Volk zu gleicher Huldigung angehalten. Auch der Bischof
von Tours nannte ihn „seinen Herrn", was den Königen gefiel [2].

III.

Der große Name.

Es war der verehrte Name des h. Martinus groß in den
Augen der Gläubigen durch die Macht, mit welcher er die ihn
Anrufenden und Ehrenden schützte und förderte, und die sein
Heiligthum nicht Achtenden und seine Schützlinge Verletzenden
strafte. Aber hier soll nun erzählt werden von dem großen Namen,
den er auf dem ganzen Erdenkreise, d. h. in der Christenheit gewann, also von seinem weitverbreiteten Ruhme.

Es ist ein vielwiederholtes Wort, daß Achilles zu beneiden
sei, weil er einen Homer als Herold seiner ruhmeswürdigen
Thaten gefunden habe. Wenn unsterblicher Ruhm beneidenswerth
ist, so hat dies Wort seine Richtigkeit. Der Glanz der Heldenthaten
jenes bewunderten Königssohnes wäre längst erloschen und aus
dem Andenken der Menschen spurlos verschwunden, wenn die
homerischen Gedichte nicht gesungen und geschrieben wären. So verschieden aber die Zeiten und ihre Helden sind, so verschieden können

---

1) A. a. D. II. 38.
2) VIII. 6.

auch die Verkünder ihres Ruhmes sein. Severus, der Lobredner des h. Martinus, ist kein Homer, aber für seinen Helden gerade der rechte Herold gewesen. Er hatte diejenige Formgewandtheit in der Darstellung, jene Feinheit der classischen Sprache, welche die vornehme Welt liebte — es stand ihm sogar kein Zeitgenosse darin gleich —, und er hatte für das Sachliche den Geschmack seiner Zeit, und hob hervor aus dem Leben des h. Martinus und aus den Erzählungen über seine Thaten, was in den Massen der christlichen Völker unfehlbar zünden mußte. Seine Lebensbeschreibung des wunderthätigen Heiligen mit den ergänzenden Briefen und Dialogen, deren Inhalt im fünften und sechsten Jahrhundert von Paulinus von Perigueux und von Venantius Fortunatus in die epische Form gegossen wurde, was nicht minder nach dem Geschmacke ihrer Zeit geschah, hat den Namen des h. Martinus zuerst in weite Ferne getragen und berühmt gemacht. Am Schlusse des Dialogs von den Wundern der orientalischen Mönche berichtet Posthumian über die Aufnahme, welche diese Lebensbeschreibung in der Fremde gefunden habe. In Rom, wohin Paulinus von Nola sie zuerst gebracht, versetzte sie Alles in Aufregung, die Buchhändler konnten nicht schnell genug Abschriften besorgen und gratulirten sich zu dem glänzenden Geschäfte. Als Posthumian nach Africa kam, fand er, daß ganz Carthago erfüllt war von dem Namen des h. Martinus, indem überall, wohin er kam, das Buch über ihn gelesen wurde. Er selbst führte es stets bei sich, und so schrieb jener greise Presbyter in dem Grenzgebiete von Cyrenaica, den er dort besuchte, sich dasselbe ab während des Besuches. In Alexandria las man es allenthalben mit solchem Eifer und wiederholt, daß Posthumian dem Severus sagte: „Die Alexandriner kennen Dein Buch besser als Du selbst." Von hier aus war es nach Aegypten, Nitrien, Theben und Memphis verbreitet worden, so daß es unter den Einsiedlern in der Wüste von Hand zu Hand ging. Und überall wurde Martinus in Folge der Lebensbeschreibung als der unvergleichliche Einsiedler und Wunderthäter gepriesen, der zugleich ein unübertrefflicher Bischof gewesen. „Dies räumt Aegypten ein", ruft Posthumian, „dies Syrien, dies Aethiopien, dies Indien, Parthien, Persien und Armenien, der Bosporus auch, und käme man zu den Inseln der Seligen oder nach dem Eismeere: es würde nicht anders sein!" Ist das nun allzu rhetorisch

14

gehalten, so verträgt sich doch die Annahme einer bloßen Ruhm-
redigkeit des Severus nicht mit dem ernsten Charakter dieses Mannes
voll der Weltentsagung. Auch bestätigen die berühmtesten Kirchenschriftsteller in langer Reihe von Paulinus von Nola dem Zeitgenossen und Freunde an das ganze folgende Mittelalter hindurch
während eines Jahrtausends den Ruhm der Vita S. Martini des
Severus Sulpicius. Paulinus preist den h. Martinus selig, daß
er durch seinen Glauben und Lebenswandel würdig geworden, einen
solchen Historiker zu finden, der ihm das Andenken bei den Menschen
durch seine Schriften sichere [1]).

Ein anderer Grund, wodurch der Name des h. Martinus
weitberühmt wurde, war die Jahrhunderte lang sich behauptende
Erzählung, daß der wunderthätige Heilige noch fortwährend seine
Machterweisungen kundgebe an seinem Grabe und in seiner Kirche.
Diese Erzählung bewog nicht nur große Schaaren von nah und
fern nach Tours zu wallfahrten, sondern man suchte Reliquien
zu gewinnen und mitzunehmen und baute auch in der Ferne
Kirchen unter dem Schutze und zu Ehren des Heiligen. Reliquien
wurden besonders der Wunder wegen erbeten. Der früher erwähnte
Fall, daß Charrarich, König der Sueven in Gallicien, eine Gesandtschaft nach Tours schickte, um sich Reliquien des h. Martinus zu
erbitten, war durch die schwere Erkrankung eines königlichen Prinzen,
seines Sohnes nämlich, veranlaßt. Er hatte zuerst des Goldes
und des Silbers Last, so schwer an Gewicht wie sein kranker
Sohn, nach Tours gesandt, aber die erhoffte Gesundheit nicht er-
wirkt, weil er, wie Gregor bemerkt, Arianer war. Da baute er
eine prächtige Kirche zu Ehren des heiligen Martinus und bat
durch die zweite Gesandtschaft um Reliquien von dem Heiligen für
dieselbe, gelobte auch, katholisch zu werden, wenn sein Sohn genese.
Er fand Erhörung in jeder Hinsicht: sein Sohn wurde gesund, als
die erwünschten Reliquien anlangten, viele von seinen Unterthanen
wurden vom Aussatze, von dem sie seit längerer Zeit befallen
waren, rein, ein anderer Pannonier, der auch Martinus hieß,
langte an und wurde Lehrer der Orthodoxie und Bischof des Landes
und Alles war gut. So berichtet Gregor [2]). Die Kirchen des

---

1) Ep. XI. (nach anderer Ordnung V.) an Severus n. 11.
2) De mir. S. Mart. I. 11. Vgl. Hist. Franc. V. 37.

h. Martinus mehrten sich besonders in Gallien schnell. An dem Thore von Amiens, wo der Heilige mit dem Armen seinen Kriegsmantel im Winter getheilt, bauten die Gläubigen ein Oratorium, eine Kapelle mit klosterartiger Wohnung[1]), wo Jungfrauen zur Verehrung des h. Martinus von Almosen lebten und wunderbaren Schutz des Heiligen erfuhren. Man glaubte auch das Haus zu kennen, in welchem der fromme Jüngling einst nach der edlen That der Barmherzigkeit in der Nacht das Traumgesicht, worin ihm Christus mit seinem halben Mantel bekleidet erschienen, gehabt habe, und man baute daselbst ebenfalls eine Kirche. Im spätern Mittelalter behauptete man zu Amiens auch einen Theil jenes Kriegsmantels als Reliquie zu besitzen, während Auxerre den anderen Theil zu ·haben glaubte.

Eine Kirche zu Ehren des h. Martinus erhob sich ferner zu Candes, dem Orte seines Heimganges[2]); eine andere zu La Latte, die Klosterkirche Ciran=la=Late in der Gegend von Sivré und Neuilly, welche Reliquien des Heiligen bewahrte[3]). So gab es auch eine St. Martinskirche zu Mareuil=sur=Cher, von der Folgendes erzählt wird[4]). In ihrem Altare befanden sich Reliquien des heil. Martinus. Als nun in dem Kriege, den König Gunthramm im Jahre 584 erregte, diese Kirche im Brand gesteckt wurde, blieben die Altardecken trotz der mächtigen Flammen vom Feuer unberührt, und selbst die Kräuter, welche gerade auf dem Altar lagen, sah man später unversehrt. Dies schrieb man der Wundermacht des h. Martinus zu. — Ein paar Meilen von der Burg Jvois oder Carignan an dem Flusse Chiers auf der Spitze eines Berges baute ein Diacon, der ein Langobarde war und Vulfilaich hieß, ein Kloster und eine Kirche zu Ehren des heil. Martinus, für die er Reliquien des Heiligen gewann. Er glaubte seine Jugend von Wundern des großen Bekenners, zu dem er Vertrauen gefaßt, noch ehe er Näheres von ihm wußte, umleuchtet und war nun erfüllt von dankbarer Verehrung[5]). Es war wohl nicht dieselbe Kirche, welche Gregor an einer anderen Stelle als eine ebenfalls zwischen

---

1) Greg. de mir. S. Mart. I. 17.
2) Hist. Franc. VIII. 40.
3) IV. 48.
4) VII. 12.
5) A. a. O. VIII. 15.

Mosel und Maas in dem weiten Vaivre=Gau gelegene erwähnt [1]).
Er erzählt nämlich, es sei dort auf dem Gipfel eines über ein
Gehöft steil emporragenden Berges „eine Kirche zu Ehren des
h. Martinus erbaut" gewesen, in welcher das Heer des Königs
Childebert im Jahre 587 die beiden gegen ihn empörten Großen
seines Reiches Ursio und Bertefred belagerte und überwältigte.
Auch auf der Stadtmauer von Rouen lag eine Kirche des heiligen
Martinus, in welche Merovech vor seinem Vater Chilperich sich
flüchtete und Asyl fand, bis der Vater sich mit ihm versöhnte [2]).
Zur Vermehrung der Kirchen des h. Martinus trugen insbesondere
die Klöster bei, welche, sowohl Männer= als Frauenklöster, bevor
Benedict von Nursia berühmt wurde, alle in dem wunderthätigen
Heiligen von Tours ihren Stifter und Patron sahen und ver=
ehrten. So werden mehrere Oratorien, d. h. Kapellen in Ver=
bindung mit Klosterwohnungen im sechsten Jahrhunderte erwähnt,
einzelne selbst in Italien [3]). Zu Ravenna hatte man auch ein
Gemälde, ein Bild des h. Martinus, unter welchem beständig eine
Oellampe brannte, deren Oel man wunderkräftig glaubte [4]). Wo
immer eine Kirche zu Ehren des h. Martinus erbaut wurde, da
bemühte man sich, auch Reliquien des Heiligen für den Altar
zu erhalten; und so oft ein solcher Fall von Gregor erwähnt
wird, sehen wir den Wunsch der Bittenden erfüllt. Die Frage,
was für Reliquien man zu Tours den fortwährend neu ent=
stehenden fernen Kirchen verabfolgt habe, ist nicht unerheblich;
denn wollte man annehmen, es sei jeder der zu Ehren des heil.
Martinus erbauten Kirchen etwas von den heiligen Gebeinen
überlassen worden, so würde das Grab in der Basilika zu
Tours allmählig leer geworden sein. Der Ausdruck ist immer
derselbe, es sind reliquiae, welche erbeten und geschenkt werden.
Giesebrecht hat in seiner Uebersetzung der „Fränkischen Geschichte"
Gregor's sich einmal völlig irre leiten lassen, indem er die Worte:
Quid de Latta monasterio referam, in quo beati Martini habentur
reliquiae? [5]) übersetzt: „Und was soll ich erst von dem Kloster Latte,

---

1) IX. 12.
2) A. a. O. V. 2.
3) Greg. de mir. S. M. I. 14.
4) A. a. O. I. 15.
5) IV. 48.

wo die Gebeine des h. Martinus sind, sagen?" Statt der Worte: „wo die Gebeine des h. Martinus sind," nach welchen eine Uebertragung des Leibes des heil. Martinus von Tours nach La Latte stattgefunden haben müßte, wovon Niemand etwas weiß, soll es heißen: „wo man Reliquien des h. Martinus hat." Was wurde also als Reliquien angesehen? Das müssen Beispiele darthun. Die Gesandten des Suevenkönigs Charrarich, welche Reliquien für die in Gallicien zu Ehren des h. Martinus erbaute Kirche wünschten, nahmen die am Grabe des Heiligen üblichen, welche ihnen dargeboten wurden, nicht an, sondern sie erbaten sich die Erlaubniß, selbst etwas auf das Grab zu legen, was sie hernach wieder an sich nehmen dürften. Die Erlaubniß wurde ertheilt. Da legten sie einen Theil eines seidenen Palliums, den sie zuvor genau gewogen, auf das heilige Grab und wachten (betend) eine Nacht hindurch. Am andern Morgen erhoben sie ihren Schatz, d. h. sie nahmen ihr Stück Seide wieder und fanden es beim Abwägen viel schwerer, — das erbetene Zeichen, daß es gnaden-erfüllt und wunderkräftig geworden. Sofort heißt diese Seide reliquiae Domini Martini, man trägt sie hoch, singt Psalmen, es geschehen Wunder, und es findet feierliche Reliquien-Procession und Uebertragen nach Gallicien statt, und die daselbst befindliche Kirche zu Ehren des Heiligen wird nun als eine solche betrachtet, die Reliquien von ihm besitzt [1]. Man sieht hieraus deutlich, daß man Sachen, die eine Zeitlang auf dem Grabe des wunderthätigen Heiligen gelegen hatten, als Reliquien von ihm auffaßte und be-zeichnete. Auch Erde, Staub von dem Grabe und Wachs von gesegneter Grabkerze wurde als solche betrachtet; ebenso das Wasser, womit das Grab, d. h. die es deckende Marmorplatte abgewaschen worden war, und die Fäden der Grabdecke [2]. So konnten denn zahlreiche Kirchen entstehen, die Reliquien des h. Martinus erlangten, und da man von allen Wunder erzählte, so wurde sein Name weithin bekannt und groß und leuchtend.

Die Verehrung des h. Martinus verbreitete sich vor Allem über das Gebiet der Gallischen Präfektur hin, — wenn diese auch

---

1) De mir. S. Mart. I. 11.

2) Hist. Franc. V. 21; De mir. S. Mart. I. 2. IV. 42. Nachdem ich dies bereits geschrieben, finde ich, daß Tillemont (S. Mart. de Tours art. XX.) hierauf schon aufmerksam gemacht hat.

im fünften Jahrhunderte aufhörte eine politische Einheit zu bilden, — also durch Gallien, Spanien und Britannien. Es wurde schon berichtet, wie in Spanien eine Kirche des h. Martinus entstand. Noch in der ersten Hälfte des fünften Jahrhunderts wurde Patricius, der Apostel der Iren, in der Schule des h. Martinus zu Tours gebildet; ohne Zweifel hat er in Irland die Geschichte des Heiligen erzählt und seine Verehrung begründet; wenigstens finden wir später, daß die Kuldeer, die in Gemeinschaft lebenden Cleriker in Irland, mit dem wunderbaren Leben des Heiligen vertraut sind. Sie haben ohne Zweifel Kirchen und Kapellen ihm zu Ehren erbaut. Als von Gregor dem Großen gesandt der Mönch Augustinus im Jahre 596 zu Canterbury bei König Ethelbert erschien, fand er dort eine Kirche aus der Zeit der Römerherrschaft, welche dem h. Martinus geweiht war.

Entscheidend für den bleibenden Ruhm des Heiligen im ganzen Abendlande war die Aufnahme, welche seine Verehrung in Rom fand, wo gegen das Jahr 500 eine Kirche seines Namens erwähnt wird. In dem Sacramentarium (der Liturgie oder Gottesdienstordnung), welches dem Papste Gelasius zugeschrieben wird, kommt sein Fest vor, und in dem Liber sacramentorum Gregor's des Großen, dessen Aechtheit im Wesentlichen nicht zu bezweifeln, nimmt der Name des h. Martinus eine durchaus ehrenvolle Stelle ein. Die Päpste haben im Laufe der Zeit die Kirche von Tours um ihres großen Bischofs und Schutzheiligen willen im Wetteifer mit den Königen mit Privilegien bereichert und sie darin anerkannt. Zu den Zeiten Gregor's des Großen gab es in Rom und Italien bereits zahlreiche Pfarr- und Klosterkirchen zu Ehren des h. Martinus. Im 6. Jahrhunderte leuchtete der Name des verherrlichten Pannoniers in der ganzen abendländischen Kirche; er glänzte wie ein fürstlicher Name im Reiche Gottes unter den Hohen und Vornehmen, und er war schon volksthümlich wie kaum ein anderer. Wie die Großen und Würdenträger in der Kirche über Martinus dachten und fühlten, haben sieben Bischöfe, nämlich Eufronius von Tours, Praetextatus von Rouen, Germanus von Paris, Felix von Nantes, Domitianus von Angers, Victorius von Rennes und Domnolus von Mans, in einem Briefe an die heilige Radegunde zu Poitiers ausgesprochen. Dies sind ihre Worte: „Ohne Unterlaß ist die fürsorgliche Thätigkeit des unendlichen göttlichen Wesens um das Menschengeschlecht heilbringend beschäftigt, und es zeigt sich nirgendwo und niemals eine Unterbrechung der fortlaufenden Reihe ihrer wohlthätigen Wirkungen, indem der gütige freiwaltende Herr, um das Erbe seiner Kirche zu bestellen, allenthalben Personen hier und dort aussendet, welche das Ackerland derselben in emsiger Sorgfalt mit der Pflugschaar des Glaubens durchfurchen, damit auf diese Weise die Saat Christi zu ihrem glücklichen hundertfältigen Ertrage unter dem göttlichen Anhauche zu gedeihen vermöge. Und also reichlich fließet seine heilverbreitende Güte überall hin, daß Er nirgendwo Etwas versagt, wovon er weiß, daß es Vielen Heil bringt. Und durch die Frucht des heiligen Vorbildes solcher Personen geschieht es, daß Er, wenn Er zum Gerichte kommt, eine große Schaar wird krönen können. Daher denn auch, als in dem Gebiete Galliens die Anfänge des ehrwürdigen Glaubens der katholischen Religion Leben athmend sich zeigten, noch aber die unaussprechlichen Geheimnisse der göttlichen Dreieinigkeit zur Kenntniß Weniger gelangt waren, führte Er auf Antrieb seiner Barmherzigkeit den gnädigen Rathschluß aus, den heiligen Martinus, aus fremdem Volke entsprossen, zur Erleuchtung unseres Vaterlandes hierher zu senden, damit Er hier nicht geringeren Gewinn habe als sonst auf dem Erdkreise, wo die Apostel das Evangelium verkündigten. Denn dieser lebte zwar nicht zur Zeit der Apostel, stand aber doch unter dem Einflusse der Gnade des Apostolates. Denn was ihm an dem Ordo (an der wirklich übertragenen Würde des Apostolats) fehlte, das wurde ergänzt durch sein Verdienst, da ja demjenigen, welcher durch seine Verdienste hervorragt, das Nachstehen in der Würde nichts nehmen kann"[1]).

---

1) Hist. Franc. IX. 39. Den letzten Satz hat Giesebrecht übersetzt wie folgt: „denn kam er auch der Zeit nach später als jene, so ersetzte er dies durch den reichen Ertrag seiner Arbeit, da ja, wer durch Verdienst sich auszeichnet, darum nicht weniger gilt, als ein anderer, weil er später kommt". Das ist ganz unrichtig, denn die Ausdrücke Ordo und Gradus beziehen sich nicht auf die Zeit, sondern auf die Höhe der Weihe und auf die Rangstufe der Würde. Das Apostolat im engsten Sinne war eine Würde, die nur unmittelbar von Christo verliehen worden ist.

Auch die griechische Kirche nahm den h. Martinus unter die
Zahl der besonders verehrten Heiligen auf, wie das die griechischen
Menologien darthun, in welchen er den Ehrennamen des Thau=
maturgen, des Wunderthäters, erhält. Man kann denn sagen, daß
der Name des h. Martinus in der ganzen Christenheit leuchtet und
daß kein anderer Name eines Bekenners der abendländischen Kirche
in dieser Hinsicht dem seinigen zu vergleichen ist. Die Missionäre
trugen zu jeder Zeit seinen Namen in alle Lande und verdrängten
durch seine Verehrung nicht selten das Andenken der Götzen aus
dem Herzen der bekehrten Heiden. Ein Beispiel höchster Verehrung
findet sich bei dem h. Columban [1].

Von der Helle und Allgemeinheit des Glanzes, den der Name
Martinus im Mittelalter ausstrahlte, giebt uns eine Festrede
De Sancto Martino von dem h. Petrus Damiani eine Vorstellung,
die auch durch die Beachtung der rhetorischen Form nicht abge=
schwächt wird. Es heißt darin: „der Bekenner, welcher unserer
Gemeinschaft den Festtag bereitet, ist voll Adel, der Ruhm der
Priester, ein Edelstein unter den Bischöfen, ein Vorbild der Geist=
lichen, das Licht der Mönche: es ist Martinus, erhaben durch
seine Wundermacht, der den Erdkreis mit dem Glanze seines
Namens erfüllt. Aegypten, das Mutterland des Ordenslebens
so fruchtbar an den Einsiedlern, die es nährt, stellt Martinus seinen
großen Söhnen als Muster hin. In's Unermeßliche ist der Ruhm
seines Namens gewachsen, und er versucht es, in die apostolische
Würde einzubringen, in die Würde Derer, deren Hände das Wort
des Lebens berührt, die den Sohn des Menschen unter den Menschen=
söhnen im beseligenden Heroldsamte mit dem Munde verkündet haben!
Auf der ganzen Erde ist das Andenken dieses großen
Bischofs begründet und wo immer das Wort des christ=
lichen Glaubens ertönt, vernimmt man auch die Er=
zählung von dem Leben des Martinus".

Unscheinbar und verborgen wollte er sein; er hat sich selbst
erniedrigt, und er verstummte, wenn man ihn schalt; er vertheidigte
sich nicht gegen die Schmähungen des undankbaren Brictio, und er
schwieg, als die anwesenden Bischöfe bei seiner Wahl in Tours

---

1) Jonas v. Bobio, Vita. S. Col. § 42.

seine Person verächtlich fanden: aber es war Einer, der ihn ehrte und ihm einen großen Namen gegeben hat, Derselbe, welcher den Demüthigen seine Gnade verleiht.

IV.

Der himmlische Ruhm.

Paulinus von Nola preist den h. Martinus aus einem doppelten Grunde selig, einmal weil er gewürdigt worden, einen Biographen wie Severus zu finden, dann aber vor Allem, weil er wegen seiner Verdienste zur göttlichen Glorie erhoben worden sei. Es ist eine unzweideutige biblische Lehre, daß diejenigen, welche Christo auf Erden ähnlich werden in Demuth, Selbstverleugnung und Leiden, Ihm auch im Himmel ähnlich werden an Herrlichkeit. Mit Ruhm und Ehre werden die Heiligen Gottes gekrönt; ihr Wesen wird lauter und licht, ihre Kraft erhöht, ihre Erscheinung schön, ihr Leben herrlich. Aber noch mehr, sie werden in ihrem Werthe und in ihrer Schönheit auch anerkannt und geehrt von dem geistigen Stammvater des Geschlechts, von Christo nämlich, von den Engeln und von den Heiligen, — und Gott selbst wird sie ehren. Es wird sein, wie wenn Tausend Herolde die Herrlichkeit priesen und alle Augen auf jeden Einzelnen lenkten, der seine eigene Schönheit wird anerkennen müssen — ohne Versuchung der Eitelkeit, nur in reinster Freude voll Dankbarkeit gegen Den, von welchem jede gute Gabe kommt. Nun, daß der h. Martinus solchen himmlischen Ruhm empfangen habe und so geehrt werde im Himmel, daran zweifelt Keiner seiner frommen Zeitgenossen, Alle bekannten es mit Paulinus. Was hier aber besonders erzählt werden soll, ist dieses, daß nach dem Glauben der Zeitgenossen vieler folgender Generationen das himmlische Lob des wunderthätigen Heiligen vernehmbar in's Dies= seits hereinhallte. Severus Sulpicius und Gregor von Tours sind die Berichterstatter. Von dem Ersteren ist bereits mitgetheilt worden, in welcher Art die Verherrlichung seines in die ewige Heimath hinüberwallenden Meisters im Jenseits sich ihm offenbarte; Gregor aber hat uns zwei Erzählungen mitgetheilt, die hier aufgezeichnet werden sollen. —

Der heilige Severinus, Bischof von Cöln, ein Mann von sittlichem Adel und in seinem ganzen Lebenswandel preiswürdig, hielt in einer Sonntagsnacht, gerade in der Todesstunde des h. Martinus, von der er aber nichts wußte, nach dem Matutinum mit seinem Clerus den feierlichen Umzug zu den heiligen Stätten: da hörte er plötzlich über sich in der Höhe einen singenden Chor. Er rief seinen Archidiacon und fragte ihn, ob er nicht Stimmen vernehme; und jener horchte aufmerksamer. Der Archidiacon sprach: „nein, durchaus nicht". Drauf der Bischof: „Nun, so merke besser auf!" Da reckte jener seinen Hals empor, spitzte die Ohren und, indem er sich auf seinen Stab stützte, stellte er sich auf die Zehen. Allein, das war nicht die Höhe, von der die Gesänge der Himmlischen vernommen werden; dies ist vielmehr die sittliche und religiöse, die Höhe des Verdienstes. Doch nun warfen beide, er und der Bischof sich nieder auf ihr Angesicht und flehten gemeinsam, Gottes Güte möge gewähren, daß auch ihm das Ohr dafür geöffnet werde. Dann erhoben sie sich wieder, und abermals fragte der greise Bischof: „was hörst Du?" Nun sprach er: „ich höre die Stimmen der Psalmensingenden im Himmel; was dies aber bedeute, das ist mir gänzlich verborgen". Und jener erwiederte: „das will ich Dir nun wohl erklären: Der Bischof Martinus, mein Herr, wallte heim von dieser Welt, und nun führen die Engel beim Gesange ihn hinauf in die Höhe". Der Archidiacon notirte die Zeit und sandte einen Eilboten nach Tours, um sich sorgfältig darüber zu erkundigen; und dieser erfuhr bei seiner Ankunft auf das Unzweifelhafteste, daß der Heilige in der That an demselben Tage und zur selben Stunde hinübergegangen, da der h. Severinus den Chor der Psalmensingenden gehört. —

Damals, als Martinus starb, war der h. Ambrosius, dessen blühende Reden die ganze Kirche durchduften, Bischof von Mailand. Er hatte in seinem Meßritus die Bestimmung getroffen, daß an den Sonntagen der Lektor vorzulesen nicht beginnen durfte, bis er durch einen Wink das Zeichen dazu gegeben. Da geschah es nun, an jenem Sonntage des Heimgangs unseres heiligen Martinus, daß der h. Ambrosius, als der Lektor die Lektion aus dem Propheten bereits vorgelesen hatte und noch vor dem Altare stand, auf den

Wink harrend, um die Lektion aus Paulus zu lesen, über dem
h. Altare einschlummerte. Ehrfurchtsvoll wartete man, denn Keiner
wagte es, ihn zu wecken; als sein Schlummer aber zwei, ja fast
drei Stunden gedauert hatte, weckten sie ihn endlich mit den Worten:
„möge der Herr doch dem Lektor gebieten, die Lektion zu lesen, denn
das harrende Volk ist schon sehr ermüdet". Darauf antwortete
Ambrosius: „Macht Euch keine Unruhe; viel ist es mir werth, so
eingeschlummert zu sein, da mir der Herr ein solches Wunder zeigen
wollte; denn wisset, daß mein Bruder, der Bischof Martinus, seine
sterbliche Hülle verlassen hat, und daß ich bei seinem Leichenbegäng-
niß in dem Psalmengesange ihm die letzte Ehre erwiesen habe; eben
wollte ich das Officium vollenden, als ihr mich wecktet". Da staunten
jene und verwunderten sich; sie zeichneten ebenfalls Tag und Stunde
auf, forschten nach und fanden, daß die Zeit des Heimgangs genau
stimmte [1]). „O seliger Mann", ruft Gregor bei dieser Erzählung
aus, „bei dessen Hingange die Schaar der Heiligen singt, der Chor
der Engel jauchzet, und die Heerschaar der himmlischen Kräfte ent-
gegeneilt, schamverwirrt der Teufel wird, die Kirche gekräftigt und
die Bischöfe verherrlicht! Michael mit seinen Engeln hat Dich aufgenommen, Maria mit den Chören der Jungfrauen Dir Zutritt
in ihren Kreis verstattet, und nun besitzt Dich, den Frohlockenden,
das Paradies mit seinen Heiligen!" —

Aber mit der Einführung in den Himmel unter Hymnen und
in glänzendem Geleite war das ihm zu Theil werdende himmlische
Lob nicht zu Ende. Hatte er einst, da er noch im Fleische wallte,
Alles auf den Himmel bezogen und gewandt, das irdische Leben
in das himmlische erhoben und sich mit seinem beschaulichen Geiste
gleichsam die Erde verleugnend in die Reihen der Verklärten ge-
drängt, so wollte nun der Himmel selbst zu seinem Ruhme beständig
vor den Sterblichen ihm Zeugniß geben und seinen Namen verherrlichen. Nach den Wundererzählungen lieh ihm nicht blos die
Natur ihre Kräfte, die Frevler an seinem Eigenthume oder dem
seiner Schützlinge zu strafen, sondern Gott gab ihm Gewalt über
die übernatürlichen Kräfte, damit er Wohlthaten spende, wie ein
Herr der ewigen Güter. Es giebt keine Art von Wundern, welche
das gläubige Volk von seinem verherrlichten Grabe nicht erzählt

---

1) Greg. v. T. De mir. S. Mart. l. 4 u. 5.

hätte. Alles, was nur seine Ruhestatt berührte, wurde in eine himmlische Kraft verwandelt und ließ seine Ehre, die er im Himmel hat, durchscheinen, indem es Tauben das Gehör, Stummen die Sprache, Blinden das Gesicht, Lahmen das Gehen, Fieberkranken die Gesundheit wiedergab. Einst hatte die Kirche zu Cambray Reliquien vom Grabe des Heiligen begehrt. Sie wurden dem nach Tours gesandten Boten gegeben. Es war gegen Abend. Da zog er Psalmen singend von bannen. Als er eben über die Loire gesetzt, wurde der Himmel ganz verfinstert, und siehe! mächtige Blitze fuhren herab von heftigen Donnerschlägen begleitet. Das Gehen wurde unsicher, da die Blitze nur momentan leuchtend, blendeten, um sofort größere Finsterniß eintreten zu lassen. Doch siehe! die beiden Speere der Diener fingen an zu strahlen und dienten so den Fußgängern als Leuchte. So verherrlichten die blitzenden Speere den h. Bischof, von dessen Macht sie zeugten [1]. Auch ein Kranker hatte eine Lichterscheinung; indem er um Genesung betete, sah er im Geiste die Basilika des h. Martinus zu Tours plötzlich vom überirdischen Lichte erfüllt und aus dem Lichte hervortretend den wunderthätigen Heiligen. So zeigte der Himmel ihn in seiner Herrlichkeit und ehrte er ihn vor den Menschen, wie Martinus sein ganzes Leben hindurch bestrebt gewesen, die Herzen dieser zu jenem emporzurichten und dessen Herrlichkeit zu verkünden. Also hatte er himmlischen Ruhm.

V.

Der Legendenruhm.

Die religiösen Erscheinungen in dem Leben des Menschengeistes sind eine Nothwendigkeit, eine nicht zu beseitigende Folge der Bedingtheit seines Wesens und der Schranken seiner Thätigkeit, ein nie zu unterdrückender Ausbruch seiner Abhängigkeit. Wenn nun der Mensch in seinem Selbstbewußtsein sich über die wahre Ursache wie über das rechte Ziel seines religiösen Bedürfnisses nicht orientirt, wenn er nicht die reine Geistersonne des lebendigen persönlichen

---

[1] De mir. S. Mart. I. 10.

Gottes und des Lichtes Christi zur Leuchte seines Daseins gewinnt, dann entspringt aus jener Nothwendigkeit ein Mythen bildender Trieb, ein geheimnißvolles Schaffen vermeintlicher Göttergestalten; derselbe Trieb wuchert fort im Aberglauben, wenn der Heide die reale Existenz seiner Götterwelt im Unglauben vernichtet hat — denn Unglaube und Aberglaube bedingen sich gegenseitig — und es ist kein anderer Trieb, der unter den Christen Legenden bildend wird, wo Ursache und Wirkung nicht in der vollen Klarheit des Evangeliums aufgefaßt werden. Hier kann die untergeordnete oder nicht lautere Phantasie schlimme Auswüchse zu Tage fördern, ein reines und kindliches Gemüth aber auch hohe Poesie erzeugen.

Die unleugbare Lehre der h. Schrift von dem Hereinragen des Jenseits mit seinem Wesen und seinen Kräften in das Diesseits, der Geisterwelt in die materielle, gab eine gewisse Berechtigung zu der Voraussetzung übernatürlicher Ursachen, wo die erste Auffassung eine natürliche Erklärung gewisser Begebenheiten nicht ausreichend erscheinen ließ. Dann aber lebte die unzweideutige Verheißung des Heilandes, d. h. dessen, der das Wunder des Menschengeschlechtes und der Weltgeschichte nach der Anschauung der Christen ist, daß seine Getreuen größere Wunder als Er verrichten würden, in den Herzen der Gläubigen. Diese Verheißung hatte sich offenbar an den Aposteln erfüllt; warum sollte sie in späteren Zeiten sich nicht fort und fort erfüllen? Hierin liegt die psychologische Erklärung und ethische Rechtfertigung für tausend fromme Legenden, deren wunderbarer Inhalt als Lohn des Glaubens und der Liebe betrachtet wurde. —

Martinus hatte in seinem Leben bewiesen, daß er Glauben wie ein Senfkorn habe, und seine Thaten voll gläubiger Kraft standen wohl hinter einem Versetzen der Berge nicht zurück. Jenseits und diesseits schienen in ihm geeint; der Freund Gottes gebot gleichsam über die göttliche Allmacht, deren Wunder der Verwaltung des getreuen Knechtes anvertraut waren. So mußte denn die Legendenbildung an seine Geschichte ihre zahllosen Krystallisationen ansetzen; sobald er in seiner Doppelgestalt als kindlich frommer, milder Menschenfreund und als hoher, mächtiger Wunderthäter, der durch Tugend und göttliche Gnadenkraft über die natürliche Welt erhaben sich erwies, des Volkes Liebling und Zuflucht wurde. Die vier Bücher des Gregor von Tours von den Wundern am Grabe ober an den Stätten der Reliquien des h. Martinus bieten nur einen kleinen Theil von demjenigen dar, was die Gläubigen sich erzählten. Die Sage von Kaiser Nero, derselbe sei nicht gestorben, sondern nach dem Morgenlande entwichen, um einst als Antichrist wiederzukommen, begrub den Helden der Sage wenigstens für die Gegenwart; so ist es nicht um einen christlichen Heiligen bestellt, dessen die Legende sich bemächtigt: ein solcher lebt und wirket fort, obgleich er gestorben ist. Der h. Martinus war zwar zu Candes vor den Augen Vieler gestorben, aber alsbald hatte sich das ewige Licht über den entseelten Leib ergossen und ihn verklärt, und so gezeigt, daß die Verbindung mit dem Heiligen nicht abgebrochen sei. Martinus lebte fort, wo sein h. Leib ruhte, und bald überall, wo nur ein Gegenstand aufbewahrt wurde, der mit seinem Grabe in Berührung gekommen war. Er lebte fort wie gegenwärtig. Bei einer Intercession für den Grafen Garachar von Bordeaux und Blabast sprach der Bischof Gregor zu König Gunthramm: „Es höre mich, o König, deine Majestät. Siehe, ich bin von meinem Herrn als Bote zu Dir gesandt, und was soll ich dem, der mich gesandt hat, antworten, wenn Du mir keine Antwort ertheilen willst?" Da stutzte der König und fragte: „Und wer ist denn Dein Herr, der Dich gesandt hat?" Gregor lächelte und antwortete: „Der heilige Martinus hat mich gesandt". Das rührte den König und er gewährte die Bitte[1]). So stand vor der Anschauung des ganzen gläubigen Volkes Martinus wie lebend, und die fromme Verehrung schuf ihm eine Wirksamkeit, in welcher er von tausend Wundern umleuchtet erschien. Doch diese Wunder hier zu erzählen, würde die Geschichte nicht weiter führen, da alle, wie mannigfaltig auch ihre Strahlen hervorschießen, doch nur ein Wiederschein sind von den lichten Thaten, die Severus aus seinem Leben erzählt; dieser hat das hellklingende Lied gesungen und es folgt nur ein sich immer wiederholender Nachhall.

Merkwürdig ist es aber, daß das Leben des h. Martinus von der Legende verflochten worden ist mit der Historia sanctorum septem dormientium, mit der Geschichte der sieben schlafenden Heiligen, oder wie man gewöhnlich sprachlich schwer erklärbar sagt, der Siebenschläfer. Man leitet den Ursprung dieser

---

[1) Hist. Franc. VIII. 6.

Legende von einer altgriechischen Sage her, von dem sagenhaften Langschlafe des priesterlichen Sängers Epimenides von Kreta, der als Jüngling von einem nach Apulejus siebenundfünfzigjährigen Schlafe in einer Höhle, da er als Hirt ausgesandt gewesen, befallen worden sein soll. Aber ein nothwendiger Zusammenhang ist von Niemanden nachgewiesen worden; es ist sehr fraglich, ob der erste Berichterstatter über die sieben schlafenden Heiligen die Sage von dem langschlafenden Epimenides auch nur von Ferne gekannt habe. Die Entstehung der christlichen Legende wurde schon vor Baronius[1]) von Vielen aus dem Umstande erklärt, daß der Tod der frommen Gläubigen ihr Schlaf genannt wurde, wie es ja auch bereits Sprachgebrauch der h. Schrift gewesen und z. B. von Stephanus heißt, er sei, als man ihn steinigte, entschlummert ('εκοιμήθη). Sie stellten folgende Vermuthung auf: sieben Christen erduldeten unter Kaiser Decius in der Art das Martyrium, daß sie in eine Höhle eingeschlossen wurden, in welcher sie starben. Nach zweihundert Jahren wurde diese Höhle zufällig entdeckt, man fand die sieben ruhenden Leiber, die irgendwie, vielleicht an Münzen, als der Zeit des Kaisers Decius angehörig erkannt wurden, und nun verbreitete sich die Kunde, man habe sieben Schlafende, d. h. in dem Herrn Entschlafene gefunden, und an das Wort „Schlafende" knüpfte die dichtende Legende an. Am berühmtesten sind die sieben Ephesinischen Schläfer geworden, deren Fest am 27. Juli gefeiert wurde. Ihre Legende findet sich zuerst ganz ausgebildet bei Gregor von Tours[2]). Sieben Brüder, **Maximian, Malchus, Martinian, Constantin, Dionysius, Johannes** und **Serapion**, wurden als Christen vor den Kaiser Decius (um die Mitte des dritten Jahrhunderts), bei dessen Durchzuge durch Ephesus, geführt. Es waren schöne Jünglinge. Ueberredungskunst brachte sie nicht zum Abfalle; sie tödten zu lassen hinderte den Kaiser ihre schöne Gestalt. Da gab er ihnen, als er weiterziehen mußte, Bedenkzeit, bis er wiederkäme, und ließ sie unterdessen frei. Sie aber wollten dem grausamen Kaiser entfliehen und verbargen sich in eine Höhle, von wo aus immer nur Einer ausging, um Speise und sonstigen Bedarf zu kaufen und über den Stand der Dinge sich zu erkundigen.

---

1) Martyrologium Romanum, 27. Juli.
2) De gloria Mart. c. 95.

Der brachte nun eines Tages die Nachricht, der Kaiser sei zurück= gekehrt. Da beteten sie, Gott der Herr möge sie erretten aus dieser Gefahr; und nachdem sie gebetet hatten, legten sie sich auf den Boden und schlummerten ein. Der Kaiser fragte auch sogleich, wo sie wären, und da es verrathen war, daß sie in jener Höhle sich verborgen, wollte er sie nicht wiedersehen, sondern befahl, daß die Höhle mit schweren Steinen zugebaut würde, damit sie darin ihren Tod fänden. Ein Christ, der dies erfuhr, grub auf ein bleiernes Tä= felchen schnell ihre Namen und ihr Martyrium ein und hing es eilig in dem Eingang der Höhle, bevor sie zugemauert war, auf. Die Höhle wurde geschlossen und es vergingen beinahe 200 Jahre, und Niemand kannte sie mehr. Da aber wollte ein Hirt an dem Berge, in welchem die Höhle sich befand, seiner Heerde eine Um= zäunung machen, und er benutzte dazu die Steine vor dem Ein= gange, die er abwälzte und gebrauchte, ohne zu ahnen, was in der Höhle sei, die nun wieder geöffnet wurde. Zur selben Zeit sandte Gott der Herr den Sieben den Geist des Lebens wieder; sie erwachten, standen auf und meinten, sie hätten eine Nacht ge= schlafen. Sie waren auch unverändert, nicht alt geworden, immer noch die schönen Jünglinge. Sie sandten nun Einen aus ihrer Mitte, um Speise einzukaufen. Als dieser aber zum Stadtthore kam und darüber das herrliche Zeichen des Kreuzes sah und das Volk beim Namen Christi schwören hörte, war er starr vor Staunen. Und nun erst, da er Einkäufe machen wollte und Geld aus der Zeit des Kaisers Decius hervorzog, hielt ihn der Kaufmann fest und schrie: „Du hast einen Schatz aus alter Zeit entdeckt!“ Er leugnete dies und wurde zum Bischofe und zum Richter der Stadt geführt. So kam er in's Gedränge und mußte nun das Ge= heimniß offenbaren. Indem er sie also zur Höhle hinführte, be= merkte der Bischof beim Eintritte in dieselbe das bleierne Täfelchen. Da war das Räthsel gelöst; ein Eilbote meldete es dem Kaiser Theodosius dem Jüngeren. Dieser kam und bezeugte in tiefer Verneigung ihnen seine Verehrung; sie aber sprachen: „Herrlicher Augustus, eine Häresie hat sich erhoben, welche das christliche Volk um die Verheißungen Gottes betrügen will durch die Leugnung der Auferstehung der Todten. Deßhalb, damit Du wissest, daß wir alle vor den Richterstuhl Christi einst gestellt werden sollen, hieß der Herr uns erwachen und so zu Dir reden. Laß Dich also

nicht verführen und vom Reiche Gottes ausschließen." Da verherrlichte der Kaiser Theodosius Gott und duldete nicht, daß das
christliche Volk zu Schaden komme. Die Sieben aber legten sich
wieder hin und entschliefen. Theodosius wollte ihnen ein goldenes
Grab bauen, wurde aber durch ein Gesicht davon abgehalten. So
ruhen sie denn bis auf den heutigen Tag an derselben Stelle unter
Decken von Seide oder feiner Leinwand. — Dies ist die Erzählung
bei Gregor, welche sich auf eine griechische Quelle beruft, die aber
von derjenigen, die sich bei Simeon Metaphrastes findet, verschieden
gewesen sein muß [1]). Die älteste Form scheint ein Vaticanischer
Pergamentcodex eines Chorbuches in einer Festlection zu enthalten.
Die Ausschmückung ist hier in mancher Beziehung reicher; da die
Wiedererwachten entdeckt werden, leuchten ihre Angesichter wie
Frühlingsrosen; die Wiederentschlafenen küßt der Kaiser, bedeckt sie
mit seinem Purpur und läßt ihre Leiber wirklich in goldene Reliquien-
schreine legen. Dabei ist die ganze Fassung viel naiver und ohne
dogmatische Nutzanwendung. Auf einer Gemme, die aus dem neun-
ten, vielleicht aus dem achten Jahrhunderte herrührt, erscheinen die
Sieben im Bilde als anmuthige Knaben, und, angethan mit einer
Tunica, auf gesonderten Decken einzeln ruhend, fünf sitzend, das Haupt
auf einen Arm gestützt, und zwei liegend, wirklich als Schlafende;
doch hat der Künstler deutlich genug angezeigt, daß sie zu den
Vollendeten gehören, indem sie alle den kreisförmigen Nimbus oder
Heiligenschein haben, und bei Jedem Marterwerkzeuge liegen [2]).

Paulus Diaconus erzählt uns eine zweite, mit der ephesinischen nicht zusammenhängende Sage von sieben schlafenden
Heiligen. Er nennt diese Erzählung ein Wunder, welches in
Deutschland in aller Munde sei; er erzählte aber so: „An den
fernsten Grenzen Deutschlands nach Westen zu erblickt man am
Strande des Meeres unter einem hohen Felsen eine Höhle, wo
sieben Männer, man weiß nicht seit wann, in langem Schlafe
liegen, nicht bloß am Leib, sondern auch an den Kleidern ganz
unversehrt, so daß sie gerade darum, weil sie so viele Jahre hin-

---

1) Die Quellen sind gesammelt von den Bollandisten Acta S. S. 27. Juli.
2) S. S. septem dormientium historia ex ectypis Musei Victorii expressa etc.
Romae, 1741. In dieser Schrift ist auch die erwähnte Lection aus dem Vaticanischen Codex abgedruckt.

15

durch nicht den geringsten Schaden erlitten, bei jenen rohen und ungelehrigen Völkern in großer Verehrung stehen. Der Kleidung nach zu schließen, muß man sie für Römer halten. Als einmal Jemand aus Vorwitz einen derselben entkleiden wollte, so dorrten ihm bald darauf, wie erzählt wird, die Arme ab, und diese seine Strafe verbreitete solchen Schrecken, daß seitdem keiner mehr die Schläfer anzurühren wagte. Es wird sich noch zeigen, zu welchem Zweck die göttliche Vorsehung sie so lange Zeiten hindurch aufbewahrt. Vielleicht sollen durch ihre Predigt — denn man hält sie für nichts anderes als für Christen — jene Völker noch einmal zum Heil berufen werden" [1]).

Endlich giebt es noch eine dritte [2]) Legende von sieben schlafenden Heiligen, die sich an den Namen des h. Martinus angelehnt hat; es ist die Gallische. Ihr Ursprung läßt sich nicht nachspüren; sie ist später entstanden als die Bücher der Wunder des h. Martinus von Gregor von Tours, der, obgleich die Erzählung ihm zugeschrieben wird, sie gewiß nicht gekannt hat. Sie folgt hier möglichst treu nacherzählt.

Die Kaiser Diocletian und Maximian nöthigten durch ihre Grausamkeit beinahe den ganzen Erbkreis zu dem Versuche, von der Herrschaft der Römer abzufallen. Unter vielen andern war es auch das Reich der Hunnen, welches mit seinem tapfern Könige Florus sich lossagte. Dieser Florus hatte von seinem jüngst verstorbenen Vater Amnarus das Reich geerbt, da er erst zwanzig Jahre alt war. Er hatte aber noch zwei jüngere Brüder; sie hießen Martinus und Amnarus. Der königliche Jüngling nun heirathete eine sehr schöne Jungfrau, Brichilde mit Namen, die Tochter des Sachsenkönigs Chut, welche ihm drei Söhne schenkte: als Erstgeborenen den Florus, nach dem Vater benannt, dann Hilgrinus und Amnarus. Der Erste wurde Vater des heil. Martinus von Tours; der zweite erhielt vier Söhne: Clemens, Primus, Lätus und Theodor; der dritte drei: Gaudens, Quiriacus und Innocenz. Der König Florus also regierte ungefähr zehn Jahre glücklich sein Reich; da wurde er vom Kaiser

---

1) Nach der Uebersetzung von Otto Abel.
2) Baronius (in dem Martyrologium Romanum zum 27. Juli) wollte sie mit der zweiten, der norbischen zusammenbringen, was ihm nicht gelungen ist.

Maximian angegriffen. Drei Jahre lang waren die größten An-
strengungen des Kaisers beinahe fruchtlos; er erhielt blutige Schläge,
verlor viel von seinem Kriegsvolk und kam immer nur zum Angriffe
der Grenzgebiete; denn dreimal besiegte ihn Florus und jagte ihn
schimpflich in die Flucht. Allein nun half dem Römer die List;
durch Verrath im eigenen Heere verlor Florus einen Lagerplatz,
den Maximian sofort noch mehr befestigte, und dem ersten Verrathe
folgte ein zweiter und ein dritter. So kam es, daß Florus mit
dem Adel der Hunnen, der fast vollständig ihn umgab, bald in
einer freilich sehr starken Festung belagert wurde. Eine halbjährige
Belagerung hielt er aus, aber er konnte auf keine Hülfe von
Außen hoffen und so mußte er capituliren. Er ergab sich unter der
Bedingung, daß sein und der Seinigen Leben geschont werde. Der
Kaiser führte sie gefangen nach Rom. Unter den Gefangenen waren
die beiden Brüder des Königs und sein erstgeborener, dreijähriger
Sohn, gleichen Namens mit ihm; die beiden andern Söhne hatten
damals noch nicht das Licht der Welt erblickt. Die Gefangenen
wurden dem Kaiser Diocletian vorgeführt, und dieser befahl, sie
in den Kerker einzuschließen. Nach einem halben Jahre wurde
Diocletian der Tugenden des Königs Florus wieder eingedenk, und
er ließ ihn sich abermals vorführen. Wie er nun sah, daß des
edlen Königs Schönheit durch die Leiden des Kerkers hingewelkt
sei, wurde er von Mitleid bewegt: er gab ihm Freiheit und Reich
zurück, nur sollten die Festungen geschleift werden, und nach ihm
kein König dort mehr sein; sein Sohn Florus dürfte weder König
noch Consul werden, sondern nur Tribun. Unter solchen Bedingungen, denen Florus zugestimmt, zog er mit all den Seinigen
in die Heimath zurück. — In demselben Jahre seiner Rückkehr
wurden ihm die beiden andern Söhne, Hilgrinus und Amnarus,
als Zwillinge geboren. Gott aber, vor dem kein Ansehen der
Person der Fürsten gilt, der ihre Rathschläge zu Schanden macht,
verhärtet, welche Er will, sie verkehrtem Sinn übergibt und zu
Thoren werden läßt, gab auch zu, daß jene beiden Kaiser, welche
die Kirche mit ihren grausamen Verfolgungen so lange gequält
hatten, so sehr den Verstand verloren, daß sie, Diocletian zu Ni-
comedien und Maximian zu Mailand, an demselben Tage die Herrscher-
Insignien niederlegten und fortan als Privatleute wie Plebejer
lebten. Nicht lange hernach, so gereute es den Maximian; er wolle
15 *

also seinem bereits herrschenden Schwiegersohne Constantin Hinterhalt legen, ihn umbringen lassen und das Reich wieder an sich reißen. Nachdem seine List und Nachstellung aber entdeckt worden, wurde er bei Marseille ergriffen, in's Gefängniß geworfen und bald darauf im Kerker durch den Strang hingerichtet, oder, wie Einige behaupten, von den Dämonen erwürgt, damit er sein gottloses Leben durch verdienten Tod beendige. Als aber Diocletian merkte, daß er aus demselben Grunde dem Constantin verdächtig geworden, nahm er Gift, woran er bei Salonä (in Dalmatien) auf seiner Villa starb und so sein eigener gottloser Bestrafer wurde. So strahlte endlich durch Gottes Gnade weithin durch die Welt der Friede. Da gab der König Florus seinen erstgeborenen Sohn Florus dem Kaiser Constantin, damit dieser ihn zu seinem künftigen Berufe, wie er wollte, erziehen lasse; und Constantin hielt den Knaben werth und lieb und bewahrte ihm lebenslang diese Liebe. Als er erwachsen war, gab ihm der Kaiser seine Nichte, die Tochter seiner Schwester nämlich, zur Gemahlin, machte ihn, da er schon im Heere Ritterdienste that, zum Tribun und sandte ihn zurück zu seinem Vater. Noch zu Lebzeiten seines Vaters schenkte seine Gemahlin ihm einen Sohn, den er ebenfalls Florus zu nennen befahl, so daß Vater, Sohn und Enkel denselben Namen trugen. Aber dieser Enkel des Königs Florus, Sohn des Tribuns Florus und der Nichte des Kaisers Constantin, dessen 17tes Regierungsjahr sein Geburtsjahr war, wurde später, zur Zeit des Kaisers Constantius von dem h. Paulus, dem Bischofe von Constantinopel, durch Gottes Fügung als Catechumen aufgenommen, dann getauft und erhielt bei der Taufe den Namen Martinus. — Dieser verehrungswürdige Patriarch Paulus, der ihm die Taufe ertheilte, wurde von dem genannten Kaiser Constantius, der sich der arianischen Häresie zugewandt hatte, wegen seines katholischen Glaubens nach Cucusa (Cucusos, jetzt Coscan), einem Städtchen Kappadocien's verbannt und dort meuchlings von den Arianern umgebracht. So ging er siegreich heim in das Reich der Himmel.

Der König Florus aber erreichte ein hohes Greisenalter, und als er starb, übergab er das Land seinem erstgeborenen Sohne, (der unter Kaiser Constantin Tribun geworden war), und zwei jüngere Söhne ließ er in dessen Hand. Florus der Jüngere also übernahm nach dem Tode seines Vaters die Regierung des Landes, die er wacker führte; — sein Sohn, der in der Taufe zu Constantinopel den Namen **Martinus** erhalten hatte, war nun Kronprinz; — seine beiden jüngeren Brüder, **Hilgrinus** und **Amnarus**, deren sieben Söhne (der Eine erhielt vier, der Andere drei) wir schon genannt haben, vermählte er mit Töchtern vom ersten Adel der Hunnen. Aber Martinus war nicht mehr bei ihm; denn früher, als er noch Tribun war, hatte er ihn mitgenommen nach Constantinopel und ihn dem Kaiser Constantius empfohlen. Dieser hatte ihn bei sich behalten, ihn militärisch erziehen lassen und seiner Armee eingereiht. Als der Kaiser dann seinen Neffen, den Cäsar Julian nach Gallien gegen die Barbaren, welche Einfälle in das römische Gebiet machten, sandte, gab er ihm den Martinus mit. Julian hielt ihn, so lange er vermochte, in seinem Gefolge. Allein der fromme Jüngling zog es vor, Gott, dem Himmelskaiser, seine Kriegsdienste anzubieten, dem er lieber dienen wollte als dem irdischen Kaiser. Er folgte hierin einem inneren Zuge, denn er war zu dem besonderen Berufe erschaffen, daß er im Westen Europa's die Siegesfahne des Kreuzes zur Verehrung aufpflanze und statt der Kriegsgesetze das Evangelium des Friedens dorthin bringe [1]). Berühmt war er durch seine Ahnen, berühmter wurde er durch seine edlen Thaten; heilig war er von Kindheit auf, gottesfürchtig als Knabe, ein vollkommener Christ als Jüngling; von Tag zu Tage ohne Unterlaß von Tugend zu Tugend fortschreitend, leuchtete er hervor in der Welt durch große Wunder und strahlte sein Licht nach allen Seiten weithin durch sein Wort der Wahrheit. — Hier geht nun der Verfasser der Legende auf die Vita S. Martini des Severus zurück, und berührt in erbaulich rhetorischer Weise die uns bekannten Thatsachen, wie Martinus als zehnjähriges Kind dem Heidenthume entsagt und christlichen Unterricht begehrt, dann zwölf Jahre alt den Einsiedlerberuf zu wählen entschlossen war, im Heere wie unter Heiligen gewandelt, den Mantel mit dem Armen getheilt und darauf — hier wendet er sich wieder zu seiner Legende — nach Constantinopel zurückgekehrt sei, um von dem Patriarchen Paulus die Taufe zu empfangen. Darnach wird erwähnt, daß er noch zwei Jahre Kriegsdienst leistete, weil sein Tribun mit ihm nach Ablauf zweier Jahre

---

1) Ich weiß sehr gut, daß die letzten Worte den Sinn des Textes nicht ganz genau wiedergeben, habe aber absichtlich den Gedanken allgemeiner gefaßt.

der Welt entsagen wollte, und wie er dann endlich trotz des Wider=
spruchs und Unwillens des Cäsars seinen Abschied nahm, seinen
Eltern, Gütern und dem Vaterlande entsagte, wo er geboren und
gekannt, reich und vornehm und deshalb verehrt und gepriesen
war, und zu den westlichen Grenzlanden Europa's eilte, wo er
ungekannt und ruhmlos und wie ein Verbannter erachtet wurde,
was seiner Demuth wohlgefiel. Das geschah, weil es Gottes Rath=
schluß war, daß er der Schutzheilige Galliens werden sollte. Hier
begab er sich in den Unterricht des Hilarius, eines hervorragenden
und hochangesehenen Mannes, welcher damals die Leuchte und die
Säule der Gallischen Kirche war. Nachdem er in wunderbarer
Demuth den höheren Grad des Diaconats ausgeschlagen, wurde
er Exorcist. Bald darauf verbannte der Kaiser Constantius den
Hilarius; da wanderte Martinus, wie ihm der Meister befohlen,
in die Heimath, und überall, wohin er kam, den Samen des gött=
lichen Wortes ausstreuend, hielt er eine reiche Ernte für den Himmel;
auch seine Verwandten bekehrte er, mit Ausnahme seines Vaters,
der nach unerforschlichem Rathschlusse Gottes in dem Bilde und
Irrthume des irdischen Menschen verharrte. Die Mutter, welche
ihn der Welt geboren, gewann er für den Himmel durch die Wieder=
geburt in Christo. Seine Großoheime, Martinus und Amnarus,
waren schon Christen, und zwar mit großem Eifer; sie waren sogar
Bischöfe. Durch sie wurden nun die Verwandten, welche Martinus
bekehrte, getauft, insbesondere seine Oheime, Hilgrinus und Am=
narus mit ihren sieben Söhnen: **Clemens** nämlich, **Primus**,
Lätus und **Theodor** (deren Vater Hilgrinus), **Gaudens**,
Quiriacus und **Innocenz**. Ihre Väter hatten als Zwillinge
das Erbe nicht getheilt; sie wohnten mit ihren Familien in Einem
Hause, besaßen Ein Gut und hatten Gütergemeinschaft. In dem=
selben Jahre, in welchem Hilgrinus und Amnarus getauft wurden,
gingen sie auch den Weg alles Fleisches in die ewige Heimath.
Ihre sieben Söhne aber verkauften alle ihre Güter, vertheilten das
Geld unter die Armen und gaben den Sklaven die Freiheit. Sie
selbst schlossen sich nun gemeinsam an einem Orte ein, d. h. sie
lebten stille und einsam, abgeschlossen von dem Verkehre mit der
Welt, indem sie von zwei Dienern das Nothwendigste besorgen ließen,
und widmeten sich ganz der frommen Lesung, dem Gebete und der
Psalmodie, dem Gesange der Psalmen und der Hymnen. Hier

lebten fie ohne Klage in Frieden, der füßen Gemeinschaft in der Familie mit Gattin und Kindern entbehrend, dem jungfräulichen Stande sich zuwendend, Gott und den Menschen lieb und wohlgefällig. Wenn sie gemeinsam gegessen hatten, wurden die Ueberreste von der Tafel gewöhnlich den Armen und Kranken gebracht; wohin man sie auch trug und wer immer sie nahm: wenn ein Kranker davon aß, gleichviel mit welcher Krankeit er behaftet war, so wurde er gesund. Daher begann man zuerst in ihrer Provinz, dann im ganzen Lande allgemein sie zu verehren wie Propheten Gottes. Da kamen auch viele Heiden herbei, sie zu sehen und zu ehren; sie aber predigten ihnen das Wort des Heils, und sie wurden gläubig und ließen sich taufen, legten ab den alten Menschen und zogen an den neuen, der nach Gott geschaffen ist. Die Verehrung wuchs immer mehr, so daß man sie bald mit Huldigungen und Gaben überhäufte. Ihre Verehrer waren Fürsten, Tribunen, christliche Soldaten, Juden und Heiden. Da fürchteten die Diener Gottes, der eitlen Ruhmsucht und dem Ehrgeize zum Opfer zu fallen, und beschlossen deshalb, das Vaterland zu verlassen und fliehend einen geeigneten Ort zu suchen, wo sie verborgen bleiben könnten. Sie folgten dem Beispiele Abrahams, dem in jüngerer Zeit viele andere Gerechte nachgekommen waren und erst ganz neuerlich ihr Vetter, der heilige Martinus. Dieser war unterdeß schon berühmt geworden; er hatte die Güter der Welt von sich geworfen und war vor der Ehre geflohen; aber Christus hatte ihm reichen Ersatz gegeben: denn er war verherrlicht worden durch Wunder, ausgezeichnet durch die bischöfliche Würde, und Reichthum, um damit wohlzuthuen, hatte er auch gefunden. Ueberdies hatte der Herr ihm noch für die selige Ewigkeit unermeßlichen Lohn aufbehalten. Ueber ihn erfuhren sie Alles, auch wie er aus Steinen Söhne Abrahams erweckte und die Herzen der Menschen umwandelte und Irrende und Ungläubige zu den Pfaden der Gerechtigkeit und zur Weisheit des gottgefälligen Wandels führte; wie er ferner die Götzen und ihre Tempel zertrümmerte und von dem Angesichte des Landes hinwegräumte, Monasterien und Kirchen baute, und so, allmälig wachsend, zu einem großen Volke geworden war. Als sie nun auch seinen Aufenthalt erfuhren, indem sie hörten, daß er Bischof von Tours sei, faßten sie, von dem Rufe seiner Heiligkeit und dem Ruhme seines Namens bewegt, den Entschluß, zu ihm zu fliehen

und nach seinem Rathe und Willen ihr Leben fortan einzurichten.
Schnell waren sie fertig, — wenig Geld und kleines Gepäck —
so eilten sie leichten Fußes dahin und erreichten ohne Unfall ihr
Ziel. Sie kamen zu Tours gerade an einem Sonntage an, als
Martinus eben die bischöfliche Messe feierlich celebrirte. Da erbaten
sie, wie Fremde, sich von ihm den Segen; nachdem aber die Feier=
lichkeit zu Ende war, erkannte der h. Martinus sie als seine Bluts=
verwandten und Vettern, und er weinte vor Freude über Jeden von
ihnen und küßte sie einzeln. Dann nahm er sie mit sich jenseit
des Flusses, wo die Menge der Brüder seiner harrte, und lud sie
zum gemeinschaftlichen Mittagessen ein mit den Brüdern. Am
folgenden Tage aber erzählten sie ihm ihre ganze Reise und be=
merkten dann, es sei ihre Absicht, nach Rom zu wallfahrten, um die
Apostel Petrus und Paulus zu verehren; dann nach Jerusalem,
das heilige Grab zu besuchen und das Kreuz des Herrn anzubeten;
endlich das Grab des h. Jacobus zu sehen und dann zu ihm —
zu Martinus — zurückzukehren. Da ertheilte dieser ihnen seinen
Segen dazu, und so begaben sie sich in wollenem Gewande, barfuß
auf den Weg; sie lebten von Brot und Wasser und ungekochten
Kräutern auf dieser ganzen Wallfahrt, die sie in fünf Jahren, wie
sie sich dieselbe vorgenommen hatten, auch vollendeten. Sie kehrten
also gesund und wohlbehalten nach Tours zurück und stellten sich
dem Martinus wieder vor. Sie brachten auch viele Reliquien
mit, nämlich vom Grabe des Herrn und von seinem heiligen Kreuze,
auch von dem Grabe seiner heiligen Mutter Maria und von deren
Kleidern, dann Reliquien der Apostel Petrus und Paulus und des
h. Jacobus, des Bruders des Herrn, und von vielen Anderen;
alle diese Reliquien nahm Martinus voll Ehrfurcht entgegen und
legte sie mit der größten Verehrung nieder in die Apsis der Kirche
zu Marmoutier. Die sieben Brüder aber gaben sich nun dem
h. Martinus und den bei ihm weilenden Brüdern mit Leib und
Seele gänzlich hin und gelobten, von dem Orte ihres Aufenthalts
nie mehr zu weichen. Mit Freuden nahm Martinus sie auf ohne
Zögern, bekleidete sie mit dem Einsiedler=Gewande und besiegelte
ihr Gelübde durch ein eigenes Weihegebet. Darauf wies er ihnen
eine Grotte am Fuße und an der Seite des herüberhangenden
Berges an, in dessen Felswand er ihnen ein Oratorium schuf, wo
er ihnen auch einen Altar benedicirte, in welchen er von den Re=

liquien legte, die sie mitgebracht hatten. Dann ertheilte er dem Clemens und dem Primus die Priesterweihe, dem Lätus und dem Theodor die Diaconatsweihe, Gaudens, Quiriacus und Innocenz aber machte er zu Subbiaconen. In dieser Grotte und in diesem Oratorium blieben sie nun, im Fasten, Beten, Schweigen und Lesen verharrend, so lange der h. Martinus noch lebte. Dieser aber wußte durch Offenbarung seinen Hingang lange voraus, als er nach Candes zu gehen beschloß, um den Frieden unter den habernden Clerikern jener Kirche wiederherzustellen. Da er nun im Geiste erkannte, daß er nicht mehr zurückkehren werde, rief er alle Brüder seines Monasteriums zusammen, küßte und segnete jeden Einzelnen und machte Einen aus seinen Brüdern an seiner Stelle zum Vorgesetzten und zum ersten Abte; Walbert hieß er. Ihm empfahl er die sieben Brüder, seine Vettern. Der neue Abt nahm sie auf in die Gemeinschaft mit den andern Brüdern und liebte sie außerordentlich. Der h. Martinus aber besuchte sie oft nach seinem Heimgange, so lange sie noch lebten; er erschien ihnen in der Vision, tröstete und stärkte sie. Sie lebten aber mit ihm gemeinschaftlich noch sechszehn Jahre, nach seinem Hingange fünfundzwanzig, unter Walbert, dem ersten Abte nämlich 23 Jahre, unter Aicardus, dem zweiten Abte, zwei Jahre. Im zweiten Jahre des Aicardus aber, als das Fest des Hingangs des h. Martinus (11. Nov.) auf einen Samstag traf, erschien in der folgenden Nacht, da die Sonntagsmetten schon gesungen waren, der h. Martinus den sieben Brüdern, um ihnen anzukündigen, daß ihr Todestag bevorstehe. Er sprach zu ihnen: „Morgen in aller Frühe rufet den Abt Aicardus zu Euch; sobald er bei Euch ist, so offenbart ihm Euer ganzes Leben, ein Jeder besonders, Alles, was Ihr gethan, und bekennet alle Eure Sünden. Saget ihm auch in meinem Auftrage, er möge an dieser Stelle zu Ehren der heiligen Dreieinigkeit eine Messe celebriren und dabei meiner gedenken und jener Heiligen, deren Reliquien sich hier in diesem von mir consecrirten (geweihten) Altare befinden; dann solle er für Jeden aus Euch einzelne Hostien mitopfern, und wenn sie consecrirt sind, so empfanget alle die heilige Communion. Nachdem Ihr communicirt und die Wegzehrung in dem Leibe und Blute unseres Herrn Jesu Christi empfangen habt, nach Beendigung der Messe, werfet Euch alle auf Euer Angesicht zum Gebete, denn dann geht ihr den Weg alles Fleisches, aber ohne Todesschmerz und ohne der Verwesung anheimzufallen. Die Engel werden Euch empfangen und aufnehmen und ich mit ihnen und wir werden Euch hingeleiten vor das Tribunal Jesu Christi." Alles geschah, wie Martinus es angeordnet und befohlen hatte. Der Abt wurde gerufen, die Beichte fand statt, die Messe wurde celebrirt, die Communion empfingen sie aus der Hand des Abtes Aicarbus und nach dem Schlusse der Messe beugten sie ihre Kniee, völlig gesund und wohl, sanken hin im Gebete und wanderten den Weg alles Fleisches ohne Todesschmerz und ohne daß nach ihrem Hingange eine Spur von eintretender Verwesung sich gezeigt hätte. Sofort aber wurde ihre Zelle von einem solchen Wohlgeruche erfüllt, daß man hätte glauben sollen, es wären duftende Kräuter und Gewürze reichlich dort ausgestreut. Der Abt und die Brüder dachten nicht, daß sie heimgegangen seien; sie glaubten, es sei ein sanfter Schlaf über sie gekommen, denn wie Schlafende, wie sanft Schlummernde sahen sie aus, da ihr Angesicht wie Rosen sich röthete und ihr Leib wie Schnee erglänzte. Deßhalb ließ der Abt Aicarbus sie einzeln auf ihre Stühle setzen, wie sie sonst in ihrer Zelle zu sitzen pflegten und stellte sie so, daß sie von Außen von dem herbeiströmenden Volke gesehen werden konnten; nur befahl er, sie durch ein Gitter abzuschließen, damit nicht Unberufene sie berührten und verletzten. Und alle, die kamen, um sie zu sehen, dachten nicht, daß sie gestorben seien, sondern hielten sie für Schlafende. Allerdings lebten sie Gott, in dem sie ruhten, und so zeigte ihr Angesicht den Frieden des Lebens in Ihm. Sieben Tage lang blieben sie so über der Erde, und sieben Tage lang gewahrte man auch in jedem Augenblicke, wie der süßeste Wohlgeruch von ihnen ausströmte. Und während dieser ganzen Zeit wallten die Gläubigen ununterbrochen zu ihrer Zelle, so daß diese selbst und die Wege zu ihr ohne Unterlaß so angefüllt waren von der Menge, daß sie Niemand mehr hätten fassen können. Auch geschahen viele Wunder, die Fieberkranken genasen, Aussätzige wurden rein, Stumme redend, Lahme gehend. Kranke, die nicht gehen konnten, wurden auf Tragbetten herbeigebracht, und sobald sie den Wohlgeruch spürten, wurden sie gesund. Endlich am siebenten Tage versammelte der Abt die Brüder des Monasteriums und hielt die Begräbnißfeier, wozu er auch den heiligen Greis Brictio, den Bischof von Tours, eingeladen hatte sammt Clerus und Volk. Und es wurde beschlossen, die sieben schlafenden

Brüder in den Kleidern, so wie sie waren, zu begraben, und zwar in ihrer Zelle oder vielmehr in ihrem Oratorium vor dem Altare, den Martinus mit Reliquien, die sie selbst mitgebracht, geweiht hatte. Sie gingen also heim am 12. November und wurden bei=gesetzt am 19. desselben Monats. In die Erde gesenkt, offenbaren sie doch durch ihre Krafterweisungen und Wunder, daß sie leben in Christo, der sie also verherrlicht. —

Dies ist die Legende von den sieben schlafenden Brüdern oder Vettern des h. Martinus. Sie wird von einigen Handschriften und von einigen älteren Gelehrten dem Bischofe Gregor von Tours, dem von uns so oft citirten Verfasser der zehn Bücher fränkischer Geschichte zugeschrieben, ohne Zweifel aber mit Unrecht; sie ist viel späteren Ursprungs [1]).

Die Haupttendenz der Legende geht unzweideutig dahin, den h. Martinus in eine wunderbare Familienverbindung zu bringen. Sie wird von älteren Schriftstellern geradezu „die Genealogie des h. Martinus" genannt. Und in der That sagt auch der Verfasser, welcher offenbar Mönch zu Marmoutier war, es sei ein Hauptzweck seiner Schrift, über den Adel der Abstammung des h. Martinus zu berichten, was Severus, sein erster Biograph, übergangen habe[2]). Martinus war zu glorreich erschienen, als daß man ihn sich nach mittelalterlicher Anschauung anders als von königlicher Abstammung hätte vorstellen können. Er mußte ein Königssohn sein und wie der Adel der Herkunft ihn auszeichnete, so sollte auch der Nach=wuchs seiner königlichen Familie in den Söhnen seiner Oheime herrlich erscheinen und in makelloser Reinheit sich bewahren. Die Familie eines so großen Freundes Gottes durfte nicht entarten, darum sollte sie mit der Generation des h. Martinus auf Erden ihre Entwickelung abschließen; aber die sinnige Legende läßt dies

---

1) Siehe d. Beilage II.

2) Nec, obsecro, cuiquam vel onerosa sit vel otiosa iudicetur ista ob ad=mirationem et contemplanda Martini in aetate adhuc iuvenili merita facta digressio, cum totius opusculi huius summa in ipsum respiciat, nec minus propter ostendendam et charitatis eius abundantiam, qua semper totus affluxit, et originis nobilitatem a Severo, primo vitae ipsius scriptore, praeter=missam, quam propter praedictorum consanguineorum eius venerabilem con=versationem vel obitum posteris insinuandum, inertem licet stylum mo=verimus. —

so geschehen, daß die Familie doch auch auf Erden gleichsam nur im Schlummer verharrt und die Schönheit der Unsterblichkeit auf ihrem Angesichte strahlend zeigt [1]).

VI.

Der mythische Ruhm.

Karl Simrock sagt in seinem meisterhaften „Handbuch der deutschen Mythologie" in der Abhandlung über Wuotan: „Vor dem Schlusse will ich auch nicht verschweigen, daß zwischen Wuotan und einigen christlichen Heiligen Beziehungen eintreten, theils weil man den Cultus des Gottes durch ihre Verehrung zu verdrängen suchte, theils weil in ihre Legenden, soweit sie aus dem Volksmunde aufgenommen wurden, Mythisches Eingang fand, in Volksmärchen und Volksgebräuchen ihr Name an seine Stelle trat. Der Gegenstand ist noch zu wenig erforscht; doch will ich hier wenigstens einige der dabei in Betracht kommenden Heiligen nennen. Billig steht hier der h. Oswald voran, weil er den Herscher der Asen bedeutet. Ihm und seiner Legende hat J. Zingerle eine eigene Schrift gewidmet (Stuttgart und München 1856). Hier erscheint er vornehmlich als Wetterherr und Erntespender; und in letzterer Würde wird er uns noch öfter begegnen. Der Rabe, der den mhd. Oswaldgedichten wie Odins Mythus gemein ist, findet sich auch auf den Bildern des Heiligen, obgleich er seiner Legende fremd ist. Schon in seiner äußeren Erscheinung sah St. Martin dem Wuotan auffallend ähnlich: Mantel, Roß und Schwert hatte er mit ihm gemein; jenen theilt er dem Dürftigen mit, seine Blöße zu bekleiden: das könnte an die oben besprochenen Verleihungen des Wunschmantels erinnern, und Milde ist eine Tugend, die Odin als Gangradr und Grimnir zu lohnen wie ihre Versäumniß zu

---

1) Ueber den Unterschied zwischen der Legende von den sieben schlafenden Heiligen und der andern von dem Mönche, der in Entzücken gerieth über den Gesang eines Vögleins, so daß er Jahrhunderte lang das Schlafen vergaß, habe ich mich ausgesprochen in dem Büchlein: „Religiöse Parabeln. Breslau, bei Aderholz 1863". Seite 60 ff.

strafen bedacht war. St. Martins Mantel, die Cappa St. Martini trug man den fränkischen Königen in die Schlacht nach; andere Beziehungen sind in meinen Martinsliedern Bonn 1846 nachgewiesen. Wenn wir St. Martin in dem von Karajan aufgefundenen s. g. Wiener Hundesegen (Müllenh. Ztschr. XI., 259 und Myth. 1189) als Hirten auftreten sehen, so soll er vor den Wölfen schützen, welchen Wuotan gebietet"[1]). Ich habe diese Stelle vollständig hergesetzt, weil sie klar und zuverlässig den gegenwärtigen Standpunkt der Forschung in Bezug auf die mythischen Elemente in der Geschichte der Verehrung des h. Martinus angiebt. Auch die angeführten Gründe für die Erklärung des Mythischen in den Legenden der Heiligen überhaupt sind unzweifelhaft richtig; es dürfte indessen noch eine Ergänzung statthaft sein. Es ist gewiß, daß die christlichen Missionäre nicht selten mit großer Klugheit oder wenn man lieber will mit Weisheit den Cultus der heidnischen Götter durch die Einführung der Verehrung von Heiligen, welche Analogien darboten, zu verdrängen gesucht und in der That leichter verdrängt haben; es ist ebenso augenscheinlich, daß das christlich gewordene Volk selbst das ihm in Märchen und Gebräuchen geläufige Mythische unwillkürlich in die von Mund zu Munde gehenden Legenden hinübertrug, welche in dieser mythischen Färbung und mit diesem Zuwachs dann späterhin aufgezeichnet wurden; aber es kommt noch hinzu, daß in der deutschen Mythologie die Götter viele übernatürliche Kraftäußerungen und wunderbare Wirkungen ihrer Intelligenz und Macht zeigen, welche in der That von der christlichen Offenbarung dem allwissenden und allmächtigen, lebendigen Gott zugeschrieben werden und also nach christlicher Anschauung und Auffassungsweise auch an den Heiligen, denen Gott sein Auge und seine Allmacht leiht und denen Christi Wundermacht verheißen ist, erscheinen können. So mag Wuotan's Walten und Wirken, sofern dieser „Vater der Götter", „der die Einheit im Kreise der Asen bildet und der von der Allmacht und Geistigkeit des alten Einigen Gottes am meisten bewahrt oder in sich aufgenommen hat,"[2]) das wahrhaft Göttliche waltet und wirket, in dem Leben der christlichen Heiligen und in deren specifisch christlichen Legenden ganz

---

1) Handbuch der deutschen Myth. mit Einschluß der nordischen von Karl Simrock. Zweite sehr vermehrte Aufl. Bonn, bei Ad. Marcus 1864, S. 248.
2) A. a. O. S. 184.

ursprünglich wie abgespiegelt sich zeigen; hernach tritt die Beziehung
des Einen auf das Andere ein, wodurch Zuthat und Vermischung
veranlaßt wird. Da nun Martinus von seinen Jüngern und
Zeitgenossen sofort als unvergleichlich unter den Heiligen erachtet
und seine Wunder in ihrer Fülle und Beschaffenheit den Wundern
Christi gleichgestellt wurden, so konnte er, sobald sein Bild in die
deutsche Mythologie eindrang, um Götterwesen zu verdrängen, nur
an die Stelle des Wuotan treten. Anhaltspunkte konnte schon die
Biographie, welche Severus von ihm geschrieben, darbieten. Darnach
erscheint ja Martinus als Erntespender, insofern er die Ernte be=
schützt. Zwanzig Jahre lang hütete er das ganze Gebiet der Senones
vor Schloßen, während vorher fast jedes Jahr der Hagelschlag die
Aecker verwüstet hatte. Erst nach seinem Tode wurde die Ernte
dort wieder zu Grunde gerichtet vom Hagelwetter. Als Wetter=
herr erschien er, da er im Zwiste der königlichen Merovinger=
Brüder die Ungerechten im Hagelsturm zu Boden warf, bis sie
Buße thaten. Das konnte er als christlicher Heiliger durch die
Fürbitte erreichen, aber dem in heidnischer Anschauung noch be=
fangenen deutschen Gemüthe kündigte er sich dadurch leicht als
Wuotan an. Die Erscheinung von St. Martin zu Roß mit Mantel
und Schwert ist sehr natürlich, da er Reiterofficier war, und
wörtlich Ritterdienste that, auch Schwert und Kriegsmantel führte;
aber die Verbindung dieser äußeren Gestalt und Erscheinung mit
der Begebenheit der Manteltheilung, der Handlung einer über
menschliche, ja christlich menschliche Wohlthat hinaus gehenden
Milde, ist wohl nur eine Folge der mythologischen Einmischung
der Gestalt des Wuotan. Bei ihm sind Roß und Mantel un=
zertrennliche Attribute und er verleiht den Mantel als Wunsch=
mittel, indem derselbe wunderwirkende Kraft besitzt. Wir haben
nun aber früher erfahren, daß der Geschichte nach Martinus
nicht zu Pferde saß, als er milde seinen Mantel theilte und mit
der Hälfte den Armen vor Frost schützte. Man wäre auch nicht
leicht auf die Vorstellung verfallen, da es sehr unpraktisch ist, auf
einem Pferde sitzend mit dem Schwerte einen Mantel zu theilen;
aber, man glaubte Reliquien des berühmten Mantels zu haben,
es wurden Wunder erzählt, die durch diese Reliquien gewirkt
worden, und so waren die Beziehungen zu dem Wundermantel
des Wuotan gegeben und so konnte das Roß nicht fehlen bei der

Mantelverleihung. So also stellte nun der Künstler auch den mantel=
theilenden Martinus zu Roß dar und anders konnte ihn sich das
Volk nicht mehr vorstellen. — Wuotan übte Feuerbeschwörung[1]).
Auch in dieser Hinsicht bot Martinus eine Vergleichung dar, der
nicht bloß selbst in der Mitte mächtiger Flammen, wie sie ihn einst
in einer Sakristei umzüngelten, unversehrt blieb und das Gefühl
angenehmer Kühlung hatte, sondern auch dem Feuer, das er in
einen Heidentempel geworfen, als seine Flamme der Windrichtung
folgend ein benachbartes Haus ergreifen wollte, sich entgegenstellte
und es zwang, gegen die Windströmung sich zurückzuwenden und auf
die Verbrennung des Tempels zu beschränken. Die Martinsfeuer
werden vielfach gedeutet. Es ist schwer, den ursprünlichen Sinn
festzustellen, weil wir den ersten Ursprung derselben überhaupt nicht
kennen. Jedenfalls sind sie im Laufe der Zeit ein viel bedeutsames
Sinnbild geworden. So ist es gewiß naheliegend, daran zu denken,
daß sie auf den Winteranfang hinweisen. Die Gallische Kirche be=
gann mit dem St. Martinstage (d. h. mit dem Hauptfeste am 11. No=
vember) ihre Adventszeit; es beginnt in Deutschland mit demselben
Tage an vielen Orten ein neues Pacht= oder Miethjahr, und das
deutsche Sprüchwort lautet: „St. Martin macht Feuer im Camin";
auch hüllte das Martinsmännchen sich in Stroh. Auf Grund dieser
Thatsachen stellt Simrock folgende Vermuthung auf: „Die Martins=
feuer sollten vielleicht die Wiedergeburt des jetzt verdunkelten Sonnen=
lichtes verheißen. Wie hernach der Advent, so scheint diese Zeit
schon den Heiden eine Vorbereitung auf das Julfest, wo die Sonne
sich verjüngte und nun auch das natürliche Neujahr eintrat"[2]).
Hiergegen ist mit Grund nichts einzuwenden. Aber es könnte
auch eine Beziehung angenommen werden auf die Feuerbeschwörungs=
gewalt des h. Martinus, der dem Feuer nur verstattet, an dem
Schädlichen seine zerstörende Macht zu üben[3]). Soll die leuchtende

1) Simrock, a. a. O. S. 540.
2) A. a. O. S. 574.
3) Diese Feuerbeschwörung wirkte auch fort nach seinem Tode. Ein Gläu=
biger nahm etwas von dem Wachs der Lichter, die bei seinem Grabe brannten,
als eine Reliquie mit in sein Haus. Da geschah es bald nachher, daß sein
Haus in Brand gerieth; die trockenen Balken standen schon in hellen Flammen,
als der Besitzer im Vertrauen auf den heil. Martinus jenes Stückchen Wachs
hineinwarf; und siehe! sofort war der ganze Brand gelöscht. Greg. v. T. De
Mir. S. Mart. c. 2.

Kraft des Feuers in's Auge gefaßt werden, so ist daran zu erinnern, daß Martinus „Galliens Sonne" heißt, die Leuchte, welche die Finsterniß des Heidenthums überwand. — Wuotan erscheint in der deutschen Mythologie als Meeresgott, der den Schiffern günstigen Wind giebt, Wunschwind, und die vom Sturme aufgeregten Wellen beschwichtigt, damit das Schiff günstige Fahrt habe[1]. Auch in dieser Hinsicht konnte Martinus für den Volksglauben an seine Stelle treten. Als Chilperichs Sohn Theodebert den König Sigibert bekriegte und seine siegreichen Truppen sehr verwilderten, kam ein Schwarm derselben zu dem Kloster Ciran-la-Late, in dessen Kirche Reliquien des h. Martinus sich befanden, wie früher erwähnt wurde. Schon wollten sie zur Plünderung desselben über den Fluß setzen, der sie noch von dem Kloster trennte, da schrieen die Mönche ihnen zu: „Kommt nicht, Ihr Franken, kommt nicht herüber, denn dies ist ein Kloster des h. Martinus!" Da ließen Viele von dem Vorhaben ab; zwanzig aber fuhren doch hinüber, schlugen die Mönche, beraubten und zerstörten das Kloster und kehrten mit ihrem Raube wieder zurück an's Schiff. Als sie aber auf dem Flusse waren, erregte der h. Martinus ihnen Sturm, daß sie hin und her geworfen wurden und die Ruder verloren; sie nahmen die Lanzen und stießen mit deren Schaften auf den Grund, aber das Schiff sank und sie stürzten in die Spitzen ihrer Lanzen, die Jeder seiner Brust zugekehrt hatte, so daß sie elend umkamen durch ihre eigenen Speere. Nur Einer, der das Verbrechen nicht mitbegangen, sie vielmehr abgemahnt hatte, wurde gerettet[2]. Aber ein Kaufmannsschiff im Tyrrhenischen Meere auf der Fahrt nach Rom, welches, vom Wirbelwind erfaßt, unrettbar verloren schien, wurde gerettet, als ein Aegyptischer Kaufmann, der noch nicht einmal Christ war, in der Todesangst rief: „Gott des Martinus, errette uns!" Denn auf den Ruf erfolgte große Stille, das Meer war beschwichtigt und sie hatten die günstigste Fahrt[3]. Die zur Osterwallfahrt mit Pilgern angefüllten zahlreichen Schiffe auf der Loire, die zur Zelle des heil. Martinus fuhren, wurden vom Sturm überfallen und schienen alle unterzugehen; da riefen

---

1) Simrock, a. a. O. S. 187—188.
2) Greg. v. T. Hist. Franc. IV. 48
3) Sulp. Sev. Dial. III., 14 (17).

die Schaaren: „Milder Martinus, errette von dem drohenden Untergange Deine Diener und Dienerinnen!" und augenblicklich schwieg der Sturm und es trat ein sanftes Säuseln ein[1]). —

In zahlreiche Beziehungen hat die Zeitlage des Martinsfestes den großen Volksheiligen mit Wuotan gebracht, doch nicht hinsichtlich seiner kirchlichen Feier, sondern in Betreff der Volkslustbarkeit[2]). Es fiel nämlich zusammen mit einem der drei großen Jahresopfer der Deutschen, und zwar mit dem Herbstopfer, das für den Segen der Ernte dargebracht wurde und also ein Dankopfer war. Hierbei wurde nicht blos der Dank für die in die Scheuern gesammelten Früchte dargebracht, sondern auch für den vermehrten guten Viehstand, und da nun ohnehin im November auch das Einschlachten für den Winter stattfand, so wurde auch von den Thieren den Göttern geopfert, und so fehlte denn nicht die Opfermahlzeit. Den heidnischen Sinn aus den damit verbundenen Gebräuchen und Festlichkeiten zu verdrängen, schufen die christlichen Missionäre und die Cleriker überhaupt die Beziehungen derselben zu dem h. Martinus, wozu die Phantasie des Volkes bald mithalf. Hier finden also die Martinsgänse ihre Stelle. Das Schlachten der Gänse für den Martinstag läßt sich tief in's Mittelalter hinauf verfolgen[3]): man verlor die ursprüngliche Beziehung und suchte in der Person und Geschichte des h. Martinus die Veranlassung und erfand, eine bekannte römische Sage nachahmend, die von Augusti (Denkwürdigkeiten XII, 373) angenommene Erzählung, Martinus sei, als er, der Bischofswahl zu entfliehen, sich verborgen gehalten habe, von den Gänsen verrathen worden, und deshalb müßten nun alljährlich an seinem Feste viele derselben zur Strafe sterben. Das ist nicht einmal sinnig erfunden. Auch der Martinswein gehört zum Erntefeste. Wie der Minnetrunk, welcher den Göttern dargebracht zu werden pflegte, absichtlich auf ihn

---

1) Greg. v. T. De mir. S. Mart. I. 2.

2) Am meisten Aufschluß geben hierüber Simrocks „Martinslieder. Bonn, 1846." Hierauf stützt sich vielfach ein populärer Aufsatz, „Der Martinstag", in dem „Weimarer Sonntagsblatt" zum 16 Nov. 1857 (Nr. 46).

3) Othelrich von Swalenberg schenkte im Jahre 1171 der Abtei Corvei zum Feste des h. Martinus eine silberne Gans (Ann. Corbeiens. bei Leibn. Script. II. p. 308). Eine Gans sitzt auf dem alten Dache der St. Martinskirche zu Worms.

16

bezogen wurde, zeigt die Erzählung des Mönches Obbo von dem
Könige Olaf Trygweson, wonach St. Martin diesem nach seiner
Landung auf einer Norwegischen Insel im Traumgesichte erschien
und befahl, daß fortan statt Thörs, Odins und der übrigen Asen
Minne die seinige getrunken werden solle. Das Martinshorn, das
Martinsmännchen und der Schimmelreiter sind ebenfalls mythologischen Ursprungs und weisen auf Wuotan hin. Doch mag hier
eine weitere Erörterung dieser Dinge, welche in die deutsche Mythologie gehören, nicht an der Stelle sein.

Den heiligen Martinus aber haben Legende und Mythologie
volksthümlicher gemacht, ohne seinen historischen Charakter und seine
kirchliche Verehrung zu beeinträchtigen. Er ist der glorreiche Schutzheilige Frankreichs und eine Zierde der ganzen Christenheit geblieben
und wird es bleiben, so lange das Evangelium Millionen Menschen
eine frohe Botschaft sein wird. —

Beilagen.

16*

Beilage I.

Ueber Geburtsjahr und Todesjahr des heil. Martinus.

Es ist die gewöhnliche Annahme und auch die des neuesten Biographen Achilles Dupuy, daß der h. Martinus im Jahre 316, also zwanzig Jahre früher als mein Bericht angiebt, geboren sei. Man beruft sich dafür besonders auf die Worte des Gregor von Tours (I, 36.): „Im elften Jahre seiner (des Kaisers Constantin) Herrschaft, als nach Diocletian's Tode die Kirchen wieder Frieden hatten, wurde der h. Bischof Martinus zu Sabaria, einer Stadt Pannoniens, von heidnischen Eltern, die jedoch nicht niederen Standes waren, geboren.“ Gregor bringt uns, indem er nach dem Schlusse dieses Kapitels sagt: „Bis hierher geht die Chronik des Historikers Eusebius“, den Glauben bei, als habe er seine Notiz aus der genannten Chronik. Allein wir finden darin eine solche Angabe nicht, und sie kann auch nicht darin gestanden haben, da Eusebius v. Cäsarea gegen das Jahr 340 starb, wo die Christenheit einen weltberühmten „heiligen Bischof Martinus“ von Tours, auch wenn er im Jahre 316 geboren gewesen wäre, noch nicht kennen konnte, und jedenfalls noch nicht Veranlassung gewesen wäre, ihm einen Platz in einer Chronik einzuräumen, welche die großartigsten Ereignisse der Weltgeschichte mit einer kurzen Zeile zu erzählen pflegt. Gregor ist nun aber auch in seinen chronologischen Bestimmungen früherer Zeit selbst sehr unsicher und unzuverlässig. Auch wo die Chronik des Eusebius und des Hieronymus das Rechte enthält, führen seine Zahlen nicht selten irre. Er spricht in dem 38. Kap. des I. B. von dem neunzehnten Jahre Constantin's des Jüngern, der doch im vierten Jahre seiner Regierung seinen Tod fand. Eine ganze Reihe ähnlicher Fehler sind in den Anmerkungen zu der Uebersetzung der

„Fränkischen Geschichte" Gregor's von Wilh. Giesebrecht hervorgehoben. Was aber den h. Martinus insbesondere betrifft, so läßt
er (B. I. c. 48.) diesen sterben im zweiten Jahre der Regierung der
Kaiser Arcadius und Honorius, unter den Consuln Atticus und
Cäsarius, d. i. im Jahre 397; aber er schließt dasselbe Kapitel
mit den Worten: „Von dem Leiden des Herrn bis auf den Tod
des St. Martinus zählt man 412 Jahre", wonach der Heilige im
Jahre 445 gestorben wäre. Die Angabe des Alters auf 81 Jahre
würde mit dem Todesjahre 397 und dem Geburtsjahre 316 stimmen. Aber Gregor ist nicht Augen- und Ohrenzeuge, nicht Zeitgenosse des heil. Martinus, sondern ein 200 Jahre später lebender
Chronist (geb. 540 † 594). Sein Zeugniß kann daher, wenn es
widersprechend ist, gegen den Bericht des Sulpicius Severus,
des vertrauten Jüngers des h. Martinus, der aus seinem eigenen
Munde erfahren konnte, was er wollte, nicht aufkommen noch
ernstlich berücksichtigt werden. Und dieser Bericht ist vor Allem
da zu suchen, wo jener Biograph von Beruf ihn zu geben zunächst
und direkt beabsichtigt, d. i. in der Vita. Wir lesen dort, daß
Martinus unter Kaiser Constantius (sub rege Constantio, wie
schon Giselin die richtige Lesart herstellte) und darnach in unmittelbarer Aufeinanderfolge unter dem Cäsar Julian im Heere diente.
Er wurde zum Reiterdienst gezwungen und zwar einem kaiserlichen
Edikte zufolge, welches die Veteranen-Söhne nach zurückgelegtem
16. Jahre forderte. Der Vater übergab ihn noch vor dem vollendeten 16. Jahre, cum esset annorum quindecim. Dies paßt
auf das Jahr der Noth für Kaiser Constantius, auf das Jahr 351.
Wäre Martinus 316 geboren, so müßte er im Jahre 331 zum
Militärdienste gezwungen worden sein. Aber damals war Constantius noch nicht Rex, und außerdem galt noch das vom Kaiser
Constantin am 30. Juli 326 zu Aequileja erlassene Gesetz, wonach
die Kriegstüchtigkeit der Veteranen-Söhne nicht im 16. Lebensjahre, sondern in dem Alter von 20 bis zu 25 Jahren untersucht
werden sollte. Das vollendete 16. Lebensjahr wurde erst bestimmt
durch Gesetz vom 11. April 332. Außerdem berichtet Sulpicius
Severus, Martinus würde im Alter von 12 Jahren, wenn nicht
eben die Schwäche des Alters ihm im Wege gewesen wäre, Gelübbe gethan haben und als Einsiedler in die Wüste gegangen
sein. Das wäre also bei der Annahme des Jahres 316 als seines

Geburtsjahres im Jahre 328 gewesen. Allein es steht fest, daß zu dieser Zeit das Abendland einen Enthusiasmus für das Mönchthum, wovon die Kinder heidnischer Eltern sogar ergriffen worden wären, noch nicht kannte, und zwar aus dem einfachen Grunde, weil Athanasius die Kunde von dem wunderbaren Leben der Einsiedler noch nicht gebracht hatte und auch sonst ein Bericht über dieselben im Abendlande noch nicht bekannt geworden. Ueberdies bezeichnet Sulpicius Severus deutlich das Alter, in welchem Martinus stand, da er seinen Abschied nahm, nämlich 20 Jahre; ferner kennzeichnet derselbe Berichterstatter den Feldzug des Cäsars Julian, während dessen er seine Entlassung bei Worms erbat, also, daß nur der erste im Jahre 356 gemeint sein kann. Endlich besuchte Martinus, nachdem ihm der Abschied bewilligt worden war, den Hilarius als Bischof von Poitiers kurz vor dessen Verbannung, wie der Zusammenhang der Erzählung bei Sulpicius Severus deutlich ergiebt. Wäre Martinus im Jahre 316 geboren, so hätte er seinen Abschied im Jahre 336 genommen. Dieser Umstand bringt Tillemont[1]), welcher als Geburtsjahr 316 oder 317 annimmt, in große Verlegenheit und zwingt ihn, statt die falsche Annahme des Geburtsjahres aufzugeben, zu dem verzweifelten Auskunftsmittel einer Alternative der Hypothese zu greifen, die nach beiden Seiten hin gleich unhaltbar ist. Er meint nämlich: entweder sei Hilarius, als er den Besuch des Martinus erhielt, noch Laie gewesen, denn auch als Laie sei er durch seine Tugenden schon berühmt gewesen, oder vielmehr jener habe gleich nach seinem Abschied vom Heere sich einige Jahre in die Einsamkeit zurückgezogen — dans la retraite ou dans quelque autre exercice! Das klingt fast naiv. Daß Hilarius noch Laie gewesen, als Martinus ihn besuchte, sagt Severus nicht nur nicht, sondern er spricht das gerade Gegentheil aus, indem er schreibt: sanctum Hilarium, Pictavae episcopum civitatis, cuius tunc in Dei rebus spectata et cognita fides habebatur, expetivit. Diese Worte weisen ausdrücklich auf Hilarius den Bischof hin, der in den arianischen Streitigkeiten bereits seinen festen Standpunkt eingenommen hatte. Es ist daher vom Ueberfluß, noch daran zu erinnern, daß er den edlen Jüngling

---

1) Mémoires pour servir à l'histoire eccl. t. X. p. II. 8—9. Brüsseler Ausgabe von 1730.

zum Diacon machen will, um ihn dem Kirchendienste zu gewinnen, was er wahrlich nicht als Laie versuchen konnte. Nicht glücklicher ist die andere Hypthese, wonach Martinus einige Jahre Retraite gehalten habe, ehe er zu Hilarius gegangen sei; denn wenn er im Jahre 336 seinen Abschied genommen, so hätte er wenigstens 18 Jahre in die Retraite gehen müssen, um zu warten, bis er den berühmten Bischof Hilarius besuchen konnte. Aber Severus sagt auch hier wiederum das Gegentheil von dem, was Tillemont annimmt, denn er erzählt die Sache mit dem Eingang: Exinde, relicta militia etc. Diese doppelte Anzeige der unmittelbaren Aufeinanderfolge der erzählten Thatsachen kann man nicht, wie jener glaubt, durch die Bemerkung entkräften, es sei etwas Gewöhnliches bei den Geschichtsschreibern jeder Art, daß sie ziemlich weit von einander getrennte Ereignisse so aufzeichneten, als wären sie unmittelbar auf einander gefolgt. Mir scheint dies wenigstens nicht bei allen Historikern das gewöhnliche Verfahren zu sein; und jedenfalls darf wohl ein solches Verfahren nicht angenommen werden, wo ein Berichterstatter wie Severus in der angeführten Stelle, die unmittelbare Aufeinanderfolge entschieden anzeigt.

Fassen wir nun die entscheidenden Momente noch einmal kurz zusammen: die Sehnsucht des zwölfjährigen Knaben, Einsiedler zu werden, ist im Jahre 328 unerklärbar, der erzwungene Kriegsdienst des Fünfzehnjährigen im Jahre 331 den zu dieser Zeit geltenden Gesetzen zuwider, die Umstände der Entlassung aus dem Heere passen nicht auf das Jahr 336 und sein unmittelbar darauf folgender Besuch bei Hilarius ebensowenig; vielmehr führen uns die Angaben des Severus in die Jahre 336 (Geburtsjahr), 348 (Sehnsucht nach dem Einsiedlerthume), 351 (Eintritt in's Heer) und 356 (Verlassen des Militärdienstes und Besuch bei Hilarius). Von dieser festen chronologischen Grundlage aus sieht man nun leicht alle Schwierigkeiten der Zeitbestimmung in dem Leben des heil. Martinus bei Sulpicius Severus schwinden.

Es ist aber unglaublich, wie viel Hindernisse man sich selbst in den Weg legte wegen einer corrumpirten Stelle im Dial. II. c. 7 desselben Sulpicius Severus. Nachdem nämlich im 6ten Kapitel rezählt worden ist, die Gemahlin des Kaisers Maximus habe den Bischof Martinus einmal allein bei der Tafel bedient, wird darauf hin im 7ten das Bedenken erhoben, ob nicht diejenigen Mönche, welche sich gern auf einen nicht lobenswerthen Verkehr mit Frauen einließen, in dem Beispiele eines so großen Heiligen für sich einen Vorwand oder eine Entschuldigung suchen könnten. Und es wird geantwortet: möchten solche sein Beispiel nur ganz in Allem nach= ahmen! Dann folgen die Worte: Videant enim, quia Martino semel tantum in vita sua, [iam septuagenario], non vidua libera, non virgo lasciviens, sed sub viro vivens, ipso viro pariter suppli cante, regina servivit et ministravit. Das iam septuagenario („dem bereits siebenzigjährigen") wird weder vorher noch nachher irgend in der Beweisführung für Martinus benutzt, es erscheint im Zusammenhange gänzlich überflüssig, ja schwächend und störend. Auch werden die charakteristischen Merkmale des Falles in frap= panter Weise nochmals aufgezählt, und doch ist von dem Alter mit keiner Sylbe die Rede: Quod si quis hoc uti voluerit exemplo, per omnia teneat exemplum: talis causa sit talisque persona, tale obsequium, tale convivium, et in omni vita semel tantum. Nach den Worten: „und während des ganzen Lebens nur einmal", hätte mit Bezug auf das iam septuagenario, wenn dies wirklich als Entschuldigungs=Motiv mit angeführt gewesen wäre, folgen müssen: und überdies im hohen Alter, oder im Alter von siebenzig Jahren. Ein solcher Zusatz fehlt aber. Hiernach nehme ich keinen Anstand, die schon von Giselin wegen ihres vielfachen Widerspruchs mit den übrigen sonst sicheren chronologischen An= gaben des Sulpicius Severus und wegen unsicherer Lesart an= gezweifelten Worte: iam septuagenario, für eingeschoben zu erklären.

Wahrscheinlich hat ein beschränkter aber guthmüthiger Ab= schreiber, dem die chronologischen Angaben des Gregor von Tours bekannt waren, sich gleichsam in den ihn lebhaft interessirenden Dialog mischend, das iam septuagenario als einen noch übersehenen Entschuldigungsgrund für sich an den Rand geschrieben, von wo es dann, wie so viele Glossen bei allen aus dem Alterthume uns durch die Abschriften der Mönche überlieferten Büchern, den Weg in den Text gefunden haben mag. Es ist auffallend, daß Tillemont nicht den geringsten Verdacht geschöpft und in der Art auf diese Worte bei der Bestimmung des Geburtsjahres des h. Martinus sich gestützt hat, daß er die sonstigen einfachen und klaren Angaben bei Sul= picius Severus gewaltsam ändern oder interpretiren und zu ver= zweifelten Conjecturen greifen muß. Baronius sah sich genöthigt,

ben ganzen Text des Sulpicius Severus für so verborben überliefert zu erklären, baß die Angaben unbrauchbar seien.

Ich muß indessen noch hinzufügen, baß jene Worte iam
septuagenario auch sachlich einen sehr zweibeutigen Werth haben.
Fast muß ich sagen, baß dieser Zusatz objectiv eine Verletzung des
reinen Charakters des h. Martinus enthalte, welche dem Zartgefühl
seines fein gebilbeten unb für ihn so begeisterten Biographen nicht
zugemuthet werben barf. Denn ist es nicht verletzenb für einen
Mann, ber als bevorzugter Jüngling von ber Bahn ber Ehren
unb bes Genusses, bie ihm weit, offen stehenbe Welt verlassenb, sich
freiwillig abgewandt, unb ber mit Thaten ber Selbstverleugnung
bie Menschen in Erstaunen setzt sein Leben lang, wenn man von
ihm, ba eine Kaiserin aus Verehrung für ben religiösen Ernst unb
aus Verlangen nach seinem Segen ihn einmal bedient, nur baburch
ben argen Verbacht ber gemeinen Sünde abwenben zu können
glaubt, baß man entschulbigenb sagt, er sei schon siebenzig Jahre
alt gewesen? Ich weiß es wohl, baß es eine Klasse von Menschen
giebt, welche an bie Tugend ber Keuschheit nur glauben können,
wenn sie mit ihren Augen sich überzeugt haben, baß ein Mann
lebenslänglich in einem eisernen Käfige einsam bewacht wurbe von
finstern Wächtern: mit biesen rechte ich nicht. Sie mögen sich selbst
sagen, wie sie zu ihrer Lebensanschauung gekommen sinb. —

Ich will hier noch bemerken, baß zwei Schriftsteller bem wirklichen Geburtsjahre sehr nahe kommen, indem sie auf bas iam
septuagenario ebenfalls keinen Werth legen. Der erste ist Giselin,
welcher in einer Anmerkung zu Sulp. Sev. Vita B. Mart. c. 7, wie
seine Combination ergiebt, bas Jahr 333 ober 334 als Geburtsjahr
annimmt. Vgl. besselben Anmerkung zu Dial. II. c. 7. Der zweite,
nämlich Dr. Joh. Heinr. Aug. Ebrarb, bestimmt in seinem „Handbuch
ber christl. Kirchen= u. Dogmengeschichte für Prebiger unb Stubirende“
(Erlangen, 1865) Bb. I. S. 342 bie Lebenszeit bes heiligen Martinus,
allerdings ohne nähere Begründung, also: „geb. 335, gest. 397“. —

Weniger zu entschulbigen ist bas gleiche Schwanken ber
Geschichtschreiber in Bezug auf bas Tobesjahr bes Heiligen. Ein
Jebem in bie Augen sallenbes Beispiel bieser Unsicherheit giebt
J. F. Damberger im 1. Bb. seines Werkes: „Synchronistische Ge=
schichte ber Kirche unb ber Welt im Mittelalter“. In bem „Kritik-
Heft“ zum ersten Banbe giebt er ein „Alphabetisches Heiligen=

Verzeichniß, möglichst vervollständigt und berichtigt" in welchem „Martinus B. (Tours) † 397 c. 11. Nov." aufgeführt wird; in dem I. Bande selbst aber, und zwar sowohl in dem dazu gehörigen Register S. 407, als im Texte S. 80 wird angegeben: St. Martinus (B. v. Tours) † 370; endlich heißt es S. 151, sein Begräbniß habe „um 400" stattgefunden. Besser nimmt als Todesjahr an das Jahr 397, Dupuy und Kurtz (I. 462) ebenso; dagegen Weingarten und Merz mit Schröckh das Jahr 400. Die verbreitetste Annahme ist die des Jahres 397, welche sich auf Gregor von Tours, Fränk. Gesch. I. 48 stützt. Wein= garten bringt seine Zahl 400 heraus durch Berufung auf denselben Gregor v. T. de mir. I. 3. und mit Bezug darauf, daß Martinus im Jahre 375 Bischof geworden. Doch treten wir der Sache näher.

Pagi hat in seiner Critica historico-chronologica in universos Annales eccl. etc. Baronii T. I. p. 474 zu num. XVII. et seqq. für das Jahr 351 folgende scharfe Correctur niedergeschrieben: Baronii tanta auctoritas fuit, ut omnibus persuaserit in Chronologia annorum S. Martini Ep. T. Gregorium unum ex huius Sancti suc- cessoribus Severo Sulpicio, qui eius vitam scripsit, praeferendum esse, hancque adeo a posterioribus depravatam, ut in ea auctor a semetipso dissentiat. Verum Gregorii Turonensis operibus et vita illa in sedulum examen a me revocatis, comperi communem hanc persuasionem falsam esse, Vitam illam ad nos sinceram et germanam pervenisse, Gregoriumque fabulosis quibusdam S. Mar- tini actis deceptum et, ubicunque a Severo discrepat, minime audiendum esse. Also Pagi erkennt als die maßgebende Richt= schnur für die Chronologie in dem Leben des h. Martinus den Bericht des Severus an, Gregorius sei durch sagenhafte Mittheilungen, durch falsche, Fabeln enthaltende Aktenstücke getäuscht worden und seine An= gabe habe, wo er dem Severus widerspreche, gar keinen Werth. Aber die Erinnerung dieses gewichtigen Kritikers wurde fast gänzlich über= hört; wenigstens finde ich nicht, daß diejenigen, welche sich seitdem mit dem Leben des h. Martinus beschäftigt haben, ausgenommen De Prato, die geringste Rücksicht darauf genommen hätten. Pagi bemerkt auch, er habe über das Jahr und den Tag des Todes des h. Martinus eine eigene Dissertation geschrieben; diese habe ich leider nicht erlangen können; doch weiß ich das Resultat, weil er dasselbe an der angeführten Stelle seiner Kritik zu den Annalen des Baronius bestimmt angegeben hat. Er hat sich nämlich für das Jahr 400, und zwar für den 11. November entschieden. Ich halte es nun freilich für schwer, selbst den Todestag mit Sicherheit zu bestimmen; auch glaube ich wohl, daß Pagi in jener Dissertation die Angaben Gregor's mit in die Untersuchung in einer Art gezogen haben wird, der ich nicht ganz vertraue; denn ich sehe aus einer andern Stelle der Kritik (I. p. 541), daß er diesen fränkischen Geschichtschreiber wahre und falsche Ueberlieferungen ohne Einsicht vermischen läßt und dabei selbst die kritische Scheidung vornimmt. So schreibt er: Die Nachricht, daß Martinus im achten Regierungs- jahre der Kaiser Valens und Valentinian Bischof geworden, habe Gregor von irgend einem Fabeldichter entnommen; dagegen sei die Notiz, wonach der Heilige den bischöflichen Sitz 26 Jahre, 4 Monate und 27 Tage inne gehabt, aus dem echten Archiv der Kirche von Tours geschöpft. Ich gestehe, daß mir eine solche Scheidung zu gewagt erscheint. Für die Bestimmung des Todesjahres insbesondere ziehe ich es ebenfalls vor, den Angaben des Severus ausschließlich zu folgen.

Die Verurtheilung und Hinrichtung Priscillian's und einiger seiner Anhänger zu Trier geschah unzweifelhaft im Jahre 385. Große Aufregung innerhalb des Episcopats folgte diesem Ereigniß; in Gallien wurde der Bischof Theognostus Führer einer Opposition gegen die vom Kaiser beschützten Ankläger der Priscillianisten; Ithacius sah in seiner Stellung sich bedroht und erwirkte sich einen Rechtfertigungsspruch, fast wie eine Indemnitätserklärung aussehend, von einer Hofsynode zu Trier. Nachdem dies geschehen, kam Mar- tinus wieder an den Hof; es gab einen Kampf zwischen ihm, dem Kaiser und den versammelten Bischöfen: der Friedensschluß hatte zum Inhalt, Martinus solle in Cultgemeinschaft mit den anwesenden Bischöfen an der feierlichen Weihe des neuen Bischofs von Trier Antheil nehmen, dafür werde der Befehl der Verfolgung der Pris- cillianisten in Spanien zurückgenommen. Beides geschah. Mar- tinus hatte wegen dieses Vertrags, obgleich er edel gehandelt zur Rettung vieler Menschenleben, Reue und zog sich für die ganze Folgezeit seines Lebens einsam zurück von jedem Verkehre mit dem Episcopate. Sedecim postea vixit annos: nullam synodum adiit, ab omnibus episcoporum conventibus se removit. Diese Worte schrieb Severus nur wenige Jahre, vielleicht 4 Jahre nach dem Tode des Heiligen, und es kann kein wissenschaftlich motivirter Zweifel an der Wahrheit derselben aufkommen. Nehmen wir nun

an, daß jene Aufregung unter den Bischöfen, welche die Nachricht
von der Hinrichtung Priscillian's hervorrief, die dadurch bewirkte
Bildung von Parteien, die Synode zu Trier und die dortigen Ver=
handlungen mit Martinus unmittelbar einander folgten, so gelangen
wir jedenfalls in die letzten Monate des Jahres 385, woraus wir
dann mit Sicherheit den Schluß ziehen, daß der berühmte Bischof
von Tours gegen Ende des Jahres 401 — denn er lebte ja nach
jenem Trierer Handel noch volle 16 Jahre — gestorben ist. Der
von Pagi für den Todestag in Anspruch genommene 11. November
mag also immerhin seine Wahrscheinlichkeit behalten; aber das
Todesjahr kann nicht früher angenommen werden als 401. —

Hiermit wäre diese Sache für uns erledigt. Allein De Prato
hat in seiner Ausgabe der Werke des Severus mit so großem
gelehrtem Apparate andere, abweichende chronologische Bestimmungen
geltend gemacht, daß wir darauf besonders eingehen müssen.

In der ersten Dissertation, welche De Prato den Schriften des
Severus über Martinus hinzufügt, führt er den Beweis, daß jener
die Vita des Heiligen etwa mit Ausnahme der Einleitung und der
Schlußcapitel zwar zu Lebzeiten desselben geschrieben, aber erst nach
dem Tode zugleich mit den Briefen an Aurelius und an Bassula, und
zwar noch etwas revidirt, herausgegeben habe. Der Beweis ist
überzeugend; aber es folgt nicht mit Nothwendigkeit aus den bei=
gebrachten Beweismitteln, daß Martinus nun im J. 400 gestorben
sei. Es stützt sich diese Folgerung auf zwei Briefe (23 u. 24) des
Paulinus von Nola an Severus; aber es folgt aus den betreffenden
Stellen nichts mehr, als daß der vertraute Freund des Verfassers
damals, als er die beiden Briefe schrieb, die Vita S. Martini ge=
kannt hat, nicht aber auch, daß sie schon herausgegeben war;
und überdies steht es nicht unbedingt fest, daß die Briefe selbst
gerade im Anfange des Jahres 401 geschrieben worden; sobald
wir dieselben aber in den Schluß dieses Jahres oder in den Beginn
des folgenden setzen, kann, auch wenn sie die Herausgabe der
Vita bezeugten, der Tod des h. Martinus am 11. November des
Jahres 401 sehr wohl noch Raum haben. Die aus den Dialogen
entnommenen Argumente können ebenfalls für das Jahr 401 an=
gewendet werden. Wenn Severus sofort nach dem Tode des Heili=
ligen, also noch im November des Jahres 401 seine Lebens=
beschreibung in Aquitanien herausgab, so konnte Posthumian sie

allerdings im Frühlinge des Jahres 402 schon in Rom, Carthago und Alexandrien finden. Lange war sie eben auch nicht in diesen Städten, da man eben auf's Eifrigste mit der Lesung und mit der Vervielfältigung der Handschriften beschäftigt war.

Doch in der ersten Dissertation sucht De Prato mehr nach dem sicheren Terminus für die Chronologie im Leben des heiligen Martinus; in der zweiten will er den rechten Standpunkt einnehmen, um ihn zu finden. Den rechten Standpunkt gewinnt er in der That, indem er sich zu Severus stellt. Allein das muß man natürlich thun, ohne Künstelei. Es ist gewiß, daß die Hinrichtung des Priscillian, von dessen Tode bis auf das erste Consulat des Stilico, d. h. bis zum Jahre 400, fünfzehn Jahre von Severus gezählt werden, in das Jahr 385 fällt[1]). Wenn nun Severus, mit dem Consulate des Stilico seine Chronik abschließend mit Bezug auf den Haber und Zwiespalt unter den Bischöfen, der in Folge des blutigen Ausgangs des Priscillianischen Handels entstand, sagt, derselbe dauere nun schon 15 Jahre, so zählt De Prato richtig: 15 + 385 = 400. Aber, wenn der nämliche Severus schreibt (Dial. III, 13.), Martinus habe nach dem Tage der Weihe des Felix zum Bischofe von Trier, welche vor dem Spätherbste des Jahres 385 nicht stattgefunden haben kann, noch 16 Jahre gelebt (sedecim postea vixit annos) — ohne die geringste Andeutung, daß man für das 16te Jahr nur einige Tage oder höchstens ein paar Wochen anzusetzen habe, so addirt De Prato: 16 und 385 machen auch 400. Das geht nicht an. Der Irrthum rührt daher, weil er annimmt, die Hinrichtung Priscillian's und die Bischofsweihe des Felix, diese beiden Ereignisse hätten sich im Anfange des Jahres 385 zugetragen[2]), während Felix jedenfalls erst mehrere Monate nach dem Tode des Ersteren geweiht worden ist, und in Bezug auf die Vollstreckung des Urtheils an dem unglücklichen Spanier De Prato selbst schwankt zwischen dem Anfange und der Mitte des Jahres 385[3]), und für die Weihe des Felix wohl auch

---

1) Daß Severus seine Chronik auf das Jahr 400 gestellt habe, sagt er selbst: Chron. II, 9 und 27.

2) .... ab initio circiter anni CCCLXXXV., quo tempore et occisus Priscillianus et consecratus fuit episcopus Felix, ... — A. a. O. S. 165.

3) S. 164.

ben Sommer des Jahres 385 einräumt[1]). Das Rechenexempel des De Prato ist so wenig statthaft, daß Harduin und die ihm folgende Venetianische Ausgabe der Concilien-Sammlung, die das Jahr 400 als Todesjahr des h. Martinus annehmen, sich durch die Stelle Dial. III, 13. sogar nöthigen lassen, die Trierer Hoffynode und die Weihe des Felix in das Jahr 384 zu setzen, welche Annahme dann De Prato wieder als durchaus unzulässig nachweist, wobei er auch auf die Chronik des Prosper hinweist, welche bestimmt angiebt, die Hinrichtung Priscillians habe unter den Consuln Arcabius und Bauto stattgefunden, d. h. im Jahre 385, obgleich aus Severus selbst schon (Schluß der Chronik) diese Zahl mit Sicherheit folgt. Die Beweise des De Prato aus andern Schriftstellern für das Jahr 400 sind sehr unsicher geführt, abgesehen davon, daß mit der Auktorität des Severus in dieser Frage keine andere streiten kann. Die Angabe in dem Prosperi chronicon Pithoeanum ist der Art, daß sie verschiedene Auffassungen zuläßt, wie denn auch thatsächlich 399, 400 und 402 daraus deducirt worden ist, und es bedarf nur einer leisen Wendung, um auch 401 zu gewinnen. — Gar zu gewagt ist De Pratos Versuch, sich auf die Nachricht Gregor's, Martinus sei an einem Sonntage gestorben, zu stützen; denn einmal ist schwer anzunehmen, daß dieser chronologisch so ungenaue Schriftsteller mit Bestimmtheit gewußt habe, ob im Todesjahre des Heiligen der 11. November — vorausgesetzt, daß dieser überhaupt als Todestag ganz fest stehe — ein Sonntag gewesen; dann aber ist zu beachten, daß die Worte Gregor's sehr unsicher lauten — Transiit autem media nocte, quae Dominica habebatur —. War die Ueberlieferung so: „Sonntags um Mitternacht", so ist man ebenso berechtigt, anzunehmen, es sei um Mitternacht von Sonntag auf Montag gewesen, als zu der Annahme, der Mitternacht von Samstag auf Sonntag. Im Jahre 401 aber war der 11. November ein Montag. Hieß es aber einmal: „Der h. Martinus ist am Sonntage gestorben", so konnte leicht, da seine kirchliche Feier begann, die eigentliche Sonntagsnacht, wo man ohnehin Gottesdienst hielt, dazu gewählt werden, wie es denn auch zur Zeit Gregor's gehalten worden zu sein scheint. De Prato weist auch hin auf die 20 Tage nach dem Tode des h. Martinus

---

1) S. 172.

erfolgte Bischofsweihe des Brictio, die am Sonntage habe statt=
finden müssen; aber 20 Tage vom 11. November ab führen zu
dem 1. December und nicht zu dem 2., wie er will. Der 1. De=
cember war aber im Jahre 401 ein Sonntag, und nicht im
Jahre 400.   Durch die Anführungen aus der Chronologie der
merovingischen Könige und aus späteren mittelalterlichen Chronisten
hat De Prato die Entscheidung der Frage nach keiner Seite hin
gefördert. Das Beste in der ganzen Dissertation ist jedenfalls die
Widerlegung der Gründe, welche man für das Jahr 397 als
Todesjahr des h. Martinus vorgebracht hat; diese Widerlegung ist
ganz überzeugend und mit erschöpfender Gründlichkeit geführt.

Noch ist zu erwähnen, daß in der angeführten Dissertation
auch die Frage über das Consulat des Evodius ausführlich erörtert
wird.   Mit Recht nimmt De Prato an, daß Evodius damals, als
Martinus an der Tafel des Kaisers Maximus saß, wirklich Consul war.
Die Worte des Severus: praefectus idemque consul Evodius,
lassen auch keinem exegetischen Zweifel Raum; aber daß er nun,
weil Martinus nicht bei seiner Anwesenheit in Trier zur Zeit des
Streites mit den Bischöfen nach dem Tode Priscillian's und bei
Gelegenheit der Bischofsweihe des Felix habe des Kaisers Gast
sein können, sich zu der gänzlich haltlosen Hypothese bekennt,
Evodius sei wohl auch im Jahre 384 schon Consul gewesen, ist
schwer zu erklären.   Martinus ging seit dem Jahre 385 nicht
mehr zu den Synoden der Bischöfe, wohl aber an den Hof.
Warum sollte er nicht im Jahre 386 und 387 des Kaisers Gast
gewesen sein?   Er ist nicht bloß öfter als zweimal, sondern wahr=
scheinlich auch öfter als dreimal in Trier und an des Kaisers
Hofe gewesen.

Was De Prato über das Geburtsjahr des h. Martinus ge=
schrieben hat (Dissert. III. n. 4 und IV. n. 7 und 8), ist völlig un=
haltbar. Er entscheidet sich für die Zeit vom Ende des Jahres 309
oder vom Anfange des Jahres 310 bis zum Schlusse des J. 313
(resp. bis zum Beginn des Jahres 314). Den Beweis führt er
aus der falschen Annahme, daß Martinus im Jahre 384 an der
Tafel des Kaisers gewesen und von der Kaiserin bedient worden
sei, und aus dem iam septuagenario (Dial. II. 7), welches wir
oben für eine Glosse erklärt haben. De Prato wird durch sein
Vertrauen auf diese Altersangabe so sehr irregeleitet, daß er die

absichtlichen Mittheilungen des Severus über das Alter des Heiligen in der Vita theils gewaltsam interpretirt, theils streicht. Severus erzählt, Martinus sei im Alter von 15 Jahren Soldat geworden und habe drei Jahre (triennium) vor dem Empfange der Taufe gedient; De Prato braucht aber nach seinen Combinationen 30 Jahre statt 3, und so nimmt er ohne Weiteres an, es habe tricennium dagestanden, wofür keine Handschrift spricht, und was dem Zusammenhange widerspricht. Wie unwahrscheinlich ist es auch, daß Martinus, dessen Liebe zum Christenthume nie erkaltete, sollte 35 Jahre lang Catechumenus geblieben sein! Severus erzählt dann weiter, nach der Schenkung der Mantelhälfte an den Armen und der darauf ihm zu Theil gewordenen Erscheinung Christi, sei er zu Taufe hingeeilt, cum esset annorum duodeviginti. Das paßt zu dem dreijährigen Dienste seit dem 15. Jahre. Eben deshalb aber, meint De Prato, habe ein Abschreiber oder Zusammensteller der Werke des Severus leicht diese Stelle in den jetzigen Wortlaut corrumpirt, weil es nämlich so gut stimmt. Das bedarf keiner Widerlegung. Er legt ferner Werth darauf, daß Martinus nach fünf Jahren noch nicht gesetzlich seinen Abschied habe begehren können; aber dieser beruft sich auf kein Gesetz, sondern darauf, daß er Christi miles sei und es ihm nicht mehr verstattet sei, mit irdischen Waffen zu kämpfen.

Doch genug hiervon. In den Dissertationen des De Prato ist übrigens viel Gelehrsamkeit und besonders die ganze Literatur über die betreffenden Fragen verzeichnet und beachtet. Auch Pagi wird ausführlich berücksichtigt, und ebenso der Abt Anthelmius, welcher eine eigene Dissertation über das Todesjahr des Heiligen geschrieben und sich auch für das Jahr 401 entschieden hat.

Beilage II.

Sulpicius Severus als Biograph des h. Martinus.

Sulpicius Severus, — Severus ist zwar der Eigenname
und Sulpicius der Beiname, aber seit dem Beginne der Kaiserzeit
fing man an, den Eigennamen zuletzt zu setzen, welche Sitte er
selbst befolgt in seinen Briefen an Aurelius und an Bassula[1]) —
war den Kirchenlehrern und Schriftstellern des fünften Jahrhunderts,
und zwar sowohl denjenigen, welche noch seine Zeitgenossen gewesen, als denen, welche der folgenden Generation angehörten, eine
berühmte Persönlichkeit, eine Celebrität, wie Gelehrte gern sagen.
Das Ansehen seiner Schriften war ein unbedingtes in der Literatur
jener Zeit. Er ist der Biograph des h. Martinus, und unsere
h i s t o r i s c h e Kenntniß von diesem „wunderthätigen Heiligen" verdanken wir ihm fast ausschließlich. Daher wird man einige nähere
Angaben über ihn hier nicht ungelegen finden. Sie sind nicht
schwer zu machen, da De Prato in seiner Sulpicii Severi Vita
alles Material zusammengetragen und Vieles auch wohl geordnet
und beleuchtet hat. —

Die Meinung des Baronius, Sulpicius Severus sei ein
geborener Römer gewesen (z. J. 394 Nr. 96), ist von Joseph
Scaliger bereits widerlegt worden. Daß er vielmehr ein Aquitaner war, hat er selbst deutlich genug am Ende des ersten Dialogs
angezeigt; es sind bei dem Gespräche außer dem Gallischen Mönche
nur zwei anwesend, Severus und Posthumian, und jener sagt, er
habe Scheu, unter (vor) Aquitanern zu reden; diese beiden sind

---

1) Doch wird er von seinen Zeitgenossen, z. B. von Hieronymus und Paulinus von Nola in der Regel nur Severus genannt, wie er sich selbst auch wohl
einmal nennt. —

also Aquitaner. Die Vaterstadt zu bestimmen, ist schwierig. Joseph
Scaliger wollte ihm seine eigene Vaterstadt Agen als Geburtsort
vindiciren; allein De Prato hat seinen Irrthum überzeugend genug
dargethan. Nach dem Tode des h. Martinus finden wir den Sulpicius Severus zu Toulouse (Brief an Bassula), und Manches
deutet darauf hin, daß seine engere Heimath im südöstlichen Theile
von Aquitanien war. Er stammte aus einer angesehenen adeligen
Familie, deren Reichthümer vorzugsweise sein Erbe waren, da er
nur noch eine Schwester, Claudia, hatte, die unverheirathet war.
Daß sein Vater ihn enterbt habe, hat Tillemont aus einem Briefe
des Paulinus von Nola (Ep. V. n. 6) zu eilig geschlossen, da sie nur
auf seinen späteren freiwilligen Verzicht hinweist. Geboren wurde
er, wie es scheint, spätestens gegen das Jahr 363. Daß er jünger
ist als Paulinus von Nola, ist gewiß, da dieser in seinem fünften
Briefe sowohl sich selbst ein höheres Alter zuschreibt (mihi aetas
provectior Nr. 4), als er von Severus sagt, derselbe befinde sich
in blühenderem Alter (Tu.... aetate florentior Nr. 5). Daß er
mehr als zehn Jahre jünger gewesen sei als Paulinus, dagegen
spricht Alles, was dieser in dem erwähnten Briefe von ihm aus-
sagt. Sonach fällt seine Jugendbildung in die zweite Hälfte des
vierten Jahrhunderts, d. h. in die Blüthezeit gallischer Rhetorik.
Stand und Vermögen seines Vaters, Ort und Zeit und das
allgemeine Interesse der vornehmen Aquitaner für classische und
humanistische Studien: Alles dies bestimmte die Art seiner Ausbildung, die Schule seiner Jugend. Es war die Schule der gelehrten
Rhetoren, wie sie damals zu Bordeaux blühte, durch welche er ging,
und gewiß hat er mit seinen Jugendgenossen gewetteifert im Schreiben
künstlich gebauter Prosa und lateinischer Verse, während er eifrig
die römischen Classiker las, um ihre Feinheiten abzulauschen. Aber
sein Vater lenkte, von Ehrgeiz für seinen Sohn angetrieben, ihn
auch auf die Rechtswissenschaft und die juristische Praxis, welche
neben der militärischen Laufbahn zu den höchsten Staatsämtern
führte. Darin offenbarte er großes Talent; er trat in die Praxis
ein, wurde auf die dadurch ihm geöffnete Bühne der Welt gestellt
und bedeckte sich mit Ruhm; er wurde eine juristische Celebrität
und erwarb sich einen solchen Ruf der Redegewandtheit, daß man
ihm unter seinen Zeitgenossen die Palme der Beredtsamkeit zuerkannte.
Damit hatte er, noch in der Jünglingskraft, den Weg zu den

höchsten Ehrenstellen und Dignitäten betreten. So kann es uns nicht wundern, daß er die Tochter einer consularischen Familie heirathete, die ihm überdies neue Reichthümer zu den seinigen brachte. Ihr Name ist nicht bekannt, wohl aber der Name ihrer Mutter, welche Bassula hieß. Aus diesem Namen schlossen Giselin und Tillemont, die Frau des Severus habe der hochberühmten Familie der Bassi angehört, wogegen indessen De Prato wichtige Bedenken erhoben hat. Sie scheint aber die einzige Tochter der Bassula gewesen zu sein, da diese nach deren frühem Tode den Severus adoptirte, wodurch die großen Reichthümer ihm gesichert blieben (De Prato I. p. LX. bis LXI.). Das Glück der vornehmen Ehe genoß er nicht lange; er verlor seine junge Frau durch einen frühen Tod. Sein Verhältniß zu ihr muß ein sehr inniges und glückliches gewesen sein, denn sein Schmerz über den Verlust verstattete gerade seiner Schwiegermutter den größten Einfluß auf seinen Entschluß für die Gestaltung seines künftigen Lebens. Sein ehrgeiziger Vater dachte vielleicht schon an eine neue glänzende Verbindung für ihn und an hohe Staatsämter; aber seine Schwiegermutter Bassula wollte ihn für immer als ihren Sohn gewinnen und zugleich der Welt entreißen. Sie rühmte ihm die Weltentsagung und die Thaten von ewigem Ruhme. Zwei Umstände trugen dazu bei, daß sie im Widerstreite mit seinem Vater siegte: der Freund des Severus, Paulinus, der Mann von erlauchtem Amt und Namen, riß sich los von den Ehren und Reichthümern der Welt (392), verkaufte Alles, was er besaß, und gab den Erlös den Armen, indem er auch laut bezeugte, Martinus habe ihn von einer schweren Augenkrankheit wunderbar befreit; dann erfüllte damals der Ruhm des großen Bischofs von Tours bereits ganz Gallien. Vielleicht hat ihn Bassula auch ermuntert, seine classische Bildung zur Darstellung würdiger Gegenstände zu benutzen. So begab er sich zu dem h. Martinus, um ihn über die wichtigsten Begebenheiten seines Lebens auszufragen und sein Biograph zu werden. Aber Martinus forschte zugleich sein Herz aus, und nachdem er ihn durch seine wahrhaft unwiderstehliche Liebenswürdigkeit bereits gefesselt, wurde er eindringlich mit dem Rathe der Weltverachtung. Er hielt ihm das Beispiel des Paulinus vor, dem er folgen müsse. Severus wurde erschüttert und folgte. Er that den entscheidenden Schritt, brach mit der Welt und entzog sich ihrer „Lockung und Last".

(Vit. B. Mart. 25). Sein Vater war entrüstet und verstieß ihn; er aber wandte sich mit leichtem Herzen von dem väterlichen Erbe, das er nicht wollte, verachtete die irdischen Lustbarkeiten, welchen sonst der Jüngling und der jugendliche Mann nachgeht, und gehörte fortan nur seiner Schwiegermutter, die er wie seine rechte Mutter liebte und ehrte, und folgte in geistlichen Dingen mit Freudigkeit dem h. Martinus. Er wurde auch, was ohne jeden triftigen Grund Johannes Voß, Georg Fabricius, Jakob Basnage und Andere leugnen, Einsiedler oder Mönch. Dasselbe hatte Paulinus zunächst gethan; dieser spricht aber von Severus immer nur als von Einem, der genau dasselbe in der Weltentsagung gethan habe, wie er. Dafür zeugen die Briefe des Paulinus V., XI., XXII. und XXIX. Er spricht nämlich davon, daß sie um dieselbe Zeit den gleichen Vorsatz ergriffen und ihre Conversion (technischer Ausdruck für die Weltentsagung derer, die ein klösterliches Leben beginnen) erlebt hätten; auch ist von der dürftigen Nahrung der Mönche und der rauhhaarigen Kleidung, deren er sich bediene, bei Paulinus die Rede. Severus selbst zeigt es in seinen Dialogen unzweideutig an, daß er Mönch sei und nie läßt eine Aeußerung bei ihm das Gegentheil auch nur ahnen.

Ueber seine Reichthümer verfügte Severus nicht auf einmal; Vieles allerdings schenkte er sofort den Armen, aber er behielt sich immer noch Einiges vor. Als er einst sich darüber Vorwürfe machte und dem Paulinus erklärte, daß er ihn für vollkommen halte, weil er Alles hingegeben, lehnte dieser den Vorzug ab und rühmte den Severus hinwiederum, weil er besitze als besäße er nicht, weil er es nur für Andere verwalte und der eigentliche Besitzer die Kirche sei. (Epist. XXIV.)

Ob Severus Presbyter geworden — daß er nie Bischof war, ist ausgemacht — darüber läßt sich noch sehr streiten. (Vergl. Do Prato l. c. p. LXV—LXVII.) Jedenfalls hat er sich nicht der seelsorglichen Arbeit, sondern ascetischen Uebungen und literarischer Thätigkeit für die Sache des Christenthums gewidmet.

Es mag etwa im Jahre 393 gewesen sein, als Severus, vielleicht auf Bitten seiner Schwiegermutter, den Entschluß faßte, zu dem Bischofe Martinus von Tours zu reisen, um bei ihm selbst die Grundlage zu einer Biographie desselben zu gewinnen. Dieser erste Besuch hatte seine Conversion zur Folge. Seitdem besuchte er den Heiligen öfter, so daß sein Freund Paulinus im Jahre 397 ihn „den häufigen Besucher des h. Martinus" nannte (Martini beatissimi frequentator, ep. XI.). Die Frucht der Unterredungen bei diesen Besuchen und zugleich der gelegentlich bei Freunden des Heiligen eingezogenen Erkundigungen war die Vita Beati Martini, welche Severus während der letzten sieben Lebensjahre seines wunderbaren Helden schrieb, aber erst nach dessen Tode herausgab. Wahrscheinlich im Jahre 400 unternahm er es, eine Chronologie zu schreiben, und zwar von Erschaffung der Welt bis auf das erste Consulat des Stilico, d. h. bis zum Jahre 400. Er arbeitete aber noch daran im Jahre 403, wie aus der Vergleichung des 31ten Briefes des Paulinus erhellt. Inzwischen schrieb er aber auch drei Briefe, die sich auf den h. Martinus beziehen, an den Pres-byter Eusebius, an den Diacon Aurelius und an seine Schwieger=mutter Bassula; die beiden letzteren sehr bald nach dem Tode des h. Martinus, die er dann mit der Vita veröffentlichte, und den ersten einige Monate später. Im Jahre 405 gab er noch drei Dialoge über die Einsiedler im Oriente und über den h. Martinus heraus. Seit seiner Weltentsagung bis zu diesem Jahre schrieb er auch eine Menge werthvoller Briefe, z. B. an seine Schwester Claudia nicht wenige, welche diese zur Verachtung der Welt und zur Liebe Gottes ermunterten, auch eine ziemliche Anzahl an Paulinus und ver=schiedene an andere Freunde; sie sind leider fast sämmtlich verloren gegangen. Ueber das fernere Leben und Arbeiten des Severus nach dem Jahre 405 fehlen uns die sicheren historischen Nachrichten. Er scheint vor Allem literarisch verstummt zu sein, was frühzeitig Veranlassung zu mancherlei Vermuthungen geworden ist. Schon Gennadius schrieb von ihm: „Er wurde in seinem Greisenalter von den Pelagianern zum Irrthum verleitet (und sprach für ihre Sache), erkannte aber hernach, daß er dadurch, daß er für sie geredet, eine Schuld auf sich geladen, und legte sich selbst lebenslängliches Schweigen auf, das er gehalten, um durch gänzliches Verstummen zu sühnen, was er durch Reden gesündigt". Diese Nachricht scheint in der That erfunden zu sein, um sein auffallendes plötzliches Verstummen und Verschollensein zu erklären. Es ist aber wahrscheinlich, daß Severus das Jahr 406 nicht lange überlebt hat (De Prato l. c. p. LXXIII—LXXV.); und in diesem Falle ist es geradezu un=möglich, daß er in den späteren Pelagianischen Handel verwickelt worden wäre. Die Notiz des Gennadius ist auch, abgesehen davon, daß einige Gelehrte sie geprüft und darüber geschrieben haben, spurlos und wirkungslos in Bezug auf den kirchlichen Ruf und Ruhm des Sulpicius Severus in der Christenheit verschollen. Er wird zwar im Mittelalter häufig verwechselt mit einem Bischofe des 6ten Jahrhunderts, Sulpicius von Bourges, den man auch Severus genannt hat, aber wahrscheinlich nur wegen' der Verwechselung — er wurde im Jahre 584 Bischof —; aber auch dieser hatte großes Lob, das ihm schon Gregor von Tours, der Zeitgenosse spendet: von vornehmem Adel stammend hatte er sich durch persönliche Tüchtigkeit hervorgethan; in der Wissenschaft und in der Dichtkunst glänzte er und sein Leben war rein und voll Gottesfurcht. Daher vertrug der ineinander fließende Ruhm der beiden sich wohl.

Fassen wir nun den Sulpicius Severus als Biographen des h. Martinus näher in's Auge. Im Jahre 441 schrieb der Presbyter Uranius in seinem Briefe über den Heimgang des h. Paulinus an Pacatus, die Vita B. Martini des Severus werde von Allen gelesen. Die Glaubwürdigkeit des Biographen wurde damals von Niemanden bezweifelt; aber nach den heutigen Forderungen der Kritik ist es unerläßlich, dieselbe, wenn auch nicht in Frage zu stellen, so doch zu untersuchen und auf Garantien für dieselbe aufmerksam zu machen. Zwar hat Bernays, der gründliche Kenner des Severus, (a. a. O. S. 19—28) in Bezug auf die Chronik mit vielem Scharfsinne nachgewiesen, daß derselbe, in dem Bestreben, aus der Geschichte die geistlichen und weltlichen Machthaber seiner Zeit zu beurtheilen, durch seine Auffassung, Motivirung und Anwendung die geschichtlichen Thatsachen des A. T. mehr oder weniger nüancirt, in ihrer historischen Integrität beeinträchtigt habe; aber einen falschen Bericht der selbsterlebten Ereignisse, insbesondere, wo es sich um das äußere Faktum handelt, wirft er ihm nirgends vor. Was nun Severus insbesondere von dem h. Martinus berichtet, ist Zeitgeschichte, ist in der Hauptsache Selbsterlebtes. Verdient er hierin Glauben? — Auf diese Frage können wir nur eine Antwort im Allgemeinen erwarten; denn die Kritik des Forschers wird das Einzelne stets bei jedem auch noch so bewährten Schriftsteller der Zeitgeschichte prüfen, so weit als möglich. —

Die Glaubwürdigkeit eines Berichterstatters über Zeitereignisse muß, sofern er nicht durch Urkunden und öffentliche Dokumente

widerlegt wird, angenommen werden, wenn von ihm bei aus=
gesprochener Absicht, Geschichte zu schreiben, die physische und
ethische Möglichkeit der Auffassung und Mittheilung der durch ihn
überlieferten Thatsachen nachgewiesen wird.

Es wird nun vor Allem Niemand behaupten wollen, dem
Severus habe es an der nöthigen Bildung und geistigen Ent=
wickelung gemangelt, um zu erkennen und zu erzählen, was ein
Mönch und Bischof thue oder gethan habe. Denn er gehörte in
dem Lande der höchsten Cultur seiner Zeit unter die vornehmsten
Gebildeten. In der Blüthezeit gallischer Rhetorik aufgewachsen,
zeichnete er sich aus durch feines Gefühl für eine classische Sprache,
durch Kürze und Klarheit des Ausdrucks. Er war ein berühmter
Sachwalter, ausgestattet mit genauer Kenntniß des römischen
Rechts, der die Rechtsgebiete der Kirche und des Staates wohl zu
unterscheiden und zu scheiden wußte. Lehre und Verfassung der
Kirche lernte er gründlich kennen im langjährigen persönlichen Ver=
kehre mit dem h. Martinus, dem Jünger des großen Kirchenlehrers
Hilarius von Poitiers. Wie sollte er da nicht im Stande gewesen
sein, die Thatsachen, welche das Leben des h. Martinus bewegten,
richtig aufzufassen und mitzutheilen? Es müßte denn sein, daß
er sich nicht die Mühe gegeben, sie zu beobachten und zu erforschen.
Darüber hat er uns aber auch nicht im Ungewissen gelassen; denn
er bezeugt es uns selbst, daß er, in dem Verlangen, das durch
Glaubenskraft und Tugend leuchtende Leben des h. Martinus zu
schreiben, entbrannt, die Reise zu ihm unternommen und den
Heiligen persönlich aufgesucht habe. Da habe er, soweit dieser es
gestattet, ihn über Alles selbst gefragt und ausgeforscht; was er
dann nicht von ihm erfahren, darüber habe er sich Kunde von
Solchen verschafft, die bei den betreffenden Ereignissen in seinem
Leben zugegen, d. h. Augen= und Ohrenzeugen gewesen seien.
Martinus hat aber seit seiner Niederlassung in Gallien, seit er bei
Poitiers seine erste Zelle in diesem Lande baute, nie ohne Zeugen
Merkwürdiges gethan, außer was sein inneres geheimnißvolles
Leben in Gott und mit Gott betraf, wovon Severus sagt, keine
Sprache könne es ausdrücken, während er es allerdings für möglich
hält, die äußeren Thatsachen seines Lebens historisch getreu zu
erzählen. Das Wunderbarste vollbrachte Martinus stets Angesichts
vollgültiger Zeugen, in deren Umgebung und Gemeinschaft der

Biograph Jahre lang lebte. Hinderlich in der Darstellung und vielleicht auch in der Auffassung konnte ihm aber die Eigenschaft des Rhetors sein, die ihn reizte, in die Form des Panegyrikus einzugehen, wozu ihn nicht minder seine unbegrenzte Verehrung für den nach seinem eigenen Geständnisse unvergleichlichen wunderthätigen Heiligen antrieb. Aber die Gedanken, welche er als Vorwort seinem Leben des h. Martinus vorausschickt, zeigen deutlich den Beweggrund und die Gesinnung, womit er schrieb; die Gemüthsstimmung spricht daraus so klar und warm, daß der Leser mit davon ergriffen wird. Es gebe sehr viele Schriftsteller, sagte er, welche blos deshalb das Leben berühmter Männer in schöner Darstellung verherrlichten, damit sie selbst in der Welt Ehre davon hätten und sich einen unsterblichen Namen machten. Aber dieser eitle Ruhm habe mit dem seligen ewigen Leben nichts zu schaffen, welches doch des Menschen Ziel sei, — ein Ziel, nicht zu erjagen durch Schriftstellerei, oder durch Heldenkampf in der Schlacht, oder durch Philosophiren, sondern durch einen gottesfürchtigen, heiligen und religiösen Lebenswandel. Er wolle daher das Lebensbild eines überaus heiligen Mannes zeichnen, das sofort als Muster eines solchen Lebenswandels erscheinen und die Leser des Buches unzweifelhaft zur wahren Weisheit, zum himmlischen Heldendienste und zur göttlichen Tugend anspornen werde. Dafür erwarte er aber nicht dauernden Ruhm bei den Menschen, sondern ewigen Lohn von Gott. „Hab' ich denn selbst," so fährt er fort, „nicht also gelebt, daß ich Andern ein Vorbild sein könnte, so habe ich doch wenigstens mit Eifer dahin gearbeitet, daß der Nachahmungswürdige nicht verborgen bleibe. Und so will ich denn das Leben des h. Martinus zu schreiben unternehmen". Zu Allem, was dem Heiligen allein bewußt gewesen, habe er freilich nicht gelangen können; doch werde er auch von dem, was er erfahren habe, Manches übergehen und nur die hervorragenden Thatsachen und Ereignisse für die Nachwelt aufzeichnen. Schließlich beschwört er die Leser, seinen Worten Glauben zu schenken, da er nur das zuverlässig Erfahrene und als wahr Erprobte niedergeschrieben habe. Im Laufe der Erzählung ruft er selbst Jesum zum Zeugen an, daß er nur Wahres berichte.

Der Charakter des Severus erschien den Zeitgenossen makellos und rein: er fühlte sich in Allem, was er schrieb, wie in seinem

übrigen Thuen und Trachten vor Gott verantwortlich und in
seinem Gewissen der Wahrheit verpflichtet; und daß er fern war
von selbstsüchtigen Interessen, dafür bürgt sein freiwilliges Verlassen
der Bahn der Ehren und Würden und seine Hingabe der Reich=
thümer. Mehr Bürgschaft für die Lauterkeit ihrer Gesinnung mögen
wenige Schriftsteller darzubieten im Stande sein.

Hinderlich für die klare und ungetrübte Auffassung der That=
sachen konnte dem Severus aber in der That sein der unbedingte,
überaus willige Wunderglaube seiner Zeit, der ihn selbst allerdings
ganz beherrschte. Martinus hatte für ihn jeden Augenblick Gewalt
über die Kräfte der übernatürlichen Welt, ihn sah er nur im Besitze
der durch die Erlösung den Gläubigen zugesicherten Wundermacht.
Docherzählt er die Wundergeschichten so, daß man den natürlichen
Boden der Vorgänge leicht erkennt, welcher den übernatürlichen
Einfluß nie ausschließt. Daher ist es der Kritik nicht verwehrt
und meist nicht schwer, wo Geschichtliches zu Grunde liegt, die
subjektive Auffassung von dem objektiv Historischen zu unterscheiden
und der Sache auf den Kern zu sehen, wenn der Kritiker selbst
nur eben so frei ist von vorgreifender Wunderscheu wie von
Wundersucht.

Die Wundererzählungen finden wir ähnlich wie bei Severus
das ganze Mittelalter hindurch; die Annalen aller Klöster zeugen
davon. Der Glaube daran war ziemlich allgemein; doch gab es selbst
zur Zeit des h. Martinus und seines Biographen immer Einzelne
unter den Christen, welche diesen Glauben nicht theilten, was
allerdings so auffiel, daß Sulpicius Severus meinte, ein solcher
müsse vom bösen Geiste zur Aeußerung seiner Zweifel angetrieben
werden[1]). In der neueren Zeit aber, beim Wiedererwachen der
historischen Kritik, mußte die Wissenschaft in ein bestimmtes Ver=
hältniß zu jenen Erzählungen treten. Die Art dieses Verhältnisses
wurde bedingt durch den jedesmaligen Standpunkt der Gelehrten.
Viele Theologen haben sich, die Möglichkeit und die Verheißung
der Wunder durch die Gläubigen dogmatisch oder philosophisch und
historisch darthuend, mit einem idealen Grunde für den Glauben
an die Wundererzählungen beruhigt, indem sie die Wunderwirkung
als Kennzeichen der wahren Kirche, die sich dadurch bei Heiden und

[1] Epist. ad Eusebium im Anfange.

Juden als Auktorität geltend mache, fordern. Manche von ihnen
erlauben deshalb schon gar nicht, daß man den Maßstab der Kritik
an eine solche Erzählung legt, wie man es bei jeder auf geschichtliche Wirklichkeit Anspruch erhebenden Berichterstattung doch
zu thuen gewohnt ist; wer Wunder erzählt, hat bei ihnen eine
exemte Stellung und darf vermöge derselben unbedingten, d. h. in
diesem Falle blinden Glauben verlangen. Allein auch auf diesem
Standpunkte wird man doch einzuräumen sich genöthigt sehen, daß
nicht überall und immer den Heiden und Juden gegenüber von
einzelnen Christen Wunder geschehen; wir müßten sie ja auch täglich
zahlreich erleben, da die Christen nur so ungefähr $1/6$ der gesammten
Bevölkerung der Erde ausmachen, und der Kirche, die den Beruf
und die Bestimmung hat, alle Menschen in ihren Schooß aufzu-
nehmen, noch das größte Stück Arbeit übrig ist. Ferner kann ein
idealer Grund immer nur die Erklärung der Möglichkeit einer
Thatsache darbieten, nicht aber ihre Wirklichkeit nachweisen.
Darum kann auch der Hinweis auf die nothwendige Unterscheidung
der wahren Kirche von den Sekten die historische Kritik nicht überflüssig machen; denn die Beweiskraft der Wunder folgt erst dem
Glauben an ihre thatsächliche Erscheinung, die eben ihre unbedingte
Voraussetzung ist; und man darf deshalb nicht sagen, weil die Wunder
Beweiskraft gegen die Häresie haben, sind sie da oder dort hervorgetreten[1]. Solchen Theologen gegenüber im äußersten Extreme
finden wir Historiker — und ihre Zahl ist heute nicht gering —,
welche jede Wundererscheinung in der Geschichte für eine Absurdität
halten, indem sie auf die Auktorität ihres nicht absoluten Geistes
hin die Versicherung geben, daß Wunder in der Geschichte des
Menschengeschlechtes absolut nicht möglich seien. Sie wissen das,
weil sie nicht wissen, wie der erste Mensch entstanden ist, weil sie
alles Dasein auf einen Urkrystall und eine Urzelle zurückführen,
die sie nicht gesehen und nicht bewiesen haben, und weil sie hinter
der Urkrystallisation und Urzellenbildung sich bei einem dunkeln,
gedankenlosen Urgrunde beruhigen, bei welchem kein denkender
Geist Beruhigung gewinnen kann. Indem sie nun auf Grund
ihres Nichtwissens wissen, daß es in der Geschichte keine Wunder

---

1) Vergl. Ruinart, in seiner Ausgabe der Werke Gregor's von Tours
Praefatio I. n. 64 ff. und Loebell, Gregor von Tours (Leipzig, 1839), S. 290.

geben kann, haben sie doch eine Art Verpflichtung, sich über die Wundererzählungen zu äußern, denn diese, ich meine die Er=
zählungen der Wunder, sind doch jedenfalls eine unleugbare Thatsache, welche der Historiker irgendwie zu behandeln, wo möglich zu erklären hat. Sie haben sich dieser Aufgabe auch nicht entzogen. Aberglaube und Betrug, sagen sie, sind die unlautern Quellen, aus welchen diese Strahlen falschen Irrlichtscheins emporschießen. Das Wort Aberglaube bedarf wieder so sehr selbst der Erklärung und wird in vielen Fällen so unerklärbar, daß es bei weitem nicht ausreicht; der Hauptnachdruck ist daher auf Betrug zu legen. Darauf möchte ich die Antwort eines Mannes hierher setzen, der während seines ganzen Lebens noch weniger je in den Verdacht der Katholiken=Freundschaft und zu positiven Glaubens an die über=
natürliche Offenbarung gerathen ist, als in den des Aberglaubens, ich meine die Antwort Loebells [1]). Er schreibt: „Mehr bedarf wohl die ihr (der Ansicht, welche für jene Wunder unbedingten Glauben fordert) völlig entgegengesetzte der Widerlegung, die im achtzehnten Jahrhundert gültige, und noch bei weitem nicht aus allen Köpfen verschwundene — diejenige, welche die Wundererscheinungen mit der Annahme eines Systems von Lug und Trug der Priester, wodurch die Laien in Abhängigkeit erhalten und nach Belieben am Gängelbande geleitet werden sollten, erklärt zu haben glaubt. Die Unhaltbarkeit dieser Vorstellung darzuthun, ist Gregor (von Tours) allein im Stande, denn aus seinen Schriften spricht der innigste, seine ganze Seele durchdringende Glaube an die Wahrheit der vorgetragenen Erzählungen [2]). Das müßte doch ein seltsames Priestersystem gewesen sein, welches einen wichtigen Hebel seiner Macht vor einem der nicht nur berühmtesten und verehrtesten, sondern auch politisch einflußreichsten Bischofe Gallien's fort=
während verbarg, und ihn als einen draußen Stehenden, der die Weihe der höheren Grade nicht erhalten, betrachtete und zu behandeln wußte. Was das für unbekannte Obere gewesen sein müßten, welche eine solche geheime Kirchenherrschaft übten! Und von dieser geheimen Regierung sollten sich gar keine Spuren

---

1) A. a. O. S. 292—293. Seine Abhandlung: „Aberglaube und Wunder=
glaube", S. 271—300, ist überhaupt sehr lesenswerth.
2) Ganz dasselbe darf von Sulpicius Severus ausgesagt werden.

erhalten haben? keine Reste einer esoterischen Literatur, welche der
exoterischen, von Betrügern oder Betrogenen verfaßten, doch wohl
entgegengestanden haben würde? Kurz, man geräth in widersinnige
Voraussetzungen, wenn man jene Meinung festhalten will. Damit
soll keineswegs gesagt sein, daß nicht auch solche Dinge vorkamen,
daß man nicht hier und da die herrschende Stimmung benutzt habe,
den Heißhunger nach Wundern durch Veranstaltungen, die Taschen=
spielerkünsten sehr ähnlich gewesen sein mögen, zu befriedigen." —
Daß es einzelne Betrüger gegeben, die mit angeblich wunder=
wirkenden falschen Reliquien Spiel und Trug trieben, dafür erzählt
Gregor selbst Beispiele. Auch Ueberspanntheit und poetische An=
schauung schufen nicht wenige Wundererzählungen. „Die erhitzte
Einbildungskraft eines durch Ort, Zeit, besondere Umstände Exal=
tirten", fährt Loebell fort, „sieht natürliche Dinge verändert, ent=
stellt, vergrößert; der müßige Kopf erfindet aus reiner Lust daran;
der schlaue in der Absicht, Kirchenräuber und Schänder zu schrecken;
auch Muthwille und Schalkheit, die sich an gutmüthiger Aufnahme
solcher Hirngeburten ergötzen, bleiben nicht aus. Von Mund zu
Mund getragen wird die Erzählung ausgeschmückt und erhält einen
immer wunderbarern Schein, und der fromme Sinn nimmt Theil
an der Verbreitung dessen, was ihm heilsam däucht. . . . . . .
Der größte Theil der übrigens von Gregor mitgetheilten Wunder=
geschichten läßt sich auf zwei Arten zurückführen: auf ganz natür=
liche Vorgänge, und auf solche, die jenem dunkeln, räthselhaften
Gebiete der über die gewöhnlichen Schranken hinausgehenden
Körper= und Geisteswirkungen angehören, welches wir den thieri=
schen Magnetismus nennen")[1]. Die letztere Art ist es, um die es
sich handelt. Wenn Loebell sie durch den thierischen Magnetis=
mus erklärt, so ist zuerst zu erinnern, daß die eigentliche Natur=
wissenschaft einen solchen gar nicht anerkennt, ja direkt leugnet;
für's Zweite darf man überhaupt Wunderbares durch „Räthsel=
haftes" nicht deuten wollen, und drittens würde diese räthselhafte
Ursache, welche man thierischen Magnetismus genannt hat, auch
wenn sie als real anerkannt werden müßte, bei Martinus, von
dem Todtenerweckungen erzählt werden, nicht ausreichen. Der
Begriff des Wunders aber schließt den Gedanken einer unmittelbar

---

1) A. a. O. 294—295.

ober durch Vermittelung wirkenden göttlichen Ursache ein, wodurch jene dem natürlichen Auge dunkeln und räthselhaften Thatsachen vor den Augen des Christen auf einmal licht und leuchtend werden. Immerhin muß aber auch der christliche Forscher behutsam sein in der Annahme der erzählten Wundergeschichten und überall in Bezug auf die Subjektivität der einzelnen Erzähler nüchterne Kritik üben. Es wäre nun eine eigene Aufgabe, die von Severus erzählten Wunder des heil. Martinus kritisch zu prüfen; allein eine solche scharfe kritische Prüfung entsprach dem Zwecke der von mir dargebotenen Lebensbeschreibung des heil. Martinus nicht. Ich habe mich vielmehr bei der Wiedergabe der Wundergeschichten in dem Leben des Heiligen mit möglichster Objektivität ganz auf den Standpunkt der handelnden und erzählenden Personen gestellt und geglaubt, dadurch am besten den Leser in den Geist jener Zeit wie des h. Martinus versetzen zu können.

Wir kommen nun zurück auf die Vita S. Martini. Sulpicius Severus schrieb diese Biographie, wie bereits hervorgehoben wurde, zu Lebzeiten seines Helden nieder. Daß dies nach dem Todesjahre des Kaisers Maximus geschah, beweist c. 23; aber wir wissen auch, daß die Bekehrung des Verfassers und sein erster Besuch bei Martinus nicht vor das Jahr 392 fällt, die Abfassung der Vita also den letzten sieben Jahren des Lebens des großen Bischofs von Tours angehört. Nur ein paar Stellen deuten auf Nachträge hin; im Wesentlichen aber ist die Schrift geblieben, wie sie zuerst abgefaßt worden; daher berichtet sie auch nicht vom Tode, sondern schließt mit einer Charakterschilderung des Helden, mit einem Angriffe auf diejenigen Bischöfe, welche aus Neid die Wunderkräfte und Tugenden des Heiligen nicht anerkennen wollten, und mit einer wiederholten Betheuerung des Verfassers, daß er nur Wahres berichtet habe. Den sichersten Beweis der Abfassung vor dem Tode enthält der zweite Brief des Verfassers, welcher an den Diacon Aurelius gerichtet ist und über das Gesicht handelt, welches Severus gehabt, während der Bote mit der Nachricht von dem Tode des Heiligen zu ihm auf dem Wege war; denn bei dieser Erscheinung hält Martinus das von ihm verfaßte und bereits niedergeschriebene Lebensbild in der rechten Hand. Daß der Verfasser stets in der vergangenen Zeit redet (nur einmal heißt es: adeo omnia majora in Martino sunt etc.), geschieht, weil er sich auf den Standpunkt des späteren Lesers versetzt. Uebrigens ist diese Frage sehr gründlich behandelt und erledigt in der ersten Dissertation bei De Prato (B. I. S. 149 ff.). Was den Inhalt der beiden anderen Briefe betrifft, so theilt der dritte, an Bassula gerichtete die Nachrichten von der letzten Reise des h. Martinus mit, von seiner Krankheit, von seinem Tode und dessen Umständen und von dem Leichen= begängniß; der erste, an Eusebius, erzählt die Rettung des heil. Martinus aus Feuerflammen, welcher Vorfall, in vielfacher Ent= stellung von Mund zu Munde getragen, Jemanden Veranlassung zu Zweifeln an der Wunderthätigkeit des berühmten Bischofs über= haupt geworden war, nun wahrheitsgetreu. In den drei Dialogen werden die Tugenden und Wunder (virtutes = übernatürliche Krafterweisungen, auf Heiligkeit und Wundermacht zugleich bezogen) des Heiligen (Dial. II. u. III.) mit denen der morgenländischen (Dial. I.) Mönche verglichen. Hierüber finden sich nähere Mit= theilungen im 2ten Buche (Kap. VIII.) des vorliegenden Werkes.

Die handschriftliche Ueberlieferung des Textes der Werke des Sulpicius Severus ist bis jetzt in ihrer Integrität noch nicht voll= kommen zugänglich geworden. Am schlimmsten ist es der Chronik ergangen. Wir besitzen nur Eine Handschrift, die zur Zeit des Flacius, als dieser die Editio princeps besorgte, in Hildesheim war und jetzt der Vaticanischen Bibliothek angehört (Pergamentcodex no. 825.). De Prato erhielt durch seinen Oheim den Comes Abbas Turrius eine Vergleichung derselben und bearbeitete darnach seine Ausgabe. Da zeigten sich so zahlreiche und vielartige Abweichungen von der Editio princeps, daß Bernays nach diesen Vorlagen in seinem vollen Rechte zu sein schien, als ihm die Identität der Hildesheimer Handschrift mit der Vaticanischen, „wie sie De Prato vermuthet, auch bei Voraussetzung arger Flüchtigkeit des Flacius immer noch unglaublich“ blieb. (A. a. O. S. 72. Vergl. S. 8. Anm. 11.) Aber die Flüchtigkeit des Flacius war die ärgste, eine beispiellose Leichtfertigkeit. Jüngst ist nämlich die Vaticanische Handschrift von Dr. Zangemeister auf das Sorgfältigste verglichen worden, und nach dieser Vergleichung war es dem um die Literatur der lateinischen Kirchenschriftsteller bereits so hoch verdienten Halm möglich, nicht weniger als sieben Classen von Fehlern der Editio princeps in langem Verzeichnisse nachzuweisen und zugleich die Identität des Vaticanischen mit dem Hildesheimer Codex festzustellen.

(Sitzungsberichte der königl. bayerischen Academie der Wissenschaft. Philos.=philol. Classe. 1. Juli 1865.) —

Die das Leben des heil. Martinus betreffenden Schriften er= schienen zuerst im Drucke in der Albinischen Ausgabe zu Venedig im Jahre 1501 oder 1502[1]). Sie wurde nachgedruckt zu Paris im Jahre 1511. Darnach ließ, ohne Kenntniß hiervon zu haben, sehr fehlerhaft, und zwar aus einer einzigen nicht eben durch ihr Alter ausgezeichneten und höchst incorrekten Handschrift, Wolf= gang Lazius zu Basel im Jahre 1551 einen andern Text drucken. Diese Ausgabe wurde dann mit allen ihren Fehlern nachgedruckt, weil man die bessere Albinische nicht mehr kannte. Aber als der niederländische Arzt, Victor Giselinus, schon seit einem Decennium durch seine Ausgabe des Aurelius Prudentius bei den Gelehrten vortheilhaft bekannt, an die Veranstaltung der Herausgabe aller Schriften des Sulpicius Severus ging, gelang es diesem, sieben Handschriften der auf Martinus bezüglichen Werke selbst zu vergleichen und dazu von seinem Freunde Theodor Pulmann die Varianten aus zwei anderen, die dieser durchgesehen hatte, zu erhalten. Das Nähere hierüber findet man in der Aus= gabe, welche Giselinus auf Grund der neun ihm zugänglich ge= wordenen Handschriften im Jahre 1574 zu Antwerpen erscheinen ließ. Sein Text ist daher viel werthvoller als der des Lazius, obgleich er nicht alle Fehler gesehen und sogar neue aus Mangel an kritischem Sinn hineingebracht hat. Die folgenden Ausgaben stützen sich wieder auf Giselinus, namentlich die von Horn (Leyben, 1647) und die von Joh. Vorst (Berlin, 1668), die beide mehrere Auflagen erlebt haben. Ein wesentlicher Fortschritt zur Wiederherstellung des ursprünglichen Textes geschah dann wieder durch De Prato in der Veroneser Ausgabe vom Jahre 1741. (Quartband; der 2te Quartband, die Chronik und einige Briefe enthaltend, erschien 1754.) Diese, bis jetzt werthvollste Ausgabe habe ich durch die Liberalität der Berliner Bibliotheksverwaltung benutzen können; sie ist in Deutschland nicht häufig. Der Priester des Oratoriums, Hieronymus De Prato konnte für die das Leben des h. Martinus behandelnden Schriften des Sulpicius Severus

---

1) Doch bringt Potthast (S. 805) noch das frühere Citat: (Zwollis, Petr. de Os de Breda, 1490/6.) 4⁰, worüber mir weiter nichts bekannt ist.

wesentlich Neues leisten, weil er noch drei bis dahin unbekannte
Handschriften benutzte, und unter diesen die älteste, welche wir über-
haupt kennen, nämlich die Handschrift der Veroneser Kapitular-
bibliothek. Diesen sogenannten Kapitularcoder schrieb nämlich ein
Lektor der bischöflichen Kirche, Ursicinus, zu Verona im Jahre 517.
Die Beschreibung desselben giebt De Prato l. c. p. VIII.—X. Außerdem fand er in Oberitalien noch sechs andere Handschriften, unter
denen ihm die der Oratorianer zu Brescia, etwa aus dem zehnten
Jahrhunderte, die beste zu sein schien. Zwei hielt er für bloße
Abschriften anderer (l. c. p, X—XI.); es blieben also immer noch
fünf neue Handschriften, die er einsah, so daß deren vierzehn durch
Giselinus und De Prato bekannt geworden, unter denen der Veroneser Codex unstreitig der älteste und wahrscheinlich auch der beste
ist. obgleich es in der ecclesiastischen Literatur nicht selten auch vor-
kommt, daß die jüngeren Handschriften die besseren Texte darbieten.
De Prato hat nun einen guten Text herzustellen gesucht, aber vor
Allem auch das kritische Material geliefert, indem die Varianten
und selbst bemerkenswerthe Lesarten der älteren Ausgaben in den
Noten unter dem Texte reichlich verzeichnet sind. Es bleibt aber
immer noch viel zu wünschen übrig; doch es steht zu hoffen, daß
wir bei der Veranstaltung einer kritischen Ausgabe der lateinischen
Kirchenväter und -Schriftsteller der sieben ersten Jahrhunderte durch
die Wiener Academie der Wissenschaften überhaupt auch endlich es zu
einem zuverlässigen Texte des Sulpicius Severus bringen werden.

Soviel über Sulpicius Severus als ersten Biographen oder
Quellenschriftsteller für das Leben des h. Martinus. In gewissem
Sinne ist noch als eine Art Quellenschrift anzusehen das Werkchen
des Gregor von Tours de miraculis S. Martini, vier Bücher von
den Wundern des h. Martinus. Es gilt hiervon Alles, was in
Bezug auf die Auffassung der von Severus erzählten Wunder-
geschichten gesagt worden. Gregor greift übrigens nicht in das
Leben des Heiligen zurück, sondern erzählt, was sich an seinem
Grabe und bei seinen Reliquien begeben habe.

Die Historia septem dormientium, die Legende von den sieben
Vettern des heil. Martinus, welche die Handschriften und einige
Gelehrten dem Gregor von Tours zuschreiben, z. B. Alberich,
der Mönch von Trois-Fontaines in seiner Chronik zum Jahre 319,
ist unzweifelhaft unecht, wie dies seit den Bemerkungen des Rui-

nart in der Vorrede zur Ausgabe der Werke Gregors von Tours
(n. 79) feststeht. Es kann sich nur um die Echtheit des Dedi-
cationsbriefes handeln, dessen Verfasser ausdrücklich sagt, er selbst
habe die Geschichte in der Bibliothek des Klosters Marmoutier
gefunden; aber auch dieser Brief ist nicht von Gregor.

Beilage III.

Literatur.

Es ist hier nichts weniger die Absicht, als eine vollständige
Musterung und Kritik der Literatur über den h. Martinus von
Tours vorzunehmen; dazu bedürfte es auch einer eigenen Schrift.
Eine reiche, wenn auch nicht allumfassende Zusammenstellung der
Titel der hierher gehörigen Werke findet sich in der Bibliotheca
historica medii aevi (Wegweiser durch die Geschichtswerke des euro-
päischen Mittelalters von 375—1500) von August Potthast
(Berlin, 1862.) S. 805—806. Es handelt sich hier nur um einige
Fingerzeige und um Berücksichtigung der allerneuesten Erscheinungen.
Es mag zunächst ein Hinweis darauf genügen, daß den griechischen
Kirchenhistorikern des fünften Jahrhunderts, von denen besonders
die drei Socrates, Sozomenus und Theodoret hervortreten, der
Ruhm und die Bedeutung des h. Martinus nicht entgangen ist;
aber ihre Notizen können, wie leicht vorauszusehen, den Sulpicius
Severus kaum irgendwo ergänzen. An diesen aber schließt sich
zunächst eine ansehnliche lateinische Literatur. Martinus war
unleugbar in den Augen und in dem Munde des gläubigen Volkes
eine Heldengestalt, und für diese forderte das fünfte und das
sechste Jahrhundert, im letzten Aufleuchten der römischen Schrift-
stellerkunst, ein Epos, ein Heldengedicht. Nachdem im vierten
Jahrhunderte der vornehme Spanier Juvencus mit seiner Historia
Evangelica, mit der in gewissenhaft den classischen Mustern nach-
gebildeten Hexametern verfaßten epischen Evangelien-Harmonie, die
mit Recht als ein christliches Epos bezeichnet wird, in dieser Hinsicht
Bahn gebrochen, fehlte es Jahrhunderte lang nicht mehr an Nach-

ahmung und Nacheiferung auf diesem Gebiete. Der erste Dichter welcher in Martinus seinen Helden erkannte, war Benedictus Paulinus Petrocorius (von Perigueux), der in der zweiten Hälfte des fünften Jahrhunderts blühte. Er schrieb in Hexametern sechs Bücher de vita St. Martini; fünf davon folgten genau, nur mit poetischem Schmucke nach damaligem Geschmacke der Erzählung des Sulpicius Severus, und das sechste erzählte noch einige Wunder, die nach dem Tode des h. Martinus im Munde des Volkes waren. Die Hexameter sind sehr gekünstelt. — Gregor berichtet in der Vorrede zu seinen vier Büchern von den Wundern des h. Martinus, er sei zur Abfassung derselben zwei- oder dreimal durch ein Gesicht von dem Herrn aufgefordert worden und habe sich anfangs dagegen gesträubt, und in diesem Sträuben habe er einmal seiner ihn ermunternden Mutter geantwortet in dem Ausrufe: „O, wenn doch Severus oder Paulinus noch lebten, oder Fortunatus wenigstens da wäre, um die Wunder zu beschreiben!" Es scheint, daß Gregor hierin einer Ahnung folgte, indem er auf Fortunat hinwies, denn dessen Epos von dem h. Martinus war damals noch nicht geschrieben, wie dies schon aus den ersten Kapiteln des ersten Buches von den Wundern des h. Martinus hervorgeht, indem darin die Leistungen des Severus und des Paulinus ohne jede weitere Erwähnung des Fortunat besprochen werden. Venantius Honorius Clementianus Fortunatus ist nämlich der andere Dichter, welcher sein Talent der Verherrlichung des h. Martinus gewidmet hat. Dieser merkwürdige Italiener war in der Nähe von Treviso geboren; seine Erziehung und gelehrte Ausbildung erhielt er zu Ravenna. Durch ihn sollte in Gallien der letzte Wiederschein classisch-römischer Bildung aufleuchten. Eine Wallfahrt zum Grabe des h. Martinus, durch die er ein Gelübde löste, führte ihn dorthin in der ersten Blüthe seiner Dichterfreude, in welcher sein Herz noch völlig frei dem Schönen sich zuwandte, um es zu verherrlichen, wo immer es ihm begegnete. Seine Pilgerfahrt fand ihr Ziel, aber seine Reise wollte kein Ende erreichen. Führte ihn seine Wanderlust von Mainz nach Bordeaux, so ging er nur nach Toulouse, um von da wieder Gallien zu durchmessen bis nach Cöln, überall Ruhetag feiernd, wo Hof gehalten wurde. Naturschönheit an Flüssen, Wald und Flur, die Kunst oder Pracht und Anmuth an den Werken der Baukunst, die edlen Charakterzüge an

18*

Völkern und Geschlechtern, Wissenschaft, Politik, seine Sitte, Treue, Gastfreundschaft, alles Edle und Sittlichschöne verherrlichte er in seinen Gedichten, die zwar in Form und Bild das schöne Maaß selbst nicht immer beobachten, aber doch von Geist und hohem Streben zeugen. Den wohl heiter doch ruhelos wandernden Dichter fesselte endlich die Königin Radegunde im Kloster zu Poitiers, jene wunderbare Frau, die mit ihrem hohen Geiste als einfache Nonne freiwillig zurücktrat vor der jüngeren Freundin Agnes, die auf ihren Wunsch Aebtissin geworden war. Radegunde wurde ihm Mutter, Agnes Schwester. Wenngleich sie ihm zuweilen das Mahl bereiteten in einem Speisesaale, dessen Wände mit duftenden Blumen= kränzen behangen waren, und auf einem Tische, der statt eines Tischtuches eine Decke von Rosenblättern hatte, und die köstlichsten Speisen in Schüsseln von Silber, Jaspis und Krystall ihm servirten und dabei in werthvollen Bechern den Wein kredenzten, so wandten sie doch sein Herz von den Hoffnungen der Welt; ihrem Einflusse folgend wurde er Cleriker, empfing die Priesterweihe und wurde der Metropolitan = Geistlichkeit von Poitiers eingegliedert. Später erhob man ihn zum Bischofe dieser Stadt. Indem er sich nun auch der geistlichen Dichtkunst zuwandte, erwachte seine Bewunderung und Verehrung für den h. Martinus mit neuer Innigkeit, und so schrieb er vier Bücher vom Leben desselben, in Hexametern, seine ganze Kunst mit Sorgfalt daran übend. Auch er folgte gewissenhaft, ja ängstlich der Erzählung des Sulpicius Severus; und so ist Fortunatus wie Paulinus wichtig für die Kritik des Textes dieses ersten und einzigen gleichzeitigen Biographen des h. Martinus. Hiermit schien nun auch das Höchste erreicht, und in den beiden folgenden Jahrhunderten wurde von Martinus wohl gelesen und erzählt, aber nicht geschrieben, außer daß etwa Abschriften von den vorhandenen Lebensbeschreibungen angefertigt wurden. Als aber mit den Karolingern ein neues Zeitalter anhub, sowohl für die gelehrten Studien und literarischen Arbeiten, wie für die Staaten= bildung, wurden auch dem h. Martinus neue Denkmäler errichtet.

Es war gerade die praktisch für die Wissenschaft einflußreichste Gestalt des Hofes und der Academie Karls des Großen, es war Alkuin, welcher sich Tours zum Mittelpunkte seiner reichsten und reifsten Thätigkeit erkor. Dieser Freund und „Unterrichts= minister" des großen Kaisers wurde nämlich gegen das Ende des achten Jahrhunderts, nach dem Tode des Abtes Itherius, Abt von St. Martin zu Tours, was er bis zu seinem Tode am 19. Mai 804 auch blieb. Durch ihn wurde Tours auf kurze Zeit eine Art von Hochschule, von welcher die Lehrer und Gründer der Schulen bis nach den Grenzgebieten des weiten Reiches ausgingen und ausgesandt wurden. Die Handschriften werthvoller Bücher wurden aus der Ferne herbeigeholt und in der Nähe aufgesucht, und von Fehlern gereinigt beim Abschreiben. Ihre Lesung regte an zu neuer Bearbeitung, und verschiedene Schriften Alkuin's selbst sind aus solcher Anregung hervorgegangen. Hierher gehören auch seine Ueberarbeitungen älterer Heiligenleben. Die fast über-irdische Gestalt des zu Tours auch damals unbegrenzt verehrten h. Martinus konnte vor Allem ihm nicht gleichgültig bleiben, und die Frucht seiner eigenen Verehrung dieses Heiligen ist seine Vita seu Homilia in natalem S. Martini. Eine neue historische Forschung hat nicht darin ihre Resultate niedergelegt, aber es ist vom religiösen Standpunkte aus eine frische und innige Auffassung, von ethischer Bedeutung und erbaulicher Kraft.

Im zehnten Jahrhunderte wandte Odo, Abt von Clugny (927—942), der für die sociale Verbindung der klösterlich Ge-sinnten so mächtig wirkende, die Geister beherrschende Begründer des Ruhmes der Congregation von Clugny, dem h. Martinus seine Aufmerksamkeit zu; doch ebenfalls vor Allem mit ascetischer Fröm-migkeit. Er schrieb: Serm. IV. de combustione Basilicae B. Mar-tini; dann Antiphonae septem de s. Martino archiepiscopo Turonensi; ferner: Tractatus, quod beatus Martinus par dicitur apostolis; und viertens: Tractatus de re-versione beati Martini Turon. a Burgundia. Mit Be-zug auf diese letzte Schrift ist zu bemerken, daß späterhin der gelehrte Benediktiner Mabillon eine Abhandlung verfaßte de translatione s. Martini ep. Tur. in Burgundiam deque eius relatione Turonos. Noch eine andere, aber unechte Schrift handelt von einer Translation. Miracula post trans-lationem ab Autissiodorensibus ad Turonenses a. 887 facta, auctore Heberno sive Herberno archiep. Turon. Erwähnt mag auch sein die fabelhafte Translatio s. Martini Salzburgam a. 939. — Doch Hugo, Archidiacon der Kirche von Tours, schrieb im Anfange des 11. Jahrhunderts (wie Mabillon meint, nach dem Jahre 1012) einen Dialog de quodam miraculo, quod contigit in translatione S. Martini. —

In der zweiten Hälfte des 11ten Jahrhunderts hielt und schrieb der berühmte Petrus Damiani eine glänzende Rede über den h. Martinus: Sermo de S. Martino. Ihm schloß sich würdig an im 12ten Jahrhunderte der kirchliche Heros dieser Zeit, der h. Bernhard von Clairvaux in seinem Sermo in festo S. Martini (11. Nov.), welche Rede in der Folge vielen Handschriften der biographischen Werke des Sulpicius Severus als Schluß hinzugefügt wurde. Diese Rede ist wunderbar ergreifend; obgleich Bernhard ausdrücklich hervorhebt: „Martinus war kein Himmelskörper und auch kein Geist aus dem Himmel; nur ein vernünftiges Wesen, sterblich, erdgeboren, ein Menschenkind"; so ist seine in kurzen, meisterhaften Zügen entworfene Zeichnung doch so erhaben, daß er selbst warnen muß vor der Meinung, man könne eine vollkommene Nachahmung erstreben; man solle, sagt er, wohl unterscheiden, was blos zur Bewunderung und was zur Nachahmung vorgehalten werde. —

Die lateinische Literatur über den heiligen Martinus hat sich auch, vielfach in gelehrten Abhandlungen, reich entfaltet in der neueren Periode seit dem Wiedererwachen der historischen Kritik mit dem Beginne der Neuzeit. Was in dieser Art bis 1741 erschienen war, hat De Prato in seinen Dissertationen und Observationen zu Sulpicius Severus genau verzeichnet und meist gewürdigt.

Es giebt Abhandlungen von Johann Garcaeus (Historiola de S. Martino episcopo Eccl. Tur. 1569); von dem Abte Anthelmius (De aetate s. Martini Tur. ep. et quorundam eius gestorum ordine . . . epistola. Paris 1693); von Bechmann (De Martino episcopo Turon. Jena, 1697); von Chifflet (Dissertatio do Martino et de duobus Dionysiis); von Pagi (Epistola Antonii Pagii ad Abbatem Nicasium Canonicum Divionensem); von Albinus (Commentatio de Martino episcopo Tur.) und von anderen Gelehrten. Im 16ten und 17ten Jahrhunderte erschienen auch wieder heroische Gedichte über den h. Martinus (von Andreas Calagius, Historia de S. Martino ep. 1572, und von Stanislaus von Czeblitz, De Vita et Fato Divi Martini, 1606). Im Jahre 1683 veröffentlichte Joh. Christ. Frommann zu Leipzig auch eine ziemlich starke Quartschrift mit dem Titel: Anser Martinianus.

Die erfte befannte italienisch verfaßte Schrift über den h. Mar=
tinus erschien im Jahre 1751 (Bevilacqua, Vita di S. Martino.
Verona.); dann folgte im Jahre 1770 Fil. Landi, Vita del
glor. taumaturgo e apostolo delle Gallie s. Martino, vescovo di
Tours. Lucca). —

Die französische Literatur über den großen Schußheiligen ist
ziemlich bedeutend, und es fehlt ihr auch nicht an Monographien.
Unter den patrologischen Werken, welche sein Leben ausführlicher
behandeln, sind hervorzuheben Ellies Du Pin in seiner Nouvelle
Bibliothèque des Auteurs eccles.) und besonders Le Nain De
Tillemont (Mémoires pour servir à l'histoire eccles. T. X. sec.
partie p. 5 — 85), deffen Biographie unstreitig zu dem Besten
gehört, was von Franzosen über den berühmten Bischof von Tours
überhaupt geschrieben worden ist.   Tillemont hat ein kritisches Auge,
und Ruhe genug, es zu gebrauchen; er geht auf die Auffassung
der Quellenschriften sorgsam ein und versäumt in keiner Gelegenheit
die Berücksichtigung sämmtlicher Nachrichten.   Den Sulpicius Se=
verus legt er mit Recht seiner Arbeit zu Grunde, ergänzt und
prüft aber überall und verbreitet durch längere gelehrte Noten
Licht über manchen sonst dunklen Punkt. — Eine besondere Mo=
nographie erschien zu Tours im Jahre 1699 (4°.) von Nic. Ger=
vaise, La vie de S. Martin, évêque de Tours, avec l'histoire
de la fondation de son église etc., welche im Jahre 1822 eben=
daselbst nochmals aufgelegt worden ist.   In der Bibliothek zu Tours
soll sich auch eine Geschiche der Bischöfe dieser Stadt, und darin
ein Leben des h. Martinus von Jean de Boisrideau als Manu=
script befinden, die schwerlich werthvoll sein kann; sie wäre ja sonst
wohl gedruckt.   Unbedeutend sind entschieden die betreffenden Artikel
in der Biographie universelle etc. t. 27. Paris 1820)
p. 289 — 294 von Gley und in der Nouvelle Biographie gé=
nérale t. 34. p. 13 — 17 (B. H. unterzeichnet); doch ist der erstere,
welcher ziemlich strenge dem Sulpicius Severus folgt, noch der bessere;
der leßtere enthält sogar am Schluffe die Worte; On a de saint Martin
[un opuscule sur la Trinité, publié dans la Bibl. des Pères t. V.
col. 1804, welche deutlich darthuen, daß der Verfasser Kritik zu üben
nicht gewohnt ist. — Das Neueste und Bedeutendste, was in Frank=
reich nach Tillemont geleistet worden ist, dürfte wohl die Geschichte
des heiligen Martinus von Tours sein, welche Achilles Dupuy

im Jahre 1852 bei Ladevèze zu Tours herausgegeben hat. Der Verfasser war längere Zeit Professor an dem kleineren Seminar zu Tours und wurde hernach Pfarrer zu Azay-sur-Indre. In der Stadt des h. Martinus hat die Liebe zu seinem Gegenstande sich in dem frommen Schriftsteller wohl entzündet. Er wandte sich mit dichterischem Gemüthe dem liebenswürdigen Helden zu, den er verherrlichen wollte, (er ist in Frankreich bekannt durch die Herausgabe seiner Chants de l'Aurore); aber gerade seine Neigung zur Poesie war es wohl mehr als das Motiv der Auktorität, wodurch er verleitet wurde, die Legende der sieben schlafenden Heiligen, die offenbar auf geschichtliche Bedeutung in Bezug auf die Genealogie des h. Martinus gar keinen Anspruch haben kann, in die Lebensgeschichte selbst zu verflechten. Dadurch verliert das ganze Werk sehr an wissenschaftlichem Charakter; dazu kommt aber, daß der Verfasser eigentliche Quellenstudien nicht gemacht hat; er entlehnt das historische Material meist aus dem Werke des Abbé Gervaise, den er hinsichtlich der formellen Behandlung sehr bekämpft, der aber ungleich mehr Kritik und wissenschaftliche Methode hat als er, wenngleich derselbe oft zu kühn in seinen Hypothesen ist. Von den kritischen Leistungen eines De Prato hat er keine Ahnung, viel weniger sind dieselben in seiner Arbeit benutzt und verwendet. Das Buch ist daher in seinem ersten Theile, welcher die eigentliche Lebensbeschreibung enthält, mehr als eine angenehme der Erbauung dienende Lektüre zu empfehlen, nicht so sehr aber für ein genaues Studium der Geschichte des h. Martinus. In dieser letzteren Hinsicht ist viel werthvoller der zweite Theil, der im Allgemeinen von der Verehrung des heiligen Bischofs handelt, insbesondere aber auch die Geschichte der Reliquien, ihrer Wunder und Translationen, dann der Kirche des h. Martinus zu Tours und der Gründung vieler ihm geweihten Kirchen enthält. Dieser Theil stützt sich auch hauptsächlich auf Gervaise; die Geschichte ist aber vervollständigt und erweitert bis auf die jetzige Zeit. (Vorarbeiten für eine solche Geschichte hat übrigens das große Werk: Gallia Christiania bereits geliefert, welches T. V. p. 589—593 über das Kloster Marmoutier und dessen Aebte berichtet, und p. 610—618 über die Kirche des h. Martinus zu Tours, über deren Zerstörungen und wiederholten Aufbau.) — Von dem Werke des Dupuy ist bei Hurter in Schaffhausen 1855 eine deutsche Uebersetzung erschienen unter dem Titel:

„Geschichte des heiligen Martin, Bischofs von Tours, und seiner Zeit, mit einem Anhange, die Geschichte der Verehrung des h. Martin enthaltend. Aus dem Französischen des Achilles Dupuy in's Deutsche übertragen von Dr. Jordan Bucher, Kaplan und Präceptor in Scheer a. D." Leider ist der zweite Theil von dem Uebersetzer nur im Auszuge mitgetheilt, weil er meint, es hätte „das dort weitläufig Geschilderte für Deutsche weniger Interesse". (S. VII.) Daß übrigens diese Uebersetzung in Deutschland gute Aufnahme und Verbreitung gefunden hat, beweist das Ungenügende der vorher vorhandenen, deutsch verfaßten Schriften: „Lebens= geschichte des h. Martins, Bischofs von Tours, Frei= burg 1814"; „Al. Staudenraus, Leben des h. Martin u. s. w. Landshut 1833". Das erstere Buch ist in Oktav, und das zweite in 12o. Der eigentliche deutsche Forschergeist hat sich vorzugs= weise dem Mythischen in der Legende und in der Verehrung des h. Martinus zugewandt, und hat hierin Vielem nach= und Vieles aufgespürt. Aber den christlichen Historiker interessirt noch ungleich mehr das Historische in dem Leben des in der That wunderbaren Heiligen. Es ist sehr begreiflich, daß bei den zahlreichen Special= forschungen in den letzten zehn Jahren auch dies Gebiet nicht ganz unbearbeitet geblieben ist. Freilich ist es schon etwas zu viel, wenn ich sage, es hätten Forschungen in dieser Hinsicht statt= gefunden; es sind mehr erbauliche Schriften hervorgetreten, aber mit der offenbaren Tendenz, dem Standpunkte der heutigen Geschichts= auffassung zu entsprechen, jedenfalls die Forderungen der Kritik mehr oder weniger zu berücksichtigen. Es ist daher wohl angemessen und kann erwartet werden, daß an dieser Stelle auf solche Arbeiten nicht blos einfach durch Angabe des Titels hingewiesen werde, sondern daß sie in ihrem Werthe oder Unwerthe auch beurtheilt werden. Es sind allerdings andererseits Leistungen, die zunächst einem praktischen Zwecke dienen sollten, aber sie wollen doch den Charakter des Wissenschaftlichen nicht verleugnen. Die erste Arbeit, welche hier in Betracht kommt, ist eine, wenn auch nicht umfang= reiche, so doch selbstständig erschienene Schrift. Ich meine nämlich das Büchlein: „Martinus von Tours. Ein Lebensbild aus der alten Kirche von W. F. Besser. Leipzig, Dörffling und Franke. 1856". Dasselbe ist im frommen Predigertone ge= schrieben zu erbaulichem Zwecke. Es hat wesentliche Züge des heiligen richtig aufgefaßt und ethisch wie religiös gewürdigt, ohne das Thatsächliche in dem Leben desselben einer neuen kritischen Prüfung zu unterwerfen, ist aber in dem Bewußtsein geschrieben, den Resultaten der Kritik nicht fremd zu sein. Die Vergleiche Martin Luthers mit dem berühmten Bischofe von Tours haben in der subjectiven Stimmung und Verehrung des Verfassers gegen jenen ihre Erklärung, nicht aber in dem objektiven Sachverhalte. — Darnach ist hier zu erwähnen eine Abhandlung in dem „Evangel. Kalender. Jahrbuch für 1862. Herausgegeb. v. Ferd. Piper. Berlin." Darin findet sich nämlich S. 119—129 ein Lebensbild des h. Martinus von H. Merz. Dieser nimmt als Geburtsjahr das Jahr 319 an. Im 22. Jahre seines Alters läßt er ihn sich zur Taufe melden, darnach auf die Bitten seines Hauptmanns und Zeltgenossen noch zwei Jahre im Kriegsdienste bleiben und dann im 24ten Lebensjahre, also, wenn er 319 ge-boren, im Jahre 343 seinen Abschied vom „Kaiser Julian" erbitten, der bekanntlich im October des Jahres 361 erst Kaiser wurde. Zum Bischof läßt er den h. Martinus ohne Schwanken am 4. Juli 371 wählen. Die Todeszeit bestimmt er so: „Es war Sonntags-Mitternacht, am 8. November des Jahres 400." Martinus wurde also nach ihm 81 Jahre alt. Mit der Chrono-logie ist es also in diesem Lebensbilde nicht wohl bestellt. Sonst ist die kurze Biographie mit Liebe und gläubigem Sinne geschrieben, aber ohne eigenthümliche Resultate wissenschaftlicher Forschung und ohne daß in irgend einer schwierigen Frage eine neue Lösung an-zudeuten versucht wäre. Sie ist freilich auch nicht frei von manchen kleinen Unrichtigkeiten außer den bereits hervorgehobenen. Aber sie enthält auch manches Schöne, wozu unzweifelhaft gehört, was Merz in Bezug auf die Wunder des h. Martinus sagt: . . . „be-zweifelt kann es wohl nicht werden, daß ein außerordentliches Vermögen der Ahnung und Heilung, ja Kräfte des höheren Lebens in diesem starken und stillen, muthigen und demüthigen Manne des Fastens und Betens, in diesem einfältig auf Gott gerichteten Geiste waren, wie sie der lebendige Gott zu Einblicken und Ein-wirkungen in das Natur- und Geisterreich, als eine Macht über die Creaturen je und je gegeben hat in Entscheidungszeiten des göttl. Reiches." S. 126. — Doch ist hier noch zu bemerken, daß Merz den Sulpicius Severus seine Vita B. Mart. erst nach dem

Tode des Heiligen verfassen läßt: „Sofort (nach dem Tode) beschrieb Sev. Sulp. das Leben seines Freundes und Vaters, und dieses Buch, bald ein Lieblingsbuch der damaligen Christenheit, verbreitete den Ruhm des apost. Mannes als eines Heiligen der Heiligen, eines ersten Wunderthäters, Klosterstifters, Heidenbekehrers und Hauptbekenners der römischen Kirche weit über Gallien hinaus bis nach Africa und in's Morgenland". Es besteht der Irrthum nur in der Verwechselung der Herausgabe mit der Abfassung. Die Gesinnung und die Neigung zu einer idealen Anschauung des Heiligenlebens ist, wie bereits angedeutet worden, die Hauptsache in dieser Abhandlung. Es ist allerdings nicht leicht, ein solches Lebensbild richtig und geistvoll zugleich zu zeichnen; denn dazu gehört eine Macht über den Gegenstand, welche nur derjenige besitzt, der alle Mühen der Quellenforschung auf sich genommen hat und im Stande ist, auch eine ausführliche Monographie zu schreiben, ohne daß neue Forschungen nöthig wären. Aber zu dem Zwecke, eine kleine Abhandlung für einen Kalender zu schreiben, macht man solche Studien nicht. Mehr zu fordern ist man schon geneigt von dem Verfasser eines Artikels in Herzogs Realencyclopädie, zu der wir uns wenden.

Die kleine Abhandlung „Martin von Tours" in Herzog's Real-Encyclopädie für protestantische Theologie und Kirche IX. B. S. 126—130 von Lic. Weingarten ist mit vielem Fleiße hinsichtlich der Aufsuchung und Benutzung der Quellen und Literatur gearbeitet: der Verfasser ist gläubig, sucht sich aber auch auf den heutigen Standpunkt der Wissenschaft zu stellen; seine Auffassung ist eine ernste und des christlichen Schriftstellers vielfach würdige. Die Schwierigkeit, den zahlreichen von Martinus erzählten Wundern gegenüber eine motivirte Stellung einzunehmen und zu behaupten, vermochte er indessen nicht zu überwinden. Am meisten tritt diese Unzulänglichkeit und Inconsequenz dort hervor, wo er von den Teufelserscheinungen handelt. Daß Satan dem h. Martinus „in königlichem Schmuck, sich ausgebend für den Weltheiland", erschienen sei und daß derselbe in seiner wahren Gestalt zu den Füßen am Bette des sterbenden Heiligen gestanden, erzählt er, und zwar letzteres mit Luther, gläubig; daß aber das Haupt des heiligen Martinus (nämlich am Tage, wo dieser in der Sacristei seine Tunica ausgezogen und einem Armen gegeben, worauf er, mit einer neuen schlechteren Tunica bekleidet, das h. Opfer darbrachte) in einem „Feuerglanze", d. h. lichtumstrahlt von einigen seiner Jünger während der Opferhandlung gesehen worden sei, nennt derselbe Verfasser „Narrenwerk". In der Wiedererzählung dessen, was die Quellenschriften darbieten, ist er nicht correct. Als Geburtsjahr des h. Martinus bezeichnet er mit Schröckh das Jahr 319, als ob dies gar keine Schwierigkeit hätte. Er schreibt ganz positiv: „darauf" — nach der Entlassung aus dem Kriegsdienste — „begab er (Martinus) sich zum Hilarius von Poitiers, von dem er zum Diaconus geweiht wurde. Aber seine Demuth verlangte ein niedrigeres Amt, er wurde Exorcist". Das heißt doch nichts anderes als, er habe zwar die Diaconats-Weihe erhalten aber nur das Amt eines Exorcisten; und das ist unrichtig, denn er empfing nur die Weihe des Amtes, das er übernahm. Daß Jemanden im 4ten Jahrhunderte eine höhere Weihe ertheilt worden sei, als das zu übertragende Amt forderte, ist ganz unerhört, und es liegt auch für diesen besonderen Fall durchaus nicht in den Worten des Sulpicius Severus. Ferner berichtet Herr Weingarten: „Am Ufer der Loire, rings von Bergen umschlossen, erbaute er (Martinus) sich eine Hütte aus Gesträuch, bald sammelten sich auf den nahen Höhen mehr als 80 Schüler um ihn". Das ist wieder sehr ungenau. Erstens war der Gebirgszug, eine jähe Felswand zunächst, nur auf der einen Seite (Ex uno onim latere), und nicht ringsum; und zweitens baute nicht blos Martinus sich auf der Ebene zwischen der Felswand und dem Flusse eine hölzerne Zelle, sondern viele seiner Brüder oder Jünger machten es eben so, und die Uebrigen — gingen auch nicht auf die Höhen, sondern unten höhlten sie sich eine Grotte als Zelle in den Felsen aus. Ungenau ist es auch, das Wort sacerdos, welches für den Bischof üblich war, durch Priester (Presbyter) zu übersetzen. Die Behauptung, in dem Priscillianisten-Handel habe „die Kirche das erste Blut vergossen", gehört in das Gebiet jener historischen Irrthümer und Vorurtheile, die längst von jedem gebildeten Schriftsteller beseitigt sein sollten. Auch noch andere Ungenauigkeiten enthält diese Darstellung. Daß der Verfasser Martin Luther einen „größeren Heiligen" nennt als Martin von Tours, sei hier nur angemerkt für denjenigen, welchen es interessirt. Ich will aber nicht mit Tadel den Bericht über diese Abhandlung schließen, sondern mit der Wiederholung, daß sie auch viel Gutes und Schönes enthält. —

An dieser Stelle kann ich es mir nicht versagen, ein Buch zu erwähnen, welches zwar das Leben des h. Martinus nicht zum Hauptinhalte hat, aber so anspruchsvoll wie eine höchste wissenschaftliche Leistung in die Welt getreten ist, daß die unrichtige Darstellung auch der Nebenparthieen für Auktoritätsgläubige in der Wissenschaft gefährlich ist. Meine Worte zielen auf das umfangreiche theuere Buch: „Das weströmische Reich besonders unter den Kaisern Gratian, Valentinian II. und Maximus. (375 -- 388.) Von Dr. Heinrich Richter. Berlin, Ferd. Dümmler's Verlagsbuchhandlung 1865.“ Dieses Buch, dem viele Studien zu Grunde liegen, ist so unreif in der Auffassung, so ungeschickt in der Kritik und so geschmacklos in der Darstellung, verräth aber doch so viel Talent und Ausdauer im Fleiße wie Interesse an historischen Forschungen, daß man es tief bedauern muß, daß der Verfasser so früh mit einem so umfangreichen Werke hervorgetreten ist. Er hat eine Ausdrucksweise, die sehr befremdlich erscheinen muß in einem Werke, das auf den Charakter der Wissenschaftlichkeit so entschiedenen Anspruch erhebt. Es ist unglaublich, wie oft er das Prädicat „wild“ gebraucht, in Verbindungen wie „wilde Rathschläge“ und dergleichen. Mit dem Worte „nicänisch“ treibt er einen beispiellosen Mißbrauch. Das Verbot theologischer Gespräche ist ihm eine „nicänische That“, obgleich zu Nicäa niemals ein ähnliches Verbot erlassen wurde. „Das geistlose Verbot theologischer Gespräche war Theodosius' geringste nicänische That“, heißt es S. 529. So wiederholt sich das Prädicat in der sinnlosesten Weise. S. 541 kommt auch „der ewige Christus von Nicäa“ vor, was lächerlich ist, obgleich es einen noch komischeren Eindruck hervorbringt, wenn Martinus ein „nicänischer Heiliger“ genannt wird. S. 632. Doch hier wäre eine Aehrenlese von seltsamem Sprachgebrauche zu halten, mit der wir nicht leicht zu Ende kämen. Als Probe der wissenschaftlichen Unzuverlässigkeit will ich hier die Fehler und Irrthümer in Betreff des heil. Martinus und der Priscillianisten und ihrer Gegner in aller Kürze andeuten. Der Verfasser handelt über Martinus S. 630 ff. Da wird nun leichtfertig die Geschichte des h. Martinus von seiner Entlassung aus dem Kriegsdienste bis zur Grünbung des Klosters Ligugé zum Theil mit unrichtigem Ausdrucke in folgendem Satze zusammengefaßt: „Endlich aus dem Kriegdienste entlassen, gab sich Martin ganz einer ausgesuchten Ascese hin, verkehrte mit den hervorragendsten nicänischen Bischöfen ¹), wanderte nach Mailand, gründete ein Kloster dort, wurde von dem Arianischen Bischof Aurentius auf das Wildeste verfolgt und kehrte nach Gallien zurück." S. 631. Die Reise nach Pannonien ist hier nicht berührt und ebensowenig die Ansiedelung auf der Insel Gallinaria. — In der Bestimmung des Jahres, in welchem Martinus Bischof geworden, folgt er unbedenklich dem Baronius. Die Erzählung von dem Besuche am Hofe Valentinians I. berichtet er in falschem Lichte. S. 631—632. Die Bekehrung der Heiden durch Martinus, die so überaus friedlicher Art war, daß den Personen nie der geringste Zwang angethan wurde und nur Martinus selbst zuweilen in Lebensgefahr gerieth, die er aber ohne materielle Gegenwehr überwand, nennt Richter eine „wilde Ruhestörung der Provinzen". Die „fanatisirten Pöbelmassen", an deren Spitze Martinus zur Zertrümmerung der Tempel zog, waren aber Heiden; die Mönche, die ihm folgten, verhielten sich stets ruhig. Woher Richter die Nachricht habe, es sei bei solcher Gelegenheit „zu blutigen Gefechten zwischen den heidnischen und christlichen Priestern und ihren Völkern" gekommen, ist schlechterdings aus den Quellen nicht zu ersehen. S. 633. Ueber den Erfolg der Heidenmission des heil. Martinus schreibt der Verfasser: „wo noch vor Kurzem kaum ein Christ lebte, da standen jetzt Kirchen, lagen Klöster statt der Tempel, Altäre und Götzenbilder, dicht über das Land gestreut." Man stelle sich einmal diese „dicht über das Land gestreuten Klöster" vor! — Sacerdos (Hoherpriester = Bischof in der damaligen Zeit) übersetzt er fast regelmäßig durch Priester (Presbyter). — Die Mittheilung, Martinus habe „auf der Synode von Bordeaux getagt", kann das Chronicon des Prosper nicht beweisen; und die Insinuation, Severus habe die persönliche Theilnahme des Heiligen an dieser Synode absichtlich verschwiegen, ist unkritisch und ungerecht. 633. Daß Martinus ein „reicher Bischof" gewesen, ist auch schwer darzuthun. Unter aller Kritik ist des Verfassers Darstellung des Priscillianischen Handels; er kennt nicht die gründlichen Special-

---

1) Es ist nur bekannt, daß er mit Hilarius von Poitiers verkehrte.

forschungen der letzten fünf Jahre, die Licht in diese Sache gebracht haben, weder die von Bernays, obgleich dessen Schrift über die Chronik des Sulpicius Severus selbst im Auslande bereits berühmt geworden, noch die von Gams; und so finden sich in seinem Werke denn die alten Vorurtheile, Irrthümer in gröbster Form. Er schreibt: Evodius . . . . . „erhielt die Oberleitung des ersten Ketzergerichtes, welches von Staatsbehörden instituirt worden ist." S. 636. Dies „Ketzergericht" hat seine Phantasie geschaffen, weil er in der Vorstellung befangen war, der Proceß sei rein kirchlicher Natur gewesen. S. 634—635. Die Quellen freilich hätten ihm zu dieser Auffassung keine Veranlassung darbieten können. Die kaiserliche Criminalgesetzgebung gegen die Manichäer, die aus der Zeit der heidnischen Kaiser datirt, kennt er nicht, wie S. 636 deutlich zeigt. Aber die Phantasie des Verfassers ist noch viel produktiver. „Häßliche und abenteuerliche Erfindungen, ausgebrütet von der beschmutzten Phantasie lüsterner Mönche und Priester und in's Volk verbreitet von deren giftigen Zungen, wurden zu Beschuldigungsparagraphen formulirt," nämlich gegen Priscillian und dessen Anhang. S. 634. Also „die beschmutzte Phantasie lüsterner Mönche" war so erfinderisch! Nun muß man aber wissen, daß die heftigen Ankläger und Verfolger Priscillians Spanier waren und daß es in den Provinzen, wo die Parteien ihre Heimath hatten, noch keine Mönche gab, daß aber in Gallien gerade die Mönche, an ihrer Spitze der heil. Martinus, gegen die Ankläger eiferten und Priscillian zu retten suchten! Auch folgende Schauderscene, welche die Einbildungskraft des Verfassers erhitzt hat, ist interessant. „Itacius und seine bischöflichen Spießgesellen standen bei den Folterknechten, weideten sich an den Zuckungen und Schmerzenslauten ihrer besiegten Feinde, legten ihnen die bösartigen Anklagen Punkt für Punkt in den Mund und hatten die Genugthuung, daß Priscillian und die andern Sektenpriester, von Nachtwachen, Fasten und Sorgen bereits gebrochen, daß eine schwache Frau, wie Euchrocia, die entsetzlichen Qualen nicht ertrugen, sondern bekannten, was ihre Peiniger verlangten. Pacat. 29." So wirksam ist dem Panegyriker Pacatus das rhetorische Kunststück in der Schilderung nicht gelungen.

Wir kehren zu Martinus zurück. S. 638—639 drängt der Verfasser Alles, was zwischen Martinus und dem Kaiser Maximus

vorgegangen, in das Jahr 386 hinein, und zwar bei einer einzigen
Anwesenheit des ersteren in Trier, was nichts als Confusion ist.
S. 639 heißt es in Bezug auf die Bedienung des heil. Martinus
durch die Kaiserin: „Martinus hatte vordem kein Weib berührt
und schon von ferne das Geschlecht als satanische Versuchung ge=
flohen." Daß er „das Geschlecht als satanische Versuchung
geflohen", hat weder irgendwo ein Zeitgenosse gesagt, noch spricht
eine Thatsache dafür. S. 640 schreibt der Verfasser, Martins Tod
sei 15 Jahre nach seiner Anwesenheit bei dem Priscillianischen
Handel in Trier erfolgt; Sulpicius Severus sagt ausdrücklich, der
Heilige habe darnach noch 16 Jahre gelebt. „Die Verfolgung
der Priscillianisten" wird genannt ein „sattgedüngter Boden",
was schwer vorstellbar ist. Doch genug der Proben. Erweisen
die verschiedenen Specialforschungen alle Parthieen in dem Werke
als einander ebenbürtig, dann ist es schlimm um das Ganze
bestellt. —

Zum Schlusse dieses Berichtes über die Literatur wiederhole
ich, daß eine vollständige Anführung und Kritik nicht beabsichtigt
wurde. Das Vorstehende genügt, um den Standpunkt der heutigen
Forschung zu charakterisiren und einen Maßstab zur Beurtheilung
meiner Arbeit an die Hand zu geben.

Druck von W. G. Korn in Breslau.